Buesching, Johann Gustav Gottlieb

Das Lied der Nibelungen

Metrisch uebersetzt

Buesching, Johann Gustav Gottlieb

Das Lied der Nibelungen

Metrisch uebersetzt

Inktank publishing, 2018

www.inktank-publishing.com

ISBN/EAN: 9783750114388

Das Lied

der

Nibelungen.

Metrisch übersetzt

von

D. Johann Gustav Büsching.

Altenburg und Leipzig:
F. A. Brockhaus.

1815.

Meinen

viel lieben Freunden

Friedrich Baron de la Motte Fouqué
(Volker)

und

Friedrich Heinrich von der Hagen
(Hagene)

zugeeignet.

Der Köhler.

An Fouqué.

Du ließest einst in sinnigem Gedichte
An Karl des Großen Hof dies Lied ertönen,
Den schönen Kranz sollt' es dir noch verschönen,
Die Sag' durchschlingen treuer Lieb' Geschichte.

Ein Köhler war dort kundig der Berichte
Von Chriemhilds Leid; in seines Namens Tönen
Glaubt' ich mich gern' von seinen Enkelsöhnen,
Und freudvoll ich auf gleichen Weg mich richte.

Auch mich entzückten früh der Ahnen Lieder,
Gern drang ich in der Vorwelt Dunkelheit,
Viel Großes fand ich und manch lieben Freund.

Da wollt' ich wie der Vorfahr singen wieder
Was uns bewahrt aus Deutscher Heldenzeit;
Dir weih' ich gern', was freundlich uns vereint.

An Hagen.

Schon manches Jahr verflos, seit du beschworen
Herauf den Sang, der im Verborgnen glüht',
Und freudig ist seit jener Zeit erblüht,
Was damals schien für lange Zeit verloren.
Ein Deutscher Sinn und Geist ist neu geboren,
So wie er aus der Vorzeit Thaten sprüht,
Ernst spricht die Deutsche Vorwelt zum Gemüt,
Manch treuen Freund hat sie sich neu erkoren.
Der Zeiten Ruf erweckte dich und mich,
In düst're Schachten stiegen wir befreund't,
Und mancher Wunsch ist freudig uns gelungen.
Den alten Hort erkämpft'st du ritterlich,
Das Eig'ne drum geb' ich zurück dem Freund,
Wenn ich dir widme meine Nibelungen.

Vorrede.

Wie sehr die Erneurung und Wiederbelebung des Liedes der Nibelungen jetzt an der Zeit erscheint, geht auch wohl daraus hervor, daß, außer meiner Uebersetzung, zu beinahe gleicher Zeit, eine ganz freie Uebertragung in gebundener Rede von Hinsberg herausgegeben ward und Zeune, der sehr besuchte Vorlesungen in Berlin darüber hielt, eine ungebundene Auflösung unternahm. Vor einiger Zeit kündigte August Wilhelm Schlegel eine gemusterte Ausgabe, mit allen dazu nöthigen Hülfsmitteln, worauf wir Ursache haben, sehr erwartungsvoll zu sein, an, und auch mein Freund von der Hagen fuhr rüstig in seinen Arbeiten über dies große Volksgedicht fort, indem er theils die damit verwandten Gedichte des Nordens, die aus Einer Wurzel erwuchsen, wieder ins Leben zurückführte, theils andere Hülfsmittel zu unserem Deutschen Gedichte vorbereitete, die bald erscheinen werden.

Die Ansicht, welche mich bei der hier folgenden Arbeit leitete, habe ich schon zum Theil in der Ankündigung dargelegt, die sie vorbereitete und ich glaube mich besonders mit den Worten meines Freundes von der Hagen entschuldigen zu können, wenn ich eine manchem vielleicht nicht dankenswerthe Unternehmung begonnen und ausgeführt habe, indem derselbe S. 488. seiner Uebersetzung (Berlin 1807.), bei Gelegenheit anderer damals erwarteter Uebertragungen sagt: „und wie sie (die Uebersetzungen) nun auch ausfallen mögen, so ist doch immer zu wünschen, daß sie alle erscheinen, ja sogar, daß der Wetteifer noch größer werde, um der Sache noch lebhaftere und allgemeinere Anregung und Theilnahme zu geben.“

Es ist nicht zu läugnen, daß dasjenige, was in der letztern Zeit für das Lied der Nibelungen geschehen ist, ihm, unterstützt durch seinen gediegenen, unverkennbar hohen Werth, eine Berühmtheit gegeben hat, die für die Kürze der Zeit, in der wir es wieder besitzen, erstaunungswürdig ist, aber es ist auch eben so wenig zu läugnen, daß für viele der Name noch ein hohler Klang ist, an welchem sie ihren Witz üben zu können glauben, oder von dem sie durchaus nichts Festes und Sicheres wissen. Um nun die Kenntniß dieses Werkes immer mehr zu verbreiten, immer mehre zu gewinnen, die dazu treten können und es ganz zu genießen im Stande sind, ward diese Uebertragung von mir unternommen und ihr Zweck ist erreicht, wenn auch nur einige Hundert von neuem zur Kenntniß der Nibelungen gelangen und ein noch weit geringerer Theil angefeuert wird, zu der Urschrift selbst sich zu wenden. Bei diesem so kleinen Wirkungskreise, den ich meiner Arbeit nur wünsche, wird man ihr wohl leicht einiges zu Gute halten, was diesem und jenem, theils in der Ansicht einer Uebertragung selbst, theils in der Art der Uebertragung nicht richtig zu sein scheint.

Mein Hauptwunsch war, das Gedicht seinem Inhalte und seiner äußern Gestalt nach wo möglich so zu erneuen, daß alles, was davon alterthümlich und jetzt noch verständlich war, feststehen blieb, das Fremde aber so verwandelt ward, daß es, in Wort oder Wendung nicht einen zu neuen Ursprung verriethe und gegen das Alterthümliche absteche. Ob dieser Vorsatz, dessen Ausführung nicht leicht war, mir gelungen ist und wie, überlasse ich dem Urtheil sachkundiger, vorurtheilsfreier und gerechter Richter.

Der Ton und die Haltung des Ganzen sind alterthümlich geblieben und mußten es bleiben; denn in dieser Alterthümlichkeit liegt eben auch ein nicht geringer Zauber, und da der Werth dieser Sprache in der letztern Zeit gebührend anerkannt und dieselbe wieder mehrfach eingeführt ist und fürder noch mehr möchte, so ist auch hierdurch dem besseren Verständniß und der sicherern Würdigung meines Unternehmens vorgearbeitet worden.

Einem Vorwurfe glaube ich noch begegnen zu müssen, dem, daß ich der Sache selbst, dem Erlernen der Altdeutschen Sprache, der Lesung der Urschrift, durch eine Uebertragung schadete. Im ersten Augenblicke hat diese Beschuldigung etwas für sich, aber nach genauerer Erwägung wohl nicht. Es giebt so viele Personen und die Wohlfeilheit des Preises dieser Uebersetzung ward darum gesetzt, um noch mehre aus allen Ständen herbeizuziehen, die in ihrem Leben nicht die Urschrift würden gelesen haben, um so mehr, da die bis jetzt einzige gemusterte Ausgabe zu einem unverantwortlich hohen Preise verkauft wird, so wie nicht minder v. d. Hagens Uebersetzung. Allen solchen und besonders auch den Frauen, deren nicht wenige in der letzten Zeit an der gelehrten Bildung der Männer einen thätigen Antheil nehmen, ist diese Bearbeitung bestimmt. Sollte es sich nun wirklich treffen, daß ein Jüngling durch diese Erleichterung vermocht würde, seinen früheren Vorsatz, die Urschrift zu lesen, fahren zu lassen, so ist an einem solchen, der so leicht seine Entschließungen ändert, nichts verloren, denn er würde so schon wahrscheinlich beim zweiten Gesange die Urschrift weggelegt haben; und wen von diesen jüngeren Leuten, die diese Uebersetzung erhalten, nicht das Gedicht so hinreißt, daß er es oftmals lesen will, daß er sich bemühet, es in der Urschrift zu lesen, der war von je an dafür verloren, meine Uebersetzung hat ihn nicht davon abgewendet, sondern vielmehr ihm doch die Kunde gegeben, die er einzig davon zu erlangen wünschte und so ein Samenkorn ausgestreut, was doch wohl anderer Seits nicht von übeln Folgen sein wird.

Einzelne Worte, als: Recke, Degen, Minne, Mähre, u. dgl. sind in der letztern Zeit wieder unter uns so eingebürgert worden, daß sie die meisten schon verstehen, denen, welchen diese Worte noch unbekannt sind, wird sie der Zusammenhang leicht erklären. Eine gleiche Bewandniß hat es mit dem bisweilen von unser jetzigen Schreibart abweichenden Satzbau.

Die Klage, welche mit den Nibelungen in der Urschrift verbunden ist, halte ich für ein eigenes, besonderes Gedicht, welches ich daher bei der Uebersetzung übergehen zu können glaubte, da es in seinen kurzen Schlagreimen für eine Uebertragung in gebundener Rede höchst bedeutende Schwierigkeiten, die nur schwer zu überwinden sind, macht und die ich mich für jetzt zu lösen nicht getraute.

Daß ich die Uebersetzungen meiner Vorgänger benutzt habe, bekenne ich gerne; denn warum hätte ich eine zweckmässige und vielleicht einzig richtige Uebersetzung darum ändern sollen, weil jemand, der mit mir auf gleichem Wege ging, eben so übersetzt hatte? Ein glücklicher Fund kann wohl von allen benutzt werden. Da ich im Ganzen von der Uebersetzung von der Hagens und Zeune's (von v. Hinsberg's Bearbeitung kann hier wohl nicht die Rede sein) sehr abweiche, so konnte mir die Benutzung des Einzelnen wohl um so eher erlaubt sein.

Nicht minder glaube ich gerne, daß manche Stelle glücklicher übertragen werden konnte, als es durch mich geschehen ist; dankbar werde ich jede Nachweisung anerkennen. Wo es ging, ist die Aenderung nur durch geringe Umsetzung der Worte veranlaßt worden, einige Sätze veränderten ihre Stellung u. dergl.; an andern Stellen mußte die Aenderung durchgreifender sein. Mancher Vers ist mehr als zehenmal umgearbeitet worden, wie denn auch das Ganze viermal überarbeitet ward, um in alle Theile Gleichmäßigkeit und Uebereinstimmung zu bringen. Möge das Gelingen dem Willen entsprechend sein.

Für diejenigen, welche die Urschrift mit Leichtigkeit lesen, ist diese Uebertragung natürlich nicht bestimmt, sie werden aber beinahe allein meine Beurtheiler sein. Ehe sie ein strenges Urtheil aussprechen, möchte ich sie bitten, einem unbefangenen Zuhörer, der die Urschrift nicht kennt, meine Uebersetzung stellenweis vorzulesen, vielleicht mildert dessen Urtheil das ihre. Ein getrübtes Bild kann eine Uebersetzung nur immer dem geben, der mit der Urschrift vertraut ist, recht wohlgefällig kann es aber wohl dem erscheinen, der unbefangener hinzutritt, wenigstens nicht so befangen, als einer, der als Ritter für die Urschrift fechten zu müssen glaubt.

Breslau, im April 1815.

Büsching.

Inhalt.

1.

Abentheuer von den Nibelungen.

alten Mähren Wunders viel gesungen,
nit Lob zu ehren, von großen Handelungen;
und Festlichkeiten, von Weinen und von Klagen,
lecken Streiten mögt ihr nun Wunder hören sagen.

Burgunden ein edeles Mägdelein,
Landen nicht schöneres mochte sein,
ır sie geheißen, die ward ein schönes Weib,
n viel Degen verlieren Leben und Leib.

igliche Mägdlein, traut und wonnesam,
ühne Recken, niemand war ihr gram;
schön so war ihr edler Leib,
Tugenden die zierten wohl jeglich Weib.

drei Könige, reich und adelich,
Gernot, die Recken löblich,
ıer junge, ein auserwählter Degen.
ihre Schwester, die Fürsten hatten sie zu pflegen.

aren milde, von Art hochgebor'n
näßig kühn, die Recken auserkohr'n,
ırgunden, so war ihr Land genannt;
rke Wunder nachher in Etzels Land.

: dem Rheine sie wohnten mit ihr'r Kraft,
ıon ihr'n Landen viel stolze Ritterschaft,
Ehren, bis an ihr's Endes Zeit.
nmerlich durch zweier edelen Frauen Neid.

nigin, Frau Ute, ihre Mutter hieß,
ß Danchrat, der ihnen das Erbe ließ
einem Leben, ein Kräfte reicher Mann,
einer Jugend, großer Ehren viel gewann.

A

Die drei Könige waren, als ich euch sagen kann,
Von gar hohem Muthe, ihn'n waren unterthan
Auch die besten Recken, von denen man hat gesagt,
Stark und auch gar kühn, in allen Streiten unverzagt.

Das war von Troneg Hagen und auch der Bruder sein,
Dankwart der sehr schnelle und von Metz Herr Ortwein,
Die zween Markgrafen Gere und Eckewart,
Volker von Alzei, mit ganzen Kräften wohl bewahrt.

Rumolt, der Küchenmeister, ein auserwählter Degen,
Sindolt und Hunolt, die Herren mußten pflegen
Des Hofes und der Ehren der dreier Könige Mann.
Sie hatten noch manche Recken, die ich benennen nicht kann.

Dankwart der war Marschall, da war der Neffe sein
Truchseß des Königes, von Metz Herr Ortwein;
Sindolt der war Schenke, ein wackerlicher Degen,
Hunolt war Kämmerer, sie konnten hoher Ehren pflegen.

Von des Hofes Kraft und von ihrer weiten Kraft,
Von ihrer so hohen Würdigkeit und von ihrer Ritterschaft,
Der die Herren oblagen mit Freuden all' ihr Leben,
Davon könnt' euch, für wahr, niemand gar ein Ende geben. —

In diesen hohen Ehren träumte Chriemhild,
Wie sie erzöge einen Falken, stark, schön und wild,
Den ihr zwei Aare erwürgten, daß sie das mußte sehen,
Ihr konnte in dieser Welt nimmer mehr Leid geschehen.

Den Traum sie da sagete ihrer Mutter Uten;
Sie konnte ihn besser nicht bedeuten der Guten:
„Der Falke, den du zogest, das ist ein Degen auserkohren,
Ihn wolle Gott behüten, sonst hast du ihn bald verloren." —

„Was saget ihr mir vom Manne, viel liebe Mutter mein?
Ohne Recken Minne so will ich immer sein;
So schön will ich bleiben bis an meinen Tod,
Daß ich soll von Manne nimmer gewinnen irgend Noth." —

„Nun verred' es nicht zu sehr —, sprach abermals ihr Mütterlein,
Sollst du jemals herzlich auf der Welt dich erfreu'n,
Das geschieht von Mannes Minne; du wirst ein schönes Weib,
Wenn dir Gott noch zufüget eines rechten guten Ritters Leib." —

„Die Rede laß bleiben, viel liebe Mutter mein,
Es soll an manchen Weiben gar oft gesehen sein,
Wie Liebe mit Leide zu jüngst belohnen kann;
Ich soll sie melden beide, so kommt mir nimmer Unglück an."

hriemhild in ihr'm Gemüth der Minn' war widersach.
Nun lebte die gute Magd gar manchen lieben Tag,
Daß sie wußte niemand, den minnen wollte ihr Leib;
Dann ward sie mit Ehren eines gar guten Ritters Weib.

Der war derselbe Falke, den sie im Traume sah,
Den ihr beschied ihre Mutter. Wie sehr sie das roch da
n ihren nächsten Verwandten, die ihn nachher erschlugen!
Durch sein einig Sterben manche Mütter Trauer trugen.

2.

Abentheuer von Siegfrid.

a wuchs in Niederlanden ein's edeln Königes Kind,
Sein Vater der hieß Siegmund, sein' Mutter Siegelind,
n einer Burg reich, gar weit und wohl bekannt,
Nieder bei dem Rheine, die war zu Santen genannt.

ch sag' euch von dem Degen, wie schön daß der ward,
Sein Leib vor allen Schanden war gar wohl bewahrt;
Stark und rüstig ward drauf der kühne Mann:
ei! was er großer Ehren in dieser Welt gewann!

Siegfrid war geheißen der Degen schnell und gut,
r besuchte viele Reiche durch tapferlichen Muth,
urch seines Leibes Stärke ritt er in manche Land':
ei! was er schneller Degen drauf zu Burgunden fand.

h' daß der Degen kühn voll erwuchs zum Mann,
a hatt' er solche Wunder mit seiner Hand gethan,
avon man immer mehr mag singen und sagen,
essen wir für jetzt uns müssen vieles entschlagen.

n seinen besten Zeiten, bey seinen jungen Tagen,
Man mochte große Wunder von Siegfrid sagen,
Welch' Ehre an ihm wuchs und wie kühn war sein Leib;
rum hatte zu ihm Minne manch zierliches Weib.

Man zog ihn mit dem Fleiß, als seinem Adel zukam;
urch seine eigne Tugend mehr Zucht er an sich nahm.
a wurden durch gezieret seines Vaters Land',
aß man ihn zu allen Zeiten so recht herrlich fand.

r war nun so erwachsen, daß er zu Hofe reit't;
ie Leute ihn gerne sahen, manche Fraue und auch Maid,
ie wünschten, daß sein Wille ihn immer trüge dar,
old waren ihm genug, das ward der Herr wohl gewahr.

Gar selten unbehütet man reiten ließ das Kind.
Ihn hieß mit Gewanden zieren seine Mutter Siegelind,
Ihn pflegten auch die Alten, denen Ehre war bekannt,
Drum mocht' er wohl gewinnen, beide, Leute und auch Land.

Nun war er in der Stärke, daß er wohl Waffen trug,
Was er dazu bedurfte, dessen gab man ihm genug.
Da begann er mit Sinnen zu werben um schöne Weib';
Die kos'ten wohl mit Ehren des schönen Siegfrid Leib.

Da hieß sein Vater Siegemund seinen Mannen künden,
Man sollte Festlichkeiten mit lieben Freunden bei ihm finden.
Die Mähre man da führte in anderer Könige Land;
Den Fremden und den Heimischen gab er Roß und Gewand.

Wo man fand einen, der Ritter sollte sein,
Von Adel, wie seine Verwandte, die edelen Kindelein
Ladete man zu dem Lande auf die Festlichkeit;
Mitsammt dem jungen König nahmen sie Schwerdt zur Zeit.

Von dem Feste man Wunder möchte sagen.
Siegmund und Siegelind die konnten wohl erjagen
Mit Gute große Ehre, das theilte viel ihre Hand,
Drum sah man viel fahrende Ritter zu ihnen reiten ins Land.

Vierhundert Schwerdtdegen die sollten tragen Kleid
Mitsammt dem jungen König; wohl manche schöne Maid
Beim Werke war nicht müßig, denn sie ihm waren hold;
Viel der edeln Steine die Frauen legten in das Gold,

Die sie mit Borten wollten würken auf ihr Gewand
Den stolzen jungen Recken; kein Fehl man dort fand.
Der Wirth der hieß behausen gar manchen kühnen Mann;
Zu einer Sonnenwende da Siegfrid Ritters Namen gewann.

Da ging zu einem Münster gar mancher reiche Knecht
Und viel der edeln Recken. Die Alten hatten recht,
Daß sie den Jungen dienten, als ihn'n war eh' gethan;
Sie hatten Kurzweile und nahmen sich mancher Freuden an.

Gott man da zu Ehren eine Messe sang;
Da hub sich von den Leuten gar groß der Gedrang,
Da sie zu Ritter wurden, nach ritterlicher Art;
Mit also großen Ehren es nimmer mehr gesehen ward.

Sie liefen, da sie fanden gesattelt manches Roß
Im Hofe Siegemunds, das Kampfspiel ward so groß,
Daß man ertosen hörte Pallast und Saal,
Die hochgemutheten Degen machten wonniglichen Schall.

Jungen man hörte manchen Stoß,
rechen gegen die Lüft' ertoß,
iegen vor dem Pallast dann;
, beide, Weiber und Mann.

es zu lassen, da zog man fort die Roß,
hen manchen Schild stark und groß,
e gefället auf das Gras,
Spangen; vom Stoße war geschehen das.

hes Gäste, da man ihnen zu sitzen rieth,
e sie von ihrer Müde schied
este, den man in Fülle trug,
en Heimischen bot man Ehren da genug.

hatten den ganzen Tag,
en Leute der Ruhe da nicht pflag,
: Gabe, die man da reichlich fand;
e gezieret des Siegemund ganzes Land.

1 lehnen Siegfrid dem jungen Mann
ls er schon eh' hatte gethan;
ssen gab da viel, seine Hand.
er Reise, daß sie kamen in das Land.

rte bis an den siebenten Tag.
hat alten Sitten nach;
iebe sie theilte rothes Gold,
bewirken, daß ihm die Leute waren hold.

renden Armen man da fand;
r, das stob ihnen von der Hand,
1 hätten nicht mehr, denn einen Tag;
gesinde so großer Herrlichkeit je mehr pflag.

endete sich die Hochzeit.
Landes hörte man von der Zeit,
nähmen zu einem Fürsten an;
icht folgen der gar herrliche Mann.

lebten, Siegmund und Siegelind,
Krone ihr beider liebes Kind;
: sein für alle die Gewalt,
te der Degen kühn und wohlgestalt't.

schelten, seit er Waffen nahm an sich,
selten, der Recke löblich,
Streit; seine mannhafte Hand
Zeiten in fremden Landen wohl bekannt.

3.
Abentheuer, wie Siegfrid kam gen Worms.

Den Herren bemühte selten dereinig Herzeleid.
Er hörte sagen Mähre, wie eine schöne Maid
Wäre in Burgunden, wie man sie wünschen nur kann,
Von der er seit viel Freuden und auch viel Arbeit gewann.

Ihre gar große Schöne, die war sehr weit kund,
Und ihr gar hoch Gemüthe zu derselben Stund'
An der Jungfrau so mancher Held erkannt';
Es ladete viel der Gäste in des Günther Land.

Wie viel man auch werben sah nach ihrer Minne,
Chriemhild sich selbst versprach in ihrem Sinne,
Daß sie keinen wollte haben zu einem trauten Mann;
Er war ihr noch gar fremd, dem sie ward seitdem unterthan.

Da gedacht auf hohe Minne das Siegelinden-Kind
Es war ihr aller Streben gegen ihn ein Wind,
Er mochte wohl verdienen schöner Frauen Leib.
Drauf ward die edle Chriemhild des kühnen Siegfrid Weib.

Ihm riethen seine Verwandte und and're seiner Mann,
Seit er auf stäte Minne Gedanken gewann,
Daß er um eine nun würbe, die ihm möcht' gebüren.
Da sprach der Herr Siegfrid: „so will ich Chriemhild heimführen,

Die edle Jungfrau von Burgundenland,
Um ihr' unmäßige Schöne; durch Sag' ist mir bekannt,
Nie ward so reicher Kaiser, der wollte haben Weib,
Ihm geziemte wohl zur Minne der reichen Königin Leib.

Die selbe Mähre vernahm da Siegemund,
Es red'ten seine Leute, davon ward ihm kund
Der Wille seines Kindes; es war ihm sehr leid,
Daß er werben wollte um die gar herrliche Maid.

Es erfuhr auch Siegelind, des edeln Königes Weib,
Sie hatte große Sorge um ihres Kindes Leib;
Denn sie wohl kannte Günther und seine Mann.
Das Werben man da dem Degen gar sehr zu verleiden begann.

Da sprach der kühne Siegfrid: „viel lieber Vater mein,
Ohn' edler Frauen Minne wollt' ich immer sein,
Ich erwürbe denn, zu der mein Herz viel große Liebe hat."
Was jemand auch reden konnte, es ward kein and'rer Rath.

„Und willst du nicht abstehen, — sprach der König da so —
So bin ich deines Willens gar herziglich froh
Und will dir's helfen vollbringen, so ich zum allerbesten kann;
Doch hat der König Günther gar manchen hoffärtigen Mann.

Wenn es auch anders niemand wäre denn Hagen der Degen,
Der kann mit Uebermuth wohl Hoffart pflegen,
Daß ich sehr fürchte, es muß uns werden leid,
Wenn wir werben wollen um die gar herrliche Maid.

„Was möchte uns das irren? — so sprach da Siegfrid —
Was ich freundlich nicht von ihnen erbitt',
Das mag so erwerben mit Kraft da meine Hand;
Ich trau' ihnen abzuzwingen, beide, Leut' und Land." —

„Dein' Rede ist mir leid, — sprach da der Fürst Siegmund —
Denn würden diese Mähre gesaget zu Burgund,
Da dürftest nimmermehr reiten in das Land;
Günther und Gernot, die sind mir lange wohl bekannt.

Mit Gewalt niemand erwerben mag die schöne Magd, —
So sprach der König Siegmund — das ist mir wohl gesagt;
Willst du aber mit Recken reiten in das Land,
So wir irgend haben Freunde, die werden schier besandt." —

„So ist mir nicht zu Muthe, — sprach wieder Siegfrid —
Daß mir sollen zu Rheine Recken folgen mit
In einer Heerfahrt, das wäre mir gar leid,
Damit ich sollt' erzwingen die viel herrliche Maid.

Sie mag wohl so erwerben da mein ein'ge Hand,
Ich will, selbst zwölfter, in Günthers Land,
Dazu sollt ihr mir helfen, mein Vater Siegemund."
Da gab man seinen Degen zu Kleidern grau und bunt.

Nun vernahm auch diese Mähre sein' Mutter Siegelind,
Sie begann zu trauern um ihr liebes Kind,
Das fürchtete sie zu verlieren von Günthers Mann,
Die edle Königin gar sehr zu weinen begann.

Es ging der Herr Siegfrid, da er die Frau sah,
Wider seine liebe Mutter sprach er gütlich da:
„Frau, ihr sollt nicht weinen um den Willen mein,
Wohl will ich ohne Sorge vor allen Feinden sein.

Und helfet mir der Reise in Burgunden Land,
Daß ich und meine Recken haben solch Gewand,
Das also stolze Degen mit Ehren mögen tragen,
Drob will ich euch meinen Dank mit Treuen wahrlich sagen." —

„Da du nicht willst abstehen — sprach Frau Siegelind —
So helf' ich dir der Reise, mein einiges Kind,
Mit den besten Gewanden, die Ritter jemals trug,
Dir und deinen Gesellen, ihrer sollt ihr führen genug."

Drob neigt' sich ihr mit Züchten Siegfrid, der junge Mann;
Er sprach: „ich will zu der Fahrt niemand mehr nehmen an,
Denn nur zwölf Recken, denen soll man wirken Gewand,
Ich will das gerne sehen, wie es um Chriemhilden sei bewandt." —

Da saßen schöne Frauen, beide, Tag und Nacht,
Ich wähne, daß ihrer keine sich Muße macht',
Bis daß sie wirkten des Siegfrid Kleider.
Er wollt' von seiner Reise nicht lassen leider.

Sein Vater hieß ihm zieren sein ritterlich Gewand,
Darin er fahren wollte in Burgunden Land
Und ihre lichten Panzer, die wurden auch bereit't,
Und ihre gar festen Helme, ihre Schilde schön und breit.

Da nahte ihnen ihre Reise zu den Burgunden von dann,
Um sie begannen zu sorgen, beide, Weib und Mann,
Ob sie je mehr kommen sollten heim wieder in das Land.
Die Helden hießen für sich laden, beide, Waffen und Gewand.

Ihre Roß die waren schön, ihr Reitzeug Goldes roth.
Lebt' jemand übermüth'ger, dazu hatt' er keine Noth,
Als da war Siegfrid und seine Mannen,
Urlaub er da begehrt' zu den Burgunden von dannen.

Ihm weinten trauriglich der König und sein Weib;
Er tröstete minniglich da ihrer beider Leib,
Er sprach: „ihr sollt nicht weinen um den Willen mein,
Immer ohne Sorgen mögt ihr wohl meines Lebens sein."

Es war gar leid dem Recken, es weinte auch manche Magd
Ich wähn', ihnen hatte recht ihr Herz das gesagt,
Daß ihnen so viel' ihrer Freunde dadurch lägen todt.
Mit Recht sie da klageten, das rieth ihnen wahrhafte Noth.

An dem siebenten Morgen zu Worms auf dem Sand
Ritten die gar Kühnen; alles ihr Gewand
War von rothem Golde, ihr Reitzeug wohlgethan,
Ihre Roß ihnen gingen gleich, des kühnen Siegfrid Mann.

Ihre Schilde waren neu, stark und breit,
Und hochleuchtend ihre Helme, da zu Hofe reit't
Siegfrid, der gar kühne, in Günthers Land;
Man sah an Degen nie mehr so herrlich Gewand.

Die Spitzen ihrer Schwerdter gingen nieder auf die Sporen,
Es führten scharfe Lanzen die Ritter auserkohren,
Siegfrid der führte eine, wohl zweier Spannen breit,
Die an ihren Ecken viel und gewaltiglichen schneid't.

Die goldfarbenen Zäume führten sie an der Hand,
Seidene Bug-Borten; so kamen sie in das Land.
Das Volk sie allenthalben anzugaffen begönn,
Da liefen ihnen entgegen des Königes Günther Mann.

Die hochgemüthen Recken, Ritter und Knecht,
Die sprangen zu den Gästen, das war großes Recht
Und empfingen die Degen in ihrer Herren Land;
Sie nahmen ihnen die Mähren mit den Schilden von der Hand.

Die Roß sie wollten von dann ziehen an ihr Gemach.
Siegfrid der gar kühne, wie schnell er da sprach:
„Laßt noch eine Weile hier bei uns steh'n die Mähren,
Es ist mein guter Wille, wir wollen bald von hinnen kehren.

Man soll auch unsere Schilde nicht von uns tragen.
Wo ich den König finde, das soll man mir sagen,
Günthern den gar reichen, aus Burgunden Land."
Da saget es ihm einer, dem es recht war bekannt.

„Wollt ihr den König sprechen, das mag sehr wohl geschehen;
Auf jenem weiten Saale da hab' ich ihn gesehen,
Da sollt ihr hin geh'n, bei seinen Helden trefft ihr ihn an,
Da möget ihr vor ihm finden manchen auserwählten Mann.

Da wurden auch dem Könige nun gesagt die Mähren,
Daß auf dem Hofe gar wohlgethane Ritter wären,
Die führten reiche Panzer und herrlich Gewand;
Sie erkannte niemand in der Burgunder Land.

Den Wirth nahm das Wunder, von wannen kämen dar
Die herrlichen Recken, in Gewanden licht und klar,
Und mit so schönen Schilden, neu und breit.
Daß ihm das sagte niemand, das war Günthern leid.

Da sprach zu dem König von Metz Herr Ortwein:
„Reich und kühn die Recken mögen wohl sein;
Da wir sie nicht erkennen, so sollt ihr heißen gehen
Nach meinem Oheim Hagen, den sollen wir sie lassen sehen.

Dem sind wohl kund die Reiche und alle fremde Land',
Kann er sie erkennen, das macht' er uns bekannt."
Der König Hagen, seinen Mann, ihm zu bringen bat.
Man sah, wie er herrlich mit Recken hin zu Hofe trat.

Was ihm der König wollte? das ward von Hagen gefragt.
„Es haben sich in mein Haus unbekannte Degen gewagt,
Die niemand hier erkennet, ob ihr sie je gesehen
Habt in fremden Landen, das sollt ihr bald mir gestehen." —

„Das thu' ich sicherlich." — Zu einem Fenster er stand,
Seine Augen er da auf die Gäste wandt';
Wohl behagte ihm ihr Reitzeug und alles ihr Gewand,
Sie waren ihm gar fremd' in der Burgunden Land.

Er sprach: „von wannen fuhren die Recken an den Rhein,
Es mögen Fürsten selbst oder Fürsten Boten sein;
Ihre Roß die sind so schön, ihre Kleider sehr gut,
Von wannen sie auch ritten, sie sind Helden voll hohen Muth."

Weiter sprach da Hagen: „wie ich mir denken kann,
Obgleich ich Siegfrid noch nie gesehen, den Mann,
So will ich doch — wie sich's gefügt hat — trauen,
Daß es sei der Recke, der dort so herrlich zu schauen.

Er bringet neue Mähre her in diese Land';
Die kühnen Nibelungen schlug des Helden Hand,
Des reichen Königs Kind, Schilbunch und Nilbunch;
Er übte seit mit seiner großen Kraft Wunder genung.

Da der Held alleine ohn' alle Hülfe ritt,
Fand er vor einem Berge, man theilt' es mir wohl mit,
Beim Nibelungen Schatz gar manchen kühnen Mann;
Die waren ihm eh' ganz fremd', bis er ihre Kunde da gewann.

Schatz der Nibelungen der war dargetragen,
Aus einem hohlen Berge — nun höret Wunder sagen —
Wie ihn wollten theilen der Nibelunge Mann.
Das sah der Degen Siegfrid, den Held es zu wundern begann.

Er kam zu ihnen so nahe, daß er die Recken sah
Und auch ihn die Degen. Ihrer einer sprach da:
„„Hie kommt der starke Siegfrid, der Held vom Niederland."";
Viel seltsame Mähre er an den Nibelungen fand.

Den Recken wohl empfingen Schilbunch und Nilbunch,
Mit allgemeinem Rath die edlen Fürsten jung
Den Schatz ihn baten zu theilen, den sehr kühnen Mann,
Und baten also lange, bis er ihnen's zu geloben begann.

Er sah so viel Gesteines, als wir hören sagen,
Hundert ganze Wagen es mochten nicht tragen,
Noch mehr des rothen Goldes von Nibelungen Land;
Das sollt' ihnen alles theilen des kühnen Siegfrid Hand.

Da gaben sie ihm zum Lohne des Nibelung Schwerdt,
Es wurde ihnen der Dienst zum Uebel gekehrt,
Den ihnen da leisten sollte Siegfrid der gute Held,
Er konnte es nicht enden, ihr Gemüth der Zorn befällt.

Den Schatz er ungetheilet mußte lassen;
Da begannen mit ihm zu streiten der zweier Könige Sassen.
Mit ihres Vaters Schwerdt, das Balmunch war genannt,
Erstritt von ihnen der Kühne den Schatz und Nibelungen Land.

Sie hatten da ihre Freunde, zwölf gar kühne Mann,
Das starke Riesen waren; was war's für sie gethan?
Die schlug da mit Zorn des Siegfrid Hand,
Und Recken siebenhundert zwang er von Nibelungen Land.

Dazu die reichen Könige, die schlug er beide todt.
Er kam von Alberich darauf in große Noth,
Der wähnte seine Herr'n zu rächen da zuhand,
Bis er die große Stärke darauf an Siegfrid fand.

Da konnt' ihn nicht bestreiten der gar starke Zwerg,
Gleichwie die wilden Löwen liefen sie an den Berg,
Da er die Nebelkappe drauf Albrich abgewann,
Da war des Schatzes Herr, Siegfrid, der furchtbare Mann.

Die sich getrauten zu fechten, die lagen alle erschlagen;
Den Schatz hieß er da bald führen und tragen,
Da ihn davor nahmen die Nibelungen Mann;
Alberich der gar starke da die Kammer gewann.

Er mußt ihm schwören Eide, er dient' ihm, wie sein Knecht,
Zu allerhand Dienste war er ihm gerecht. —
So sprach von Troneg Hagen. — Das hat er gethan;
Also großer Kraft nie kein Recke mehr gewann.

Noch weiß ich von ihm Mähre, das ist mir wohl bekannt:
Einen Linddrachen schlug des Helden Hand,
Da badete er in dem Blute, seine Haut hörnern ward,
Drum schneidet ihn kein Waffen, das hat man oft gewahrt.

Nun sollen wir den Recken empfangen desto baß,
Daß wir nicht verdienen seinen starken Haß;
Sein Leib der ist so kühn, hold sei man dem Mann,
Er hat mit seiner Kraft wohl manches Wunder gethan."

Da sprach der reiche König: „Du magst wohl sagen wahr;
Nun sieh, wie tapferlich er steht und streitbar,
Der wunderkühne Mann, er und seine Degen;
Wir sollen nieder zu den Recken gehen ihm entgegen." —

„Das mögt ihr wohl mit Ehren thun, — sprach Hagen dagegen —
Er ist eines Königs Sohn, seine Verwandte sind hohe Degen;
Er steht mit der Gebärde, mich dünket, wisse Christ,
Es sei nicht kleine Mähre, darum er her geritten ist."

Da sprach der Wirth des Landes: „nun sei er uns willkommen,
Er ist edel und kühn, das hab' ich wohl vernommen,
Das soll er auch genießen in Burgundenland."
Da ging der König Günther, da er Siegfrid fand.

Den Gast empfingen der Wirth und seine Recken,
Daß keinen Mangel an Zucht an ihnen man konnt' entdecken;
Drob begann der wohlgethane Mann sich zu neigen,
Man sah auch ihn züchtiglich mit seinen Recken sich zeigen.

„Mich wundert diese Mähre — sprach der König zuhand —
Warum ihr, edler Siegfrid, seid kommen in dies Land,
Oder was ihr wollet werben zu Worms an dem Rhein?"
Da sprach der Gast zu dem Wirth: „das soll euch unverhohlen sein.

Mir ward gesagt Mähre in meines Vaters Land,
Daß hier bei euch wären (das hätte ich gerne erkannt)
Die allerkühnsten Recken (das hab' ich viel vernommen),
Die je König gewann, darum bin ich hergekommen.

Auch höre ich euch selbst die Tapferkeit zugestehen,
Daß man keinen kühneren König habe gesehen,
Davon reden viel Leute über alle diese Land;
Nun will ich nicht ablassen, bis daß es mir werde bekannt.

Ich bin auch ein Recke und sollte Krone tragen,
Ich will das gerne fügen, daß sie von mir sagen,
Daß ich habe mit Recht, beide, Leute und Land,
Dazu soll meine Ehre und auch mein Haupt seien Pfand.

Da ihr seid so kühn, als mir ist gesagt,
So ruh' ich nicht, in Treuen, sei es auch von jemand beklagt,
Ich will von euch erzwingen, was euch gehöret an,
Land und Burgen, das soll mir werden unterthan."

Der König wunderte sich und alle seine Mannen
Ueber solche Mähre, deren Kunde sie hier gewannen,
Daß er den Willen hätte, zu nehmen ihm sein Land,
Das hörten seine Degen, da ward ihnen Zürnen bekannt.

„Wie hätt' ich das verdienet — sprach Günther der Degen —
Daß, was mein Vater lange mit Ehren konnte pflegen,
Daß wir das sollten verlieren von jemands Ueberkraft?
Wir ließen schlecht sehen, daß wir auch üben Ritterschaft." —

„Ich will nicht davon ablassen — sprach wieder der kühne Held —
Es sei denn, daß von deiner Kraft dein Land den Frieden behält,
Ich will es ganz verwalten; und auch das Erbe mein,
Erwirbst du's mit deiner Stärke, das soll dir unterthänig sein.

Dein Land und auch das meine die sollen gleich liegen,
Welcher unser einer dem andern mag obsiegen,
Dem soll es alles dienen, die Leut' und auch die Land'."
Das widerredet' alleine der Herr Gernot so zuhand:

„Wir haben deß nicht Verlangen — sprach da Herr Gernot —
Daß wir ein Land erzwingen, daß jemand darum todt
Liege vor Helden Händen, wir haben reiche Land;
Die dienen uns mit Recht, niemand sind sie baß zugewandt."

Mit grimmigem Muthe standen da die Freunde sein.
Nun war auch darunter von Metz Herr Ortwein,
Der sprach: „mir ist sehr leid diese Sühne,
Euch hat ohne Schuld Fehde verkündet Siegfrid der Kühne.

Wenn ihr und eure Brüder hättet nicht solche Wehr,
Und wenn er vor euch führte ein ganzes Königsheer,
Ich traut' wohl zu erstreiten, daß der kühne Degen
So großen Uebermuth müßte ablassen von Rechtswegen."

Drob zürnte mächtig sehr der Held von Niederland;
Er sprach: „es soll sich nicht vermessen wider mich dein' Hand
Ich bin ein reicher König, du bist nur Königs Mann
Sonst wollt' ich mit deiner Zwölfe wohl Streit nehmen an."

Nach Schwerdtern rief da sehr von Metz Herr Ortwein,
Er verdiente sehr wohl Hagen von Troneg Schwestersohn zu sein.
Daß der so lange schwieg, das war dem Könige leid.
Da übernahm es Gernot der Degen voll Muth und Kühnheit.

Er sprach zu Ortwein: „laßt euer Zürnen steh'n,
Uns ist solches vom Herrn Siegfrid noch nicht gescheh'n,
Wir mögen es noch wohl scheiden mit Güte, das ist mein Rath,
Und haben ihn zum Freunde, das ist viel löblichere That."

Da sprach der starke Hagen: „uns mag wohl seien leid,
Und allen deinen Degen, daß er auf Streit
Je ritt hieher zum Rheine; er sollt' nicht denken dran,
Ihm hätten meine Herren solch Leid nie angethan."

Drauf antwortete Siegfrid, der kräftige Mann:
„Was ich sprach, Herr Hagen, nehmt ihr ein Aergerniß dran,
So will ich lassen sehen, daß die Hände mein
Wollen viel gewaltig hier zu den Burgunden sein."—

„Das soll ich allein wenden." Sprach wieder Gernot;
Allen seinen Degen zu reden er verbot
Etwas mit Uebermuth, das ihm wäre Leid.
Da gedacht' auch Siegfrid an die gar herrliche Maid.

„Wie ziemt' uns mit euch Streiten? — sprach wieder Gernot —
Wie viel Helden nun darum müßten liegen todt,
Wir hätten davon wenig Ehre und ihr sehr kleinen Lohn."
Da antwortete ihm Siegfrid, des Königes Siegismund Sohn:

„Warum zögert Hagen und auch Ortwein,
Daß er nicht geht zu streiten mit den Freunden sein,
Deren er also manche hier zu Lande hat?"
Sie mußten Rede vermeiden, das war Gernot's Rath.

„Ihr sollt uns sein willkommen — sprach Giselher das Kind —
Mit euren Heergesellen, die mit euch kommen sind;
Wir sollen euch gerne dienen, ich und die Freunde mein."
Da hieß man den Gästen schenken den Günthers Wein.

Da sprach der Wirth des Landes: „was uns gehöret an,
Begehrt ihr's, wie es ziemt, das sei euch unterthan,
Und sei mit euch getheilet Leib und Gut."
Da ward der Herr Siegfrid etwas sanfter in seinem Muth.

Da hieß man ihnen behalten all' ihr Gewand,
Man gab ihnen Herberge, die beste die man fand,
An Siegfrids Knappen, man schuf ihnen gut Gemach da;
Den Gast man seitdem gerne bei den Burgunden sah.

Man bot ihm große Ehre darnach in manchen Tagen,
Tausendmal mehr, denn ich euch kann sagen,
Das hatte verdient seine Kraft, ihr sollt glauben das,
Ihn sah sehr wenig jemand, der ihm trüge Haß.

Sich beflissen der Kurzweil die Könige und ihre Mann,
Da war er stets der Beste, was man auch begann;
Es konnt' ihm niemand folgen, so groß war seine Kraft,
Mochten sie den Stein werfen, oder schießen den Schaft.

Was sie vor den Frauen durch ihre Sittigkeit
Für Kurzweil thaten, die Ritter zum Kampf bereit,
Da sah man immer gerne den Held von Niederland;
Er hatte auf hohe Minne seine Sinne gewandt.

Bei Hofe die schönen Frauen fragten der Mähre:
Wer der fremde stolze Recke wäre?
„Sein Leib der ist so schön, so reich ist sein Gewand."
Da sprachen ihrer genug: „es ist der Held aus Niederland."

Was man da begann, dazu war sein Leib bereit,
Er trug in seinem Sinne eine minnigliche Maid
Und auch ihn allein die Frau, die er sah noch nie;
Von ihm heimlich sehr oft gütlich sprach sie.

Wenn auf dem Hofe die Jungen wollten spielen da,
Ritter und Knechte, das sehr oft ansah
Chriemhild durch die Fenster, die Königin hehr,
Keiner Kurzweil bedurfte sie in den Zeiten mehr.

Und wüßt' er, daß ihn sähe, die er im Herzen trug,
Da hätt' er Kurzweil immer von genug,
Sähen sie seine Augen, ich will wohl wissen das,
Daß ihm in dieser Welt nimmer könnte werden baß.

Wann er auf dem Hofe stand bei den Degen,
Wie noch die Leute aus Kurzweil' pflegen,
So stand so minniglich das Kind von Sieglinden,
Daß er viel herzliche Liebe bei mancher Fraue mochte finden.

Er gedacht' auch manche Zeit: wie soll das geschehen,
Daß ich die edle Magd mit Augen möge sehen,
Die ich von Herzen nun schon so lange minne?
Die ist mir noch gar fremd, drob muß ich oft haben traurige Sinne.

So oft die reichen Könige ritten in ihr Land,
So mußten auch die Recken mit ihn'n all' zuhand;
Damit mußte auch Siegfrid, das war den Frauen leid;
Er litt auch von ihrer Minne oft große Arbeit.

So wohnte er bei den Herren, das ist ganz wahr,
In Günthers Lande völliglich ein Jahr,
Daß er die Minnigliche die Zeit nie ersah,
Von der ihm darnach viel Liebe und auch viel Leid geschah.

4.

Abentheuer, wie Siegfrid mit den Sachsen stritt.

Nun nahten fremde Mähre in Günthers Land
Von Boten, die ihnen ferne wurden dar gesandt,
Von unbekannten Recken, die ihnen trugen Haß.
Da sie die Rede vernahmen, leid war ihnen inniglich das.

Die will ich euch nennen: es war Lüdiger
Aus Sachsenland, ein reicher Fürst und Herr,
Und auch von Dänemark der König Lüdegast,
Der bracht' in seiner Reise wohl manchen herrlichen Gast.

Die Boten kommen waren in Burgunden-Land,
Die ihre Widersacher hatten dar gesandt;
Da fragte man der Mähre die unbekannten Mann;
Zu Hofe vor den König brachte man sie bald dann.

Der König sie grüßte schön, er sprach: „seid willkommen!
Wer euch her habe gesendet, das hab' ich noch nicht vernommen,
Das sollt ihr lassen hören." So sprach der König gut.
Da fürchteten sie gar sehr des grimmen Günther Muth.

„Wollt ihr uns, König, erlauben, daß wir euch Mähre sagen,
Die wir euch da bringen, wir woll'n sie nicht heimlich tragen,
Wir nennen euch die Herren, die uns her haben gesandt,
Lüdegast und Lüdiger, die wollen euch heimsuchen in eurem Land.

Ihr habt ihren Zorn verdienet, wir hörten wohl das,
Daß euch die Herren beide tragen feindlichen Haß;
Sie wollen Heerfahrt halten gen Worms an den Rhein,
Ihnen helfen viele Degen, drum sollt ihr gewarnet sein.

Innerhalb zwölf Wochen die Reise muß geschehen;
Habt ihr irgend gute Freunde, das lasset bald sehen,
Die euch beschützen helfen die Burge und eure Land';
Hier wird von ihnen zerhauen mancher Helm und Schildes Rand.

Oder wollt ihr mit ihnen dingen, das entbietet ihnen dar,
So reitet euch nicht so nahe die mannliche Schaar
Von euren starken Feinden, auf herzliche Noth,
Davon viel gute tapfere Ritter müssen liegen todt." —

„Nun wartet eine Weile, — sprach der König gut —
Bis ich mich besser besinne, ich künd' euch meinen Muth;
Hab' ich jemand mir treu, dem soll ich es wohl sagen,
Diese starke Mähre soll ich meinen Freunden klagen."

Dem sehr reichen Günther ward leid genug;
Die Rede er heimlich in seinem Herzen trug.
Er hieß berufen Hagen und andere seine Helden,
Und gebot auch bald die Kunft gen Hof an Gernot zu melden.

Da kamen dar die Besten, deren man da fand;
Er sprach: „man will uns heimsuchen hier in unserm Land',
Mit starker Heerfahrt, das laßt euch seien leid,
Es ist ohn' uns're Schuld, daß sie uns bringen Streit." —

„Das wehren auch wir mit Schwerdtern — sprach da Gernot —
Da sterben nur die Feigen, die lasset liegen todt,
Darum ich nicht vergessen mag der Ehre mein;
Unsere Widersacher die sollen uns willkommen sein."

Da sprach von Troneg Hagen: „das dünket mich nicht gut;
Lüdegast und Lüdiger die tragen Uebermuth;
Wir mögen uns nicht beschicken in so kurzen Tagen; —
So sprach der kühne Recke —, ihr sollt es Siegfrid sagen."

Die Boten herbergen hieß man in die Stadt;
Wie feind man ihnen war, sehr schön sie pflegen that
Günther der reiche König, das war wohl recht,
Bis er fand an Freunden, wer ihm wohl beistehen möcht'.

Dem König in seinen Sinnen war jedoch sehr schwer;
Da sah ihn also traurend ein Degen kühn und hehr,
Der nicht mochte wissen, was ihm war geschehen;
Da bat er den König Günther, ihm die Mähre zu gestehen.

Mich nimmt das sehr Wunder — so sprach da Siegfrid —
Wie ihr so habt verkehret die fröhliche Sitt',
Der ihr mit uns nun lange konntet bisher pflegen."
Drauf antwortete ihm da Günther, der gar zierliche Degen:

Wohl mag ich allen Leuten die Schwere nicht sagen,
Die ich muß heimlich in meinem Herzen tragen,
Man soll stäten Freunden klagen Herzens Noth."
Des Siegfrid Farbe ward, beides, bleich und roth.

Er sprach zu dem Könige: „glaubt es auf meinen Eid,
Ich soll euch helfen wenden all euer Leid,
Und wollt ihr Freunde suchen, der'n soll ich einer sein,
Und trau's wohl zu vollbringen mit Ehren bis an das Ende mein." —

Nun lohn' euch Gott, Herr Siegfrid, die Rede mich dünket gut;
Und wenn auch nimmer Hülfe mir leistet euer Muth,
Ich freu' mich doch der Mähre, daß ihr mir seid so hold;
Lebe ich noch eine Weile, wohl ich's euch danken wollt'.

Ich will euch lassen hören, warum ihr mich traurig findet:
Von den Boten meiner Feinde ward mir verkündet,
Daß sie mich wollen suchen mit Heerfahrt hie,
Das thaten uns noch Degen her zu diesen Landen nie." —

Das achtet nur geringe — so sprach da Siegfrid —
Besänftigt euer Gemüth und thut, das ich euch bitt',
Laßt mich euch erwerben Ehre und Frommen,
Ehe daß eure Feinde her zu diesen Landen kommen.

Wenn eure starken Feinde dreißig tausend Recken
Zu Hülfe haben möchten, ich wollt' sie niederstrecken,
Hätt' ich nicht mehr denn tausend; verlasset euch auf mich."
Da sprach der König Günther: „das verdien' ich immer um dich." —

B

„So heißet mir gewinnen tausend eurer Mann,
Doch ich von den meinen stellen nicht mehr kann,
Als nur zwölf Recken, so wehre ich euer Land;
Euch soll immer dienen mit Treuen Siegfrids Hand.

Dazu soll'n uns helfen Hagen und auch Ortwein,
Dankwart und Sindolt, die lieben Recken dein.
Auch soll da mit reiten Volker der kühne Held,
Der soll die Fahne führen; mir niemand baß gefällt.

Und laßt die Boten reiten heim in ihrer Herrn Land,
Daß sie uns da sehen schier, das mach' man ihnen bekannt,
So daß uns're Burgen Frieden müssen genießen."
Die Könige, beide, Verwandte und Mannen, besenden hießen.

Die Boten Lüdigers zu Hofe gingen drauf,
Daß sie zu ihr'm Land sollten, drob waren sie wohl auf.
Da bot ihnen der König Günther reiche Gabe und Gut
Und verschafft' ihnen sein Geleit; drob stund ihnen hoch der Muth.

„Nun saget — sprach da Günther — den beiden Feinden mein,
Sie mögen mit ihrer Reise wohl daheim sein;
Wollen sie aber mich suchen hier in mein'm eig'nen Land,
Mich verlassen denn meine Feinde, sonst wird ihnen Arbeit bekannt."

Den Boten reiche Gabe man da vortrug,
Deren hatte zu geben der reiche König genug;
Die durften nicht verschmähen die Lüdigers Mannen.
Urlaub sie da nahmen und fuhren fröhlich von dannen.

Da die Boten waren zu Dänemark kommen
Und der König Lüdegast das hatte wohl vernommen,
Wie sie am Rheine redeten, als ihm das ward gesagt,
Ihr starker Uebermuth ihn gar unmäßig plagt.

Sie sagten ihm, daß sie hätten wohl manchen kühnen Mann:
„Darunter einen stehen vor Günther sah man,
Der war geheißen Siegfrid, ein Held aus Niederland."
Es war Lüdegast leid, da er die Mähre recht erkannt.

Da die von Dänemark dies hörten erzählen,
Eilten sie der Freunde desto mehr zu erwählen,
Bis daß der König Lüdegast seiner Verwandte und Mann
Wohl zwanzig tausend Degen zu seiner Reise gewann.

Da sammelte sich auch von Sachsen der König Lüdiger,
Bis daß sie vierzig tausend gewannen und wohl noch mehr,
Mit denen sie wollten in Burgunden-Land reiten.
Da thät sich auch daheim der König Günther bereiten,

Mit seinen Verwandten und seiner Brüder Mannen,
Die sie zum Kampf führen wollten von dannen,
Und auch Hagens Recken, das rieth den Helden Noth;
Darunter mußten viel Degen seitdem leiden den grimmigen Tod.

Sie beflissen sich der Reise, da sie wollten von dann;
Die Fahne mußte leiten Volker der kühne Mann;
Also sie wollten reiten von Worms über den Rhein.
Hagen der sehr starke der mußte Schaarmeister sein.

Damit ritt auch Sindolt und der kühne Hunolt,
Die wohl verdienen konnten Günthers Gold,
Dankwart, Hagens Bruder, von Metz Herr Ortwein,
Die mochten wohl mit Ehren in der Heerfahrt sein.

Herr König, bleibet hier heim — sprach da Siegfrid —
Da eure Recken mir wollen folgen mit,
Bleibet bei den Frauen und traget hohen Muth,
Ich traue euch wohl zu behüten, beides, Ehre und Gut.

Die euch da wollen suchen zu Worms an dem Rhein,
Das will ich wohl behüten, sie mögen daheim sein.
Wir sollen ihnen reiten so nahe in ihr Land,
Daß ihnen ihr Uebermuth werde zu Sorgen gewandt."

Vom Rheine sie durch Hessen mit ihr'n Helden ritten
Gegen der Sachsen Land, da ward bald gestritten;
Mit Raub und mit Brand verwüsteten sie das Land,
Daß es beiden Fürsten ward mit Noth wohl bekannt.

Sie kamen auf die Mark, die Knechte zogen von dann.
Siegfrid der gar starke fragen nun begann:
Wer soll das Gesinde uns nun behüten hie?
Wohl ward gegen Sachsen geritten schädlicher nie."

Sie sprachen: „laßt die Jungen hüten auf den Wegen
Den gar kühnen Marschall, der ist ein schneller Degen,
Wir verlieren desto minder von Lüdigers Mann.
Vertraut ihm und Ortwein hier die Nachhut an." —

So will ich selbst reiten, — sprach Siegfrid der Degen —
Und will gegen die Feinde der Warte selber pflegen,
Bis ich gar recht finde, wo die Recken sind."
Da ward gewaffnet bald der schönen Sieglinde Kind.

Das Volk befahl er Hagen, da er wollt' von dann,
Und auch Gernot, dem gar kühnen Mann;
Da ritt er allein von dannen in der Sachsen Land
Da er die rechten Mähren wohl mit seiner Kraft fand.

Da sah er das große Heer, das auf dem Felde zog
Und mit Ungefüge seine Hülfe überwog;
Es waren wohl vierzig tausend oder auch noch baß.
Der Held in hohem Muthe sah sehr fröhlich das.

Da hatte sich auch ein Recke von den Feinden dar
Erhoben auf die Warte, der im Umschau'n fleißig war;
Den sah der Herr Siegfrid und ihn der kühne Mann.
Jedweder da den andern mit Grimm anzuschauen begann.

Ich sag' euch, wer der war, der hier der Warte pflag;
Ein lichter Schild von Golde ihm vor den Händen lag:
Es war der König Lüdegast, der hütete seiner Schaar.
Der gar edele Gast sprengte recht herrlich dar.

Nun hatte auch ihn Herr Lüdegast feindlich erkoren;
Ihre Roß' sie stachen beide in die Seiten mit den Sporen,
Sie neigten auf die Schilde die Schäfte mit ihrer Kraft;
Dadurch ward dem reichen König gar große Sorge geschafft.

Die Roß' nach dem Stich trugen die reichen Königs-Kind'.
Mit Kraft gen einander, als ob sie wehte der Wind;
Mit den Zäumen wendeten sie sich gar ritterlich dann,
Mit Schwerdtern es versuchten die zween grimmigen Mann.

Da schlug der Herr Siegfrid, daß all' das Feld ertoß;
Es stoben aus den Helmen, wie von Bränden groß,
Die rothen Feuerfunken von des Helden Hand;
Da stritt gar mächtiglich der kühne Vogt aus Niederland.

Da schlug auch ihm Herr Lüdgast gar manchen grimmen Schlag,
Ihres jedweden Kraft auf Schilden stark lag.
Da hatten das gewahret wohl dreißig seiner Mann,
Ehe sie ihm Hülfe brachten, den Sieg da Siegfrid gewann,

Mit drei starken Wunden, die er dem Könige schlug
Durch einen lichten Panzer, der war doch gut genug;
Das Schwerdt an seiner Schneide bracht' aus Wunden Blut,
Drob mußte der König Lüdegast haben traurigen Muth.

Er bat, ihn leben zu lassen und bot ihm seine Hand
Und sagt' ihm, daß er wäre Lüdegast genannt.
Da kamen seine Recken, die hatten wohl gesehen,
Was da von ihnen beiden auf der Warte war geschehen.

Er wollt' ihn führen von dannen, da ward er angerannt
Von dreißig seiner Mannen; da wehrte des Helden Hand
Seine reiche Geisel mit ungefügen Schlägen:
Ihnen that großen Schaden Siegfrid der waidliche Degen.

)ie dreißig er zu Tode gar kapfer schlug,
'r ließ nur leben einen; der ritt bald genug
nd sagte hin die Mähre, was hie war geschehen,
uch mochte man die Wahrheit an seinem rothen Helme sehen.

on denen von Dänemark ward gar sehr geklagt,
hr Herr war gefangen, da ihnen das ward gesagt;
Ian sagt' es seinem Bruder, zu toben der begann
on ungefügem Zorne; denn ihm Leid war gethan.

idegast der reiche ward geführt von dannen
urch Siegfrids Gewalt zu Günthers Mannen,
r befahl ihn an Hagen; der Recke kühn und gut,
a er vernahm die Mähre, da ward er fröhlich zumuth.

r hieß die Burgunden ihre Fahnen binden an.
Wohl auf — so sprach Siegfrid — hier wird noch mehr gethan,
h' sich der Tag endet, behalt' ich Leben und Leib,
Wird bekümmert im Sachsenland noch manches guten Recken Weib.

hr Helden von dem Rhein, ihr soll meiner nehmen wahr,
ch kann euch wohl geleiten in Lüdigers Schaar,
a seht ihr Helme zerhauen von guter Recken Hand;
h' daß wir zurück wenden, wird Sorge ihnen bekannt."

ı den Rossen ging da Gernot und seine Mann,
olker der gar kühne führte die Fahne von dann,
er starke Fiedeler, da ritt er vor der Schaar;
a war auch das Gesinde zum Streite herrlich gar.

ie führten doch nicht mehr, denn nur tausend Mann,
arüber zwölf Recken. Stieben da begann
er Staub von den Straßen, sie ritten über Land,
a sah man scheinen gar manchen herrlichen Schildes Rand.

un waren auch die Sachsen mit ihren Schaaren gekommen
Mit Schwerdtern wohl geschliffen, wie wir es haben vernommen,
hre Schwerdter schnitten sehr den Helden an der Hand.
a wollten sie gegen die Gäste wehren Burgen und Land.

er Herren Schaarmeister das Volk führte von dannen;
a war auch Siegfrid kommen mit seinen Mannen,
ie er mit sich brachte aus der Niederland,
es Tages ward im Sturme gar manche blutige Hand.

Sindolt und Hunolt und auch der Herr Gernot,
ie schlugen in dem Streit gar manchen Helden todt,
h' sie das recht erkundeten, wie kühn war ihr Leib;
Das mußte drauf beweinen gar manches herrliche Weib. —

Volker und Hagen und auch Herr Ortwein,
Die löschten in dem Streite gar manches Helmes Schein
Mit fließendem Blute, die sturmkühnen Mann,
Da ward von Dankwart gar großes Wunder gethan.

Die von Dänemark versuchten wohl ihre Hand,
Da hörte man vom Stoß erschallen manchen Schildes-Rand,
Und auch von scharfen Schwerdtern, der'n man da viel' zerschlug;
Die streitkühnen Sachsen thaten Schaden auch genug.

Da die von Burgunden drangen in den Streit,
Ward von ihnen gehauen gar manche Wunde weit,
Da sah man über Sättel fließen rothes Blut;
So warben nach den Ehren die Ritter kühn und gut.

Man hörte da laut erschallen den Helden an der Hand
Die gar scharfen Waffen, da die von Niederland
Nach drangen ihrem Herrn in die starke Schaar;
Sie kamen tapferlich mit sammt Herrn Siegfrid dar.

Der'n vom Rheine sah man niemand ihm folgen nach;
Man mochte sehen fließen den blutigen Bach
Durch die gar leuchtenden Helme von Siegfrids Hand,
Bis er Lüdigern vor seinen Heergesellen fand.

Dreimal die Wiederkehr nun hatt' er genommen
Durch das Heer bis an's Ende, nun war auch Hagen gekommen,
Der half ihm wohl erfüllen im Sturme seinen Muth.
Des Tages mußte vor ihnen sterben gar mancher Ritter gut.

Da der starke Lüdiger Siegfriden fand,
Und daß er also hoch trug in seiner Hand
Das gute Schwerdt Balmung und ihrer so manchen erschlug,
Darum ward der Kühne vor Leide zornig genug.

Da ward ein großes Dringen und heller Schwerdter Klang,
Da ihr Gesinde gegen einander drang,
Da versuchten sich die Recken beide desto baß;
Die Schaar begann zu weichen, sich hub da gewaltiger Haß.

Dem Vogte von den Sachsen war da wohl gesagt,
Sein Bruder wär' gefangen; das ward von ihm beklagt;
Wohl wußt' er, daß es thäte der Sieglinde Kind;
Man zeihte deß Gernot — gar anders die Mähren sind.

Die Schläge Lüdigers die waren also hart,
Daß ihm unter'm Sattel die Mähre strauchelnd ward,
Doch sich das Roß erholte; der kühne Siegfried
In dem Sturme in gar furchtbaren Zorn geriet.

;l Hagen und auch Gernot,
er; es lagen ihrer viele todt,
: und Ortwein der Degen,
; Streit zum Tode manchen niederlegen.

u scheiden waren die Fürsten hehr;
Helme fliegen manchen Speer
childe, von der Helden Hand;
:ben manchen herrlichen Schildesrand.

ırme stieg mancher Mann
sen; einander liefen sie an,
hne und auch Lüdiger;
te fliegen und gar manchen scharfen Speer.

dspangen von Siegfrids Hand,
zu erwerben der Held von Niederland,
chsen, die duldeten Ungemach;
Ringe der schnelle Dankwart zerbrach.

Lüdiger auf einem Schild erkannt
, an Siegfrids Hand;
i es wäre der kräftige Mann.
Freunden gar laut zu rufen begann:

Streites, meine Verwandte und Recken,
Sohn that ich hier entdecken,
Starken hab' ich hier erkannt;
eufel her zu den Sachsen gesandt."

lassen in dem Sturme nieder,
:te, den gewährte man ihm wieder,
en Geisel in Günthers Land;
erzwungen des kühnen Siegfrid Hand.

ath ließen sie den Streit,
hilde, durchhauen groß und weit,
Händen; gar viel man deren fand,
Farbe von der Burgunden Hand.

wollten, dazu hatten sie Kraft.
die Recken kühn und sieghaft,
aufbahren, sie führten mit sich von dann,
Rheine, wohl fünfhundert waidlicher Mann.

: gen Dänemark ritten.
Sachsen so hoch nicht gestritten,
könnt' geben, das ward den Helden schwer;
e Todten von ihren Freunden beklagt sehr.

Sie hießen ihre Waffen wieder aussäumen an den Rhein,
Es hatte wohl geworben mit den Recken sein
Siegfrid der gar starke, der hatte gut gethan,
Das ihm gestehen mußten alle Günthers Mann.

Gegen Worms sandte der Herre Gernot,
Heim zu seinem Lande, den Freunden er entbot,
Wie gelungen wäre ihm und seinen Mann;
Es hätten die gar kühnen wohl der Ehr' gemäß gethan.

Die Edelknaben liefen, von denen es ward gesagt;
Da freuten sich vor Liebe, die eh' hatten geklagt,
Dieser lieben Mähre, die ihnen da waren kommen.
Da ward von edelen Frauen gar großes Fragen vernommen:

Wie gelungen wäre des reichen Königes Helden?
Man hieß der Boten einen bei Chriemhild sich melden.
Das geschah gar heimlich, sie durfte es nicht laut;
Denn sie hatte darunter, der ihrem Herzen war traut.

Als sie den Boten kommen zu ihrer Kammer sah,
Chriemhild die gar schöne minniglich sprach da:
„Nun sag' an liebe Mähre, wohl geb' ich dir mein Gold,
Thust du's ohne Lügen, ich will dir immer seien hold.

Wie schied aus dem Streite mein Bruder Gernot,
Und andere meiner Freunde? ist ihrer nicht mancher todt?
Oder wer that da das Beste? das sollt du mir sagen."
Da sprach der biedere Bote: „wir hatten nirgend einen Zagen.

Zuvörderst in dem Streite ritt niemand also wol,
Gar edle Königin, da ich euch's sagen soll,
Als der gar edle Gast aus Niederland,
Es that sehr große Wunder des kühnen Siegfrid Hand.

Was die Recken alle im Streit haben gethan,
Dankwart und Hagen und andere Königes Mann,
Wie sie auch nach Ehren stritten, das war gar ein Wind
Gegen Siegfrid allein, des Königes Siegmund Kind.

Sie haben in dem Sturme der Helden viel erschlagen,
Doch möcht' euch diese Wunder niemand vollkommen sagen,
Was da bewirkte Siegfrid, wenn er zum Streite ritt!
Manch' Frau an ihren Verwandten da großes Leid erlitt.

Auch mußte da bleiben gar manches Weibes Trauter,
Seine Schläge man hörte klingen auf Helmen weit lauter,
Daß sie aus Wunden brachten das fließende Blut;
Er ist an allen Tugenden ein Ritter kühn und gut.

Da hat auch viel begangen von Metz Herr Ortwein,
Wen er mochte erlangen mit dem Schwerdte sein,
Die mußten wund bleiben, oder allermeist todt;
Doch euer Bruder that ihnen die allergrößte Noth,

Die jemals in den Stürmen konnte sein geschehen,
Man muß die Wahrheit dem Auserwählten gestehen;
Die stolzen Burgunden die sind also gefahren,
Daß sie vor allen Schanden ihre Ehre konnten wohl bewahren.

Man sah da von ihr'n Händen gar manchen Sattel bloß,
Da von den lichten Schwerdtern das Feld so laut ertoß;
Die Recken von dem Rheine die haben so geritten,
Daß ihre Feinde gerne vermieden den Schaden, den sie litten.

Die kühnen Tronegger gar großes Leid thaten,
Da mit großen Kräften die Heer' zusammentraten,
Da streckte manchen Todten des kühnen Hagen Hand;
Es wäre gar viel zu sagen hier in Burgunden Land.

Sindolt und Hunolt, des Gernot Mann,
Und Rumold der kühne, die haben so viel gethan,
Daß es Lüdiger mag immer Leid sein,
Daß er euren Verwandten hat Kampf verkündet an dem Rhein.

Den allerhöchsten Streit, der irgend da geschah,
Zuletzt und zuerst, den jemand da ersah,
Den that gar tapfer des Siegfrid Hand,
Er bringet reiche Geiseln in Günthers Land;

Die zwang mit seiner Kraft der waidliche Mann,
Davon auch der König Lüdegast den Schaden gewann,
Und auch von Sachsenland sein Bruder Lüdiger,
Nun höret, edle Königin, gar fremde Mähr':

Sie hat gefangen beide des Siegfrid Hand;
Nie so manche Geiseln man brachte in dies Land,
Als nun durch seine Tugend kamen an den Rhein" —
Ihr konnten diese Mähren nimmer lieber sein. —

„Man bringet der Gesunden fünfhundert oder baß,
Und auch der Todtwunden, wisset Fraue das,
Wohl achtzig rothe Bahren her in unser Land,
Den meisten Theil hat verwundet des starken Siegfrid Hand.

Die aus Uebermuth Kampf boten an den Rhein,
Die müssen nun die Gefangenen Günthers sein,
Die bringet man mit Freuden her in dies Land."
Da erblühte ihre lichte Farbe, da sie die Mähre recht erkannt.

Es ward ihr schönes Antlitz vor Liebe rosenroth,
Daß so wohl war geschieden aus so großer Noth
Der minnigliche Recke, Siegfrid, der junge Mann;
Sie freut' sich auch ihrer Freunde; das war mit Recht gethan.

„Du hast mir recht wohl gesagt, — sprach die freudenreiche Maid —
Du sollst darum haben zum Lohn reiche Kleid'
Und zehen Mark Goldes, die heiß ich dir hertragen,
Damit man solche Mähre mag reichen Frauen gerne sagen."

Man gab ihm seinen Lohn, das Gold und auch die Kleid'.
Da ging an die Fenster gar manche schöne Maid,
Sie schauten auf die Straßen, reiten man da fand
Viele mit hohem Muthe in der Burgunden Land.

Sowohl der Gesunde, als auch der Wunde da kam;
Sie mochten grüßen hören von Freunden ohne Schaam.
Der Wirth seinen Gästen gar fröhlich entgegen reit't,
Mit Freuden war geendet sein gar gewaltig Leid.

Da empfing er wohl die Seinen, den Fremden that er gleich;
Denn anders nicht geziemte dem Könige reich,
Als danken gütig denen, die ihm waren kommen,
Daß sie den ehrenden Sieg in dem Sturme hätten genommen.

Günther bat, ihm Mähre von seinen Freunden zu sagen,
Wer ihm auf der Reise zu tode wär' erschlagen:
Da hatte er verloren nicht mehr, denn nur sechzig Mann;
Verschmerzen man die mußte, so seitdem viel Helden sind gethan.

Die Gesunden brachten zerhauen manchen Schildesrand
Und Helme viel zerstückelt in Günthers Land;
Das Volk stieg von den Rossen vor des Königes Saal,
Zu liebem Empfang man hörte fröhlichen Schall.

Die Recken man in die Stadt herbergen hieß;
Der König seine Gäste gar schön pflegen ließ,
Er befahl die Wunden zu hüten, zu schaffen Gemächlichkeit;
Seine Tugend gegen seine Feinde ersah man in der Zeit.

Er sprach zu Lüdiger: „nun seid mir willkommen;
Ich habe durch eure Schuld viel Schaden genommen,
Der wird mir nun gebüßet, da ich Glück gewann;
Gott lohne meinen Freunden, sie haben Liebe mir gethan."

„Ihr möget ihnen gerne danken — sprach Lüdiger,
Also hoher Geiseln gewann nie König mehr;
Für schöne Obhut wir bieten großes Gut,
Daß ihr gnädiglichen an mir und an meinen Freunden thut." —

„Ich will, — sprach der König — euch ledig lassen geh'n;
Daß meine Feinde künftig auf meiner Seite steh'n,
Dafür will ich Bürgen haben, daß sie meine Land'
Nicht räumen ohne Frieden.“ Das sicherte da beider Hand.

Man brachte sie zur Ruhe und schuf ihnen ihr Gemach da;
Den Wunden man gebettet gar bequemlich sah,
Man schenkte den Gesunden Meth und guten Wein;
Da konnte das Gesinde nimmer fröhlicher sein.

Ihre zerhau'nen Schilde wohlbehalten man fort trug,
Viele blutige Sättel waren da genug,
Die hieß man auch verbergen, auf daß weinte kein Weib.
Da kam gar kampfsmüde manches guten Ritters Leib.

Der Wirth pflegte seine Gäste gar aus der Maßen wol,
Der Fremden und der Heim'schen war das Land so voll;
Er bat die sehr Wunden wohl fleißig zu pflegen;
Ihren Uebermuth mußten sie beinahe ganz ablegen.

Die gut heilen konnten, denen bot man reichen Sold,
Silber ungewogen, dazu das rothe Gold,
Daß sie die Helden bedienten nach des Streites Noth;
Der König seinen Gästen gar große Gabe bot.

Die wieder heim zu Hause hatten Reisemuth,
Die bat man noch zu bleiben, also man Freunden thut.
Der König da ging zu Rathe, wie er belohnte seine Mann,
Sie hatten seinen Willen, großer Ehre gemäß, gethan.

Da sprach der Herr Gernot: „man lass' sie reiten von dann,
Ueber sechs Wochen sey ihnen das kund gethan,
Daß sie kommen wieder zu einer Festlichkeit,
So ist geheilet mancher, der noch gar sehr an Wunden leid't.“

Da begehrt' auch Urlaub der Held aus Niederland.
Da der König Günther seinen Willen erkannt',
Er bat ihn minniglich, nicht von ihm zu gehen.
Hätte er nicht seine Schwester, es wäre nie geschehen.

Dazu war er zu reich, daß er je nähme Sold;
Er hatt' es wohl verdienet, daß ihm der König war hold,
So waren auch seine Verwandte, die hatten das gesehen,
Was von seiner Kraft in dem Sturme war geschehen.

Um der Schönen willen er noch zu bleiben gedacht',
Ob er sie sehen möchte; er hat's dahin gebracht,
Ganz nach seinem Willen ward ihm die Magd bekannt;
Dann erst ritt er freudenreich heim in seines Vaters Land.

Der Wirth hieß zu allen Zeiten der Ritterschaft pflegen,
Das that gar williglich da mancher junge Degen;
Dieweil hieß er Wohnung machen vor Worms auf den Sand,
Denen, die ihm kommen sollten zu der Burgunden Land.

Zu denselben Zeiten, da sie nun sollten kommen,
Da hatte die schöne Chriemhild die Mähre wohl vernommen,
Er wollte Festlichkeiten haben um liebe Freunde und Mann,
Da ward gar großer Fleiß von schönen Frauen gethan,

Mit Gewand und mit Bändern, die sie da sollten tragen.
Ute, die gar reiche, die Mähre auch hörte sagen
Von den stolzen Degen, die da sollten kommen;
Da wurden aus der Lade gar gute Gewande genommen.

Um ihrer Kinder Liebe hieß sie bereiten manch Kleid,
Damit wurden gezieret viel' Frauen und Maid',
Und viel' der guten Recken zu Burgunden Land,
Sie hieß auch den Fremden bereiten herrlich Gewand.

5.

Abentheuer, wie Siegfrid Chriemhilden allererst ersah.

Man sah sie alltäglich nun reiten an den Rhein,
Die bei der Festlichkeit gerne wollten sein.
Die den Königen zu Liebe kamen in das Land,
Davon etlichen bot man beides, Roß und auch Gewand.

Ihnen waren ihre Sitze allen wohl gemacht,
Den Höchsten und den Besten, als uns das ist gesagt,
Zween und dreißig Fürsten da zur Festlichkeit.
Da schmückten sich dazu schöne Frauen in holder Zierlichkeit.

Es war da gar unmüßig Giselher das Kind,
Die Gäste mit den Heim'schen gar gütlich sind
Empfangen von ihm und Gernot und von ihrer beider Mann;
Wohl grüßten sie die Degen, als es nach Ehren war gethan.

Die goldfarbenen Sättel führten sie in das Land,
Die zierlichen Schilde und herrlich Gewand
Brachten sie zum Rheine zu der Festlichkeit;
Gar manchen Ungesunden sah man in Fröhlichkeit.

Die in den Betten lagen und hatten an Wunden Noth,
Die mußten es vergessen, wie hart war der Tod,
Die siechen Ungesunden hörte man auf zu beklagen,
Sie freuten sich nun alle zu der Festlichkeit Tagen,

Wie sie leben wollten da bei der Bewirthung;
Wonne ohne Maß und hohe Freuden genung
Hatten alle die Leute, wie viel man ihrer da fand.
Drob hub sich große Freude über all' des Günther Land.

An einem Pfingstmorgen sah hervorgehen man,
Gekleidet wonniglich, gar manchen kühnen Mann,
Fünf tausend oder mehr, da zu der Festlichkeit.
Sich hub da Kurzweil an manchen Enden mit Wettstreit.

Der Wirth der hatte Klugheit, ihm war das wohl bekannt,
Wie recht herzlich der Held von Niederland
Seine Schwester liebte, obgleich er sie nie geseh'n,
Der man so große Schöne vor allen Jungfrau'n mußt' zugesteh'n.

Da sprach zu dem Könige der Degen Ortwein:
„Wollt ihr mit vollen Ehren zur Hochzeit sein,
So sollt ihr lassen schauen die minniglichen Kind,
Die mit so großen Ehren hier zu Burgunden sind.

Was wäre Mannes Wonne, weß freute sich sein Leib?
Wenn es nicht thäten schöne Maide und herrliche Weib;
Lasset eure Schwester vor eure Gäste gehen."
Der Rath der war zu Liebe gar manchem Helden geschehen.

„Dem will ich gerne folgen." Sprach da der König;
Alle, die es erfuhren, die freu'ten sich drob nicht wenig;
Er entbot es Frau Uten und ihrer Tochter gar hold,
Daß sie mit ihren Mägden hin zu Hofe gehen sollt'.

Da ward aus den Schreinen gesuchet gut' Gewand,
Was man in der Lade der edlen Kleider fand,
Die Spangen mit den Borten, der'n waren ihnen viel' bereit.
Sich zierte fleißiglich gar manche herrliche Maid.

Gar mancher junger Recke des Tages hatte Muth,
Daß die Frauen anzusehen ihm ward so gut,
Daß er dafür nicht nähme eines reichen Königes Land.
Sie sahen die gar gerne, die sie nicht hatten ehe gekannt.

Es wies der reiche König seiner Schwester an,
Die ihr da dienen sollten, wohl hundert seiner Mann,
Ihr und seiner Mutter, die trugen Schwerdt in Hand,
Das war das Hofgesinde von der Burgunden Land.

Die gar reiche Ute die sah man mit ihr kommen,
Die hatte schöne Frauen geselliglich genommen,
Wohl hundert oder mehr, die trugen reiche Kleid;
Auch ging da nach ihrer Tochter gar manche liebliche Maid.

Von einem reichen Gemach sie alle gingen;
Da ward von Helden gethan gar großes Zudringen,
Die dazu Verlangen hatten, ob könnte das geschehen,
Daß sie die edele Magd sollten fröhlich sehen.

Nun ging die Minnigliche, gleich wie der Morgen roth,
Thut aus trüben Wolken; da schied von mancher Noth,
Der sie da trug im Herzen, was lange war gescheh'n.
Er sah die Minnigliche nun gar herrlich steh'n.

Wohl leuchtete ihr von ihr'm Gewand gar mancher Edelstein,
Ihre rosenrothe Farbe gab minniglichen Schein.
Was jemand wünschen möchte — er konnte nur gestehen,
Daß er in dieser Welt hätte Schöneres nicht gesehen.

Wie der lichte Mond vor den Sternen steht,
Dessen Schein so lauter über die Wolken geht,
Dem stand sie wohl gleich vor mancher Fraue gut.
Drob ward da wohl erhöhet den zierlichen Helden der Muth.

Die reichen Kämmerer die sah man vor ihr geh'n.
Die Degen voll hohen Muth die wollten nicht absteh'n,
Sie drangen hin, da sie sahen die minnigliche Maid:
Siegfrid dem Herren ward, beides, lieb und leid.

Er dacht' in seinem Gemüth: wie fing ich's wohl an,
Daß ich dich umfangen sollte? das ist ein dummer Wahn;
Soll ich dir bleiben fremd, so wär' ich sanfter todt.
Er ward von den Gedanken gar oftmals bleich und roth.

Da stand so minniglich das Kind von Siegelinden,
Wie man auf Pergament ihn möcht' entworfen finden,
Von gutes Meisters Künsten, denn man ihm zustand da,
Daß man keinen so schönen Helden nie ersah.

Die mit der Frau gingen, die hießen von den Wegen
Weichen allenthalben; das leistete mancher Degen,
Die hochklopfenden Herzen erfreuten manchen Leib,
Man sah in hohen Züchten gar manch herrliches Weib.

Da sprach von Burgunden der Herre Gernot:
„Der euch seinen Dienst so gütlich erbot,
Günther, lieber Bruder, dem sollt ihr thun auch so,
Vor allen diesen Recken, des Rathes bin ich immer froh.

Ihr heißet Siegfriden zu meiner Schwester kommen,
Daß ihn die Magd grüße; deß haben wir immer Frommen.
Die soll ihm Gruß geben, die niemals grüßte Recken,
Damit wir dadurch gewinnen den Degen gar kecken."

Da gingen des Wirth's Verwandte, da man den Helden fand;
Sie sprachen zu dem Recken aus der Niederland:
„Euch hat der König erlaubt, ihr sollt zu Hofe geh'n,
Seine Schwester soll euch grüßen, das ist zu Ehren euch gescheh'n."

Der Herr in seinem Gemüth war drob in Fröhlichkeit,
Da trug er in dem Herzen Lieb' ohne Leid,
Daß er sehen sollte, das Kind der schönen Ute;
Mit minniglichen Tugenden grüßte Siegfrid die Gute.

Da sie ihn hohes Muthes vor sich stehen sah,
Entzündete sich ihr' Farbe; die schöne Magd sprach da:
„Seid willkommen, Herr Siegfrid, ein edler Ritter gut."
Da ward ihm von dem Gruße gar wohl erhöhet der Muth.

Er neigt' sich ihr minniglich, Gnade er ihr bot;
Sie zwang zu einander der sehnenden Minne Noth;
Mit lieben Blicken der Augen einander sie sich ansah'n,
Der Herre und auch die Frau, das ward gar heimlich gethan.

Ward irgend da freundlich gedrücket weiße Hand
Von herzgeliebter Minne, das ist mir nicht bekannt,
Doch daß es wurde gelassen, ich nicht glauben kann;
Zwei Minne begehrende Herzen hätten anders Unrecht daran.

Bei der Sommerzeit und gegen des Maien Tagen,
Durft' er in seinem Herzen nimmer mehr tragen
So viel der hohen Freude, als ihm da ward bekannt,
Da ihm, die er zur Trauten begehrte, ging an der Hand.

Da gedachte mancher Recke: hei! wäre mir so geschehen,
Daß ich ihr ging' an der Hand, als ich ihn hab' gesehen,
Oder ihr beizuliegen, das thät' ich ohne Haß.
Es diente noch niemals Recke um eine Königin baß.

Von welcher Könige Lande die Gäste kamen dar,
Die nahmen alle gleich nur ihrer beider wahr.
Ihr ward erlaubt zu küssen den waidlichen Mann;
Ihm ward in dieser Welt nie solche Liebe gethan.

Der König von Dänemark der sprach da so zur Stund':
„Um den so hohen Gruß liegt gar mancher wund,
Das ich da wohl empfinde, von Siegfrids Hand;
Gott lass' ihn nimmer mehr kommen in Dänemärker Land."

Man hieß da allenthalben weichen von den Wegen
Der schönen Chriemhilden; manchen kühnen Degen
Sah man züchtiglich zur Kirche mit ihr gehen,
Darauf schied der gar waidliche Mann aus ihrer Nähen.

Da ging sie zu dem Münster; ihr folgte manches Weib;
Da war auch so gezieret der Königin Leib,
Daß da hoher Wünsche gar mancher ward verlor'n;
Sie war zu Augenweide manchem Recken auserkohr'n,

Gar kaum erwartete Siegfrid, daß man die Messe sang;
Er mochte seinem Heile es immer sagen Dank,
Daß ihm die war so gewogen, die er im Herzen trug;
Auch war er mit Recht der Schönen hold genug.

Da sie kam aus dem Münster, wie es vorher war gescheh'n,
Bat man den kühnen Degen wieder zu ihr zu geh'n,
Da erst begann ihm zu danken die minnigliche Maid,
Daß er vor manchen Recken beging so tapfer'n Streit.

„Nun lohn' euch Gott, Herr Siegfrid — sprach das gar schöne Kind —
Daß ihr das habt verdienet, daß euch die Recken sind
So hold mit rechten Treuen, als ich sie höre gestehen."
Da begann er minniglichen an Frau Chriemhild anzusehen.

„Ich soll euch immer dienen — sprach Siegfrid der Degen —
Und will mein Haupt nimmer eh' niederlegen,
Ich werbe nach eurem Willen, soll ich behalten mein Leben,
Das muß euch zu Dienste, meine Frau Chriemhild, sein gegeben."

Innerhalb zwölf Tagen, der Tage jeglich,
Sah man bei dem Degen die Magd löblich,
So sie zu Hofe sollte vor ihre Freunde geh'n.
Der Dienst war dem Recken aus großer Liebe gescheh'n.

Freude und Wonne und gar großen Schall
Sah man alltäglich vor Günthers Saal,
Draußen und auch drinnen, von manchen kühnen Mannen:
Ortwein und Hagen große Wunder viel begannen.

Was jemand thun wollte, dazu war'n sie bereit,
Auf jeglich Art und Weise, die Helden voll Fröhlichkeit.
Drob wurden vor den Gästen die Recken wohl erkannt;
Davon ward auch gezieret des Günther ganzes Land.

Die da wund lagen, die sah man gehen herfür,
Sie wollten Kurzweil' haben mit dem Gesinde hier,
Sich schirmen mit den Schilden und schießen manchen Schaft;
Dazu halfen ihnen genug, sie hatten gewaltige Kraft.

In der Festlichkeit hieß ihnen der Wirth reichen
Von der besten Speise; er konnte wohl entweichen
Jeglicher Art Schande, die einem König könnt' entsteh'n;
Man sah ihn freundlich zu seinen Gästen geh'n.

Er sprach: „ihr guten Recken, eh' daß ihr scheidet hin,
So nehmet meine Gabe; also steht mein Sinn,
Daß ich euch immer diene, verschmähet nicht mein Gut,
Das will ich mit euch theilen; dazu hab' ich willigen Muth."

Die von Dänemark die sprachen so zuhand:
„Eh' daß wir wieder reiten heim in unser Land,
Wir begehren stäte Sühne, das ist uns Recken Noth;
Wir haben von euren Degen manchen lieben Freund todt." —

Lüdegast geheilet waren seine Wunden;
Der Vogt der Sachsen nach dem Streit genesen ward gefunden;
Etliche Todte sie ließen in dem Land.
Da ging der König Günther, da er Siegfriden fand.

Er sprach zu dem Recken: „nun rathe, wie ich thu';
Unsre Gäste wollen reiten morgen fruh,
Und begehren stäte Sühne von meinen Mannen und mir;
Nun rathe, Degen Siegfrid, was dünket da gut gethan dir.

Was mir die Herren bieten, das will ich dir sagen:
Was fünf hundert Mähren Goldes mögen tragen,
Das geben sie mir gern, lass' ich sie ledig von dann." —
Da sprach der starke Siegfrid: „das wäre gar übel gethan.

Ihr sollt sie frei ledig von hinnen lassen fahr'n,
Und daß die edeln Recken sich fürbas woll'n bewahr'n
Vor feindlichem Reiten her in euer Land,
Drob laßt euch hier geben Sicherheit der beiden Herren Hand." —

„Dem Rathe will ich folgen." Damit sie gingen von dann.
Seinen beiden Feinden ward das kund gethan:
Ihr Gold begehrte da niemand, daß sie da boten eh'.
Daheim ihr'n lieben Freunden war nach den Wegemüden weh.

Manchen Schild voller Schätze man dar trug;
Er theilte der'n ohne Wage seinen Freunden genug
Bei fünf hundert Mark und wohl etliche noch mehr;
Gernot der gar kühne der rieth das Günthern sehr.

Als sie wollten von dann, Urlaub sie alle nahmen.
Man sah', wie die Gäste vor Chriemhilden kamen
Und auch da Frau Ute, die Königin, saß,
Nimmermehr wurden noch Degen beurlaubet baß.

Die Herbergen wurden leer, da sie von dannen ritten;
Doch blieb daheim mit gar herrlichen Sitten
Der König mit seinen Freunden, und man konnte sehen,
Manchen edlen Mann täglich zu Frau Chriemhilden gehen.

C

Auch Siegfrid, der gute Held, Urlaub da nehmen wollt';
Er wähnte nicht die zu erwerben, der er war hold.
Der König sagen hörte, daß er wollt' von dann, 129
Giselher der junge das Bleiben von ihm gewann.

„Wohin wollt ihr nun reiten, gar edler Siegfrid?
Bleibet bey den Recken, thut, das ich euch bitt',
Bei Günther dem reichen König und bey seinen Herrn;
Hie sind viel schöne Frauen, die soll man euch sehen lassen gern." 30

Da sprach der starke Siegfrid: „so laßt die Rosse steh'n;
Ich wollt' von dannen reiten, davon will ich abgeh'n;
Und tragt auch hin die Schilde. Wohl wollt' ich in mein Land;
Das hat von mir Herr Giselher mit großen Ehren wohl gewandt."

Da blieb der Kühne durch Freundes Liebe so.
Wohl wär' er in den Landen nirgend anders wo
Gewesen also sanft, davon das geschah,
Daß er nun täglichen die schöne Chriemhilde sah.

Um ihre unmäß'ge Schöne der Herre dablieb;
Mit mancher Kurzweile man nun die Zeit vertrieb; I
Nur daß ihn zwang ihr' Minne, die gab ihm gar oft Noth; —
Darum hernach der Kühne lag gar jämmerlich todt.

6.

Abentheuer, wie Günther gen Isenland nach Brunhilde fuhr

Gar neue Mähren sich huben über Rhein.
Man sagte, daß da wäre manch schönes Mägdelein;
Der König Günther um eine zu werben gedacht', I
Das däuchte seinen Recken und Herren gar gut gemacht.

Es war eine Königin gesessen über Meer;
Ihr's Gleichen keine wußt' man nirgend mehr.
Sie war unmäßig schön, gar groß war ihre Kraft;
Sie schoß mit schnellen Degen um ihre Minne den Schaft. 2

Den Stein warf sie fern, darnach sie weit sprang;
Wer ihre Minne begehrte, der mußte ohne Wank
Drei Spiel' ihr abgewinnen, der Fraue wohlgeboren;
Gebrach ihm an dem einen, er hatte sein Haupt verloren.

Das hatte die Jungfrau unmäßig viel gethan. 2
Davon bei dem Rheine ein Ritter Kunde gewann,
Der wandte seine Sinne auf das gar schöne Weib;
Darum mußten drauf viel Helden verlieren Leben und Leib.

vom Rheine: „ich will an die See
wie es mir auch ergeh',
Minne wagen meinen Leib,
n, sie werde denn mein Weib." —

rathen — so sprach da Siegfrid —
in so furchtbare Sitt',
e wirbt, der muß haben viel Muth.
entriethet, das wäre wahrlich euch gut." —

as rathen, — sprach da Hagen —
mit euch zu wagen
, das ist mein Rath nun,
kundig, was mit Brunhilden zu thun."

u mir helfen, gar lieber Siegfrid,
rben? thu', das ich dich bitt'.
Trauten das minnigliche Weib,
illen wagen Ehre und Leib."

hn, Siegfrid, antwortete nun;
Schwester, so will ich es thun,
lde, eine Königin hehr,
s Lohnes nach meinen Arbeiten mehr." —

sprach da Günther — Siegfrid, in deine Hand,
ne Brunhild allhier in mein Land,
Weibe meine Schwester geben,
r Schönen immer fröhlich leben."

a Eide, die Recken kühn und hehr,
rbeit fernhin desto mehr,
u brachten an den Rhein,
r Kühnen drauf in großen Nöthen sein.

führen die Kappe mit von dann,
Held mit Sorgen eh' gewann
Zwerge, der hieß Alberich
r Fahrt die Recken kühn und löblich.

Siegfrid die Nebelkappe trug,
Degen darinnen Kraft genug,
Stärke zu seinem eig'nen Leib'.
ßen Listen das gar herrliche Weib.

Nebelhut also gethan,
e ein jeglicher Mann,
e, daß ihn doch niemand sah,
Brunhilden, davon ihm Leid darauf geschah.

„Nun sage mir, Degen Siegfrid, eh' daß meine Fahrt ergeh',
Wie wir mit vollen Ehren kommen über See;
Soll'n wir wohl Recken führen in Brunhilden Land?
Dreißig tausend Degen die werden schier besandt." —

„Wie viel wir Volkes führen — sprach wieder Siegfrid —
Es heget die Königin so furchtbare Sitt',
Die müßten doch ersterben von ihrem Uebermuth;
Ich soll euch baß anweisen, Degen kühn und auch gut.

Wir sollen in Recken Weise fahren hinab den Rhein.
Die will ich dir nennen, die das sollen sein:
Selbvier Degen fahren wir an die See,
Zu erwerben die Frau, wie es uns auch darnach ergeh'.

Der Gesellen bin ich einer, der andre sollst du sein,
Der dritte das sei Hagen; wir mögen wohl bewahrt sein;
Der vierte das sei Dankwart, der gar kühne Mann.
Tausend Mann mit Streit dürfen nimmer uns kommen an." —

„Die Mähre wüßt' ich gerne — der König sprach so —
Eh' daß wir von hinnen führen, drob wäre ich gar froh,
Was für Kleider wir sollten vor Brunhilden tragen,
Die uns da wohl geziemten, Siegfrid, das sollst du mir sagen." —

„Die allerbesten Kleider, die man jemals fand,
Die trägt man zu allen Zeiten in der Brunhilde Land.
Drum sollen wir reiche Kleider vor der Fraue tragen,
Daß wir nicht haben Schande, so man die Mähre höre sagen." —

Da sprach der gute Degen: „So will ich selbst geh'n an
Meine gar liebe Mutter, ob ich erwerben kann,
Daß uns die schönen Mägde machen Kleider bereit,
Die wir mit Ehren tragen vor der herrlichen Maid."

Da sprach von Troneg Hagen, mit herrlichen Sitten:
„Was wollt ihr eure Mutter um solche Dinge bitten?
Laßt eure Schwester hören, wozu ihr habt Begehren,
Sie wird euch ihre Dienste zu dieser Hofreise gewähren.

Da entbot er seiner Schwester, daß er sie wollte sehen,
Und auch der Degen Siegfrid. Eh' das war geschehen,
Da hatte sich die Schöne nach Wunsche wohl gekleid't;
Das Kommen der gar Kühnen, das war ihr nicht leid.

Nun war auch ihr Hofgesinde geziert als ihm zukam;
Die Fürsten kamen beide. Da sie das vernahm,
Da stund sie auf vom Sitze, mit Züchten sie da ging,
Da sie den gar edeln Gast und auch ihr'n Bruder empfing.

Bruder, und der Geselle dein,
ich gerne — so sprach das Mägdelein —
ollt, daß ihr zu Hofe geht?
hören, wie's um euch, edle Recken, steht."

g Günther: „Fraue, ich will's euch sagen,
Sorge bei hohem Muthe tragen,
eiten fern in fremde Land,
eise haben zierlich Gewand." —

Bruder — sprach das Königskind —
hören, wer die Frauen sind,
zu Minne, in and'rer Könige Land."
eiden nahm die Fraue bei der Hand.

'n beiden, da sie ehe saß,
tratzen, ich will wohl wissen das,
Bilden, mit Golde wohl erhaben.
Frauen gute Kurzweil' haben.

nd gütliches Sehen,
ihnen beiden gar viel geschehen,
Herzen, sie war ihm wie sein Leib;
chöne Chriemhilde des kühnen Siegfrid Weib.

e König: „gar liebe Schwester mein,
nn es nicht sein;
n in Brunhilden Land,
haben vor Frauen herrlich Gewand."

frau: „gar lieber Bruder mein,
daran mag nur sein,
wohl innen, daß ich euch bin bereit;
s jemand, das wäre mir, in Treuen, leid.

r Ritter, nicht mit Sorgen bitten,
en, mit herrlichen Sitten,
gefalle, dazu bin ich bereit
h." So sprach die wonnigliche Maid.

Schwester, tragen gut Gewand,
en eure edle Hand;
re Mägde, daß es uns recht steht;
ß uns der Gewande auf keine Weise abgeht."

frau: „nun merket, was ich sage;
de, nun schaffet, daß man trage
n Schildern, so wirken wir euch die Kleid."
da Günther und auch Siegfrid bereit.

„Wer sind die Gesellen, — sprach die Königin —
Die mit euch gekleidet zu Hofe sollen hin?"
Er sprach: „ich selbviert, zween meiner Mann,
Dankwart und Hagen, zu Hofe sollen mit mir von dann.

Ihr sollt wohl recht merken, was ich euch, Fraue, sage,
Daß ich selbviert, zu Feiertagen trage
Je dreierhand Kleider und also gut Gewand,
Daß wir ohne Schande räumen Brunhilden Land."

Mit gutem Urlaub die Herren schieden beide.
Da hieß sie gehen ihrer Jungfrau'n dreißig Maide
Aus ihren Kammern, die schöne Königin,
Die zu solchem Werke hatten gar großen Sinn.

Die Arabische Seide, weiß wie der Schnee,
Und von dem guten Zazamanch grün wie der Klee,
Darin sie legten Gesteine, davon wurden gute Kleid;
Selbst schnitt sie Chriemhild, die gar herrliche Maid.

Von fremder Fische Häuten Bezüge wohl gethan,
Den Leuten fremd zu sehen, was sie der'n gewann,
Die deckte sie mit Seiden, wie sie sie sollten tragen;
Nun höret großes Wunder von den lichten Gewanden sagen.

Von Marokko dem Lande und auch von Lybian
Die allerbeste Seide, die jemals gewann
Eines König's Verwandter, der'n hatten sie genug;
Wohl ließ erscheinen Chriemhild, daß sie ihnen holden Willen trug.

Da sie der hohen Fahrt hatten nun begehrt,
Hermelinfelle die däuchten sie gar werth,
Darob Flecken lagen, schwarz wie eine Kohl':
Das noch also schnellen Degen zur Hochzeit stünde wohl.

Aus Arabischem Gold schien gar manches Gestein;
Der Frauen Geschäftigkeit die war nicht klein,
Innerhalb sieben Wochen bereiteten sie die Kleid,
Da waren auch die Waffen den guten Recken bereit.

Da sie bereitet waren, da war ihnen auf dem Rhein
Gemacht fleißiglichen ein starkes Schiffelein,
Das sie tragen sollte nieder an die See.
Den edelen Jungfrauen war von Arbeiten weh.

Da sagte man den Recken, daß ihre zierlichen Kleid',
Die sie da führen sollten, ihnen wären bereit.
Was sie da eh' begehrten, das war nun gescheh'n.
Da wollten sie nicht länger bei dem Rheine besteh'n.

Nach den Heergesellen ward ein Bote gesandt,
Ob sie wollten schauen ihr neues Gewand,
Ob es den Helden wäre zu kurz oder zu lang.
Es war in rechter Maße, drob sagten sie den Frauen Dank.

Alle, vor die sie kamen, die mußten ihnen das gesteh'n,
Das sie in der Welt besseres nicht hätten geseh'n,
Das mochten die Helden zu Hofe gerne tragen.
Von bessrem Reckengewand konnte niemand nicht mehr sagen.

Gar großes Danken ward ihnen da gesagt;
Da begehrten Urlaub die Helden unverzagt;
In ritterlichen Züchten die Herren thaten das;
Drob wurden leuchtende Augen vom Weinen trüb' und naß.

Sie sprach: „gar lieber Bruder, ihr möchtet noch absteh'n
Und würbet um and're Frau'n, das hieß ich wohl gescheh'n,
Und daß euch nicht stünde in Wagniß so der Leib.
Ihr möget hier nahe finden ein also hochgeboren Weib."

Ich wähn', ihnen sagt' ihr Herz, das ihnen davon geschah;
Sie weinten alle gleich, was jemand auch sprach da,
Ihr Gold ihnen vor den Brüsten ward von Thränen fahl,
Die fielen ihnen von den Augen hin ohne Zahl.

Sie sprach: „Herr Siegfrid, laßt euch befohlen sein
Auf Treue und auf Gnade den lieben Bruder mein,
Daß ihm nichts gefährde in Brunhilden Land."
Das gelobte der gar Kühne in Frau Chriemhilden Hand.

Da sprach der reiche Degen: „wenn mir bleibt mein Leben,
So sollt ihr aller Sorge, Fraue, euch begeben,
Ich bring' euch ihn gesund her wieder an den Rhein,
Das wisset sicherlich." Da neigte sich ihm das schöne Mägdelein.

Ihre goldfarb'nen Schilde trug man ihnen auf den Sand
Und brachte zu ihnen alles ihr Gewand,
Ihre Roß hieß man ihnen zieh'n, da sie wollten reiten von dann;
Da ward von schönen Frauen großes Weinen gethan.

Da standen in die Fenster die minniglichen Kind.
Ihr Schiff mit dem Segel das rührte ein hoher Wind,
Die stolzen Heergesellen die saßen auf dem Rhein;
Da sprach der König Günther: „wer soll nun Schiffmeister sein?" —

‚Das will ich — sprach Siegfrid, — ich kann euch auf der Flut
Hinnen wohl führen, das wisset, Helden gut,
Die rechten Wasserstraßen sind mir wohl bekannt."
Sie schieden fröhlich aus der Burgunden Land.

Siegfrid da gar bald ein Ruder gewann,
Vom Gestade begann zu schieben der kräftige Mann.
Günther, der reiche König, ein Ruder selbst ergriff;
Da huben von dem Lande die schnellen Ritter das Schiff.

Sie führten reiche Speise, dazu guten Wein,
Den besten, den man konnte finden um den Rhein;
Ihre Ross' die standen schön, sie hatten gut Gemach da,
Ihr Schiff das ging auch eben; gar wenig Leid ihnen geschah.

Ihre starken Segelseile die wurden ihnen stramm,
Sie fuhren zwanzig Meilen, ehe daß die Nacht kam,
Mit einem guten Winde nieder gegen die See;
Ihr starkes Arbeiten that hernach schönen Frauen weh.

An dem zwölften Morgen, wie wir hören sagen,
Da hatten sie die Wellen fern dannen getragen,
Gegen Isenstein in Brunhilden Land,
Das war ihrer keinem, alleinig Siegfrid, bekannt.

Da der König Günther so viel der Burgen sah
Und auch die weite Mark, gar kühn sprach er da:
„Saget mir, Freund, Herr Siegfrid, ist euch das bekannt,
Wessen sind die Burgen und auch das herrliche Land?"

Drauf antwortete Siegfrid: „es ist mir wohl bekannt,
Es ist Brunhilden beides, Burgen und auch Land,
Und Isenstein die Feste, wie ihr mich hört gestehen,
Da möget ihr noch heute schöner Frauen viele sehen.

Ich will euch, Helden, rathen, ihr habet Einen Muth,
Ihr sprechet alle gleich, so dünket es mich gut;
Wenn wir noch heute vor Brunhilden gehen,
So müssen wir mit Sorgen vor der Königin stehen.

Wann wir die Minnigliche bei ihrem Gesinde sehen,
So sollt ihr kühne Helden Einer Rede stehen:
Günther sei mein Herr und ich sei sein Mann,
Was er da hat Verlangen, das wird alles gethan."

Dazu war'n sie bereit, das er sie geloben hieß,
Durch ihren Rittermuth ihrer keiner es nicht ließ,
Sie sprachen, was er wollte, davon ihnen wohl geschah,
Da der König Günther die schöne Brunhilde sah.

„Dir zu Liebe nicht so sehr soll dies gelobt sein,
Als um deine Schwester, das schöne Mägdelein,
Die ist mir wie meine Seele und wie mein eig'ner Leib;
Ich will das gern verdienen, daß sie werde mein Weib."

7.

Abentheuer, wie Günther Brunhilden gewann.

n derselben Zeit da war der Burg so nah'
hr Schiff gegangen, daß der König steh'n sah
ben in den Fenstern gar manche schöne Maid.
daß er sie nicht erkannte, das war Günthern leid.

r fragte Siegfriden den Gesellen sein:
Ist euch das etwa kund um diese Mägdelein,
ie dort gen uns schauen hernieder auf die Flut?
Sie ihr Herr auch heiße, sie sind voll hohem Muth."

a sprach der Herre Siegfrid: „nun sollt ihr heimlich spähen
nter den Jungfrauen, und sollt mir dann gestehen
Seiche ihr nehmen wolltet, hättet ihr dazu Gewalt." —
das thu' ich„; — sprach Günther, ein Ritter kühn und wohlgestalt't. —

Sohl seh' ich eine Frau in einem Fenster steh'n,
n schneeweißem Gewand, die ist so schön zu seh'n,
ie wählen meine Augen um ihren schönen Leib.
Senn ich Gewalt dazu hätt', sie müßte werden mein Weib." —

Dir haben gar recht erwählet die Augen dein,
s ist die edle Brunhild, das schöne Mägdelein,
lach der dein Herze ringet, dein Sinn und auch dein Muth."
lle ihre Gebärden die däuchten Günther gut.

da hieß die Königin aus den Fenstern gehn
hre herrlichen Maide, sie sollten da nicht stehn,
den Fremden anzusehen. Dazu war'n sie bereit:
Bas da die Frauen thaten, das ist uns gesagt seit der Zeit.

ür die unbekannten Gäste schmückten sie ihren Leib,
Bie immer Sitte hatten die herrlichen Weib.
ln die engen Fenster sie hin traten,
da sie die Helden sahen, um Schauen sie es thaten.

hrer waren nur viere, die kamen in das Land.
Siegfrid der gar kühne ein Roß zog auf den Sand;
das sahen durch die Fenster die herrlichen Weib;
drob däuchte sich gar theuer des Königes Günther Leib.

Er hielt ihm bei dem Zaume das ritterliche Roß,
Gut und auch gar schön, stark und sehr groß,
Bis der König Günther in dem Sattel saß.
Also dient' ihm Siegfrid, das er doch drauf durchaus vergaß.

Da zog er auch das seine von dem Schiff von dann;
Er hatte solchen Dienst gar selten eh' gethan,
Daß er beim Stegreif stånde je einem Helden mehr.
Das sahen durch die Fenster die Frauen schön und hehr.

Recht war'n in einem Maße den Helden voll Zierlichkeit
Von schneeblanker Farbe ihre Ross', auch ihre Kleid'
Waren gar gleich, ihre Schilde wohl gethan,
Die leucht'ten von den Hånden den gar waidlichen Mann'n.

Ihre Såttel wohl gesteinet, ihre Bugriemen schmal,
(Sie ritten herrlich vor Brunhilden Saal),
Daran hingen Schellen von lichtem Golde roth:
Sie kamen zu dem Lande, als es ihr Muth ihnen gebot.

Mit Speeren neu geschliffen, mit Schwerdtern wohl gethan,
Die auf die Sporen gingen den waidlichen Mann'n,
Die führten die gar Kühnen scharf und dazu breit;
Das sah alles Brunhild die gar herrliche Maid.

Mit ihm kam da Dankwart und auch Hagen;
Die Degen trugen — so hören wir Måhre sagen —
Von rabenschwarzer Farbe reiche Kleid;
Ihre Schilde waren neu, gar gut und auch breit.

Man sah sie Steine tragen von India dem Land',
Die schaut man gar herrlich leuchten an ihr'm Gewand.
Sie ließen ohne Hut das Schifflein bei der Flut;
Sie ritten zu der Burg die Helden kühn und gut.

Sechs und achtzig Thürme sahen darin die Mann,
Drei weite Pallåst' und einen Saal wohl angethan,
Von edelem Marmelsteine, grün als ein Gras,
Darinnen Brunhilde selbst mit ihrem Gesinde saß.

Die Burg war aufgeschlossen und gar weit aufgethan,
Da liefen ihnen entgegen der Brunhilde Mann'n,
Und empfingen die Gåste in ihrer Frauen Land;
Ihre Ross' hieß man bewahren und ihre Schilde von der Hand.

Da sprach ein Kämmerer: „ihr sollt uns geben die Schwerdt
Und auch die lichten Panzer." — „Das wird euch nicht gewährt; —
Sprach von Troneg Hagen — wir wollen sie selbst tragen."
Da begann ihm Siegfrid davon die rechten Måhren zu sagen:

„Man pflegt in dieser Burg, das will ich euch sagen,
Daß niemalen Gåste hie sollen Waffen tragen;
Nun laßt sie tragen von hinnen, das ist wohl gethan."
Dem folgete ungern Hagen, Günthers Mann.

lan hieß den Gästen schenken und schaffen gut Gemach da.
ar manchen schnellen Recken man da zu Hofe sah
n fürstlichem Gewand allenthalben gehen;
a ward großes Anschauen der Kühnen wohl gesehen.

a wurden Frau Brunhilden auch gesagt die Mähren,
daß unbekannte Recken dar kommen wären
n herrlichem Gewand, geflossen auf der Fluth,
darum begann zu fragen die Magd schön und wohlgemuth:

Ihr sollt mir, — sprach die Königin — entdecken,
Wer mögen sein die unbekannten Recken,
die man in meiner Burg so herrlich stehend find't,
nd wem zu Liebe die Helden hergefahren sind."

Da sprach einer ihr's Gesindes: „Frau, ich mag wohl gestehen,
daß ich ihrer keinen nimmer mehr habe gesehen;
dem Siegfrid gleich es einen darunter hat,
den sollt ihr wohl empfahen; das ist in Treuen mein Rath.

der andre der Gesellen der ist so löblich,
Wenn er Gewalt dazu hätt', er ziemte zum Könige sich,
leber weite Fürsten Lande, und mag er die haben wol,
Man sieht ihn bei den andern steh'n so recht Adels voll.

der dritte der Gesellen scheint voll grämlichen Sinn,
doch auch mit schönem Leibe, — sehr reiche Königin —
Geschwind sind seine Blicke, der'n er so viele thut;
Er hat in seinen Sinnen, ich wähne, grimmigen Muth.

Der jüngste darunter der ist so löblich,
Jungfräuliche Zucht seh' an dem reichen Degen ich,
Mit gutem Antlitz so minniglich er steht;
Wir möchten sie alle fürchten, wenn ihnen hier jemand was thät.

Wie hold er pflege der Zucht und wie schön sei sein Leib,
Er möchte wohl machen weinen manch herrliches Weib,
Wenn er begönn zu zürnen. Sein Leib ist gestaltet gut,
Er ist an allen Tugenden ein Degen kühn und voll Muth."

Da sprach die Königin: „nun bringet mir mein Gewand;
Und ist der starke Siegfrid gekommen in mein Land,
Um meiner Minne willen, es geht ihm an Leben und Leib;
Ich fürchte ihn nicht so sehr, daß ich werde sein Weib."

Die gar schöne Brunhild ward schier wohl bekleid't;
Da ging mit ihr von dannen gar manche schöne Maid,
Wohl hundert oder mehr, gezieret war ihr Leib;
Es wollten die Gäste sehen manch herrliches Weib.

Damit gingen Degen dar aus Isenland,
Der Brunhilde Recken, die trugen Schwerdt' in der Hand,
Fünfhundert oder mehr, das war den Gästen leid;
Da stunden von den Sitzen die Helden kühn und voll Fröhlichkeit.

Da die Königin Siegfriden ansah,
Nun mögt ihr hören gerne, wie die Magd sprach da:
„Seid willkommen, Herr Siegfrid, allhier in diesem Land';
Was meinet eure Reise, das hätt' ich gerne erkannt." —

„Gar groß ist eure Gnade, meine Frau Brunhild,
Das ihr geruht mich zu grüßen, Fürstentochter mild',
Vor diesem edeln Recken, denn ihr seht meinen Herrn,
Der hie vor mir steht, der Ehre entrath' ich gern.

Er ist König am Rheine; was soll ich sagen mehr?
Um deine Liebe sind wir gefahren her;
Er will dich gerne minnen, was ihm auch davon geschieht.
Nun bedenke dich bei Zeiten, mein Herr sich deiner nicht entzieht.

Er ist geheißen Günther, ein König reich und hehr;
Erwürb' er deine Minne, so begehrt' er nichts mehr.
Wohl gebot mir her zu fahren der Recke wohlgethan,
Könnt ich's ihm haben geweigert, ich hätt' es gern gethan."

Sie sprach: „ist er dein Herr und bist du sein Mann,
Die Spiel', die ich ihm zutheile, wenn er die bestehen kann,
Und behält er darin die Meisterschaft, so werd' ich sein Weib;
Und ist's, daß ich gewinne, es geht euch allen an den Leib."

Da sprach von Troneg Hagen: „Fraue, laßt uns sehn
Eure Spiele, die starken; eh' daß euch Preis müßt zugestehn
Günther, mein lieber Herre, da müßte es hart sein;
Er traut sich wohl zu erwerben eine Königin so schön und fein." —

„Den Stein soll er werfen und springen darnach,
Den Speer mit mir schießen; laßt euch nicht sein zu jach,
Ihr mögt hier wohl verlieren die Ehre und auch den Leib;
Da bedenket euch gar eben;" sprach das minnigliche Weib.

Siegfrid der gar schnelle zu dem Könige trat,
Allen seinen Willen er ihn zu reden bat
Gegen die Königin; er sollte ohn' Angst sein:
„Ich soll dich wohl behüten vor ihr mit den Listen mein."

Da sprach der König Günther: „Königin hehr,
Nun ertheilt mir, was ihr gebietet, und wär' es auch noch mehr,
Ich bestünd' es alles um euren schönen Leib.
Mein Haupt will ich verlieren, oder ihr werdet mein Weib."

a die Königin seine Rede vernahm,
at sie der Spiele zu eilen, wie ihr das zukam.
ne hieß ihr zum Streite bringen ihr Gewand,
inen Panzer von rothem Golde und einen guten Schildesrand.

in seiden Waffenhemd das legte an die Maid,
aß in keinem Streite Waffen nie verschneid't,
on Stoffen aus Lybien, es war gar wohl gethan,
on lichten Borten gewürkt, die sah man scheinen daran.

der Zeit ward den Recken im Streite viel gedräut.
ankwart und Hagen die waren unerfreut,
Sie es dem König erginge, drob sorgte ihnen der Muth.
ie dachten: unsre Reise ist uns Gästen nicht zu gut.

erweile war auch Siegfrid, der waidliche Mann,
h' daß es jemand wußte, zu dem Schiffe von dann,
a er seine Nebelkappe verborgen liegen fand.
arin schlüpft er gar bald; da ward er von niemand erkannt.

r eilte bald hinwieder, da sah er Recken viel,
a die Königin bereit'te ihre hohen Spiel',
ar ging er heimiglich, daß ihn da niemand sah
on allen, die da waren, mit List das geschah.

er Kreis der war bezeichnet, da das Spiel sollt' geschehen,
or manchem kühnen Recken, die das wollten sehen,
Rehr denn siebenhundert die sah man Waffen tragen;
Sem in dem Spiel gelänge, — daß sie die Wahrheit sollten sagen.

a war auch kommen Brunhild, gewaffnet man die fand,
ls ob sie wollte streiten um aller Könige Land,
Sohl trug sie ob der Seide gar manches Goldblättlein,
arunter minniglich ihre Farb' gab lichten Schein.

a kam ihr Hofgesinde und trug dar zur Hand
on ganz rothem Golde einen Schildesrand,
Rit stahlharten Spangen, gar groß und auch breit;
arunter spielen wollte die gar minnigliche Maid.

er Frauen Schildfessel war eine edle Borte,
arauf Steine, grün wie ein Gras, an manchem Orte,
ie leuchteten mancherlei mit Scheine gegen das Gold;
r mußte sein gar kühn, dem die Fraue wurde hold.

er Schild war unter den Buckeln, als uns das ist gesagt,
Sohl dreier Spannen dick, den tragen sollte die Magd;
on Stahl und auch von Golde reich er war genug;
en ihrer Kämm'rer einer selbvier kaum trug.

Als der starke Hagen den Schild dar tragen sah,
Mit grimmigem Muth der Held von Troneg sprach da:
„Wie nun, König Günther? wie verlieret ihr den Leib!
Die ihr begehrt zu minnen, die mag wohl sein des Teufels Weib."

Vernehmt noch von Gewanden, der'n hatte sie genug:
Von Seid' aus Azaguk einen Wappenrock sie trug,
Edel und reich, über dessen Farbe gab Schein
Von der Königin gar mancher herrliche Stein.

Da trug man dar der Frauen schwer und groß
Einen Speer gar scharf, den sie zu allen Zeiten schoß,
Stark und ungefüge, groß und auch breit,
Der an seinen Ecken gar furchtbarlich schneid't.

Von des Speeres Schwere höret Wunder sagen,
Gar ungemessen viel Eisen war dazu geschlagen;
Den trugen kaum drei von der Brunhilde Mann.
Günther der gar edele darum sehr zu sorgen begann.

Er dacht' in seinem Gemüth: was soll sein dies Wesen?
Der Teufel aus der Hölle, wie könnt' er davor genesen?
Wär' ich zu Burgunden mit dem Leben mein,
Sie müßte hier gar lange frei vor meiner Minne sein.

Da sprach Hagens Bruder, der kühne Dankwart:
„Mich reuet inniglichen zu Hofe diese Fahrt;
Nun hießen wir eh' Recken; wie verlieren wir den Leib!
Soll'n uns in diesem Lande verderben nun die Weib?

Mich bemüht das gar sehr, daß ich kam in diese Land,
Und hätte mein Bruder Hagen seine Waffe in der Hand
Und ich die mein', so möchten nicht gehen so wild
Mit ihrem Uebermuth alle Mannen der Brunhild.

Das wisset sicherlich, sie sollten es wohl vermeiden,
Und hätt' ich zu einem Frieden geschworen mit tausend Eiden,
Eh' daß ich sterben sähe den lieben Herren mein,
Wohl müßt' das Leben verlieren das schöne Mägdelein." —

„Wir sollten ungefangen wohl räumen diese Land —
Sprach sein Bruder Hagen — hätten wir das Gewand,
Das wir in Noth bedürfen und auch die Schwerdt so gut,
So würde wohl besänftet der schönen Fraue Uebermuth."

Wohl hörte die edele Magd, was der Degen sprach da;
Mit lächelndem Munde sie über Achsel sah;
„Nun er dünket sich so kühn, so bringet ihn'n ihr Gewand,
Ihre gar scharfen Waffen gebet den Recken in die Hand."

Da sie die Schwerdt gewannen, so die Maid gebot,
Ward der gar kühne Dankwart von Freuden recht roth:
„Nun treibet Kampfspiel', wie ihr wollt; — sprach der gar schnelle Mann —
Günther ist unbezwungen, seit dem wir unsre Waffen haben an."

Der Brunhilde Stärke erschien gar groß zu sein,
Man trug ihr zu dem Kreise einen schweren Stein,
Groß und ungefüge, gewaltig, rund und schwer,
Ihn trugen kaum zwölf der kühnen Helden daher.

Den warf sie zu allen Zeiten, so sie den Speer verschoß;
Der Burgunden Sorgen die waren gewaltig groß;
„Wehe! — sprach da Hagen — wen habt ihr König zur Traut'!
Wohl soll sie in der Hölle sein des bösen Teufels Braut."

An ihre gar weißen Arme sie die Aermel wand,
Sie begann zu fassen den Schild mit der Hand,
Den Speer sie hoch zückte; da ging es an den Streit;
Die fremden Gäste die fürchteten der Brunhilde Neid,

Und wäre ihm da Siegfrid nicht zu Hülfe gekommen,
So hätte sie dem König schier das Leben benommen.
Er ging dar heimiglich und rührt' ihm seine Hand;
Günther seine List gar sehr besorglich fand.

Es dacht' der kühne Mann: was hat mich berührt?
Da sah er allenthalben, niemand ward da gespürt.
Er sprach: „ich bin es, Siegfrid, der liebe Freund dein.
Vor der Königin sollt du gar ohne Angst sein.

Den Schild gieb mir von der Hand und laß mich den tragen,
Und merke recht, was du mich hörest sagen:
Nun habe du die Gebärde, die Werk' will ich begehen."
Da er ihn erkannte, es war ihm lieb geschehen.

„Nun hehl' du meine List, die sollt du niemand sagen,
So mag die Königin wohl nimmer hie erjagen
An dir irgend Ruhmes, das sie doch Willen hegt;
Nun sieh' du, wie die Frau vor dir sich ohn' Sorge bewegt."

Da schoß gar kräftiglich die herrliche Maid
Auf einen Schild, neu, sehr groß und breit,
Den trug an seiner Hand der Sieglinde Kind;
Das Feuer sprang vom Stahle, als wenn es wehte der Wind.

Des starken Speeres Schneide wohl durch den Schild drang,
Daß man sah wie das Feuer aus den Ringen sprang.
Vom Schusse beide strauchelten, die kräftigen Recken,
Ohne die Nebelkappe thät er sie todt dahin strecken.

Siegfrid dem gar kühnen vom Munde drang das Blut;
Gar bald auf sprang er wieder, da nahm der Held gut
Den Speer, den sie geschossen ihm hatt' durch Schildesrand,
Den schwang da hin wieder des kühnen Siegfrid Hand.

Er dachte: das schöne Mägdelein will schießen ich.
Er kehrte des Speeres Schneide auf den Rücken hinter sich,
Mit des Speeres Stange schoß er auf ihr Gewand,
Daß es erklang gar laut von seiner tapferlichen Hand.

Das Feuer stob aus Ringen, als ob es triebe der Wind;
Den Speer den schoß mit Kraft des Siegmund Kind;
Sie mochte mit ihrer Kraft vor dem Schuß nicht steh'n,
Es wäre von König Günther, in Treuen, nimmer gescheh'n.

Brunhild, die Jungfrau, wie bald sie aufsprang!
„Gunther, edler Ritter, des Schusses habe Dank."
Sie wähnte, daß er's hätte mit seiner Kraft gethan.
Nein, sie hatte gefället ein weit kräftiger Mann.

Da ging sie hin gar bald, zornig war ihr Gemüth,
Den Stein hub sie gar hoch, die Magd von edlem Geblüt,
Sie schwang ihn kräftiglich gar fern von der Hand,
Da sprang sie nach dem Wurfe, das laut erklang ihr Gewand.

Der Stein war gefallen, wohl zwölf Klafter von dann;
Den Wurf erreicht' mit Sprunge die Magd wohlgethan.
Da ging der schnelle Siegfrid, da der Stein lag;
Günther ihn da wuchtete, Siegfrid der Held ihn warf darnach.

Siegfrid der war kühn, kräftig und lang.
Den Stein warf er ferner, dazu er weiter sprang;
Von seinen schönen Listen hatte er Kraft genug,
Daß er mit dem Sprunge den König Günther trug.

Der Sprung der war ergangen, der Stein lag auch da,
Anders niemand, denn Günther den Degen man sah.
Brunhild die gar schöne die ward im Zorne roth.
Siegfrid hatte entfernet des Königes Günther Tod.

Zu einem Theil ihr's Gesindes sie laut sprach da,
Da sie am Ende des Kreises den Held gesund sah:
„Gar bald kommet her näher, ihr, meine Verwandte und Mann,
Ihr sollt dem König Günther alle werden unterthan."

Da legten die gar Kühnen die Waffen von der Hand,
Sie boten sich zu Füßen dem von Burgundenland,
Günther, dem reichen König, gar mancher kühne Mann,
Sie wähnten, daß er hätte mit seiner Kraft die Spiel' gethan.

Zohl war er tugendreich, er grüßte sie minniglich;
a nahm ihn bei der Hand die Magd löblich,
ie erlaubte ihm, daß er sollte haben da Gewalt;
rob freute sich da Hagen, der Degen kühn und wohlgestalt't.

ie bat den edeln Ritter mit ihr zu gehen von dann
n den weiten Pallast. Als das war gethan,
a erbot man's den Recken mit Dienste desto baß;
ankwart und Hagen die mußten lassen ihren Haß.

iegfrid der gar schnelle, weise war er genug,
eine Nebelkappe er wieder heimlich fort trug;
a ging er hin wieder, da manche Fraue saß,
sprach zum Könige und that mit gutem Willen das:

Was wartet ihr, mein Herre, wann beginnet ihr die Spiel?
er'n euch die Königin zutheilet also viel;
id laßt uns bald schauen, wie sie sind gethan."
echt, als ob er drum nicht wüßt', gebährd't sich der listige Mann.

a sprach die Königin: „wie ist das geschehen,
aß ihr habt, Herr Siegfrid, die Spiele nicht gesehen,
ie hier hat errungen des Günther Hand?"
rauf antwortete ihr Hagen aus der Burgunden Land;

sprach: „da ihr uns, Fraue, betrübet hattet den Muth,
a war bei unserm Schiffe Siegfrid der Held gut,
a der Vogt vom Rheine die Spiele euch abgewann;
rum ist es ihm unkündig." So sprach der Günthers-Mann.

Wohl sei mir dieser Mähre — sprach Siegfrid der Degen —
aß euer Hochfahren hie also ist erlegen,
aß jemand lebet, der euer Meister möge sein!
un sollt ihr, edle Magd, uns von hinnen folgen an den Rhein."

a sprach die Wohlgethane: „das mag noch nicht gescheh'n,
h muß eh' meine Verwandte und Mannen seh'n;
ohl mag ich also leicht räumen nicht mein Land,
eine besten Freunde, die müssen werden vorher besandt."

a hieß sie Boten reiten allenthalben von dannen,
ie besandte ihre Freunde, beide, Verwandte und Mannen,
ie bat sie zu Isenstein zu kommen unverwand,
id hieß ihnen allen geben reich und herrlich Gewand.

ie ritten täglich, beides, spat und fruh,
er Brunhilden Burg, die Recken, schaarweiß zu.
Wehe! — sprach da Hagen — was haben wir gethan?
Wir erwarten hier gar übel der schönen Brunhilde Mann.

D

So sie nun mit ihrer Kraft kommen in das Land,
Der Königin Wille der ist uns unbekannt —
Wie, wenn sie also zürnet, daß wir sind verlor'n? —
So ist die Magd edel uns zu großen Sorgen gebor'n."

Da sprach der starke Siegfrid: „dem will ich widersteh'n,
Dessen ihr da habt Sorge, das lass' ich nicht ergeh'n,
Ich soll euch Hülfe bringen her in diese Land
Von auserwählten Recken, die euch noch wurden nie bekannt.

Ihr sollt nach mir nicht fragen, ich will von hinnen fahr'n;
Gott müsse eure Ehre die Zeit wohl bewahr'n;
Ich komme schier herwieder und bring' euch tausend Mann
Der allerbesten Degen, der'n ich Kunde je gewann." —

„So seid auch nicht zu lange — der König sprach da so —
Wir sind eurer Hülfe gar billiglich froh. —
„Ich komm' euch sicherlich in gar kurzen Tagen;
Daß ihr mich habt entsendet, sollt ihr der Königin sagen."

8.

Abentheuer, wie Siegfrid nach den Nibelungen fuhr.

Von dannen ging da Siegfrid zum Hafen auf den Sand,
In seiner Nebelkappe, da er sein Schifflein fand,
Darin so stand gar heimlich des Siegesmundes Kind,
Er führt' es bald von dannen, als wenn es wehte der Wind.

Den Schiffmeister sah niemand, das Schifflein sehr floß
Von Siegfrids Kräften, die waren also groß;
Sie wähnten, daß es führte ein besonders starker Wind;
Nein, es führte Siegfrid, der schönen Sieglinde Kind.

Nach eines Tages Zeit und nach einer-Nacht
Kam er zu einem Lande, mit gewaltiger Macht,
Wohl hundert langer Stunden und wohl noch viel baß,
Das hieß in Nibelungen, da er den großen Schatz besaß.

Der Held fuhr allein auf einen Werder gar breit;
Das Schiff gar bald anband der Ritter voll Kühnheit,
Er ging zu einem Berge, auf dem eine Burg stand da,
Und suchte Herberge, so noch immer von Wegmünden geschah.

Da kam er an die Pforte, verschlossen ihm die stand;
Wohl hüteten sie ihre Ehr', wie man stets an Männern fand.
An's Thor begann zu klopfen der gar kühne Mann;
Das war wohl behütet; innerhalb stehen traf er an

inen Ungefügen, der für die Burg Sorge mußt' tragen,
ei dem zu allen Zeiten seine Waffen lagen.
er sprach: „wer ist, der klopfet so hart an das Thor?"
a wandelte seine Stimme der Herre Siegfrid davor;

r sprach: „ich bin's, ein Recke, nun schleuß auf das Thor;
ch erzürne wohl manchen heute noch davor,
er gerne sanft läge und hätte dessen Rath"
as ärgerte den Pförtner, daß Herr Siegfrid dies sprechen that.

un hatte der Riese kühn seine Waffen angethan,
einen Helm auf seinem Haupt, der gar starke Mann
en Schild gar bald er zückt', auf stieß er das Thor;
ohl recht grimmiglich lief er Siegfrid an davor!

ie er dürfte erwecken so manchen kühnen Mann?
a wurden geschwinde Schläge von seiner Hand gethan.
a begann sich zu schirmen der herrliche Gast,
och macht' der Pförtner, daß ihm manche Spange zerbrast,

on einer eisernen Stange; das gab dem Helden Noth;
in's Theils begann zu fürchten Siegfrid den grimmen Tod,
a der Pförtner so gar kräftiglichen schlug.
arum war ihm sein Herr Siegfrid gewogen genug.

ie stritten also sehr, daß es durch die Burg erscholl;
a hörte man in der Nibelungen Saal das Tosen wol.
r zwang den Pförtner so, daß er ihn zuletzt band:
ie Mähren wurden kund in all' der Nibelungen Land.

a hörte das grimme Streiten ferne durch den Berg
lbrich der gar kühne, ein wilder Zwerg;
r wafnete sich gar bald und lief, da er da fand
iesen Gast gar edel, als er den Riesen feste band.

lbrich war gar grimm, dazu stark genug,
elm und Panzerringe er an dem Leibe trug,
nd eine Geißel schwer, von Gold, in seiner Hand;
a lief er gar geschwind, wo er Siegfriden fand.

ieben schwere Knöpfe die hingen vorn daran,
amit er vor den Händen den Schild dem kühnen Mann
chlug so bitterlich, daß ihm davon viel zerbrach;
es Lebens kam in Sorge der waidliche Gast darnach.

en Schild er von der Hand ganz zerbrochen schwang,
a stieß er in die Scheide eine Waffe, die war lang.
einen Kämmerer wollt' er nicht schlagen todt,
r schonte seiner Leute, als ihm die Tugend das gebot.

Mit seinen starken Händen lief er Albrichen an,
Da fing er bei dem Barte den alten greisen Mann,
Er zog ihn gar unmäßig, daß er sehr laut aufschrie;
Die Kraft des jungen Helden that weher dem Albrich nie.

Laut rief der Kühne: „nun lasset mir mein Leben!
Und möcht' ich jemand zu eigen, außer einem Recken, mich geben —
Dem schwur ich deshalb Eide, daß ich ihm wär' unterthan —
Ich diente euch, eh' ich stürbe." So sprach der listige Mann.

Er band auch Albrich, wie er den Riesen vorher.
Des Siegfrid Kräfte die fielen ihm gar schwer.
Der Zwerg begann zu fragen: „Wie seid ihr genannt?"
Er sprach: „ich heiße Siegfrid, ich wähnte, ich wär' euch wohl bekannt." —

„O! wohl mir dieser Mähre! — sprach der Zwerg Alberich —
Nun hab' ich wohl befunden die Werk' so tapferlich,
Daß ihr mit Recht möget des Landes Herre sein;
Ich thu', was ihr gebietet, so ihr mir laßt das Leben mein."

Da sprach der Herr Siegfrid: „ihr sollt gar bald von hinnen
Und mir die besten Recken, die wir haben, gewinnen,
Tausend Nibelungen, daß mich die hier sehen,
So will ich euch Leid lassen hie nimmer geschehen."

Dem Riesen und Alberich lös'te er da die Band';
Da lief Alberich gar bald, da er die Recken fand,
Er weckete mit Sorgfalt der Nibelungen Mann,
Er sprach: „wohl auf, ihr Helden, ihr sollt zu Siegfrid von dann."

Sie sprangen von den Betten und waren gleich bereit,
Tausend schnelle Ritter die wurden schier bekleid't,
Sie gingen, da sie fanden Siegfriden stehn,
Da ward ein schönes Begrüßen zum Theil mit Umfangen gesehn:

Viel' Kerzen war'n entzündet, man schenkt' ihn'n lautern Trank;
Daß sie kamen so bald, sagt' er ihnen allen Dank.
Er sprach: „ihr sollt von hinnen mit sammt mir über Flut."
Dazu fand er gar bereit die Helden kühn und gut.

Wohl dreißig hundert Degen die waren bald gekommen,
Aus denen wurden tausend der Besten da genommen,
Denen bracht' man ihre Helm' und anders ihr Gewand;
Denn er sie führen wollte in das Brunhilden-Land.

Er sprach: „ihr guten Ritter, das will ich euch sagen,
Ihr sollt gar reiche Kleider da zu Hofe tragen:
Denn uns da sehen müssen viel' minnigliche Weib,
Darum sollt ihr euch zieren mit gutem Gewand euren Leib."

n einem Morgen früh huben sie sich von dann.
elch schnelle Gefährten Siegfrid da gewann!
ie führten gute Ross' und herrliches Gewand;
ie kamen wohlbehalten in das Brunhilden-Land.

a stunden an den Zinnen die minniglichen Kind;
a sprach die Königin: „weiß jemand., wer die sind,
ie ich dort sehe fließen so fern auf der See?
ie führen weiße Segel, die sind noch weißer denn der Schnee."

a sprach der König vom Rheine: „es sind meine Sassen,
ie hatt' ich auf der Fahrt hie nahe bei verlassen,
ie habe ich besendet, die sind nun, Frau, gekommen."
er herrlichen Gäste ward mit Freuden wahrgenommen.

a sah man vorn in dem Schiffe steh'n Siegfrid,
n herrlichem Gewand, und manchen andern Mann mit.
a sprach die Königin: „Herr König, ihr sollt mir sagen,
oll ich die Gäste empfahen, oder soll ich Gruß ihnen versagen?"

: sprach: „ihr sollt entgegen ihnen vor den Pallast geh'n,
enn ihr sie sehet gerne, daß sie das wohl versteh'n."
a that die Königin, als ihr der König rieth.
iegfriden mit dem Gruße sie von den andern unterschied.

an schuf ihnen Herberge und behielt ihnen ihr Gewand.
a waren so viel der Gäste kommen in das Land,
aß sie sich allenthalben drängten mit den Schaaren.
a wollten die gar Kühnen heim zu den Burgunden fahren.

a sprach die Königin: „ich wollte dem seien hold,
er vertheilen könnte mein Silber und mein Gold
einen und des Königes Gästen, dessen ich so viel gewann."
arauf antwortete Dankwart, des kühnen Giselher Mann:

ar edle Königin, laßt mich der Schlüssel pflegen,
h trau' es wohl zu theilen; — sprach der kühne Degen —
as ich erwerb' an Schande, das laßt sein einig mein."
aß er mild' wäre, das ließ er wohl offenbar sein.

a sich des Hagen Bruder der Schlüssel unterwand,
ar manche reiche Gabe bot des Helden Hand.
er eine Mark nur begehrt', dem ward so viel gegeben,
aß die Armen alle mußten fröhlich leben.

ohl bei hundert Pfund gab er ihnen, ohne zählen;
enug in reichen Gewanden gingen vor den Sälen,
ie nie davor trugen solche herrliche Kleid.
as erfuhr die Königin, es war ihr schwer und leid.

Da sprach die Königin: „ich möcht' es entbehren, Herr König,
Daß euer Kämmerer mir will so gar wenig
Der Gewand lassen bleiben, er verschwendet ganz mein Gold;
Der dem noch widerstände, dem wollt ich immer seien hold.

Er giebt so große Gabe, daß wohl wähnet der Held,
Ich sehne mich nach dem Tode; das Leben mir noch gefällt;
Auch trau' ich's selbst zu verwenden, was mir mein Vater ließ hie."
So milden Kämmerer gewann noch eine Königin nie.

Da sprach von Troneg Hagen: „Frau, euch sei verkündet,
Bei dem König vom Rheine Gold und gute Kleid' ihr findet,
Also viel zu geben, daß uns das Noth nicht thut,
Daß wir von hinnen führen etwas von der Brunhilde Gut." —

„Nein, um meine Liebe — sprach die Königin weise —
Laßt mir anfüllen zwanzig Tragkisten zur Reise
Mit Gold und auch mit Seide, das soll geben meine Hand,
So wir kommen hinüber in der Burgunden Land."

Mit edelem Gestein' ladete man ihr die Schrein.
Ihre eigenen Kämmerer mußten dabei sein,
Sie wollte es nicht vertrauen dem Gieselhers Mann.
Günther und auch Hagen fingen darum zu lachen an.

Da sprach die Jungfrau: „wem lass' ich meine Land'?
Die soll eh' hie bestimmen mein' und eure Hand."
Da sprach der edele König: „nun heißet her kommen,
Der euch dazu gefällt, der soll zum Vogt sein genommen."

Einen ihrer höchsten Verwandten die Fraue bey sich sah,
Er war ihrer Mutter Bruder, zu dem die Magd sprach da:
„Nun laßt euch sein befohlen die Burg und auch die Land',
Bis daß allhie richtet des Königes Günther Hand.

Da wählt' sie ihres Gesindes wohl zwanzig hundert Mann,
Die mit ihr fahren sollten zu Burgund von dann,
Zu jenen tausend Recken aus Nibelungen Land.
Sie richteten sich zur Fahrt, man sah sie reiten auf den Sand.]

Sie führte mit sich von dann sechs und achzig Weib,
Dazu wohl hundert Mägde; gar schön war derer Leib;
Sie säumten sich nicht länger, sie wollten geh'n von dannen.
Die sie daheim ließen, hei! was die zu weinen begannen.

In tugendlichen Züchten die Fraue räumte ihr Land;
Sie küßte ihr'r Freunde die Besten, soviel sie der'n bei sich fand.
Mit gutem Urlaub sie auf die See kam,
Zu ihrem Vaterlande die Frau nimmer Rückkehr nahm.

Man hörte auf ihrer Fahrt mancherhand Spiel,
Aller Kurzweil deren hatten sie da viel;
Auch kam ihnen zu der Reise ein rechter Wasserwind;
Sie fuhren von dem Lande, das beweinte mancher Mutter Kind.

Doch wollte sie den Herren nicht minnen auf der Fahrt,
Es ward ihre Kurzweil bis in sein Haus gespart,
Zu Worms in der Burg, auf eine Hochzeit;
Dahin sie freudenreich kamen mit ihr'n Helden nach der Zeit.

9.

Abentheuer, wie Siegfrid gen Worms gesandt ward.

Da sie gefahren waren vollkommen neun Tage,
Da sprach von Troneg Hagen: „nun höret, was ich sage,
Wir säumen uns mit der Mähre zu Worms an den Rhein;
ure Boten sollten nun zu Burgunden schon sein."

a sprach der König Günther: „ihr habt gesagt die Wahrheit;
ns wäre zur selben Fahrt niemand so bereit,
ls ihr, Freund, Herr Hagen, nun reitet in mein Land;
nsre Hofreise die macht ihnen niemand baß bekannt."

arauf antwortete Hagen: „ich bin kein Bote gut,
aßt mich der Kammer pflegen und bleiben auf der Flut,
ch will bei den Frauen hüten ihr Gewand,
is daß wir sie bringen in der Burgunden Land.

un bittet Siegfrid um diese Botschaft,
er kann sie wohl werben mit tugendhafter Kraft;
ersagt er euch die Reise, ihr sollt mit guten Sitten,
m eurer Schwester Liebe, der Fahrt ihn freundlich bitten."

r sandte nach dem Recken, der kam, da man ihn fand;
r sprach: „seit daß wir nahen heim in meine Land',
o sollt' ich Boten senden der lieben Schwester mein,
nd auch meiner Mutter, daß wir nahen an den Rhein.

as begehr' ich von euch, Siegfrid, nun leistet mein Gesuch,
rum ich euch immer diene." So sprach der Degen klug.
a verweigert' Siegfrid, der gar kühne Mann,
is daß ihn König Günther gar sehr zu flehen begann.

r sprach: „ihr sollt reiten um den Willen mein
nd auch um Chriemhilde, das schöne Mägdelein,
aß es mit mir verdiene die herrliche Maid"
a das hörte Siegfrid, da war der Recke bald bereit.

„Nun entbietet, was ihr wollet, das wird nicht versagt,
Ich will es werben gerne um die schöne Magd,
Wie sollt' ich auf die verzichten, die ich im Herzen trage?
Um sie, was ihr gebietet, ich alles gerne wage.“ —

„So saget der Königin Ute, der Mutter mein,
Daß wir auf dieser Fahrt mit hohem Muthe sei'n.
Laßt wissen, meine Brüder, wie wir geworben mit Ehren;
Ihr sollt auch unsere Freunde diese Mähre lassen hören.

Und meiner schönen Schwester sollt ihr nichts verschweigen,
Ihr sollt ihr Brunhilden und meinen Dienst bezeigen,
Und auch dem Gesinde und meinen Mannen allen:
Darnach je rang mein Herz, wie mir das zugefallen.

Und saget meinem lieben Neffen, Herrn Ortwein,
Daß er heiß richten Wohnungen an den Rhein;
Und ander'n meinen Verwandten soll man lassen verkünden:
Ich will mit Brunhilde daheim große Festlichkeit finden.

Und saget meiner Schwester, so sie das habe vernommen,
Daß ich mit meinen Gästen sei zu Lande kommen,
Daß sie mit Fleiße empfange die Traute mein;
Dafür will ich Chriemhilden immer zu Dienste sein.“

Siegfrid der Herr gar bald Urlaub nahm
Von Frau Brunhilden, wie ihm das wohl zukam,
Und von allem ihr'm Gesinde; da ritt er an den Rhein.
Es konnte in dieser Welt ein besserer Bote nicht sein.

Er ritt da gen Worms mit vier und zwanzig Recken.
Ohne den König kam er; da man das that entdecken,
Da bemühte all das Gesinde Jammers Noth;
Sie fürcht'ten, daß ihr Herre dort blieben wäre todt.

Da stiegen sie von den Rossen, gar hoch stand ihr Muth;
Schier kam ihnen Giselher, der junge König gut,
Und Gernot sein Bruder; gar bald der sprach da,
Da er den König Günther nicht bei Siegfriden sah:

„Seid willkommen, Herr Siegfrid, ihr sollt wissen lassen mich,
Wo mein Bruder, der König, befindet sich?
Der Brunhilde Stärke, wähn' ich, uns hat ihn benommen;
So wäre ihre hohe Minne uns zu großem Schaden kommen.“ —

„Die Angst laßt bleiben; euch und den Lieben sein
Entbietet seinen Dienst der Heergeselle mein;
Den ließ ich wohl gesund, er hat mich euch gesandt,
Daß ich sein Bote wäre mit Mähren her in euer Land.

ald, wie es nur immer geschehe,
und eure Schwester sehe,
ren, was ihnen durch mich entbeut
ld; die beide sind hoch erfreut."

Giselher: „da sollt ihr zu ihnen geh'n;
wester viel Liebe durch gescheh'n.
Sorge um den Bruder mein;
euch gerne, dessen will ich euer Bürge sei'n."

Siegfrid: „was ich ihr dienen kann,
h mit Treuen sein gethan.
Frauen, daß ich will ihnen nah'n?"
e Giselher, der gar waidliche Mann.

zu seiner Mutter sprach da
Schwester, als er sie beide sah:
egfrid, der Held aus Niederland;
r Günther her zum Rheine gesandt.

Mähre, wie's um den König steht;
rlauben, daß er zu Hofe geht.
Mähren uns von Isenland."
i Frauen zu großen Sorgen gewandt.

r'n Gewanden und legten sie sich an;
hin zu Hofe geh'n dann.
h, denn er sie gerne sah.
dele zu ihm sehr gütlich sprach da:

Herr Siegfrid, Ritter löblich;
: Günther, der edle reiche König?
n' ich, durch der Brunhilde Stärke verloren.
Maid, daß ich zur Welt je ward geboren!"

: kühn: „nun gebet mir Botenbrod,
uen, ihr weinet ohne Noth.
esund, das mach' ich euch bekannt,
iden mit den Mähren her gesandt.

e, gar edle Königin,
en Dienst und auch seine Trautin;
nen, sie werden bald kommen."
en Zeiten so liebe Mähre nicht vernommen.

leide von ihr'n Augen wohl gethan
nen. Zu danken sie begann
Mähren, die ihr da waren kommen;
Trauern und auch Weinen benommen.

Sie bat den Boten zu sitzen, dazu war er gern bereit.
Da sprach die Minnigliche: „mir thäte es nicht zu leid,
Ob ich zum Botenlohne euch geben sollte mein Gold,
Dazu seid ihr zu reich, ich will euch sonst seien hold." —

„Ob ich allein nun hätte — sprach er — dreißig Land,
Doch empfinge ich gerne Gabe aus-eurer Hand."
Da sprach die Tugendreiche: „so soll es sein gescheh'n."
Sie hieß ihre Kämmerer nach dem Botenlohne geh'n.

Vier und Zwanzig Spangen mit Gesteine gut,
Die gab sie ihm zum Lohne. So stand des Helden Muth:
Er wollt' es nicht behalten, er gab es da zuhand
Ihren gar schönen Mägden, die er in der Kammer fand.

Ihre Mutter bot ihre Dienst' ihm gar gütlich an.
„Ich soll euch sagen mehr — sprach der kühne Mann —
Wessen euch der König bittet, so er kommet an den Rhein;
So ihr das, Fraue, leistet, will er euch stets gewogen sein.

Seine reichen Gäste, — das hörte ich ihn begehren —,
Die sollt ihr wohl empfangen und sollt ihnen das gewähren,
Daß ihr entgegen ihm reitet vor Worms auf den Sand;
Dazu seid ihr von dem Könige mit rechter Treue gemahnt."

Da sprach die Minnigliche: „bereit bin ich ihm gern,
Worin ich ihm kann dienen, das versag' ich nicht meinem Herrn,
Mit freundlichen Treuen, so soll es sein gethan."
Da mehrte sich ihre Farbe, die sie vor Liebe gewann.

Es ward nie besser empfangen der Bote eines Herrn
Dürfte sie ihn küssen, das thäte sie wohl gern.
Darauf minniglichen er von der Fraue schied;
Da thaten die Burgunder, als ihnen der Bote rieth.

Sindolt und Hunold und Rumold der Degen,
Gar großer Geschäftigkeit mußten sie da pflegen;
Sie richteten die Wohnungen vor Worms auf dem Sand',
Des Königes Schaffner man voller Arbeiten fand.

Ortwein und Gere die wollten das nicht lassen,
Sie sandten nach den Freunden auf alle Straßen,
Sie kündeten ihnen die Hochzeit, die da sollte sein;
Da zierten sich dazu die gar stolzen Mägdelein.

Der Pallast und die Wände waren gar überall
Gezieret für die Gäste. Der Günthers Saal
Der ward gar wohl geschmücket durch manchen fremden Mann.
Diese starke Hochzeit hub sich gar fröhlich an.

Da ritten allenthalben die Wege durch das Land
Der dreier Könige Verwandte, die hatte man besandt.
Daß sie die sollten warten, die ihnen da wollten kommen;
Da wurden aus der Lade reicher Gewande viel genommen.

Da sagte man die Mähre, daß man reiten sah
Der Brunhilde Freunde. Groß Getümmel hub sich da
Von des Volkes Menige in der Burgunden Land.
Hei! was man kühner Degen da zu beiden Seiten fand!

Da sprach die schöne Chriemhild zu ihren Mägdelein,
Die bei dem Empfange mit ihr wollten sein:
Nun suchet aus den Kisten die allerbesten Kleid,
So ist uns bei den Gästen Lob und Ehre viel bereit."

Da kamen auch die Recken und hießen tragen dar
Die herrlichen Sättel, von rothem Golde gar,
Die die Frauen sollten reiten zu Worms an den Rhein;
Besseres Pferdegeräth' konnte nimmermehr sein.

Hei! was da lichtes Gold von den Mähren gab Schein!
Ihnen leucht'te von den Zäumen gar mancher edle Stein;
Die goldenen Sättel, ob lichten Decken gut,
Die brachte man den Frauen; sie waren fröhlich zumuth.

Auf dem Hofe man bereit der Frauen Pferde findet,
Und der edlen Jungfrauen, als ich euch hab' gekündet.
Schmale Bugborten sah man die Mähren tragen,
Von der besten Seide, davon euch jemand könnte sagen.

Sechs und achtzig Frauen sah herfür gehen man
Die reiche Binden trugen; zu Chriemhilden dann
Kamen die gar schönen und trugen reiche Kleid';
Dar kam auch, wohl gezieret, gar manche herrliche Maid,

Funfzig und viere aus Burgunden Land;
Es waren auch die besten, die man irgend fand.
Den'n sah man gelbe Locken unter lichten Borten geh'n.
Das eh' der König begehrt', das war mit Fleiße geschehn.

Sie trugen reiche Stoffe, die besten die man fand,
Vor den fremden Recken, so manch gut Gewand,
Das ihrer schönen Farbe zu recht wohl zukam.
Er wäre schwacher Sinne, der ihrer einer wäre gram.

Von Zobel und von Hermlin viel' Kleider man da fand;
Da ward gar wohl gezieret beides, Arm und Hand,
Mit Spangen über die Seide, die sie da sollten tragen.
Euch könnte diese Zierde vollkommen niemand sagen.

Gar manchen Gürtel erlesen, reich und lang,
Ueber lichte Kleider gar manche Hand da schlang
Um edle Röcke, gemachet von Stoff aus Arabia.
Den edlen Jungfrauen war gar hohe Freude nah.

Es ward in Halsbänder manche schöne Maid
Geschmückt gar minniglichen; es möchte der sei'n Leid,
Der'n ihre lichte Farbe nicht leucht're gleich ihr'm Gewand.
So schönes Hofgesinde noch niemals Königsstamm fand.

Da die gar Minniglichen nun trugen ihr Gewand,
Die sie da führen sollten, die kamen dar zuhand,
Der hochmüthigen Recken eine gar große Kraft;
Man trug dar mit ihren Schilden wohl manchen eschenen Schaft.

10.

Abentheuer, wie Brunhild zu Worms empfangen ward.

Jenseit des Rheines sah man mit manchen Schaaren
Den König mit seinen Gästen zu dem Gestade fahren.
Man sah auch da an Zäumen leiten manche Maid;
Die sie empfangen sollten, die waren alle bereit.

Da die von Isenland zu den Schiffen kamen dann
Und auch von Nibelungen die Siegfrids Mann,
Eilten sie zu dem Lande; geschäftig ward ihre Hand,
Da man des Königes Freunde am Gestade jenseits fand.

Nun höret auch diese Mähre von der Königin
Ute, der gar reichen, wie sie die Mägdlein hin
Brachte von der Burg; dar sie da selbst reit't.
Da gewannen von einander Kunde gar manche Ritter und Maid.

Der Herzog Gere Chriemhilden den Zaum führte dann
Nur bis vor das Burgthor, Siegfrid der kühne Mann
Der mußte ihr darauf dienen; sie war eine schöne Maid.
Das ward ihm wohl gelohnt von der Jungfrau nach der Zeit.

Ortwein der gar Kühne bei Frau Ute reit't,
Und so geselliglich mancher Ritter und Maid.
Zu so großem Empfange — man mag es wohl gestehen —
Wurden nie so viel Frauen bei einander gesehen.

Gar manchen reichen Kampflauf sah man da getrieben
Von löblichen Helden, nicht wohl wär's unterblieben,
Vor Chriemhilden, der Schönen, bis zu den Schiffen dann,
Da hub man von den Mähren manche Frauen wohlgethan.

:kommen und mancher werthe Gast.
häfte vor den Frauen zerbrast!
lich von Schilden manchen Stoß;
hilde im Gedränge laut ertoß!

n die standen an dem Strande,
Gästen ging von den Schiffen zu Lande,
ı selbst an seiner Hand.
einander gar lichte Wänglein und Gewand".

ten Frau Chriemhilde da ging,
lden und ihr Gesinde empfing.
rücken mit weißen Händen von dann,
:de; das ward aus Liebe gethan.

iglich Chriemhilde, das Mägdelein:
Landen uns willkommen sein,
tter und allen die uns sind eigen
en." Da ward gethan ein Neigen.

ngen mit Armen oftmals hie;
ngen erhörte man noch nie,
der Braut thaten kund,
ochter; sie küßten oft ihren süßen Mund.

rauen all' kamen auf den Sand,
lichen genommen bei der Hand
n manch Weib wohlgethan und schön;
Mägde vor Frau Brunhilden steh'n.

geend't, das war eine lange Stund',
et manch rosenfarbner Mund
ıigstöchter bei einander minniglich,
mancher löbliche Recke sich.

Augen, die eh' hörten gestehen,
hätten nicht gesehen,
; das gestand man ohne Lügen,
Leibe da keiner Art Betrügen.

konnten, und minniglichen Leib,
Schöne des Günther Weib.
Weisen, — die's hatten besser besehen —
emhilde vor Brunhilden gehen.

ingen Mägde und Weib;
zieret gar manchen schönen Leib.
ütten und manch reich Gezelt;
et vor Worms das ganze Feld.

Von des Königs Verwandten da ward ein Reigen gesehen.
Da hieß man Brunhilden und Chriemhilden gehen,
Und mit ihnen alle die Frauen, da man Schatten fand;
Dahin brachten sie die Degen aus der Burgunden Land.

Nun waren auch die Gäste zu Roß all' gekommen;
Gar manch reiches Speer-Rennen durch Schilde ward genommen.
Das Feld begann zu stäuben, als ob alles das Land
Mit Glut wäre entbrannt; da wurden Helden wohl erkannt.

Was da die Recken thaten, das sah wohl manche Magd.
Mich dünket, daß Herr Siegfrid mit seinen Degen jagt'
In mancher Wiederkehr vor die Hütten und von dann;
Er führte der Nibelungen wohl tausend waidlicher Mann.

Da kam von Troneg Hagen, als ihm der Wirth rieth,
Das Kampfspiel freundlich da der Held schied,
Daß sie unbestäubt ließen die gar schönen Kind.
Dazu folgsam die Gäste gar tugendlich man find't.

Da sprach der Herr Gernot: „Die Rosse lasset von dann,
Bis es beginnt zu kühlen, dann woll'n wir gern fangen an
Zu dienen schönen Weibern, vor dem Pallast weit,
So der König wolle reiten, daß ihr wohl bereitet seid."

Da das Kampfspiel war vergangen über all das Feld,
Da gingen zu kurzweilen unter manch hohes Gezelt
Die Ritter zu den Frauen, auf hoher Freuden Gewinn;
Da vertrieben sie die Stunden, bis man reiten wollte hin.

Vor des Abends Nahen, da die Sonne niederging,
Nicht länger man es ließ, da es zu kühlen anfing,
Es huben sich zu der Burg manche Mannen und Weib;
Mit Augen ward geliebkos't wohl mancher schöner Fraue Leib.

Da ward von guten Knechten viel um Kleider geritten *),
Von denen voll hohem Muth, nach des Landes Sitten,
Bis vor den Pallast, da der König niederstand;
Da ward Frauen gedienet, wie man immer an hohen Helden fand.

Da wurden auch geschieden die reichen Königinnen.
Frau Ute und ihre Tochter die gingen beide von hinnen
Mit ihr'm Hofgesinde in ein gar weites Gebäu;
Da hörte man allenthalben sehr großes Freudengeschrei.

---

*) Wettrennen gehalten, wobei dem Sieger Kleider als Kampfpreis gegeben wurden.

erichtet waren Sitze; der König wollte gehn
ı Tische mit den Gästen, da sah man bei ihm stehn
ie schöne Brunhilde, Krone sie da trug
n des Königes Lande; wohl war sie reich genug.

ar manche schöne Sitze und gute Tafeln man fand,
iel Speise ward drauf gesetzet, als uns das ist bekannt;
as sie nur haben sollten, gar wenig gebrach dessen da:
nter den Gästen gar manchen herrlichen Gast man sah.

es Wirthes Kämmerer in Becken von Golde roth
as Wasser vortrugen. Es wäre wenig noth,
b euch das jemand sagte, daß man diente baß
ei eines Fürsten Hochzeit; ich wollte nicht glauben das.

h' daß der Vogt vom Rheine Wasser da nahm,
a that der Herr Siegfrid, als ihm das wohl zukam,
r mahnte ihn seiner Treue, was er ihm versprach da,
h' daß er Brunhilden daheim in Isenland ersah.

r sprach: „ihr sollt bedenken, was mir schwur eure Hand,
Benn Frau Brunhilde käme in dieses Land,
hr gäbet mir eure Schwester; wohin sind die Eide kommen?
ch habe durch eure Reise gar große Arbeit übernommen."

a sprach der Wirth zum Gaste: „ihr habt mich recht ermahnt;
Bohl soll nicht meineidig werden dessen meine Hand,
ch will's euch helfen fügen, so auf's best' kann gescheh'n."
a bat er Chriemhilden zu Hofe freundlich zu geh'n.

Nit ihren schönen Mägden kam sie vor den Saal wieder,
a sprang von einer Stiege Gieselher hernieder:
Nun heißet umkehren diese Mägdelein;
Meine Schwester nur alleine soll hie bei dem Könige sein."

a brachte man Chriemhilde, da man den König fand.
a standen edle Ritter von mancher Fürsten Land.
n dem weiten Saale sie stille stehn hieß man;
Es war die Frau Brunhild zu Tische gegangen von dann.

a sprach der König Günther: „Schwester, edle Maid,
Durch deine Tugend allein löse mir meinen Eid:
Ich schwur dich einem Recken zu, und wird dieser dein Mann,
So hast du meinen Willen mit großen Treuen gethan."

Da sprach die edle Magd: „gar lieber Bruder mein,
Ihr sollt mich nicht anflehen, wohl will ich immer sein,
Wie ihr mir gebietet; das soll sei'n gethan.
Ich will mich ihm gern verloben, den ihr mir, Herr, gebt zu Mann!"

Von Liebe und auch von Freude ward Siegfrids Farbe roth;
Zu Dienst sich der Recke der Frau Chriemhilde bot.
Man bat sie zu einander im Kreis zu treten heran,
Man fragte sie, ob sie wollte den gar waidlichen Mann.

In magdlichen Züchten schämte sie sich ein Theil,
Jedoch war es Siegfrids Glück und auch Heil,
Daß sie nicht wollte verschmähen seine Hand;
Auch verlobt sie zu seinem Weib der König von Niederland.

Da er sich verlobte und auch sich ihm die schöne Maid,
Gütliches Umfangen war da wohl bereit
Von Siegfrids Armen, um die minnigliche Frau.
Die edele Königin ward geküßt in der Helden Schau.

Sich theilte das Gesinde, als das da geschah.
An der Gegenseite man Siegfriden sah
Sitzen mit Chriemhilden; zu Dienst ihnen mancher stand.
Die Nibelungen man immer bei Siegfrid gehen fand.

Der König war gesessen und Brunhilde die Maid;
Da sie sah Chriemhilden — es geschah ihr nie solch Leid —
Bei Siegfrid sitzen, zu weinen sie begann,
Ihr fielen heiße Thränen über ihre lichten Wangen dann.

Da sprach der Wirth des Landes: „was ist euch, Fraue mein,
Daß ihr so lasset trüben der lichten Augen Schein?
Ihr mögt euch freuen bald, denn euch ist unterthan
Mein Land und meine Burg und manch waidlicher Mann." —

„Ich mag wohl stark weinen — sprach die schöne Maid —
Um deine Schwester ist's mir so von Herzen leid,
Die sehe ich sitzen nahe dem Dienstmanne dein,
Das muß ich immer beweinen, soll sie also verderbet sein."

Da sprach der König Günther: ihr sollt das stille tragen,
Ich will euch zu andern Zeiten besser diese Mähre sagen,
Warum ich meine Schwester Siegfrid habe gegeben.
Wohl mag sie mit dem Recken immer fröhlich leben."

Sie sprach: „mich reuet immer ihre Schöne und Züchtigkeit;
Wüßt' ich, wohin ich möcht', ich flöhe gerne weit,
Daß ich euch nimmer wollte liegen nahe bei,
Ihr sagt denn mir, wodurch Chriemhild die Frau des Siegfrid sei."

Da sprach der König Günther: „ich mach' es euch wohl bekannt;
Er hat also wohl Burgen, als ich, und Land',
Er ist ein König reich, das wisset sicherlich,
Darum geb ich ihm zu Weibe die Magd so schön und löblich."

as ihr der König sagte, sie hatte doch trüben Muth.
ı ging von dem Tische gar mancher Ritter gut;
ır Kampfspiel ward so hart, daß all die Burg ertoß;
:r Wirth wär' seine Gäste bei weitem lieber loß.

dachte: ich läge sanfter bei dem schönen Weib.
ı erhob das Hoffen ihm Herz und auch den Leib:
müßte von ihrer Seite viel Liebe ihm geschehen.
begann gar minniglich die Frau Brunhild anzusehen.

e Gäste man vom Kampfe bat abzustehen,
r König mit seinem Weib zu Bette wollte gehen.
r des Saales Stiege kamen zusammen nun
riemhild und Brunhild; sie konnten's noch ohne Neid thun.

ı kam ihr Hofgesinde, die säumten sich dessen nicht,
re reichen Kämmerer die brachten ihnen die Licht'.
ch theilten da die Recken, die zweier Könige Mann;
ı sah man viel' der Recken mit Siegfrid geh'n von dann.

e Herren kamen beide, da sie sollten liegen;
dachte ihrer jedweder mit Minne obzusiegen
n herlichen Frauen; das besänftigte ihnen den Muth.
egfrid's Kurzweil die ward vorzüglich gut.

der Herr Siegfrid bei Chriemhilden lag,
) er so minniglich der Jungfrau pflag
t seiner edelen Minne, ward sie ihm lieb, wie sein Leib.
nähme für sie allein nicht tausender Jungfrauen Leib.

sage euch nicht mehr, wie er der Fraue pflag.
n höret diese Mähre, wie Günther lag
i Frau Brunhilde, der zierliche Degen,
hätte wohl sanfter bei andern Weibern gelegen.

s Volk war ihm entwichen, Frauen und Mann.
ward die Kammer gar bald zugethan,
wähnte, er sollte umfangen ihr'n minniglichen Leib;
war es ihm noch fern, eh' daß sie wurde sein Weib.

weiß seidenem Hemde sie an das Bette ging.
dachte der edle Ritter: nun hab' ich alles Ding,
s ich jemals begehrte in allen meinen Tagen.
: mußt' ihm durch ihre Schönheit mit großem Recht wohl behagen.

Licht' begann zu verbergen des edeln Königs Hand;
ging der kühne Degen, da er die Fraue fand.
legte sich ihr nahe, seine Freude die war groß,
gar Minnigliche der Held mit den Armen umschloß.

E

Minnigliches Kosen das konnt' er wohl begehen,
So die edele Fraue hätte lassen das geschehen.
Da zurnte sie so sehr, das ihn bekümmerte das;
Er wähnt' zu finden Freude, da fand er feindlichen Haß.

Sie sprach: „edler Ritter, ihr sollt euch's lassen vergeh'n,
Wozu ihr habt Verlangen, wohl mag es nicht ergeh'n,
Ich will noch Maid bleiben, ihr sollt wohl merken das,
Bis ich die Mähre *) erfahre." Drob faßt ihr Günther Haß.

Da rang er nach ihrer Minne und zerriß ihr das Kleid,
Da griff nach einem Gürtel die herrliche Maid,
Eine starke Borte, die sie um ihre Seite trug,
Da that sie dem Könige großes Leides genug.

Die Füße und auch die Hände sie ihm zusammen band,
Sie trug ihn zu einem Nagel und hing ihn an die Wand;
Da er aus Schlaf sie störte, die Minne sie ihm verbot.
Wohl hätt' er von ihrer Kraft beinah gewonnen den Tod.

Da begann der zu flehen, der Meister sollte sein:
„Nun löse, gar edle Königin, die Bande mein,
Ich trau' euch, schöne Frau, doch nimmer ob zu siegen
Und will auch sehr selten euch so nahe beiliegen."

Sie achtete nicht, wie ihm wäre, denn sie gar sanfte lag;
Dort mußte er immer hangen die Nacht bis an den Tag,
Bis durch die Fenster drang des lichten Morgens Schein.
Hatt' er jemals Kraft, die war jetzt an seinem Leibe klein.

„Nun sagt mir, Herr Günther, ist euch das etwa leid,
Ob euch gebunden finden — sprach die schöne Maid —
Eure Kämmerer von einer Frauen Hand?"
Da sprach der edle Ritter: „das würde euch zum Nachtheil bekannt;

Auch mir wär's wenig Ehre; — sprach der edle Degen —
Um eurer Tugend willen, laßt mich nun zu euch legen;
Da euch meine Minne nun ist so stark leid,
So will ich mit meiner Hand nimmer berühren euer Kleid."

Da löste sie ihn gar bald. Da sie ihn aufknüpfte,
Wieder in das Bett er zu der Fraue schlüpfte,
Er legte sich ihr so fern, daß er ihr schönes Kleid
Darnach gar selten rührte; sie wollt' auch davon sein befreit.

---

*) Das Geheimniß mit Siegfrid, warum er, als ein Dienstmann, di[e]
Schwester des Königs erhalten.

:a kam auch ihr Gesinde, die brachten neue Kleid,
'er'n waren ihnen an dem Morgen gar viel bereit.
Sie wohl man sich gebährd'te, traurig war genug
:er Herr von dem Lande, als er des Tag's die Krone trug.

'ach Sitten, die sie pflagen und die man recht beging,
Beilten Günther und Brunhild da nur gering.
ie gingen zu dem Münster, da man die Messe sang.
orthin kam auch Siegfrid, da hub sich großer Gedrang.

ach königlichen Ehren war ihnen alles bereit,
Das sie haben sollten, ihre Kron' und auch ihr Kleid.
a wurden sie geweihet, da das war geschehen,
a sah man sie unter Kronen alle viere schön gehen.

iel Degen Schwerdt da nahmen, sechs hundert oder mehre,
hr sollt wohl wissen das, den Königen allen zu Ehre.
ich hub viel große Freude in der Burgunden Land,
Man hörte da Schäfte hallen in der Schwerdtdegen Hand.

a saßen in den Fenstern die schönen Mägdelein,
ie sahen vor ihnen leuchten gar manches Schildes Schein.
a sah man gesondert den König von seinen Mannen geh'n,
as jemand auch begann, man sah ihn traurig steh'n.

hm und Siegfrid stand gar ungleich der Muth;
ern wüste, was ihn verwirrte, der edle Ritter gut.
a ging er zu dem König, zu fragen er anfing:
Ihr sollt mich wissen lassen, wie es euch heut Nacht ging?"

a sprach der Wirth zum Gaste: „ich habe Spott und Schaden;
h habe den bösen Teufel zu Hause heim geladen.
a ich sie wähnte zu minnen, gar sehr sie mich band,
ie trug mich zu einem Nagel und hing mich hoch an die Wand.

a hing ich ängstlich die Nacht bis an den Tag,
' sie mich loßband, wie sanft sie doch lag;
as soll dir freundlich sein geklagt in Verschwiegenheit."
a sprach der starke Siegfrid: „das ist mir wahrlich leid.

as bring' ich dir wohl ein, und läßt du's zu ohn' Neid,
h schaffe, daß ganz nahe sie bei dir lieget heut,
aß sie dir ihre Minne versaget nimmermehr so."
:r Rede war da Günther nach seiner Pein sehr froh.

a sprach der Herr Siegfrid: „Du machst wohl besser's erlesen.
h glaub', uns ist ungleich in dieser Nacht gewesen,
ir ist deine Schwester Chriemhild lieber denn mein Leib;
muß die Frau Brunhild noch heut Nacht werden dein Weib."

E 2

Er sprach: „ich komme zu deiner Kammer noch heut,
Mit meiner Nebelkappe in solcher Heimlichkeit,
Daß sich meiner List wohl niemand mag versehen,
Laß du die Kämmerer zu ihren Herbergen gehen.

Dann lösche ich den Kindern die Lichter in der Hand,
Daß ich sei darin, sei dir dabei bekannt,
Ich diene dir gar gerne und zwinge dir das Weib,
Daß du sie heut Nacht minnest, oder ich verliere Leben und Leib.“ —

„Wenn du nicht willst minnen — sprach der König also —
Meine liebe Frau, dann bin ich dessen froh,
Sonst thu ihr, was du willst, nähmest du ihr Leben und Leib,
Das wollt' ich wohl verschmerzen; sie ist ein furchtbares Weib.“ —

„Das thue ich, — sprach Siegfrid — auf die Treue mein,
Daß ich sie nicht minne: die schöne Schwester dein,
Die ist mir vor ihnen allen, die ich noch je ersah.“
Gar wohl glaubte es Günther, was Siegfrid sprach da.

Da war von Kurzweil Freude und auch Noth.
Kampfspiel und auch Schallen man alles verbot;
Da die Frauen sollten in den Saal gehen,
Da hießen Kämmerer die Leute von den Wegen stehen.

Von Rossen und von Leuten geräumet ward der Hof;
Der Frauen jegliche führte ein Bischof,
Da sie zu Tische sollten gehen vor den König,
Folgten ihnen an die Sitze der waidlichen Männer nicht wenig.

Der König in gutem Hoffen gar fröhlich saß;
Was ihm gelobte Siegfrid, gar wohl gedacht er an das,
Zu seiner Frauen Minne stund aller sein Gedank,
Der eine Tag ihn däuchte wohl dreißig andrer Tage lang.

Er erwartete kaum, daß man von Tisch aufstand.
Die schöne Brunhilde man da fand,
Und auch Frau Chriemhild, beid' in ihr Gemach geh'n;
Hei! wie viel schnelle Degen vor den Königinnen sah man steh'n!

Siegfrid, der Herr, gar minniglichen saß
Bei seinem schönen Weibe, mit Freuden, ohne Haß.
Sie drückte seine Hände mit ihrer gar weißen Hand,
Bis er ihr vor den Augen, sie nicht wußte wohin, verschwand.

Da sie mit ihm spielte und sie ihn nicht mehr sah,
Zu seinem Hofgesinde die Königin sprach da:
„Mich nimmt es sehr Wunder, wohin der König ist kommen;
Wer hat seine Hände aus den meinen mir genommen?“

'eiben. Da war gegangen er,
hten stehn fand die Kämmerer,
löschen den Kindern in der Hand.
id, das ward da Günthern bekannt.

er wollte. Da hieß er von dannen gehn
auen. Da das war geschehn,
nig da selber gar wohl die Thür,
n die warf er bald dafür.

ang verbarg er gleich das Licht.
nun — es war zu wenden nicht —
arke und auch die schöne Maid,
Günther, beides, lieb und leid.

der Königin bei.
ißt es, Günther, wie lieb es euch auch sei,
erleidet, so wie eh'."
u dem kühnen Siegfrid weh.

timme, daß er nicht sprach da.
hörte, wenn gleich er ihn nicht sah,
icht geschahen heimliche Dinge,
Bette Gemächlichkeit gar geringe.

Günther der reiche sich,
Armen die Magd löblich;
em Bette dabei auf eine Bank,
laut an einem Schemmel erklang.

ten sprang der gar kühne Mann,
suchen. Da er das begann,
ingen, entstand ihm davon Weh'.
ich, von keiner Frau nimmer wieder ergeh'.

lassen, die Magd endlich aufsprang:
r zu zerreißen mein Hemd' so weiß und blank;
das soll euch werden leid,
nne." So sprach die stattliche Maid.

Armen den wackern Degen,
unden, so wie den König, legen,
gute Ruhe haben möchte;
ihr berührte, die Frau gewaltig rächte.

e Stärke und auch seine große Kraft?
ihres Leibes Meisterschaft,
walt, das mußte nur also sein,
äßig zwischen die Wand und einen Schrein.

O weh! — gedacht der Recke — soll ich nun meinen Leib
Von einer Maid verlieren, so mag ein jeglich Weib
Hernach immermehr tragen Uebermuth
Gegen ihren Mann, die sonst es nimmer thut.

Der König es wohl hörte, er ängstigte sich um den Mann.
Siegfrid sich schämte sehr, zu zürnen er begann,
Mit unmäßiger Kraft widersetzte er sich ihr,
Und versuchte es ängstlich gegen Frau Brunhilde hier.

Den König däucht' es lange, eh' daß er sie bezwang;
Sie drückte seine Hände, daß aus den Nägeln sprang
Das Blut ihm von ihr'n Kräften; das war dem Helden leid.
Darauf brachte er zum Läugnen die gar herrliche Maid

Ihres ungestümen Willens, den sie gelobt eh' da.
Der König es alles hörte, obgleich er sie nicht sah.
Er drückt' sie an das Bette, daß sie gar laut aufschrie,
Es schmerzten seine Kräfte so gar gewaltig sie.

Da grif sie an ihre Seite, da sie den Gürtel fand
Und wollt ihn haben gebunden, da wehrt' es so seine Hand,
Daß ihr die Glieder krachten, dazu der ganze Leib.
So ward der Krieg geschieden; da ward sie Günthers Weib.

Sie sprach: „edler König, du sollst mir's Leben schenken,
Es wird gar wohl versühnt, das ich dir that zudenken;
Ich wehre mich nimmermehr der edelen Minne dein;
Ich hab' das wohl gefunden, daß du kannst der Frauen Meister s

Siegfrid der stand auf, liegen ließ er die Maid,
Er that, als wollt' er ausziehen seine Kleid.
Er zog ihr von der Hand ein Ringelein von Gold,
So daß sie's nicht ward inne, die edle Königin hold.

Dazu nahm er ihr'n Gürtel, das war eine Borte gut,
Ich weiß nicht, ob er's that aus seinem Uebermuth:
Er gab es seinem Weibe, das ward ihm nachher leid,
Da lagen bei einander Günther und Brunhild die Maid.

Er pflegt sie minniglich, so wie ihm das zukam.
Da mußte sie ablegen ihr'n Zorn und ihre Scham,
Von seiner Vertraulichkeit ihr' Farbe bleichte sich.
Hei! wie ihr von der Minne ihre große Kraft entwich!

Da nun war auch sie nicht stärker, denn ein ander Weib:
Er kosete minniglichen ihren gar schönen Leib,
Ob sie's versucht auch mehr, was konnt es ihr verfangen?
Das konnte alles Günther mit seinen Minnen erlangen.

sie da bei ihm lag,
he, bis an den lichten Tag! —
Siegfrid wieder ausgegangen,
er wohlgethanen Frau schön empfangen.

Frage, der'n sie doch hatte Lust,
it verhehlt' es lang' in seiner Brust.
daheim doch zuletzt gab,
Degen, mit ihm selbst, in das Grab.

dem Morgen viel mehr wohlgemut,
esen. Drob gab es Freude gut
en, von manchem edeln Mann,
e, den'n wurden viel' Dienst gethan.

rte bis an den vierzehnten Tag,
eile der Schall nie ferne lag
n, der'n jemand sollt' sein ergetzt;
s Kost gar mächtig hoch geschätzt.

erwandte, als es der König gebot,
Ihre Kleider und Gold so roth,
gar manchem werthen Mann;
kamen, die schieden fröhlich von dann.

Siegfrid aus der Niederland,
Mannen, alles ihr Gewand,
n, das ward ganz hingegeben,
t den Sätteln. Sie konnten herlich leben.

he Gabe alle da verwandt,
ig, die da wollten zu ihrem Land'.
mals besser pflegen.
chzeit; es schied von dannen mancher Degen.

11.

Siegfrid zu Lande mit seinem Weibe kam.

dannen gefahren schon,
Gesinde des Sigmund Sohn:
bereiten hin heim in unser Land."
Weibe, da es der Fraue ward bekannt.

Mann: „wann sollen wir fahren?
e, davor will ich mich bewahren,
die Brüder mit mir ihr Land."
, da er dies an Chriemhilden fand.

Die Fürsten zu ihm gingen und sprachen alle drei:
„Nun wisset das, Herr Siegfrid, daß euch immer sei
Mit Treuen unser Dienst bereit bis in den Tod."
Da neigt' er sich den Herren, da man ihm's so gütlich erbot.

„Wir sollen auch mit euch theilen — sprach Giselher das Kind —
Land und Burge, die unser eigen sind,
Und was uns der weiten Reiche mit Dienst ist unterthan,
Davon bieten wir euch guten Theil und der Frau Chriemhilde an."

Der Sohn Sigmunds zu den Fürsten sprach da,
Als er der Herren Willen erhört und auch ersah:
„Gott laß euch euer Erbe immer glücklich sein,
Und auch die Leute darinnen; wohl thut mein liebes Weiblein

Seines Theiles gern entrathen, den ihr ihm wolltet geben;
Denn sie soll Krone tragen; und sollt' ich es erleben,
So muß sie werden reicher, als jetzt ein Lebender sei.
Was ihr sonst gebietet, dazu steh' mit Dienst ich euch bei."

Da sprach die Frau Chriemhilde: „wollt ihr nicht haben mein Erbe,
Doch der Burgunden Degen ich nicht so leicht erwerbe,
Sie mag ein König gerne führen in sein Land;
Wohl soll sie mit mir theilen meiner lieben Brüder Hand."

Da sprach der Herr Gernot: „nun, wenn du willst, nimm dir,
Die gerne mit dir reiten, der'n findest du viel' hier,
Aus dreißig hundert Recken geben wir dir tausend Mann,
Die sind dein Hausgesinde." Chriemhild zu senden begann

Nach Hagen von Troneg und auch nach Ortwein:
Ob die und ihre Verwandte bei Chriemhilden wollten sein?
Da gewann darum Hagen ein zorniges Leben,
Er sprach: „wohl mag uns Günther in der Welt an niemand geben.

Euer ander Gesinde das laßt euch folgen mit;
Denn ihr doch wohl kennet der Tronecker Sitt':
Wir müssen bei den Königen hier zu Hofe sein,
Wir soll'n ihnen länger dienen, denen wir bisher gefolgt allein.

Da ließen sie es bleiben und bereiteten sich von dann.
Ihr edel Hofgesinde Frau Chriemhild zu sich gewann,
Zwei und dreißig Mägde und fünf hundert Mannen.
Eckwart der Graf der folg'te Chriemhilden von dannen.

Urlaub sie da nahmen, Ritter und Knecht',
Mägde und Frauen, das war gar sehr recht.
Beim Scheiden küßten sie sich zuhand;
Sie räumten fröhlich des Königes Günther Land.

' Verwandte fern auf den Wegen.
thalben ihr Nachtlager legen,
ten, durch der Könige Land.
ld zu Sigemund hingesandt,

llte und auch Frau Sigelind,
ten wollte und auch der Frau Ute Kind,
schöne, von Worms über Rhein;
immer die Mähren lieber sein.

da Sigmund — daß ich den Tag werd' seh'n,
ar schöne soll hier gekrönet geh'n.
el theuer das Erbe mein;
ig Siegfrid, soll hier selbst König sein."

r manchen rothen Sammt da gab,
Gold, das war ihre Boten-Gab';
Mähre, die sie da vernahm,
esinde mit Fleiß wohl, wie ihnen zukam.

käme mit ihm in das Land,
richten also zur Hand,
r sitzen gekrönet darauf.
n des Königs Siegmund Mannen zu Hauf.

fangen, das ist mir unbekannt,
Königes Sigmund Land.
Chriemhild entgegen ritt
Fraue; ihr folgten kühne Ritter mit,

da man die Gäste sah.
die Gäste, die litten Ungemach da,
einer Burg gar weit,
anten, da sie Krone trug nach der Zeit.

e Sigmund und Sigelind
und auch Siegfrid ihr Kind.
l, ihnen war ihr Leid benommen.
as war ihnen gar sehr willkommen.

Sigmunds Saal zu bringen bat;
uen man da heben that
ren; da war gar mancher Mann,
ben mit Fleiß zu dienen begann.

it beim Rheine auch war,
r den Helden viel beſſ're Gewande dar,
llen ihren Tagen.
Wunder von ihrem Reichthum sagen.

Da saßen sie in hohen Ehren und hatten genug,
Goldfarbne Röcke ihr Hofgesinde trug,
Borten und edel Gesteine gewirket wohl darin.
So versorgte sie fleißiglich Sigelind die edle Königin.

Da sprach vor seinen Freunden der Herr Sigemund:
„Des Siegfrid Verwandten denen thu' ich allen kund,
Er soll vor diesen Recken hier meine Krone tragen."
Die Mähre hörten gerne die von Niederlanden sagen.

Er befahl ihm seine Krone, Gericht und auch das Land.
Drauf war er ihr Herr. Die er zum Rechtsspruch fand
Und die er richten sollte, das ward also gethan,
Daß man gar sehr fürcht'te der schönen Chriemhilde Mann.

In diesen großen Ehren lebt' er, das ist wahr,
Und richtete auch als König wohl in das zehente Jahr,
Bis daß die schöne Frau einen Sohn gewann;
Das war des Königs Verwandten nach ihren Wünschen gethan.

Den eilte man zu taufen und einen Namen zu nehmen,
Günther, nach seinem Oheim, dessen durft' er sich nicht schämen;
Gerieth er nach den Verwandten, das wär' ihm Wohlergehn.
Da zog man ihn mit Fleiß; das war mit Recht geschehn.

In denselben Zeiten starb die Frau Sigelind,
Da nahm die Gewalt vollkommen der edelen Ute Kind,
Wie so reicher Frau über die Lande wohl zukam.
Es klageten da genug, daß sie der Tod von ihnen nahm.

Nun hatte auch dort am Rhein, wie wir hören sagen,
Bei Günther dem reichen einen Sohn getragen
Brunhild, die gar schöne, in Burgunden Land.
Dem Helden zu Liebe ward er Siegfrid genannt.

Wohl recht fleißiglich man ihn behüten hieß.
Der gar edle Günther ihn Hofemeistern ließ,
Die ihn wohl ziehen konnten zu einem biederben Mann.
Hei! was für reiche Freunde das Kind hernach gewann!

Zu allen Zeiten wurden gar wohl gesagt die Mähren,
Wie die Recken wohlgemut recht nach Ehren
Lebten zu allen Stunden in Sigmunds Land.
Also that auch Günther mit seinen Verwandten wohl bekannt.

Das Land der Nibelungen Siegfrid diente hie, —
Von allen seinen Verwandten ward reicher keiner nie —
Und auch Schilbungs Recken und ihrer beider Gut.
Drob trug der kühne Siegfrid desto höher seinen Muth.

en allergrößten Hort, den je ein Held gewann,
hn' die ihn vorher hatten) besaß der kühne Mann,
en er vor einem Berge erstritt mit seiner Hand,
arum gar mancher Ritter den Tod da vor ihm fand.

hatte den Wunsch nach Ehre. Wär' auch das nicht geschehen,
o müßte man mit Recht dem edelen Recken gestehen,
aß er der Besten einer, der je auf Rosse saß,
an fürcht'te seine Stärke und that gar billig das.

12.

Abentheuer, wie Günther Siegfrid zu Festlichkeiten bat.

a gedacht' auch alle Zeit des Günther Weib:
ie trägt doch also hoch die Frau Chriemhild den Leib?
un ist doch unser Diener Siegfrid ihr lieber Mann;
r hat uns nun sehr lange gar wenig Dienst' gethan.

as trug sie in ihr'm Herzen und ward auch wohl verborgen.
aß sie ihr fremde waren, das macht ihr große Sorgen;
aß man ihr selten diente von Siegfrids Land.
ovon das kommen wäre, das hätte sie gerne erkannt.

ie versucht' es bei dem König, ob das möchte geschehen,
aß sie Chriemhilden noch einmal sollte sehen.
ie redt' es heimlich, das sie da hätte gern;
a däuchte wenig gut die Rede ihrem Herrn.

s sprach der König reich: „wie möchten wir sie bringen
er zu diesem Lande? das möcht' uns nicht gelingen,
ie sitzen uns zu fern, ich darf sie nicht drum bitten."
rauf antwortet' ihm die Frau mit hochfahrenden Sitten:

Wie hoch reich auch wäre eines Königes Mann,
as ihm gebietet sein Herr, das muß doch sein gethan."
arüber lächelte Günther, als sie das sprach da;
r dachte nicht seiner Dienste, so oft er sie auch ansah.

ie sprach: „Gar lieber Herre, um den Willen mein
ilf mir, daß Siegfrid und auch die Schwester dein
ommen zu dem Lande, daß wir sie hier sehen.
s könnte für wahr mir nimmer Lieber's geschehen.

einer Schwester Züchtigkeit, ihr wohlgezogener Muth,
enn ich daran gedenke, — gar sanfte mir das thut —
Wir wir zusammen saßen, da zumal, als ich ward dein Weib.
er kühne Siegfrid mag mit Ehre minnen ihr'n Leib."

Sie begehrt' es so lange, bis daß der König sprach da:
„Nun wisset, daß ich liebere Gäste nie ersah;
Ihr braucht nur wenig zu flehen; ich will die Boten mein
Nach ihnen beiden senden, daß sie her kommen an den Rhein.“

Da sprach die Königin: „so sollt ihr mir sagen,
Wann ihr sie wollt besenden, oder in welchen Tagen
Uns're liebe Freunde sollen kommen in das Land;
Die ihr hin wollet senden, die laßt mir werden bekannt.“ —

„Daß thu' ich; — sprach der Fürst — ich will lassen dahin gehen
Dreißig meiner Mannen.“ Die hieß er vor ihm stehen;
Durch sie entbot er Mähre in Siegfrids Land.
Zu Liebe gab ihnen Brunhild da gar herliche Gewand.

Da sprach der König Günther: „ihr Recken sollt von mir sagen,
Das ich dorthin entbiete, und sollt's nicht heimlich tragen
Vor dem starken Siegfrid und auch der Schwester mein:
Daß ihnen wird in der Welt niemand holder je sein.

Und bittet, daß sie beide uns kommen an den Rhein,
Dafür will ich und meine Frau ihnen immer dankbar sein;
Vor dieser Sonnenwende soll er und seine Mann
Sehen gar manchen, der ihm viel große Ehre geben kann.

Dem Könige Sigmund saget den Dienst mein,
Daß ich und meine Frau ihm immer gewogen sei'n;
Und saget auch meiner Schwester, daß sie nicht lasse das,
Sie reite zu ihren Freunden, ihr geziemte nie Festlichkeit bas.

Brunhild und Ute und was man Frauen da fand,
Die entboten alle ihre Dienste in Siegfrids Land
Den minniglichen Frauen und manchem kühnen Mann.
Nach des Königs Rathe die Boten sich huben von dann.

Sie fuhren reisefertig; ihre Pferd' und ihr Gewand,
Das war ihnen da kommen; da räumten sie das Land,
Ihnen eilte wohl ihre Fahrt. Da sie wollten abfahren,
Hieß der König mit Geleite die Boten fleißiglich bewahren.

Sie kamen in drei Wochen geritten in das Land
Zur Nibelungen Burg, dahin sie waren gesandt;
In der Mark zu Norwegen da fanden sie den Degen;
Roß und Leute waren gar müde von den langen Wegen.

Da erfuhren es Siegfrid und Chriemhild die beid',
Daß Ritter kommen wären, die trügen solche Kleid',
Wie man zu den Burgunden der Sitte pflag.
Sie sprang von einem Bette, darauf sie ruhend lag.

a hieß sie zu einem Fenster eine Magd gehen,
ie sah den kühnen Gere auf dem Hofe stehen,
yn und die Gesellen, die waren dar gesandt
egen ihr Herzeleid, so liebe Mähre sie da fand.

ie sprach zu dem Könige: „nun sehet ihr, wo sie stehn,
ie mit dem starken Gere auf dem Hofe gehn,
ie uns mein Bruder Günther sendet nieder den Rhein."
a sprach der starke Siegfrid: „sie sollen uns willkommen sein."

les das Hofgesinde lief, da man sie sah;
yr jeglicher besonders gar gütlich sprach da
as Beste, das sie konnten, zu den gesandten Herrn.
igmund der Herr, der sah ihre Ankunft sehr gern.

a ward geherbergt Gere und seine Mannen.
ie Roß man hieß bewahren. Die Boten gingen von dannen,
a der Herr Siegfrid bei Chriemhilden saß,
ie durften zu Hofe gehn, darum so thaten sie das.

er Wirth mit seinem Weibe stund auf da zuhand,
ohl ward empfangen Gere aus Burgundenland
it seinen Heergesellen, des Königs Günther Mann,
em gar reichen Gere bot man einen Sessel an.

rlaubet uns die Botschaft, eh' daß wir sitzen gehn,
is wegemüden Gästen, laßt uns die Weile stehn,
ir sollen euch sagen Mähre, die euch lassen verkünden
ünther und auch Brunhild, die sich wohl auf befinden.

id auch was meine Frau Ute, eure Mutter her entbot,
iselher der junge und auch Herr Gernot,
id eure besten Verwandten, die haben uns her gesandt,
ie entbieten euch ihre Dienst' aus der Burgundenland." —

Nun lohn ihnen Gott — sprach Siegfrid — ich vertrau ihnen gar wohl,
i Treuen und in Gutem, also man Freunden soll;
so thut auch ihre Schwester. Ihr sollt uns mehr sagen,
unſ're lieben Freunde daheim noch hohen Muth tragen.

eit daß wir von ihnen schieden, hat man auch meiner Frauen
rwandten nichts gethan? das sollt ihr mir vertrauen;
is will ich ihnen mit Treuen immer helfen tragen,
s daß ihre Feinde meine Dienste müssen beklagen."

i sprach der Markgraf Gere, ein Recke kühn und gut:
e sind in allen Tugenden so recht voll hohen Muth;
e laden euch zum Rheine zu einer Festlichkeit,
e sähen euch gar gerne; daran nicht zweifelnd seid.

Auch bitten sie meine Frau, sie soll dar mit euch kommen,
Sobald der Winter ein Ende wird haben genommen,
Vor der Sonnenwende, da wollen sie euch sehen."
Da sprach der starke Siegfrid: „das könnte schwerlich geschehen."

Da sprach abermals Gere von Burgundenland:
„Eure Mutter Ute die hat euch gemahnt,
Gernot und Giselher, ihr sollt's ihnen nicht versagen.
Daß ihr ihnen seid so ferne, das hör' ich täglich klagen.

Brunhild, meine Frau und ihre Mägdelein,
Die freuen sich der Mähre, und ob das möchte sein,
Daß sie euch noch ersähen; das gäbe ihnen hohen Muth."
Da däuchten diese Mähre der schönen Chriemhilde gut.

Gere war ihrer Sippschaft, der Wirth ihn sitzen hieß,
Den Gästen hieß er schenken; nicht länger man das ließ.
Da war auch kommen Sigmund, als er die Boten sah,
Der Herre freundlich zu den edeln Burgunden sprach da:

„Seid willkommen, ihr Recken, des Günthers Mann;
Seitdem daß Chriemhilden zum Weibe gewann
Siegfrid, mein Sohn, sollt' man euch öfter haben gesehen
Hie in diesem Lande, wolltet ihr uns Freundschaft zugestehen."

Sie sprachen: wenn er wollte, würden sie gerne kommen.
Ihnen ward ihre große Müde mit Freuden wohl benommen.
Die Boten bat man zu sitzen, viel Speise man ihnen trug;
Der'n hieß da geben Siegfrid seinen Gästen genug.

Sie mußten da bleiben vollkommlich neun Tage.
Drob hatten endlich die schnellen Ritter Klage,
Daß man sie nicht ließ reiten wieder heim zu Land.
Da hatte der König Siegfrid nach seinen Freunden gesandt.

Er fragte sie: was sie riethen? er sollte an den Rhein:
„Es hat nach mir gesendet Günther, der Freund mein,
Er und seine Verwandte zu einer Festlichkeit;
Nun käm' ich ihm gar gerne, nur daß sein Land von hier zu weit.

Sie bitten Chriemhilde, daß sie mit mir fahr'.
Nun rathet, liebe Freunde, wie soll ich kommen dar?
Und sollt' ich Heerfahrt halten um sie in dreißig Land',
Da muß ihnen gern hin dienen des Siegfrid Hand."

Da sprachen seine Recken: „habt ihr zur Reise Gelüst,
Hin zu der Festlichkeit, wir rathen, was ihr müßt:
Ihr sollt mit tausend Recken reiten an den Rhein,
So möget ihr wohl mit Ehren da zu den Burgunden sein."

erlanden der Herr Sigemund:
chkeit, so thut es mir nur kund,
erschmähet, so reit' ich mit euch dar.
egen, damit vermehr' ich eure Schaar." —

ins reiten, viel lieber Vater mein, —
iegfrid — gar froh soll ich drob sein;
gen so räum' ich meine Land'."
n, denen gab man Roß und Gewand.

ur Reise hatte Muth.
heim reiten die Degen schnell und gut.
ndten entbot er an den Rhein,
da zu ihrer Festlichkeit sein.

hild, so wir hören sagen,
gaben, daß es nicht mochten tragen
zu Lande; er war ein reicher Mann.
osse die trieb man fröhlich von dann.

te Siegfrid und auch Sigemund,
, der hieß zu derselben Stund'.
die besten, die man fand,
erwerben, durch Siegfrid ganzes Land.

Schilde zu bereiten man begann.
die mit ihm sollten von dann,
as sie wollten, daß ihnen gar nichts fehlt'.
eunden gar manchen Gast auserwählt.

nell zu Lande auf den Wegen,
nden Gere, der stolze Degen;
mpfangen. Da stiegen sie allzumal
Mähren vor Königes Günther Saal.

Alten, die gingen, wie man thut,
Mähre; da sprach der Ritter gut:
em König, da hört ihr sie zuhand."
sellen, da er König Günther fand.

er Liebe von dem Sessel sprang.
men, drob sagte ihnen Dank
chöne. Günther zu dem Boten sprach da:
iegfrid, von dem mir Liebe viel geschah?"

Gere: „es wurden vor Freuden roth
er, nie Freunden besser entbot
irgend je ein Mann,
iegfrid und auch sein Vater hat gethan."

Da sprach zu dem Markgrafen des reichen Königes Weib:
„Nun saget mir, kommt uns Chriemhild? hat noch ihr schöner Leib
Behalten die Adlichkeit, die sie wohl konnte hegen?“ —
„Sie kommt euch sicherlich.“ So sprach da Gere der Degen.

Ute bat da gar bald die Boten vor sich geh'n.
Das mochte man durch ihr Fragen gar wohl versteh'n,
Daß sie das hörte gerne: „war Chriemhild noch gesund?“
Er sagte, wie er sie fand und daß sie käme in kurzer Stund'.

Zu Hofe ward nicht verschwiegen, von ihnen der Boten-Sold,
Den ihnen gab Herr Siegfrid, Kleider und auch das Gold,
Das brachte man zu schauen der dreier Könige Mann;
Ihrer gar großen Milde ward ihnen da danken gethan.

„Er mag wohl — sprach da Hagen — sehr leicht geben,
Er könnte es nicht verschwenden, und sollt' er immer leben;
Der Nibelungen Hort verschlossen hat seine Hand,
Hei! sollt' er iemals kommen in der Burgunden Land'!“

Alles das Gesinde das freute sich dazu,
Daß sie kommen sollten. Spat' und fruh
Waren gar geschäftig der dreier Könige Mann,
Gar manche hohe Sitze man da zu errichten begann.

Hunolt, der gar kühne und Sindolt der Degen,
Die hatten viel zu thun, sie mußten der Aemter pflegen
Des Truchsäß und des Schenken, sie richteten manche Bank.
Dazu half ihnen Herr Ortwein; drob sagt' ihm da Günther Dank.

Rumolt der Küchenmeister gar wohl richtete der Zeit
Auch seine Unterthanen: gar manchen Kessel weit,
Töpfe und Pfannen; hei! was man der'n da fand'!
Da bereitet' man denen Speise, die da kamen in das Land.

13.

Abentheuer, wie sie zur Festlichkeit fuhren.

All' ihr Bemühen das lassen wir nun sein,
Und sagen, wie Frau Chriemhild und ihre Mägdelein
Hin zum Rheine fuhren von Nibelungen Land.
Niemals trugen Mähren so manch herrlich Gewand.

Viel' der Saumschrein man schickte auf den Wegen.
Da ritt mit seinen Freunden Siegfrid der Degen
Und auch die Königin; sie hatten zu Freuden da Lust.
Darnach ward ihnen allen gar großes Leiden bewußt.

iheim sie da ließen Siegfrid's Kindelein,
:n Sohn der Chriemhilde; das mußte also sein.
›n ihrer Hofereise erwuchs ihnen große Beschwer:
'n Vater und die Mutter ersah das Kindel nimmer mehr.

it ihnen von dannen der Herr Siegmund auch da reit't.
›llt' er recht wissen, wie es nach der Zeit
i der Festlichkeit ihm erginge, er hätte sie nie gesehen.
m konnte an lieben Freunden nimmer leider sein geschehen.

ten man vorsandte, die die Mähre sagten dar.
ritten ihnen entgegen in wundervoller Schaar
ele Freund' der Frau Ute und des Günther Mann.
r Wirth für seine Gäste sich sehr zu befleißen begann.

ging zu Brunhilde, da er sie sitzen fand:
Wie empfing euch meine Schwester, da ihr kamt in das Land?
o sollt ihr empfahen des Siegfrid Weib." —
as thu ich — sprach sie — gerne; mit Recht ist hold ihr mein Leib."

sprach der reiche König: „sie kommen uns morgen fruh,
›llt ihr sie empfahen, da greifet baldig zu,
iß wir nicht warten in der Burg allhie.
ir sind zu allen Zeiten liebere Gäste kommen nie."

re Mägd' und ihre Frau'n hieß sie da zu Hand
ichen gute Kleider, die besten, die man fand,
e ihr Hofgesinde vor Gästen sollte tragen.
is thaten sie doch gerne, das mag man leichtlich sich sagen.

ch eilten ihnen zu dienen die Günthers Mann.
e seine Recken der Wirth zu ihm gewann;
ritt die Königin gar herrlich von dann,
ward gar großes Grüßen den lieben Gästen gethan.

it nie geseh'nen Freuden man da die Gäste aufnahm.
e däuchte, daß Frau Chriemhilde nicht entgegen kam,
wohl der Frau Brunhilde in der Burgundenland;
e es ersahen, denen ward gar hoher Muth bekannt.

in war auch kommen Siegfrid und seine Mann.
n und her die Helden sich wenden sah man
f dem Feld' allenthalben in ungemeßnen Schaaren;
r Drängen und Stäuben sich konnte niemand bewahren.

s der Wirth des Landes Siegfriden ansah
id auch Siegmunden, wie minniglich sprach er da:
Nun seid mir groß willkommen und allen Freunden mein;
ber eure Hofreise soll'n wir hohes Muthes sein." —

F

„Nun lohn' euch Gott — sprach Siegmund, der Ehre begehr'nde Mann —
Seit daß mein Sohn Siegfrid euch zu Freunden gewann,
Da riethen meine Sinne, daß ich euch wollte sehen."
Da sprach der König Günther: „nun ist mir lieb, daß es geschehen."

Siegfrid ward empfangen, als ihm das zukam,
Mit gar großen Ehren; ihm war da niemand gram;
Dazu half mit großen Züchten Giselher und Gernot.
Ich wähne, nie lieben Gästen man es so gütlich erbot.

Nun naheten zu einander der zweier Könige Weib,
Da ward mancher Sattel leer; viel schöner Frauen Leib
Ward von Helden-Händen gehoben auf das Gras,
Ihrer keiner, der Frauen gerne diente, da müßig saß.

Da gingen zu einander die minniglichen Weib;
Drob war in großen Freuden gar manches Ritters Leib,
Daß ihrer beider Grüßen ward allda gesehn,
Da sah man viel' der Recken bei den Jungfrauen gehn.

Das herrliche Hofgesinde das nahm sich bei der Hand,
In Züchten großes Neigen man gar viel da fand,
Und Küssen minniglich von Frauen wohlgethan.
Das war lieb zu sehen für Günthers und Siegfrids Mann.

Sie warteten da nicht länger, sie ritten zu der Stadt;
Der Wirth an seine Gäste das wohl zu erzeigen bat,
Daß man sie gerne sähe in Burgundenland.
Gar manchen reichen Kampf man vor den Jungfrauen fand.

Aus Troneg Hagen und auch Herr Ortwein,
Die ließen es wohl sehen, daß sie gewaltig sei'n;
Was sie gebieten wollten, das mußte man nehmen an.
Von ihnen ward großer Dienst den lieben Gästen gethan.

Viel' Schilde hörte man schallen da vor dem Burgthor
Von Stichen und von Stößen; lange hielt da vor
Der Wirth mit seinen Gästen, eh' daß sie kamen darin,
Wohl gingen ihnen die Stunden mit großer Kurzweil' hin.

Vor den reichen Pallast mit Freuden sie da ritten.
Manch' erlesene Felle; gut und wohl geschnitten,
Sah man über Sättel den Frauen wohlgethan
Allenthalben hangen. Da kamen Günthers Mann;

Die Gäste hieß man führen gar bald in ihr Gemach.
Unterweilen blicken man Brunhilden sah nach
Der Frau Chriemhilde, die schön war genug.
Ihre Farbe gegen das Gold doch Glanz gar herlich trug.

llenthalben schallen zu Worms in der Stadt
örte man das Gesinde. Günther da bat
ankwart seinen Marschall, daß er sie sollt' verpflegen.
a begann er das Gesind' gar gut hier und dorthin zu legen.

raußen und drinnen ließ man sie speisen.
ohl that man fremden Gästen bessers nicht erweisen;
lles war ihnen bereit, was nur von ihnen begehrt.
er König war so reich, daß ihnen nichts ward verwehrt.

an diente ihnen freundlich und ohn' allen Haß.
er Wirth da zu Tisch mit seinen Gästen saß,
an bat Siegfrid zu sitzen, als er sonst hatte gethan.
a ging mit ihm zu den Sitzen gar mancher waidliche Mann.

ohl zwölf hundert Recken in dem Kreise hin
a zu Tische saßen. Brunhild die Königin
achte, daß ein Dienstmann nicht reicher sein könnte.
ie war ihm noch so gewogen, daß sie ihm Freude gern gönnte.

einem Abende da der reiche König saß;
el reiche Kleider wurden von Weine naß,
a die Schenken sollten zu den Tischen gehen;
a ward gar großer Dienst mit ganzem Fleiße gesehen.

a man der Festlichkeit lang hatte ob gelegen.
a hieß man Frauen und Maide der Ruhe pflegen,
on wannen sie auch kamen, der Wirth ihnen Willen trug
gütlichen Ehren, man gab ihnen allen genug.

a die Nacht geendet, und bei des Tages Schein
chtete in gutem Gewand gar mancher edeler Stein
s den Reisekisten, die rückte Frauen Hand.
a ward hervorgesuchet manch herliches Gewand.

' daß es vollkommen tagte, da kamen vor den Saal
el' Ritter und Knechte, da hub sich wieder Schall
r einer Frühmesse, die man dem Könige sang;
ritten junge Helden, daß ihnen's der König sagte Dank.

anche Posaune laut gar kräftiglich erscholl.
n Drommeten und von Flöten ward der Schall so voll,
aß das gar weite Worms davon gab lauten Hall;
e Helden voll hohen Muth zu Rosse kamen überall.

hub sich in dem Lande gar hoch ein Spiel,
n manchen guten Recken, der'n sah man da viel',
enen ihr junges Herz gab gar hohen Muth.
r'n sah man unter Schilden gar manchen Recken zierlich und gut.

In die Fenster saßen die herlichen Weib
Und viel' der schönen Mägde, gezieret war ihr Leib,
Sie sahen Kurzweile von manchem kühnen Mann.
Der Wirth mit seinen Freunden selbst zu reiten begann.

So vertrieben sie die Weile, die däuchte sie nicht lang.
Man hörte da zum Dome mancher Glocken Klang,
Da kamen ihnen die Rosse, die Frauen ritten von dann;
Den edelen Königinnen folgte mancher kühne Mann.

Sie standen vor dem Münster nieder auf das Gras;
Brunhild zu ihren Gästen damals noch Gunst besaß.
Sie gingen unter Kronen in den Münster weit.
Die Liebe ward drauf geschieden, das wirkte gewaltiger Neid.

Sie fuhren wieder von dann, da die Messe geschehen,
Mit gar manchen Ehren, man sah sie darauf gehen
Fröhlich zu Tische; ihre Freude nicht erlag
Da bei der Festlichkeit, bis an den elften Tag.

14.

Abentheuer, wie die Königinnen einander schalten.

Vor einer Vesperzeit hub sich groß Tummeln da,
Das von manchem Ritter auf dem Hofe geschah.
Aus Lust zur Kurzweil' fingen sie Ritterschaft an;
Da liefen dar üm zu schauen, gar manche Weib und Mann.

Zusammen da saßen die reichen Königinnen,
Sie hatten zwei löbliche Recken in ihren Sinnen.
Da sprach die schöne Chriemhild: „ich hab' einen Mann,
Daß alle diese Reiche seinen Händen sollten gehören an."

Da sprach die Frau Brunhild: „wie ginge das wohl zu?
Wenn anders niemand lebte, als er und du,
So möchten ihm die Reiche wohl seien unterthänig.
Dieweil daß lebet Günther, erging es nimmer, wähn' ich."

Da sprach wieder Chriemhilde: „siehst du, wie er steht?
Wie recht herlich er vor den Recken geht,
Wie der lichte Mond vor den Sternen thut!
Drob muß ich mit Recht wohl tragen fröhlichen Muth."

Da sprach die Frau Brunhilde: „wie waidlich er, wie schön,
Wie biderb sei dein Mann, so soll doch vor ihm geh'n
Günther, der Recke, der edle Bruder dein;
Der muß, das wisse wahrlich, vor allen Königen sein."

vieder Chriemhild: „so theuer ist mein Gatte,
nicht mit Unrecht gelobet hatte;
chen Dingen ist seine Ehre groß;
das, Brunhild? er ist wohl Günthers Genoß.“ —

du mir's, Chriemhild, im Argen nicht versteh'n,
Schuld ist diese Rede nicht gescheh'n:
beide sprechen, da ich zuerst sie sah,
Königes Wille an meinem Leibe geschah,

meine Minne so ritterlich gewann,
as selbst Siegfrid: er wäre des Königes Mann.
ch ihn für eigen, da ich's ihn hört' gestehen.“
e schöne Chriemhild: „so wäre mir übel geschehen.

so geworben die edelen Brüder mein,
enmannes Weib sollte sein?
ch dich, Brunhild, gar freundlich bitten,
die Red' um meintwillen mit gütlichen Sitten.“ —

nicht lassen; — sprach des Königes Weib —
entsagen so manches Ritters Leib,
diesem Degen dienstlich ist unterthan?“ —
ie gar schöne drob sehr zu zürnen begann.

m entsagen, daß er dir nimmer
enste steh'; er ist theurer denn immer
n Bruder ist, der gar edle Mann;
h deß erlassen, dessen ich von dir Kunde gewann.

ich immer Wunder, da er dein eigen ist,
ber uns beide so gewaltig bist,
o lange hat den Zins versessen!
muth sollt'st du mit Recht wohl gegen mich vergessen.“ —

dich allzu hoch — sprach da des Königes Weib —
gerne sehen, ob man deinen Leib
hen Ehren, so man den meinen thut.“
wurden beide gar sehr zornig zumuth'.

e Frau Chriemhilde: „das muß nun geschehen.
nen Mann für dienstbar angesehen,
eute erblicken der beiden Könige Mann,
Königes Weib zur Kirche gehen kann.

u heute schauen, daß ich bin edelfrei,
n Mann viel theurer, als er deine sei;
will ich selbst nicht bescholten sein,
h heute sehen, wie die Eigene dein

Zu Hofe geh' vor Recken in Burgundenland;
Ich will selbst theurer sein, als jemals ward erkannt
Hier eine Königin, die Krone hier je trug."
Da hub sich unter den Frauen des großen Neides genug.

Da sprach wieder Brunhilde: „willst du nicht eigen sein,
So mußt du dich scheiden mit den Frauen dein
Von meinem Hofgesinde, wenn wir zum Münster geh'n."
Drauf antwortete Chriemhild: „in Treuen, das soll gescheh'n."

„Nun kleidet euch, meine Maide, — so sprach Siegfrids Weib —
Es muß ohne Schande bleiben hie mein Leib;
Ihr sollt wohl lassen schauen, daß ihr habet reiche Gewand'.
Sie mag es wohl noch läugnen, was sie hie hat bekannt."

Man mocht' ihnen dies leicht rathen; sie suchten reiche Kleid',
Da ward gar wohl gezieret manche Fraue und Maid.
Nun ging mit ihrem Gesinde des edelen Königes Weib;
Da ward auch wohl gezieret der schönen Chriemhilde Leib.

Mit drei und vierzig Maiden, die bracht' sie an den Rhein da,
Die trugen reiche Stoffe, gewirkt in Arabia;
So kamen zu dem Münster die Maide wohlgethan;
Ihrer warteten vor dem Hause alle Siegfrids Mann.

Die Leute nahm es Wunder, wovon das geschah,
Daß man die Königinnen also geschieden sah,
Daß sie bei einander nicht gingen, so wie eh'.
Davon ward manchem Degen darauf gar sorglichen weh.

Nun stund vor dem Münster des Günther Weib:
Da hatte Kurzweile gar manches Ritters Leib
Mit den schönen Frauen, der'n sie da nahmen wahr.
Da kam die schöne Chriemhild mit mancher herrlichen Schaar.

Welche Kleider jemals trugen edeler Ritter Kind,
Gegen ihr Gesinde war das gar ein Wind.
Sie war so reich des Gutes, daß dreißig Könige Weib
Es möchten nicht aufweisen, was allein aufwies ihr Leib.

Was jemand wünschen sollte, er könnte niemals sagen,
Daß man so reiche Kleider jemals mehr sähe tragen,
So da zur Stunde trugen ihre wohlgethanen Maide.
Es hätte Chriemhild wohl gelassen, doch that sie's Brunhilden zu leide.

Zusammen sie da kamen vor dem Münster weit.
Da that die Hausfraue etwas durch großen Neid,
Sie hieß gar übel wollend Chriemhilden stille stehen:
„Wohl soll vor Königes Weib nimmer ein Dienstweib gehen."

ı sprach die Frau Chriemhilde, zornig war ihr Muth:
önntest du noch schweigen, das wäre dir leichtlich gut;
ı hast geschändet selber deinen schönen Leib.
ie möcht' eines Mannes Kebsweib jemals werden Königes Weib?" —

Zen hast du hie verkebset?" sprach des Königes Weib.
as thu ich dich — sprach Chriemhild. — Deinen schönen Leib
n minnete zuerst Siegfried, mein gar lieber Mann;
hl war es nicht mein Bruder, der dir dein Magdthum abgewann.

kamen hin deine Sinne? es war eine arge List;
rum ließ'st du ihn dich minnen, da er dein Diener ist?
höre dich, — sprach Chriemhild — ohn' alle Schuld klagen." —
ı Treuen — sprach da Brunhild — das will ich Günthern sagen." —

as mag mich das wohl irren? dein Uebermuth hat dich betrogen,
hast mich als dienstbar mit Red' an dich gezogen,
s wisse in rechten Treuen, das wird dir immer leid,
treuer Freundschaft bin ich dir niemals mehr bereit."

nhild da weinte; Chriemhild nicht länger weilte,
des Königes Weib in den Münster sie da eilte
ihrem Hofgesinde. Da hub sich großer Haß,
b wurden lichte Augen gar stark trübe und auch naß.

viel man Gott auch diente und jemand dort sang,
dauchte Brunhilden die Zeit da gar zu lang;
n ihr war gar trübe der Leib und auch der Muth.
mußte darauf entgelten gar mancher Held kühn und gut.

nhild mit ihren Frau'n ging und vor dem Münster stand.
gedachte: mir muß Chriemhild noch mehr machen bekannt,
en mich so laut zeihet das wortscharfe Weib;
hat er sich's gerühmet, es geht ihm wahrlich an den Leib.

kam mit manchem kühnen Mann die edele Chriemhild.
sollt noch stille stehn, — sprach da die Frau Brunhild —
nennet Kebsweib mich; das sollt ihr lassen sehen
sollt es hie bewähren, wo mir das Laster sei geschehen."

sprach die Frau Chriemhilde: „ihr mögt mich lassen geh'n;
bezeug' es mit dem Golde, das an meiner Hand zu seh'n.
brachte mir mein Freund, da er zuerst bei dir lag."
erlebte Brunhild einen leideren Tag.

sprach: „dies Gold gar edel das ward mir gestohlen
war mir sehr lange gar übel verhohlen;
komme endlich dahinter, wer mir es hat genommen."
Frauen waren beide in großen Unmuth gekommen.

Da sprach wieder Chriemhild: „ich will nicht sein ein Dieb;
Du möchtest wohl haben geschwiegen, wenn dir wär' Ehre lieb.
Ich bezeug' es mit dem Gürtel, den ich hier habe an,
Daß ich es nicht lüge. Wohl ward mein lieber Siegfrid dein Mann."

Von Seide aus Ninive sie eine Borte trug,
Mit edelem Gesteine, wohl war sie gut genug.
Da die ersah Frau Brunhild, zu weinen sie begann;
Das mußte erfahren Günther und alle Burgunden Mann.

Da sprach die Königin: „heißet mir gehen her
Den Fürsten von dem Rheine, es soll jetzt hören er,
Wie mich hat gehöhnet seiner Schwester Leib;
Sie sagt hie öffentlich, daß ich sei Siegfrids Weib."

Der König kam mit Recken, weinen er dort sah
Sein trautes Weib; gar gütlich sprach er da:
„Saget mir, liebe Fraue, was ist euch hier geschehn?"
Sie sprach zu dem Könige: „ich muß unfröhlich stehn.

Von allen meinen Ehren mich die Schwester dein
Gerne wollte scheiden; dir soll's geklaget sein.
Sie spricht: mich habe gekebset Siegfrid ihr lieber Mann."
Da sprach der König Günther: „Da thut sie übel daran." —

„Sie trägt hie meinen Gürtel, den ich da hab' verloren,
Und mein Gold, das rothe. Daß ich je ward geboren,
Das reuet mich gar sehr. Du befreiest, König, mich
Von der gar großen Schande, oder ich minne nie mehr dich."

Da sprach der König Günther: „er soll hergehen,
Und hat er sich's gerühmet, das soll er gestehen,
Oder muß es läugnen, der Held aus Niederland."
Den Freund der Chriemhilde, den hieß man bringen zuhand.

Da der Herr Siegfrid die Unwilligen sah,
(Er wußte nicht die Mähre) gar bald sprach er da:
„Was weinen diese Frauen? macht mir es doch bekannt,
Oder um weswillen ich daher ward besandt."

Da sprach der König Günther: „Das ist mir leid sehr,
Mir hat meine Frau Brunhild hie gesagt eine Mähr',
Du habest dich gerühmet, du wärst ihr erster Mann.
So sagt dein Weib Chriemhild; hast du, Degen, das gethan?" —

„Ich? nein; — sprach da Siegfrid — und hat sie das gesagt,
Ich will nicht eh'r ruh'n, es muß von ihr werden beklagt,
Vor allen deinen Mannen will ich es dir beschwören
Mit meinen hohen Eiden, sie thät es nimmer von mir hören."

önig vom Rheine: „das sollt du lassen sehen,
u da bietest, der mag allhie geschehen,
ich ledig glauben von allen falschen Dingen.“
e zu einem Kreis die stolzen Burgunden gingen.

ar kühne, zum Eide bot die Hand.
eiche König: „mir ist nun wohl bekannt
huld; ich will euch ledig machen,
' Schwester zeiht; ihr saget nicht solche Sachen.“

r Siegfrid: „Genießet dessen ihr Leib,
rübet dein gar schönes Weib,
on' maßen leid mir thut.“
der an die Ritter kühn und wohlgemut.

uen ziehen — sprach Siegfrid der Degen —
Sprüche lassen unterwegen;
m Weibe, den meinen thu's auch ich.
nfugs schäme ich wahrlich mich.“

vard geschieden manch schönes Weib.
sehr der Brunhilde Leib,
n mußte des Günthers Mann.
roneg Hagen bei seiner Gebieterin an.

vas ihr wäre? weinend er sie fand;
n die Mähre; er gelobte ihr zuhand,
nüßte der Chriemhilde Gemal,
deshalb fröhlich seien niemal.

men Ortwein und auch Gernot;
hen da des Siegfrid Tod.
dlen Ute Kind, Herr Giselher;
hörte, da sprach gar getreulich er:

uten Recken, warum thut ihr das?
diente Siegfrid niemals solchen Haß,
sollte verlieren seinen Leib.
as Leichtes, darum zürnen die Weib.“ —

dskind' erziehn? — sprach wieder Hagen —
oir gute Degen wenig Ehre tragen:
ühmt hat der lieben Fraue mein,
sterben, oder es geh' ihm an das Leben sein.“

König selbst: „er hat uns nichts gegeben
hre; man soll ihn lassen leben.
b ich dem Recken nun trüge Haß?
mer getreu und that gar williglich das.“

Da sprach von Metz der Degen Ortwein:
„Wohl kann ihm nun nicht helfen die große Stärke sein;
Erlaubet mir's, mein Herre, ich thu' ihm alles Leid."
Da waren ihm ohn' Schuld die Helden zu schaden bereit.

Dem folgte doch niemand, nur allein daß Hagen
In allen Zeiten zu Günther dem Degen pflegte zu sagen:
Wenn Siegfrid nicht mehr lebte, so würden ihm unterthan
Die Lande vieler Kön'ge; der Held drob zu trauern begann.

Da ließen sie's bleiben. Spielen man da sah;
Hei! was man starker Schäfte vor dem Münster brach da,
Vor Siegfrids Weibe, bis zu dem Saale dann.
Da waren in Unmuthe viele von Günthers Mann.

Der König sprach: „laßt bleiben den mordlichen Zorn,
Er ist uns zu Heil und zu Ehren gebor'n;
Auch ist so stark grimmig der wunderkühne Mann,
Würde er dessen inne, so dürft ihm niemand kommen an."

„Nein — sprach da Hagen — ihr möget wohl stille sein,
Ich traue mich, es heimlich so gut zu richten ein,
Daß der Brunhilde Weinen soll von ihm werden beklagt;
Wohl soll ihm von Hagen immerhin sei'n abgesagt."

Da sprach der König Günther: „wie möchte das ergeh'n?"
Drauf antwortete Hagen: „hört, ihr sollt mich versteh'n:
Wir heißen Boten reiten zu uns in das Land, —
Fehd' ansagen öffentlich — die hie niemand sind bekannt.

Dann sprechet ihr vor den Gästen, daß ihr und eure Mann
Wollt Heerfahrt halten. Also das ist gethan,
So gelobt er euch zu dienen; dann verliert er den Leib;
Ich erfuhr', wie es mit ihm sei, von des kühnen Recken Weib."

Der König übel folgte Hagen seinem Mann.
Die starke Untreue begannen zu legen an,
Eh' jemand es erfuhr, die Ritter auserkoren.
Von zweier Frauen Zanken ward gar mancher Held verloren.

15.

Abentheuer, wie Siegfrid verrathen ward.

An dem vierten Morgen zween und dreißig Mann
Sah man zu Hofe reiten. Das ward da kund gethan
Günthern, dem gar reichen: ihm wäre Kampf bereit.
Von der Lüge wuchs den Frauen groß Jammer und auch Leid.

ß sie vor sollten kommen, sie Erlaubniß gewannen,
sprachen, daß sie wären Lüdegers Mannen,
n eh' da hätte bezwungen des Siegfrid Hand,
ihn zu Geisel gebracht in das Günthers-Land.

Boten er da grüßte und hieß sie sitzen gehen.
er sprach darunter: „Herr, laßt uns stehen,
wir gesagt die Mähren, die euch entboten sind.
hl habet ihr zu Feinde, das wisset, mancher Mutter Kind.

h Kampf ansaget Lüdegast und auch Lüdeger,
nen ihr da weiland fielet so gar gewaltig schwer,
wollen nun zu euch reiten mit Heer in diese Land'."
König begann zu zürnen, da er die rechte Mähre erkannt'.

hieß man die falschen Boten zu den Herbergen fahren.
: möchte sich Herr Siegfrid vor dem wohl bewahren,
oder anders jemand, das sie da legten an?
s ward hernach ihnen selber zu großem Leide gethan.

: König mit seinen Freunden ging flüsternd da und hie.
gen der ungetreue, der ließ ihn ruhen nie;
h hätten es geschieden genug des Königes Sassen,
wollte nur Hagen allein von seinem Rath nicht ablassen.

es Tages Siegfrid sie flüsternd fand;
begann zu fragen der Held von Niederland:
ie geht so trauriglich der König und seine Mann?
helf' es immer rächen, hat ihnen jemand etwas gethan."

sprach der König Günther: „wir müssen mit Recht klagen;
egast und Lüdeger die ließen mir Kampf ansagen,
: wollen öffentlich reiten in mein Land."
sprach der kühne Degen: „dem soll des Siegfrid Hand

allen euren Ehren mit Fleiße widersteh'n;
thue noch den Recken, als ihnen eh' gescheh'n.
mache wüst' ihre Burgen und auch dazu ihr Land,
daß ich ablasse; drob sei mein Haupt euer Pfand.

r heim bleiben sollen eure Recken und ihr
laßt mich zu ihnen reiten mit den'n, die ich hab' hier;
ß ich euch gerne diene, das lasse ich euch sehen.
n mir soll euren Feinden, das wisset, [illegible]l Leid geschehen." —

ohl mir ob dieser Mähre." Der König sprach da so,
ob er ernstlich der Hülfe wäre froh;
Falschheit neigt' sich ihm tief der ungetreue König.
sprach der Herr Siegfrid: „ihr sollt Sorge haben wenig."

Da schickten sie sich zur Reise mit den Knechten von dann;
Siegfrid und den seinen zum Schein war es gethan.
Da hieß er sich bereiten die von Niederland.
Des Siegfrid Recken die suchten Kampf-Gewand.

Da sprach der starke Siegfrid: „mein Vater, Herr Siegmund,
Ihr sollt hie bleiben, wir kommen in kurzer Stund,
Wenn uns Gott giebt nur Glück, her wieder an den Rhein.
Ihr sollt bei dem Könige hie recht fröhlich sein."

Die Fahnen sie anbanden, als wenn sie wollten von dannen.
Da waren hier genug von des Günther Mannen,
Die wußten nicht die Mähre, warum es war geschehen.
Man mochte groß Gesinde da bei Siegfriden sehen.

Ihre Helm' und auch ihre Panzer sie auf die Rosse banden;
Es bereiteten sich gar manche starke Ritter von den Landen.
Da ging von Troneg Hagen, da er Chriemhilden fand,
Er bat, ihm Urlaub zu geben, sie wollten räumen das Land.

„Nun, wohl mir — sprach da Chriemhild — daß ich je den Mann,
Der meinen lieben Freunden so wohl darf beisteh'n, gewann,
So wie mein Herr Siegfrid thut den Freunden mein!
Drum will ich hohes Muthes — sprach die Königin — sein.

Gar lieber Freund, Herr Hagen, nunmehr gedenkt an das,
Daß ich euch gerne diene und nimmer mehr trug Haß;
Das lasset mich genießen an meinem lieben Mann.
Er soll das nicht entgelten, hab' ich Brunhilden was gethan.

Das hat mich seitdem gereut; — so sprach das edle Weib —
Auch hat er so zerbläuet darum mir meinen Leib;
Daß ich jemals geredet, was ihr beschwerte den Muth,
Das hat ihr wohl gerochen der Degen kühn und gut."

Er sprach: „ihr werdet versönet wohl nach diesen Tagen;
Chriemhild, liebe Fraue, wohl sollt ihr mir sagen,
Wie ich bei Siegfrid eurem Mann euch dienen könne;
Das thu' ich gerne, Frau, besser ich's niemand gönne." —

„Ich wär' ohn alle Sorge — sprach da das edle Weib —
Daß ihm jemand nähme im Sturme seinen Leib;
Wenn er nicht wollte folgen seinem Uebermuth,
So wäre immer sicher der Degen kühn und gut." —

„Frau, habet ihr dessen Furcht, — sprach da Hagen —
Daß man ihn möge verwunden, so sollt ihr mir sagen,
Mit welcherlei Listen soll ich dem widerstehen?
Ich will ihm zu Hut immer reiten und gehen."

Sie sprach: „du bist mein Verwandter, so bin ich der dein';
Ich befehle dir auf Treue den holden Freund mein,
Daß du mir wohl behütest meinen gar lieben Mann.“
Sie sagt' ihm heimliche Mähren, die viel besser wär'n nicht gethan.

Sie sprach: „mein Mann ist kühn und dazu stark genug.
Da er den Linddrachen an dem Berge erschlug,
Da badete sich in dem Blute der Recke voll Tapferkeit,
Davon ihn nun in den Stürmen nie eine Waffe schneid't.

Jedoch bin ich in Sorgen, wenn er im Streite steht,
Und mancher starke Speer von seiner Helden-Hand geht,
Daß ich da meinen lieben Mann verliere.
Wei! was ich großer Sorge gar oft um Siegfrid führe!

Ich melde es auf Gnade, gar lieber Freund, dir,
Daß du deine Treue bewahrest an mir.
Wo man wohl mag verwunden meinen lieben Mann,
Das laß ich dich wohl hören; das ist auf Gnade gethan.

Da von des Drachen Wunden floß das heiße Blut,
Und sich darinnen badete der kühne Recke gut,
Da haftete ihm zwischen der Schulter ein Lindenblatt gar breit,
Da kann man ihn verwunden; das macht mir viel Sorglichkeit.“

Da sprach der Ungetreue: „auf sein Gewand
Näh't ein kleines Zeichen, dadurch ist mir bekannt,
Wo ich ihn möge behüten, so wir in Stürmen steh'n.“
Sie wähnte den Held zu fristen, auf seinen Tod war's abgeseh'n.

Sie sprach: „mit feiner Seide näh' ich auf sein Gewand
Ein heimliches Kreuze; da soll, Held, deine Hand
Mir meinen Mann beschirmen, so es an die Schultern geht,
Und wenn er in dem Sturme vor seinen argen Feinden steht.“ —

„Das thu' ich, — sprach da Hagen — gar liebe Fraue mein.“
Da wähnt' auch das die Frau, es sollt' ihm zum Frommen sein;
Doch war damit verrathen der Chriemhilde Mann.
Urlaub nahm da Hagen, da ging er fröhlich von dann.

Des Königes Hofgesinde war alles wohlgemut.
Ich wähne, nimmer ein Recke je mehr thut
So großen Verrath, so da von ihm geschah,
Als sich seiner Treue die schöne Königin versah.

Früh des andern Morgens mit tausend seiner Mann
Ritt der Herr Siegfrid gar fröhlich von dann;
Er wähnt', er sollte rächen seiner Freunde Leid.
Hagen ihm ritt so nahe, daß er beschaute sein Kleid.

Als er ersah das Bild, da schied er heimlich von dann.
Da sagten and're Mähre zween seiner Mann:
Mit Friede sollte nun bleiben Günthers Land,
Sie hätte Lüdeger zu dem Könige gesandt.

O! wie ungerne Siegfrid da heim wieder reit't!
Er hätte lieber vorher gerochen seiner Freunde Leid;
Denn von der Reis' ihn abbrachten gar kaum des Günther Mann.
Da ritt er zu dem König, der Wirth ihm zu danken begann:

„Nun lohn' euch Gott den Willen, Freund, Herr Siegfrid,
Daß ihr so williglichen thut, was ich euch bitt';
Drum will ich euch stäts dienen, als ich mit Recht soll.
Von allen meinen Freunden vertraue ich euch wol.

Nun wir der Heerfahrt nicht bedürfen und liegen still',
Bären und Schweine zu jagen ich reiten will,
Hin zu dem Wasgau Walde, als ich gar oft gethan."
Das hatte gerathen Hagen, der gar ungetreue Mann.

„Allen meinen Gästen den soll man das nun sagen, —
Ich will gar früh reiten, — die wollen mit mir jagen,
Daß sich die bereiten; die aber hier bleiben,
Die mögen, mir zu Liebe, mit den Frauen Kurzweil' treiben."

Da sprach der starke Siegfrid mit herlicher Sitt':
„Wenn ihr jagen reitet, da will ich gerne mit.
Ihr sollet mir leihen einen Jägersmann
Und etliche Bracken; in den Wald will ich reiten dann." —

„Wollt ihr nur einen nehmen — so sprach der König zuhand —
Ich leih' euch, wollt ihr, viere, denen wohl ist bekannt
Der Wald und auch die Steige, wo auf die Thiere zu passen,
Die euch nicht beutelebig wieder heim reiten lassen."

Da ritt zu seinem Weibe der Ritter unverzagt.
Schier hatte da Hagen dem Könige gesagt,
Wie er gewinnen wollte den theuerlichen Degen.
So großer Untreue sollte nimmermehr ein Mann pflegen.

16.

Abentheuer, wie Siegfrid erschlagen ward.

Günther und Hagen, die Recken, gar bald
Beschlossen mit Untreuen ein Pirschen in den Wald;
Mit ihren scharfen Speeren wollten sie jagen Schwein',
Bären und Büffel; was möchte kühneres sein?

;amit auch Siegfrid in herlichen Sitten ritt.
Mancherhand Speise die führte man ihnen mit,
ı einem kühlen Brunnen; da verlor er drauf das Leben.
Ien Rath hatte Brunhild, des Königes Günther Weib, gegeben.

;a ging der kühne Degen, da er Chriemhilden fand;
;a war nun aufgesäumet manch edel Pirschgewand
ein und auch der Gesellen; sie wollten über den Rhein.
;a mochte Chriemhilden nie leider zu Muthe sein.

eine Traute die küßte er an den Mund:
„Gott lasse mich dich, Frau, wieder sehen noch gesund,
nd mich auch deine Augen; mit holden Freunden dein
ollst du kurzweilen; ich mag hier heim nicht sein."

;a dachte sie an die Mähre, sie durfte es nicht sagen,
ie sie Hagen vertraute, da begann sich zu beklagen
ie edele Königin, daß sie je das Leben gewann;
s weint' ohne Maßen das wunderschöne Weib alsdann.

ie sprach zu dem Recken: „laßt euer Jagen sein;
Mir träumte heut Nacht Leid, wie euch zwei wilde Schwein'
agten über die Heide; da wurden Blumen roth;
Daß ich so sehr weine, das giebt wahrhafte Noth.

ch fürchte gar sehr etlicher Rath;
s giebt wohl hier welche, die man beleidigt hat,
ie uns zufügen können feindlichen Haß.
leibet, lieber Herre, mit Treuen rathe ich euch das." —

Meine liebe Traute, ich komme in wenigen Tagen;
ch weiß hier niemand, der gegen mich Haß könnte tragen,
lle deine Verwandte hegen zu mir Huld,
uch habe ich an den Degen hier nichts anders verschuld't." —

D nein, Herr Siegfrid, wohl fürcht' ich deinen Fall;
Mir träumte heut' Nacht Leid, wie über dich zu Thal
ielen zween Berge; ich ersah dich nimmer mehr.
nd willst du von mir scheiden, das schmerzt mich im Herzen sehr."

r umfing mit den Armen das tugendreiche Weib,
Mit minniglichen Küssen er herzt' ihren schönen Leib;
Mit Urlaub er von dannen schied in kurzer Stund.
ie ersah ihn leider darnach nimmer mehr gesund.

a ritten sie in einen tiefen Wald von dann,
m Kurzweil' willen, gar mancher Rittersmann
olgete drauf Günther und auch Siegfrid
ernot und Giselher blieben heim und wollten nicht mit.

Viel beladene Rosse kamen vor ihnen über den Rhein,
Die den Jagdgesellen trugen Brod und auch Wein,
Das Fleisch mit den Fischen und anders mancher Art,
Dessen ein König so reich wohl nöthig hat auf der Fahrt.

Sie hießen herbergen vor dem grünen Wald,
Gegen des Wildes Ablauf; die stolzen Jäger kamen bald
Auf einen breiten Werder, wo sollte werden gejagt.
Da war auch kommen Siegfrid, das ward dem Könige gesagt.

Von den Jagdgesellen ward da wohl bestellt
Die Wart' an allen Enden. Da sprach der kühne Held,
Siegfrid der gar starke: „wer nach dem Wilde soll
Uns weisen in den Wald, ihr Degen kühn und muthvoll?“ —

„Wir wollen uns scheiden — so sprach da Hagen —
Eh' daß wir beginnen hie zu jagen;
Dabei wir mögen erkennen, ich und die Herren mein,
Wer die besten Jäger bei dieser Waldreise sei'n.

Leute und Hunde wollen wir theilen gar,
So kehre jeglicher, wohin er gerne fahr.
Der dann jagt das Beste, der soll drob haben Dank.“
Da ward der Jäger Weilen bei einander nicht zu lang'.

Da sprach der Herr Siegfrid: „ich brauche Hunde nicht,
Nur einen Bracken, der so ist abgericht't,
Daß er durch den Wald erkenne die Fährt' von dem Wild.
Wir kommen wohl zur Jagd.“ So sprach der Mann der Chriemhild.

Da nahm ein alter Jäger einen Spürhund,
Er brachte den Herren in einer kurzen Stund,
Da sie viel' Thiere fanden; was der'n verließ seine Läger,
Die erjagten die Gesellen, so noch thun gute Jäger.

Wie viel der Brack' aufsprengte, die schlug mit seiner Hand
Siegfrid der gar kühne, der Held von Niederland;
Sein Roß das lief so sehr, daß ihr'r ihm kein's entrann.
Das Lob er vor ihnen allen bei der Jagd gewann.

Er war in allen Dingen wohl biderbe genug.
Sein Thier, das allererste, das er zu Tode schlug,
Das war ein starker Halbwolf; er thats mit seiner Hand.
Darnach er gar bald einen ungefügen Leuen fand.

Der Bracke ihn aufsprengte, er schoß ihn mit dem Bogen;
Einen scharfen Pfeil hatte er darauf gezogen.
Der Löwe lief nach dem Schusse nur dreier Sprünge lang.
Seine Jagdgesellen die sagten dem Herren Siegfrid Dank.

Darnach schlug er bald einen Büffel und ein Elendthier,
Einen grimmen Brandhirsch und starker Auerochsen vier.
Sein Roß trug ihn so kühn, daß ihm nichts konnt' entsteh'n,
Hirsch' oder Hindinnen konnten ihm wenig entgeh'n.

Einen großen Eber der Spürhund auffand;
Als er begann zu fliehen, da kam zuhand
Der Jagd Meister, er bestand ihn auf der Stell'.
Das Schwein lief zorniglich an den Recken kühn und schnell.

Da schlug ihn mit dem Schwerdte der Chriemhilde Mann,
Es hätte ein anderer Jäger so leichtlich nicht gethan.
Da er ihn hatt' gefället, fing man den Spürhund;
Da ward sein reiches Jagen wohl den Burgunden kund.

Da sprachen seine Jäger: „wollt ihr unsern Wünschen nachgeben,
So laßt uns, Herr Siegfrid, der Thiere ein Theil leben;
Ihr macht uns heute den Berg und auch den Wald leer."
Drob begann zu lachen der Held so kühn und auch hehr.

Da hörten sie Lärmen und Tosen überall,
Von Leuten und von Hunden ward so groß der Schall,
Daß ihnen davon Berg und auch der Wald gaben Antwort;
Vier und zwanzig Thiere erschlugen die Jäger an dem Ort.

Da mußten viele der Thiere verlieren das Leben.
Da wähnten sie es zu fügen, das man sollte geben
Ihnen den Preis der Jagd; das konnte nicht geschehen,
Da der starke Siegfrid ward bei der Feuerstat gesehen.

Die Jagd die war ergangen, doch noch nicht ganz und gar.
Die zur Feuerstat wollten, die brachten mit sich dar
Gar mancher Thiere Häute und auch Wildes genug.
Hei! was dessen zur Küche des Königs Hofgesinde trug!

Da hieß der König künden den Jägern wohlgebor'n,
Daß er zum Imbiß wollte; da ward gar laut ein Horn
Wohl eine Stund' geblasen, damit ihnen ward bekannt,
Daß man den edeln Fürsten da bei den Herbergen fand.

Da sprach Siegfrid's Jäger: „Herr, ich habe vernommen,
Von eines Hornes Schalle, daß wir nun sollen kommen
Zu den Herbergen; antworten ich drauf will."
Da ward nach den Gesellen gefraget blasend gar viel.

Da sprach der Herr Siegfrid: „nun räumen auch wir den Wald."
Sein Roß das trug ihn sanft; sie eilten mit ihm bald.
Auf sprengten sie mit ihr'm Schalle ein Thier gar grämlich,
Einen wilden Bären; da sprang der Degen hinter sich.

„Ich will uns Jagdgesellen Kurzweil gewähren;
Ihr sollt den Bracken lassen, ich sehe einen Bären,
Der soll mit uns von hinnen zur Herberge fahren,
Er fliehe denn sehr, sonst kann er sich nimmer bewahren.“

Der Bracke ward entlassen, der Bär sprang von dann;
Da wollte ihn erreiten der Chriemhilde Mann,
Er kam in ein Geklüfte, da konnt' es nicht gescheh'n,
Das starke Thier wähnte vor dem Jäger Rettung zu seh'n.

Da sprang von seinem Rosse der Ritter stolz und gut,
Er begann ihm nachzulaufen, das Thier war ohne Hut,
Es konnt' ihm nicht entrinnen; er fing es so zuhand,
Ohn' irgend eine Wunde; der Held sogleich es band.

Kratzen und beißen konnte es nicht den Mann;
Er band es zu dem Sattel, auf saß der Schnelle dann,
Er bracht' es an die Feuerstat durch seinen hohen Muth,
Zu einer Kurzweil, der Degen so kühn und auch gut.

Wie recht herlich er zu der Herberge reit't!
Sein Speer der war gar groß, stark und breit,
Ihm hing eine zierliche Waffe nieder auf die Spor'n.
Von ganz rothem Golde führte der Herr ein schönes Horn.

Von besserm Jagdgewande hört' ich niemals sagen.
Einen schwarzsamtenen Rock sah man ihn tragen,
Und einen Hut von Zobel, der reich war genug.
Hei! was er reicher Borten an seinem Köcher trug!

Von einem wilden Panther war darüber gezogen
Ein Fell um die Geschosse; auch führt' er einen Bogen
Den mit einer Winde mußte aufzieh'n,
Der ihn spannen wollte — es sei denn gescheh'n durch ihn.

Von eines Luchses Haut war alles sein Gewand.
Vom Haupt bis ans Ende gestreuet man darauf fand,
Auf dem leuchtenden Pelz, gar manchen goldenen Stern,
Zu beiden Seiten des kühnen Jägermeisters und Herrn.

Auch führte er Balmung, eine Waffe zierlich und breit.
Die war also scharf, das sie alles zerschneid't,
Wo man hinschlug auf Helme; ihre Schneide war gut.
Der herliche Jäger der war voll gar hohen Muth.

Hört! da ich euch die Mähre so ganz verkünden soll:
Ihm war sein guter Köcher viel guter Pfeile voll,
Mit güldenen Beschlägen; die Spitz' wohl Hände breit.
Es mußte baldigst sterben, was nur verwundete die Schneid'.

Da ritt der edle Ritter gar waidlich von dannen.
Ihn sahen zu ihnen kommen die Günthers Mannen,
Die liefen ihm entgegen und empfingen ihm das Roß;
Da führt' er bei dem Sattel den Bären stark und auch groß.

Als er abstieg vom Rosse, da lös't er ihm die Band'
Von Füßen und auch vom Munde; da erheulten zuhand
Gar laut die Hunde, da sie erblickten die Beute.
Das Thier zum Walde wollte, drob hatten Schreck die Leute.

Der Bär von dem Schalle durch die Küche da geriet.
Hei! wie viel er Küchenknechte da von dem Feuer schied!
Viel' Kessel wurden verrückt, zerzerret mancher Brand.
Hei! wie viel der guten Speise man in der Asche liegen fand!

Da sprangen die Herren und ihre Mann von ihr'n Plätzen;
Der Bär begann zu zürnen. Der König hieß da hetzen
Der Hunde Schaar, die an den Seilen lag;
Und wär' es wohl geendet, sie hätten fröhlichen Tag.

Dar liefen nun die Schnellen, nicht länger sie das ließen,
Da der Bär ging, mit Bogen und mit Spießen.
Es schoß da niemand, da so viel waren der Hunde;
Von der Leute Schall ertoß das Gebirg in die Runde.

Der Bär begann zu fliehen vor den Hunden von dann;
Ihm konnte niemand folgen, allein der Chriemhilde Mann,
Er erlief ihn mit dem Schwerdte, zu Tode er ihn schlug;
Hin wieder zu dem Feuer man den Bären darauf trug.

Er wär' ein kräft'ger Mann, sprachen, die es gesehen.
Die stolzen Jagdgesellen hieß man zu Tisch gehen;
Auf einem schönen Anger saßen ihrer da genug.
Hei! was man Ritterspeise vor die edlen Jäger trug!

Die Schenken kamen säumig, die tragen sollten Wein,
Sonst konnte bas gedienet nimmer Helden sein;
Hätten sie darunter nicht so falsches Gemüth,
So wären wohl die Recken vor allen Schanden behüt't.

Da sprach der Herr Siegfrid: „mich wundert es gar sehr,
Da man uns aus der Küche bringt so mancherlei her,
Warum uns die Schenken dazu nicht bringen Wein;
Man pflege bas die Jäger, ich will sonst nicht Jagdgesell sein;

Ich hätte wohl verdienet, daß man meiner nähm wahr."
Der König von dem Tische sprang in Falschheit dar:
„Man soll euch gern büßen, was wir Mangel haben;
Es ist nur Hagens Schuld, der uns durch Trank nicht will laben."

Da sprach von Troneg Hagen: „viel lieber Herre mein,
Ich wähnte, daß das Pirschen heute sollte sein
In dem Spesharts Walde; den Wein den sandt' ich dar.
Sind wir heut' ohne Trinken, ich künftig dafür mich bewahr."

Da sprach der Niederländer: „euer Leib der hab' Undank!
Man sollt' mir sieben Säumer mit Meth und lauterm Trank
Haben her geführet. Da dies nicht mochte sein,
Da sollte man gesiedelt haben näher an den Rhein."

Da sprach von Troneg Hagen: „ihr edlen Ritter voll Gewalt,
Ich weiß hierbei gar nahe einen Brunnen kalt,
Daß ihr nicht erzürnet, da sollen wir hin gehen."
Der Rath war manchem Ritter zu großen Sorgen geschehen.

Siegfrid den Recken zwang des Durstes Noth.
Den Tisch er bei Zeiten von dann zu rücken gebot.
Er wollte an die Berge zu dem Brunnen geh'n.
Da war der Rath mit Arglist von den Recken gescheh'n.

Die Thier' man hieß aufwagen und führen in das Land,
Die da hatte getödtet des Siegfrid Hand;
Wer es je ersah, ihm große Ehre zusprach.
Hagen seine Treue gar sehr an Siegfrid brach.

Da sie wollten zu der breiten Linde von dann,
Da sprach von Troneg Hagen: „mir sagte man,
Daß niemand der Chriemhilde Mann je folgen könnte,
Wenn er wollt' laufen; hei! wenn er uns das zu seh'n gönnte!"

Da sprach von Niederland der kühne Siegfrid:
„Das möget ihr wohl versuchen, wollt ihr mir laufen mit
In Wette zu dem Brunnen; sobald das ist geschehen,
So gebe man dem den Gewinn, den man gewinnen wird sehen."—

„Nun wollen auch wir's versuchen;" sprach Hagen der Degen.
Da sprach der starke Siegfrid: „so will ich mich legen
Nieder an das Gras, vor eure Füße dar."
Da er das erhörte, wie lieb das Günthern war!

Da sprach der kühne Degen: „ich will euch mehr sagen:
Alles mein Geräthe das will ich mit mir tragen,
Den Speer zu dem Schilde und alles mein Pirschgewand."
Den Köcher zu dem Schwerdte gar bald er um sich band.

Da zogen sie von dem Leibe darauf ihr Kleid,
In zween weißen Hemden sah man sie stehen beid';
Wie zwei wilde Panther liefen sie durch den Klee;
Doch sah man bei dem Baume den kühnen Siegfrid eh'.

en Preis in allen Dingen trug er vor manchem Mann.
as Schwerdt das lößt er bald, ab legt' er den Köcher dann,
en starken Speer er lehnte an der Linde Ast.
ei des Brunnen Flusse stand der herliche Gast.

es Siegfrid Tugenden waren gar groß.
en Schild er legte nieder, allda der Brunnen floß.
ie sehr daß ihn auch dürst'te, der Held dennoch nicht trank,
h' daß der König getrunken; drob sagt' er ihm gar bösen Dank.

er Brunnen der war kühl, lauter und gut;
ünther sich da neigte nieder zu der Flut,
ls er hatte getrunken, da richtete er sich auf.
lso that auch gerne der kühne Siegfrid darauf.

a entgalt er seine Adlichkeit; den Bogen und das Schwerdt
as trug alles Hagen von ihm hinweg und kehrt'
m Sprunge dann hin wieder, da er den Speer fand,
r sah nach einem Bilde an des Kühnen Gewand.

a der Herr Siegfrid von dem Brunnen trank,
choß er ihn durch das Kreuz, daß von der Wunde sprang
as Blut aus dem Herzen fast bis an Hagens Kleid.
o große Missethat ein Held begeht zu keiner Zeit.

en Speer ihm zu dem Herzen ließ er stecken tief;
lso grimmiglich zur Flucht Hagen lief,
loh er noch in der Welt vor keinem Mann.
a sich der starke Siegfrid der großen Wunde besann,

er Herr tobend von dem Brunnen sprang,
hm ragte von dem Herzen eine Speerstange lang.
er Fürst wähnte zu finden Bogen oder Schwerdt,
o müßte werden Hagen nach seinem Dienste gewährt.

a der Todwunde das Schwerdt nicht mehr fand,
a hatte er nicht mehr, als seinen Schildesrand,
r zog ihn von dem Brunnen, da lief er Hagen an;
a konnt' ihm nicht entrinnen des Königes Günther Mann.

ie wund er war zum Tode, so kräftig er doch schlug,
aß aus dem Schilde stob genug
es edelen Gesteines, der Schild durchaus zerbrast;
ich hätte gern gerochen der gar herliche Gast.

a war gestrauchelt Hagen vor seiner Hand nieder;
on der Schläge Kräfte der Werder hallt' laut wieder:
ätt' er sein Schwerdt in Händen, so wär' es Hagens Tod.
o sehr zürnte der Wunde, es zwang ihn wahrhafte Noth.

Erblichen war seine Farb', er mochte nicht mehr steh'n,
Seines Leibes Stärke die mußte gar vergeh'n,
Denn er des Todes Zeichen in lichter Farbe trug.
Drauf ward er beweinet von schönen Frauen genug.

Da fiel in die Blumen der Chriemhilde Mann.
Das Blut von seinen Wunden gar stark sah rinnen man.
Da begann er zu schelten, — ihn zwang große Noth, —
Die auf ihn hatten gerathen gar ungetreu den Tod.

Da sprach der Todwunde: „wohl, ihr gar bösen Zagen,
Was helfen mir meine Dienste, da ihr mich habet erschlagen?
Ich war euch immer treu, das ich entgolten habe.
Ihr habt an euren Verwandten gereicht gar übele Gabe;

Die sind dadurch beschimpft, wie viel ihrer wird gebor'n,
Je nach diesen Zeiten; ihr habt euren Zorn
Gerochen allzu sehr an dem Leibe mein.
Mit Schimpf sollt ihr geschieden von guten Recken sein."

Die Ritter alle liefen, da er erschlagen lag;
Es war für ihrer genug ein freudenloser Tag,
Er ward beklagt von jedem, der irgend nur Treue trug;
Das hatte auch wohl um alle Leute der Held verdienet genug.

Der König von Burgunden klagt' auch seinen Tod;
Da sprach der Todwunde: „das ist ohne Noth,
Daß der nach Schaden weinet, der ihn da hat gethan,
Der verdienet Schelten; hätt' er's gelassen, thät er besser daran."

Da sprach der grimme Hagen: „ich weiß nicht, was ihr schreit;
Es hat nun ein Ende all' uns're Sorge und Leid;
Wir finden ihrer nur wenig, die noch uns dürfen besteh'n.
Wohl mir, daß über den Helden der Rath von mir ist gescheh'n!" —

„Ihr möget euch leicht rühmen — sprach da Herr Siegfrid —
Hätt' ich an euch erkennet die mordliche Sitt',
Ich wollte behalten haben wohl vor euch meinen Leib;
Mich reuet nichts so sehr, als Frau Chriemhild mein Weib.

Nun muß Gott erbarmen, daß ich je den Sohn gewann,
Dem die Schmach nach der Zeit wird kund gethan,
Daß seine Verwandte jemand haben mordlich erschlagen;
Möcht' ich es ändern, dann sollt' ich billig nicht klagen." —

Drauf sprach jämmerlich weiter der todwunde Mann:
„Wollt ihr, edler König, treulich thun an
Jemand in der Welt, so laßt euch befohlen sein
Auf eure Gnade die liebe Traute mein.

Und laßt sie dessen genießen, daß sie eure Schwester sei,
Um aller Fürsten Tugend wohnt ihr mit Treuen bei;
Mir müssen lange warten mein Vater und meine Mann.
Es ward nie leider einer Frau an liebem Manne gethan.

Die Blumen allenthalben vom Blute wurden naß;
Da rang er mit dem Tode, nicht lange that er das,
Denn des Todes Waffe schnitt ihn zu sehr.
Da mochte reden nicht mehr der Recke kühn und hehr.

Da die Herren sahen, daß der Held war todt,
Legten sie ihn auf den Schild, der war von Golde roth,
Und gingen darüber zu Rath, wie das sollt' ergehen,
Daß man es verhehlte, das es sei durch Hagen geschehen.

Da sprachen ihrer genug: „uns geschah 'ne üble Sache;
Ihr sollt es alle hehlen und führen gleiche Sprache:
Den Mann der Chriemhilde, da er jagen ritt allein,
Erschlugen ihn Räuber, da er fuhr durch den Hain.“

Da sprach von Troneg Hagen: „ich bring' ihn in das Land;
Mir ist es gar gleichgültig, ob es ihr wird bekannt,
Die so het betrübet der Brunhilde Muth.
Ich acht' es gar gering, wie sie nun weinen thut.“

17.

Abentheuer, wie Siegfrid beklaget und begraben ward.

Da warteten sie der Nacht und fuhren über Rhein.
Von Helden konnte nimmer böser gejaget sein.
Ein Thier sie da erschlugen, drob weineten edele Weib;
Wohl mußte sein entgelten viel guter Kämpfer Leib.

Von großem Uebermuth mögt ihr nun hören sagen
Und von furchtbarer Rache. Es hieß Hagen dar tragen
Den also todten Siegfrid von Nibelungen Land
Vor eine Kammer, darin man Chriemhilden fand.

Er hieß ihn heimlich legen an die Thür,
Daß sie ihn da sollte finden, so sie ginge herfür,
Hin zu der Mette, eh' daß es wurde Tag,
Davon Chriemhild gar selten eine zu versäumen pflag.

Man läutete da zu dem Münster nach Gewohnheit.
Chriemhild die gar schöne erweckte manche Maid;
Ein Licht bat sie ihr bringen und auch ihr Gewand,
Da kam ein Kämmerer, da er Siegfrid fand.

Er sah ihn Blutes roth, sein Gewand war ganz naß;
Daß es sein Herre wäre, nicht wußt' er das.
Hin zu der Kammer das Licht trug er in der Hand,
Bei dem gar leide Mähre die Frau Chriemhilde fand.

Da sie mit ihren Frau'n zur Kirche wollte geh'n,
Da sprach der Kämmerer: „Frau, ihr sollt stille steh'n;
Es liegt vor diesem Gemach ein Ritter tod erschlagen.“ —
„O weh! — sprach Frau Chriemhild — was willst du solcher Mähre sagen!“

Eh' daß sie recht fand, daß es wäre ihr Mann,
An Hagens Frage sie zu denken begann:
Wie er ihn sollte fristen? da ward ihr erstes Leid.
Sie floh von allen Freuden seit seines Todes Zeit.

Sie sank zu der Erde, daß sie nicht sprach.
Man sah wie die schöne Freudenlose da lag;
Der Chriemhilde Jammer ward unmäßig wol,
Sie schrie auf nach der Ohnmacht, daß all' die Kammer erscholl.

Da sprach das Gesinde: „ist es ein fremder Mann?“
Das Blut ihr aus dem Munde vor Herzens Jammer rann.
Da sprach sie: „nein, es ist Siegfrid, mein herzlieber Mann;
Es hat gerathen Brunhild, daß es Hagen hat gethan.“

Die Frau ließ sich hin weisen, da sie den Helden fand;
Sie hob sein schönes Haupt mit ihrer weißen Hand,
Wie roth es war vom Blut, sie hatte ihn bald erkannt;
Da lag gar jämmerlich der Held von Nibelungen-Land.

Da rief gar trauriglich die Königin mild:
„Weh mir dieses Leides! nun ist dir doch dein Schild
Mit Schwerdten nicht zerhauen; du starbst durch Mord.
Und wüßt' ich, wer es gethan hat, ich rieth ihm den Tod immer fort.“

Alles ihr Gesinde klagete und schrie,
Mit ihrer lieben Frau, denn es geschah ihnen Weh hie
An ihrem edlen Herren, den hatten sie verlor'n.
Gerochen hatte Hagen gar übel der Brunhilde Zorn.

Da sprach die Jammerhafte: „ihr sollt gehen von dannen
Und wecken auf gar bald des Siegfrid Mannen;
Ihr sollt auch Siegmund meinen Jammer sagen,
Ob er mir helfen wolle den kühnen Siegfrid beklagen.“

Da lief ein Bote bald, da er sie liegen fand,
Die Siegfrids Helden von Nibelungen Land;
Mit den gar leiden Mähren ihre Freud' er ihnen benahm;
Sie wollten's nicht glauben, bis man das Weinen vernahm,

Der Bote kam auch schier, da der König lag.
Siegmund der Herr des Schlafes nicht pflag,
Ich wähne, sein Herz ihm sagte, was ihm war geschehen.
Er mochte seinen lieben Sohn nimmer mehr wieder sehen.

„Wachet, Herr Siegmund, mich bat nach euch zu geh'n
Chriemhild, meine Frau, der ist ein Leid gescheh'n,
Das ihr vor allen Leiden geht an ihr Herz;
Das sollt ihr klagen helfen, denn auch euch macht es viel Schmerz."

Auf richtete sich da Siegmund, er sprach: „welch Leid klagt
Die schöne Chriemhild, so du mir hast gesagt?"
Der Bote sprach mit Weinen: „ich muß es euch doch sagen,
Es ist von Niederland der kühne Siegfrid erschlagen."

Da sprach der König Siegmund: „laßt euer Scherzen sein
Und also böse Mähre, um den Willen mein,
Daß ihr das jemand saget, daß er sei erschlagen;
Denn ich könnt' es nicht genug bis zu meinem Tode beklagen." —

„Wollt ihr's nicht glauben, das ihr mich höret sagen,
So vernehmet selbst der Chriemhilde Klagen
Und alles ihres Gesindes um Siegfrids Tod."
Gar sehr erschrak da Siegmund, es macht' ihm wahrhafte Noth.

Mit hundert seiner Mannen er von den Betten sprang;
Die nahmen in die Hände die Waffen scharf und lang,
Sie liefen zu dem Wehruf' gar jämmerlichen dann;
Da kamen tausend Recken, des kühnen Siegfrid Mann.

Da sie so jämmerlichen die Frauen hörten klagen,
Da wähnten einige wohl, sie sollten Jammer tragen.
Wohl mochten sie ihre Sinne vor Leid nicht haben,
Ihnen ward gar große Schwere in ihr Herz gegraben.

Da kam der König Siegmund, da er Chriemhilden fand,
Er sprach: „o weh der Reise her in dies Land!
Wer hat euch euren Mann und mir mein Kind
Also mordlich entrissen, da wir bei guten Freunden sind?" —

„Hei! sollt' ich den kennen — sprach das gar edle Weib —
Hold würde ihm nimmermehr mein Herz noch mein Leib,
Ich rieth' ihm so viel Leid, daß all' die Freunde sein
Von meinetwegen müßten immer klagend sein."

Siegmund der Herr den Fürsten umschloß,
Da ward von seinen Freunden der Jammer also groß,
Daß von dem starken Wehruf Pallast und Saal
Und auch die Stadt zu Worms zu beiden Seiten gab lauten Schall.

Da konnte niemand trösten des Siegfrid Weib.
Man zog aus den Kleidern seinen schönen Leib,
Man wusch ihm seine Wunden und legt' ihn auf die Bahr',
Seinen Freunden gar sehr weh' vor großem Jammer war.

Es sprachen seine Recken aus Nibelungen Land:
„Wir haben den Willen zu rächen ihn mit uns'rer Hand;
Er ist in dieser Burg, der es hat gethan.“
Da eilten sich zu wafnen alle Siegfrids Mann.

Die auserwählten Degen mit Schilden kamen dar,
Elf hundert Recken, die hatte in seiner Schaar
Siegmund der reiche; seines Sohnes Tod
Den wollt' er gerne rächen, als ihm seine Treue das gebot.

Sie wußten nicht, wen sie sollten mit Streite greifen an,
Sie tödteten denn Günthern und alle seine Mann,
Mit denen der Herr Siegfrid zu der Jagd ritt eh'.
Chriemhild sah sie gewafnet; das ward ihr anders Herzens Weh.

Wie groß war ihr Jammer und wie stark ihre Noth,
Doch fürcht'te sie gar sehr der Nibelungen Tod
Durch ihrer Brüder Mannen, sie warnte sie zu ruh'n,
Und wandte es so ab, wie Freunde lieben Freunden thun.

Es sprach die Jammersreiche: „mein Herr Siegemund,
Was wollt ihr beginnen? euch ist nicht recht kund;
Wohl hat der König Günther so manchen kühnen Mann;
Ihr wollt euch alle preiß geben, wollt ihr die Recken greifen an.“

Mit aufgehobenen Schwerdten war ihnen zu streiten noth.
Die edle Königin sie bat und ihnen gebot,
Daß es meiden sollten die Recken voll Tapferkeit;
Daß sie es nicht lassen wollten, das war ihr wahrhaft leid.

Sie sprach: „mein Herr Siegmund, ihr sollt nicht denken daran,
Bis es sich besser fügt; so will ich meinen Mann
Immer mit euch rächen; der mir ihn hat genommen,
Werd' ich dessen gewiß, es soll ihm zu Schaden kommen.

Es sind der Uebermüth'gen beim Rheine viele hie,
Darum ich euch zum Streite rathen will nie;
Sie gegen einen von uns wohl dreißig Mann bringen.
Nun laß es ihnen Gott, so wie sie's um uns verdien't, gelingen.

Ihr sollt hier bleiben und duldet mit mir das Leid,
Bis es zu tagen beginnt, ihr Helden voll Tapferkeit,
Dann helfet mir einsargen meinen lieben Mann.“
Da sprachen all' ihre Degen: „liebe Frau, das sei gethan.“

Auch könnte niemand das Wunder vollkommen sagen
Von Rittern und von Frauen, wie man die hörte klagen,
So, daß man des Wehrufs ward in der Stadt gewahr.
Die edelen Bürger die kamen eilend dar.

Es war ihnen gar leid, drum wurd' mit den Gästen geklagt;
Des Siegfrid Schuld war ihnen nicht gesagt,
Durch die der edle Recke verlor da seinen Leib;
Da weinten mit den Frauen der guten Bürger Weib.

Schmiede hieß man eilen und fert'gen einen Sarg,
Von Silber und von Golde, gar groß und auch stark,
Und hieß ihn fest spangen mit Stahl, der war gut.
Da war all den Leuten gar trauriglich der Muth.

Die Nacht die war vergangen, man sagt', es wollte tagen,
Da hieß die edle Frau zu dem Münster tragen
Ihr'n gar lieben Mann, den Herren Siegfrid.
Wen er da an Freunden hatte, den sah man weinend geh'n mit.

Da sie ihn zum Münster brachten, wie groß war Glockenklang!
Da hörte man allenthalben vieler Pfaffen Sang.
Da kam der König Günther dar mit seinen Mannen,
Und auch der grimme Hagen; er wäre besser von dannen.

Er sprach: „gar liebe Schwester, o weh des Leides dein,
Daß wir nicht mochten ohne so großen Schaden sein!
Wir müssen immer beklagen des Siegfrid Leib." —
„Das thut ihr mit Unrecht — sprach das jammerhafte Weib —

Wär' euch darum leid, so wäre es nicht geschehen;
Ihr hattet mein vergessen (das mag ich euch wohl gestehen),
Da ich ward geschieden von meinem lieben Mann;
O wollte Gott der Herre, es wäre mir selber gethan!"

Sie sagten da ihr' Lügen. „Wer nun ist unschuldig —
Begann Chriemhild zu sprechen — der laß' es sehen mich,
Der soll zu der Bahre vor den Leuten geh'n;
Da mag man die Wahrheit gar bald bei versteh'n."

Das ist ein großes Wunder, sehr oft es noch geschieht:
Wo man den Mordbefleckten bei dem Todten sieht,
So bluten ihm die Wunden; wie auch da geschah:
Davon man der Schuld sich zu Hagen versah.

Die Wunden flossen sehr, so wie sie thaten vorher;
Die eh' da sehr klagten, die thaten's nun weit mehr.
Da sprach der König Günther: „ich will's euch zeigen an,
Ihn erschlugen Räuber, Hagen hat es nicht gethan." —

„Mir sind die Räuber — sprach sie — gar wohl bekannt;
Nun laß' es Gott rächen noch seiner Freunde Hand.
Günther und Hagen, euch ist die That bewußt."
Die Siegfrids Degen hatten da zu Streite Lust.

Da sprach wieder Chriemhild: „nun tragt mit mir die Noth."
Da kamen diese beide, da sie ihn fanden todt,
Gernot ihr Bruder und Giselher das Kind *);
In Treuen sie ihn klagten; ihre Augen wurden vor Nässe blind.

Sie beweinten inniglich der Chriemhilde Mann.
Man wollte Messe singen; zu dem Münster dann
Gingen allenthalben Mann und auch Weib.
Die ihn da leicht entbehrten, beweinten doch Siegfrids Leib.

Gernot und auch Giselher die sprachen: „Schwester mein,
Nun tröste dich, als es nach dem Tode doch muß sein,
Wir wollen dir's vergüten, so lange als wir leben."
Da konnt' ihr in der Welt niemand irgend Trost geben.

Sein Sarg der war bereitet wohl um Mittag;
Man hub ihn von der Bahre, da er drauf lag.
Ihn wollte noch die Frau nicht lassen begraben,
Drob mußten alle die Leute großen Kummer haben.

In einen rothen Sammt man den Todten wand;
Dazu half mit großem Jammer mancher Frauen Hand.
Da klagte herzlich Frau Ute, ein edles Weib
Und all' ihr Hofgesinde um Siegfrids waidlichen Leib.

Da man das hörte, daß man zum Münster sang
Und ihn besargt hätte, da hub sich groß Gedrang;
Um seiner Seele willen viel' Opfer man da trug.
Er hatte bei den Feinden doch guter Freunde genug.

Chriemhild die gar arme zu ihren Kämmrern sprach:
„Ihr sollt um meinetwillen lindern Ungemach;
Die ihm nun Gutes gönnen und mir auch sind hold,
Denen soll, um Siegfrids Seele, man theilen sein Gold."

Kein Kind war so klein, wenn's nur Verstand mocht' haben,
Es mußte geh'n zum Opfer, eh' daß er wurde begraben.
Mehr denn hundert Messen man des Tages sang,
Von Siegfrids Freunden ward da großer Gedrang.

---

*) Kind heißt hier, und allemal beim Namen Giselher, nur jung.

a man hatte gesungen, das Volk von dannen hub sich.
a sprach die Frau Chriemhild: „ihr sollt alleine mich
eute lassen bewachen den auserwählten Degen.
s ist an seinem Leibe all' meine Freude gelegen.

ch will ihn lassen steh'n bei drei Nächten und Tagen,
is ich mich kann meines gar lieben Mannes entsagen.
ielleicht, daß Gott gebietet, daß mich auch nimmt der Tod,
o wäre wohl geendet der armen Chriemhilde Noth."

u den Herbergen gingen die Leute von der Stadt.
faffen und Mönche sie zu bleiben bat.
nd alle sein Gesind', das in des Helden Obhut lag;
ie hatten gar arge Nacht und gar mühseligen Tag.

hn' Essen und ohn' Trinken blieb da mancher Mann;
ie es da nehmen wollten, denen ward kund gethan,
aß man's in Fülle ihn'n gäbe, das schuf Herr Sigmund.
a ward den Nibelungen gar großes Leiden kund,

urch dreier Tage Zeit, so wir hören sagen.
ie da konnten singen, die mußten auch tragen
iel der Arbeit. Wie viel man Opfer trug!
ie gar arm waren, die wurden reich genug.

ieviel man fand der Armen, die es nicht mochten haben,
ie hieß man doch geh'n mit dem Gold zu den Opfergaben
us seiner eig'nen Kammer; da er nicht sollte leben,
ard manch' tausend Mark um seine Seele gegeben.

er Erde Güter vertheilte sie in die Land',
o man nur irgend Klöster und gute Leute fand;
ilber gab man und Gewand den Armen genug,
ie zeigte es wohl, daß sie ihm holden Willen trug.

n dem dritten Morgen, zu rechter Meßzeit,
o war bei dem Münster der Kirchhof gar weit
on den Landleuten mit Weinen so voll;
ie dienten ihm nach dem Tode, so man noch lieben Freunden soll.

n den vier Tagen, man hat gesaget das,
u dreißig tausend Mark, oder wohl noch bas,
ard um seine Seele den Armen da gegeben.
a lag gar gering seine große Schöne und auch sein Leben.

a Gott ward gedienet und man voll sang,
a viel des Volkes mit gewaltigem Leide rang.
an hieß ihn aus dem Münster zu dem Grabe tragen.
an fand da nichts anders, als ein Weinen und ein Klagen.

Die Leute schreiend gingen mit ihm von dann;
Froh war da niemand, weder Weib noch Mann,
Eh' daß man ihn begrub, man laß und auch sang.
Hei! bei seinem Begräbniß war von guten Pfaffen Gedrang.

Eh' daß zu dem Grabe kam Siegfrids Weib,
Da rang mit solchem Jammer ihr getreuer Leib,
Daß man sie mit Wasser gar oftmals da begoß;
Es war ihr Leiden gar sehr unmäßig groß.

Es war ein mächtig Wunder, daß sie nicht starb gar;
Mit Klage ihr helfend da manche Fraue war;
Da sprach die Königin: „ihr, des Siegfrid Mann,
Es soll durch eure Treue an mir Gnade sein gethan.

Laßt mir nach meinem Leide eine kleine Liebe geschehen,
Daß ich sein schönes Haupt noch einmal müsse sehen."
Das bat sie also lange mit Sinnen Jammers stark,
Daß man zerbrechen mußte den gar herlichen Sarg.

Da brachte man die Frau, da sie ihn liegen fand;
Sie hub sein schönes Haupt mit ihrer gar weißen Hand,
Und küste ihn also todt, den edelen Ritter gut.
Ihre gar lichten Augen vor Leide weineten da Blut.

Ein jämmerliches Scheiden ward da nun gethan;
Da trug man sie von hinnen, sie konnt' nicht geh'n von dann,
Da fand man sinnelos das herliche Weib;
Vor Leide möcht' ersterben ihr gar wonniglicher Leib.

Da man den edelen Herren hatte nun begraben,
Leid ohne Maßen sah man sie alle haben,
Die mit ihm kommen waren von Nibelungen Land;
Gar selten fröhlich man da Siegmunden fand.

Da war ihrer mancher, der dreier Tage lang
Vor dem großen Leide nicht aß noch etwas trank.
Doch mochte der Leib nicht werden unterdrückt;
Sie lebten nach den Sorgen, wie man's noch oft erblickt.

18.

Abentheuer, wie Siegmund wieder zu seinem Lande fuhr.

Der Schwäher der Chriemhild ging, da er sie fand,
Er sprach zu der Königin: „wir sollen in unser Land;
Wir, wähn' ich, unliebe Gäste sind bei dem Rhein.
Chriemhild, gar liebe Frau, nun fahrt ihr zu dem Lande mein.

Da nun uns Untreue zu ledigen begann
Die in diesem Lande von eurem edelen Mann;
Das sollt ihr nicht entgelten, nur Treue ihr bei mir find't,
Um meines Sohnes Liebe und um sein edeles Kind.

Ihr sollt auch, Frau, alle die Gewalt haben,
Mit der euch eh' thät Siegfrid der kühne Degen begaben,
Das Land und auch die Krone, die sind euch unterthan,
Euch sollen gerne dienen alle Siegfrids Mann."

Da sagte man den Knechten, sie sollten reiten von dann;
Da ward ein großes Gehen nach den Rossen gethan.
Bei ihren starken Feinden war ihnen das Leben leid,
Frauen und Mägde hieß man suchen die Kleid.

Da der König Siegmund wollte reiten von dannen,
Da Chriemhild ihre Freunde zu bitten begannen,
Daß sie bei ihrer Mutter sollte verweilen sich.
Da sprach die Freuden-Arme: „Das könnte geh'n schwerlich;

Wie möchte ich den mit Augen immerfort ansehen,
Von dem mir armem Weibe solch Leiden ist geschehen?"
Da sprach der junge Giselher: „gar liebe Schwester mein,
Du sollst durch deine Treue hie bei deiner Mutter sein.

Die dir haben beschwert und betrübet deinen Muth,
Derer bedarfst du nicht zu Dienst; nun zere mein eigen Gut."
Sie sprach zu dem Recken: „wohl mag es nicht geschehen,
Vor Leide müßt' ich sterben, wenn ich Hagen sollte sehen." —

Da will ich dir wohl rathen, gar liebe Schwester mein,
Du sollst bei deinem Bruder Giselher sein;
Wohl will ich dir vergüten deines Mannes Tod."
Da sprach die Gottesarme: „das gereicht mir zu großer Noth."

Da es ihr der Junge so gütlich erbot,
Da begannen auch zu flehen Ute und Gernot
Und ihre getreue Verwandte, sie sollte nicht gehn von dannen,
Sie hätte wenig ihres Stamm's unter Siegfrids Mannen.

Sie sind euch alle fremde — so sprach Gernot —
Niemand lebt, so stark er will, er muß doch liegen todt;
Das bedenket, liebe Schwester, und tröstet euren Muth,
Bleibet bei den Freunden, es wird euch wahrlich gut."

Sie gelobte Giselher, sie wollte nicht von dann.
Die Roß vorgezogen waren für des Siegmund Mann,
Da sie wollten reiten zum Nibelungen Land,
Es war auch aufgeladen all' der Recken Gewand.

Da ging der Herr Siegmund in Chriemhildens Gemach:
„Des Siegfrid Mannen — er zu der Fraue sprach, —
Warten bei den Rossen, nun sollen wir reiten hin,
Denn ich sehr ungerne hie bei den Burgunden bin.“

Da sprach die Frau Chriemhild: „mir rathen Freunde mein,
Die mir sind getreu, ich soll hie bei ihnen sein,
Ich habe keinen Verwandten in Nibelungen Land.“
Leid war es Siegmunden, da er dies an Chriemhilden fand.

Da sprach der König Siegmund: „das laßt euch niemand sagen,
Vor allen meinen Verwandten sollt ihr die Krone tragen
Gar gewaltiglich, als gethan habt vormals ihr;
Ihr sollt es nicht entgelten, daß wir den Held verloren hier.

Und fahrt auch mit uns wieder um euer Kindelein,
Das sollt ihr, Fraue, nicht verwaiset lassen sein;
Wenn euer Sohn erwächs't, er tröstet wohl euch den Muth,
Dieweil soll euch dienen mancher Held kühn und gut.“

Sie sprach: „mein Herr Siegmund, fort mag ich reiten nie,
Was mir auch mag geschehen, ich muß bleiben hie
Bei meinen Verwandten, die mir helfen klagen.“
Da wollte diese Mähre den guten Recken nicht behagen.

Sie sprachen allzugleich: „so möchten wir wohl gestehen,
Das uns nun allererst wäre Leid geschehen;
Wolltet ihr bleiben bei unseren Feinden hie,
So ritten eine Hofreise noch Helden sorglicher nie.“ —

„Ihr sollt ohne Sorge Gott befohlen fahren,
Man giebt euch gut Geleite, ich heiß' euch wohl bewahren
Hin zu eurem Lande; mein liebes Kindelein,
Das soll auf eure Gnade, euch Recken, wohl befohlen sein.“

Da sie wohl vernahmen, daß sie nicht wollt' von dannen,
Da weinten alle gleich die Siegmunds Mannen.
Wie recht jämmerlich schied da Siegmund
Von Frau Chriemhilden. Da ward ihm Unmuth kund.

„O weh der Festlichkeit! — sprach der König hehr —
Es geschieht nach Kurzweil fürbaß nimmer mehr
Könige noch seinen Verwandten, als uns ist geschehen.
Man soll uns nimmermehr hie bei den Burgunden sehen.“

Da sprachen die Siegfrids Mannen öffentlich:
„Es möchte noch die Reise in dies Land begeben sich,
So wir den recht fänden, der uns den Herren schlug;
Sie haben durch seine Schuld starker Feinde genug.“

'r küſte Chriemhilden. Jammervoll ſprach er da,
'ls ſie bleiben wollte, und er das recht erſah:
„Nun reiten wir Freuden ohne heim in unſer Land;
'lle meine Sorgen werden nun erſt von mir erkannt.“

'ie ritten ohne Geleite von Worms an den Rhein,
'ie mochten wohl ihres Muthes gar ſicherlich ſein,
'b ſie in Feindſchaft würden angerannt,
'ann wollte ſich wohl wehren der kühnen Nibelungen Hand.

'ie begehrten Urlaub da von keinem Mann:
'ernot und Giſelher gehen ſah man
'i ihnen minniglich; ihr Schaden ſchmerzte ſie ſehr,
'as ließen wohl ſehen die Helden kühn und hehr.

'a ſprach züchtiglich der Fürſt Gernot:
„Gott weiß es wohl vom Himmel, an Siegfrids Tod
'ewann ich nie eine Schuld, ich hörte auch nie ſagen,
'er ihm hie Feind wäre; ich ſoll ihn billig beklagen.“

'a gab ihnen gut Geleit der junge Giſelher;
'us dem Lande brachte ohne Sorgen er
'en König und ſeine Recken heim zur Niederland',
'ar wenig der Verwandte man darin fröhlich fand!

'ie's ihnen weiter ging, das kann ich euch nicht ſagen.
'an hörte hier alle Zeit Chriemhilden klagen,
'aß ihr niemand tröſtete das Herz noch den Muth;
'ß that nur Giſelher, der war getreulich und auch gut.

'unhild die gar ſchöne mit Uebermuth ſaß.
'ie viel auch weinte Chriemhild, gleichgültig war ihr das.
'ie ward ihr in guten Treuen nimmer mehr bereit;
'auf that auch ihr Frau Chriemhild gar herzliches Leid.

19.

Abentheuer, wie der Nibelungen Schatz gen Worms kam.

'a die edle Chriemhild alſo verwittwet ward,
'ieb bei ihr im Lande der Graf Eckewart
'it ſeinen Mannen, der dient' ihr zu allen Tagen
'd half auch ſeiner Frau ſeinen Herren oft beklagen.

' Worms bei dem Münſter ein Haus man ihr macht',
'eit und erhaben, reich, groß und voll Pracht,
'a ſie mit ihrem Geſinde drin ohne Freude ſaß;
'e war zur Kirche gerne, mit großer Andacht that ſie das.

H

Da man begrub ihren Freund, ließ sie es selten, fürwahr, 442
Daß sie mit traurigem Muthe allezeit ging dar
Und bat Gott den guten seiner Seel' zu pflegen;
Gar oft ward beweinet mit großen Treuen der Degen.

Ute und ihr Hofgesinde sie tröst'ten zu aller Stund.
Da war ihr das Herz so gar gewaltig wund,
Es konnte nichts verfangen, was man ihr Trostes bot,
Sie hatte nach liebem Freunde stäts die allergrößte Noth,

Die nach liebem Manne jemals Weib gewann;
Man mocht' ihre große Tugend erkiesen wohl daran.
Sie klagte bis an ihr Ende, dieweil daß lebte ihr Leib;
Drauf roch sich wohl mit Gewalt des kühnen Siegfrid Weib.

So saß sie nach ihr'm Leide, das ist gewißlich wahr,
Nach ihres Mannes Tode, wohl vierthalb Jahr,
Daß sie zu Günthern niemals sprach ein Wort,
Und auch ihren Feind Hagen in der Zeit niemals sah dort.

Da sprach von Troneg Hagen: „möchte euch das gelingen,
Daß ihr eure Schwester könntet zur Freundschaft bringen,
So käme zu diesem Lande das Nibelungen Gold;
Dessen möchtet ihr viel gewinnen, würd' uns die Königin hold.“

Er sprach: „wir sollen's versuchen; meine Brüder steh'n ihr bei,
Die soll'n wir bitten zu werben, daß sie unser Freund sei;
Ob wir's von ihr gewinnen, daß sie es gerne sähe.“ —
„Ich traue 's nicht — sprach Hagen — daß es jemalen geschähe.“

Da hieß er Ortwein hin zu Hofe gehen
Und den Markgrafen Gere; da das war geschehen,
Auch Gernot und Giselher den jungen man bracht'.
Ein freundlicher Versuch ward drauf bei Chriemhilden gemacht.

Da sprach von Burgunden der edle Gernot:
„Frau, ihr beklaget zu lange des Siegfrid Tod;
Euch will der König beweisen, daß er ihn nicht hat erschlagen,
Man hört euch zu allen Zeiten so recht gewaltig klagen.“

Sie sprach: „dessen zeiht ihn niemand, ihn schlug des Hagen Hand,
Wo man ihn sollte treffen, da er's durch mich erkannt;
Wie mocht' ich daran glauben, daß er ihm trüge Haß?
Ich hätte ihn — sprach die Königin — wohl behütet bas,

Daß ich nicht hätte verrathen seinen schönen Leib;
So ließ' ich nun mein Weinen, ich gar armes Weib;
Hold werd' ich ihnen nimmer, die es da haben gethan.“
Da begann zu flehen Giselher, der gar waidliche Mann. —

Ich will den König grüßen." Als sie ihm das versprach, da
Mit seinen besten Freunden man ihn vor ihr sah;
Da durfte nur Hagen vor sie nicht gehen.
Wohl wußt' er seine Schuld, durch ihn war ihr Leid geschehen.

Da sie vergessen wollte auf Günthern ihren Haß,
Durft' er sie küssen auch, es ziemt' ihm desto bas.
Wär' ihr von seinem Rathe nicht Leid geschehen,
So möcht' er dreisies Muthes wohl oft zu ihr gehen.

s ward nie Sühne mit so viel Thränen mehr
Geschlossen unter Freunden, sie schmerzt' ihr Schaden sehr.
Sie verzieh es allen, außer dem einen Mann;
hn hätte erschlagen niemand, hätte es Hagen nicht gethan.

Darnach nicht unlange da stelleten sie das an,
Daß Chriemhild den großen Schatz zu sich gewann
Von Nibelungen Lande und führt' ihn an den Rhein.
s war ihre Morgengabe, er sollt' ihr billiglich sein.

Darnach fuhr da Giselher und auch Gernot
Mit achtzig hundert Mannen. Chriemhild da gebot,
Daß sie ihn hehlen sollten, da er lag verborgen,
Wo für ihn Alberich mit seinen besten Freunden mußt' sorgen.

ls man die vom Rheine nach dem Schatze kommen sah,
lberich der gar kühne zu seinen Freunden sprach da:
Wir dürfen ihr den Schatz vorenthalten nicht,
Da ihn als Morgengabe die edle Königin anspricht.

Das möchte wohl nimmer — sprach Alberich — sein,
Wenn wir nicht gar übel hätten gebüßet ein
Den guten Nebelhut mit Siegfrid zumal,
Denn den trug alle Zeit der schönen Chriemhilde Gemal.

Nun ist es Siegfrid leider übel bekommen,
Daß uns die Nebelkappe der Held hatte genommen,
nd daß ihm mußte dienen alles dieses Land."
Da ging der Kämmerer, da er des Schatzes Schlüssel fand.

s standen vor dem Berge der Chriemhilde Mannen
nd auch ein Theil Verwandte; den Schatz sie trugen von dannen
u der wilden See auf die guten Schiflein;
Den führte man auf Wellen hinauf in dem Rhein.

Nun möget ihr von dem Schatze Wunder hören sagen:
Was zwölf ganzer Wagen immer nur mochten tragen
Von dem Berge fort in vier Nächten und Tagen,
uch mußte des Tages drei Stund gehen jeglicher Wagen.

Es war auch nichts anders, denn Gestein und Gold;
Und wenn man alle die Welt damit hätte besold't,
Sein wäre doch nicht minder nur einer Mark werth.
Wohl hatte ihn ohne Ursach Hagen gar nicht begehrt.

Es lag darunter von Golde ein Wünschelrüthelein;
Der das hätt' erkundet, der möchte Meister sein
Wohl in alle der Welt über jeglichen Mann.
Der Alberichs Verwandten gingen viel' mit Gernot von dann.

Da sie den Schatz behielten in Günthers Land
Und sich die Königin des allen unterwand,
Wurden Kammern und Thürme davon voll getragen.
Man hörte nie solch Wunder von Gütern mehr sagen.

Und wäre dessen noch tausendmal mehr gewesen,
Und hätte Herr Siegfrid dadurch können genesen,
Bei ihm wäre Chriemhild ohne alles geblieben.
Nie fand ein Held mehr treueres Weibes Lieben.

Da sie den Schatz nun hatte, da brachte sie in das Land
Viel unbekannte Recken; wohl gab der Frauen Hand,
Daß man so großer Milde nirgend mehr fand;
Sie pflag gar großer Tugend, das man der Königin zugestand.

Den Armen und den Reichen begann sie nun zu geben,
Daß da redete Hagen: wenn sie sollte leben
Noch eine Weile, daß sie so manchen Mann
In ihren Dienst gewänn', daß es zu Leid ihnen wär' gethan.

Da sprach der König Günther: „ihr gehört Leib und Gut;
Wie soll ich das wenden, was sie damit hier thut?
Wohl erwarb ich das nur kaum, daß sie mir ward hold;
Nicht sorg' ich, wohin sie theile ihre Stein' und ihr rothes Gold."

Hagen sprach zu dem Könige: „es sollt' ein frommer Mann
Nie einem Weibe solchen Schatz vertrauen an;
Sie bringt es mit Gabe noch bis auf den Tag,
Der wohl den Kühnen von Burgunden Reue bringen mag."

Da sprach der König Günther: „ich schwur ihr einen Eid,
Daß ich ihr thäte nimmer mehr ein Leid,
Und will dessen fürbas hüten; sie ist die Schwester mein."
Da sprach wieder Hagen: „laßt mich den Schuldigen sein."

Alle ihre Eide hatten sie vergessen;
Da nahmen sie der Wittwe den Schatz ungemessen.
Hagen sich aller der Schlüssel unterwand;
Drob zürnte ihr Bruder Gernot, da er das recht erkannt'.

Da sprach der Herr Giselher: „durch Hagen ist gescheh'n
Viel Leid meiner Schwester, ich sollt' ihm widersteh'n;
Und wär' er nicht mein Verwandte, es ging' ihm an Leben und Leib."
Ein neues Weinen begann da des Siegfrid Weib.

Da sprach der Herr Gernot: „eh' daß wir immer mögen sein
Bemüht mit diesem Golde, wir sollten's in den Rhein
Alles heißen senken, daß es würd an niemand."
Sie ging gar kläglich dahin, wo Giselher ihr Bruder stand.

Sie sprach: „viel lieber Bruder, du sollt gedenken mein,
Leibes und Gutes sollst du mein Vogt sein."
Da sprach er zu der Frau: „das soll sein gethan,
Sobald wir nur kommen wieder; wir wollen reiten von dann."

Der König und seine Verwandte die räumten das Land,
Die allerbesten darunter, die man irgend fand,
Nur Hagen allein, der blieb da durch Haß,
Den er trug zu Chriemhild und that gar schädlich das.

Eh' daß der reiche König wieder war gekommen,
Dieweil hatte Hagen den Schatz ganz und gar genommen,
Er senkte ihn da nieder vollständig in den Rhein;
Er wähnt, er wollt' ihn genießen, das konnte doch nicht sein.

Die Fürsten kamen wieder, mit ihnen gar mancher Mann;
Chriemhild ihren Schaden groß zu klagen da begann,
Mit Mägden und mit Frauen; ihnen war sehr leid;
Gerne wär' ihr Giselher in allen Treuen bereit.

Da sprachen sie allgemein; „er hat gar übel gethan."
Er entwich der Fürsten Zorne also lang' von dann,
Bis er gewann ihre Huld, seine Strafe war nur klein.
Da konnte ihm Chriemhild niemals feindlicher sein.

Eh' daß von Troneg Hagen den Schatz also verbarg,
Da hatten sie's befestigt mit Eiden also stark,
Daß er verhohlen bliebe, so lang ihr einer möcht' leben,
So konnten sie sich nichts selbst noch andern etwas geben.

Mit wieder neuen Leiden beschweret war ihr Muth,
Um ihres Mannes Ende, und da sie ihr das Gut
Also ganz benahmen; da ruht' sie ihre Klage
Im Leben nimmermehr, bis zu ihrem letzten Tage.

Nach Siegfrids Tode, das ist gewißlich wahr,
Wohnte sie mit manchem Leide wohl dreizehen Jahr,
Daß sie des Recken Tod vergessen konnte nie.
Sie liebte ihn mit Treue; drob preißt die meiste Menge sie.

20.
Abentheuer, wie König Etzel um Chriemhilden warb.

Es geschah zu einer Zeit, da Frau Helke starb,
Daß der König Etzel um eine and're Fraue warb.
Da riethen ihm seine Freunde, in der Burgundenland,
Zu einer stolzen Wittwe, die war Frau Chriemhild genannt.

Da nun erstorben wär' der schönen Helke Leib,
Sprachen sie: „wollt ihr immer gewinnen edel Weib,
Das höchste und das beste, das König je gewann,
So nehmet diese Frau; der starke Siegfrid war ihr Mann.“

Da sprach der reiche König: „wie gelangt' ich dahin,
Da ich bin ein Heide und getauft nicht bin?
Die Frau ist eine Christin; drum verlobt sie sich nicht mir;
Es müßte sein ein Wunder, säh' ich sie jemals hier.“

Da sprachen wieder die Schnellen: „vielleicht sie es thut
Um euren hohen Namen und euer großes Gut.
Man soll es doch versuchen bei dem gar edlen Weib;
Ihr möget wohl gerne minnen ihren so herlichen Leib.“

Da sprach der edle König: „wem sind nun bekannt
Unter euch am Rheine die Leute und auch das Land?“
Da sprach von Bechelaren der Markgraf Rüdiger:
„Mir sind bekannt von Kindheit die Könige gar edel und hehr,

Günther und auch Gernot, die edelen Ritter gut,
Der dritte heißet Giselher; ihr jeglicher thut,
Was er bester Ehren und Tugenden mag begehen,
Auch ist von ihr'n alten Ahnen dasselbe immer geschehen.“

Da sprach wieder Etzel: „Freund, du sollst mir sagen,
Ob sie in meinem Lande wohl Krone sollte tragen?
Und ob, wie mir ist gesagt, ihr Leib so voller Schönheit;
Meinen besten Freunden sollt' es nimmer werden Leid.“ —

„Sie gleicht sich mit Schönheit wohl der Frau die du verloren,
Helke, der gar reichen; wohl möcht' nicht sein geboren,
In dieser Welt schöner eines Königes Weib.
Wem sie sich verlobt zum Freund, der mag wohl trösten seinen Leib.“

Er sprach: „so wirb es, Rüdiger, so fern ich lieb dir sei;
Und soll ich Chriemhilden jemals liegen bei,
Das will ich dir belohnen, so ich zum besten kann,
Du hast dann meinen Willen so recht vollkommen gethan.

Aus meiner Kammer heiße ich dir geben,
Daß du und deine Gesellen fröhlich mögen leben,
Von Rossen und von Kleidern sei euch nach Willen geschafft,
Ich heiße deren euch bereiten gar viel zu der Botschaft."

Drauf antwortete der reiche Markgraf Rüdiger:
„Begehrt' ich deines Gutes, unlöblich das wär';
Ich will dein Bote gerne seien an den Rhein,
Mit meinem eignen Gute, das ich hab' von den Händen dein."

Da sprach der reiche König: „nun, wann wollt ihr fahren
Nach der Minniglichen? Gott soll euch bewahren
Auf der Reise an allen Ehren und auch die Fraue mein;
Das helfe mir Glück, daß sie uns gnädig müsse sein."

Da sprach wieder Rüdiger: „eh' wir räumen das Land,
Müssen wir eh' bereiten Waffen und auch Gewand,
Also, daß wir dadurch Ehre vor Fürsten gewinnen,
Ich will zu dem Rheine führen fünfhundert Mann von hinnen.

Wo man zu Burgunden mich und sie bekommt zu seh'n,
Daß ihr jeglicher dann gar wohl mag gesteh'n,
Daß nie irgend ein König also manchen Mann
So ferne besser gesandt, denn du zu dem Rhein hast gethan.

Und wenn du's darum nicht lassen willst, edler König,
Sie war dem besten Manne, Siegfriden, unterthänig,
Dem Siegmunds Kinde, den hast du hie gesehen;
Man mocht' ihm große Ehre mit rechter Wahrheit zugestehen."

Da sprach der König Etzel: „war sie des Recken Weib,
So war wohl also theuer des edelen Fürsten Leib,
Daß ich nicht verschmähen die Königin je soll.
Um ihre gar große Schönheit gefällt sie mir so wol."

Da sprach der Markgraf: „so will ich euch das sagen,
Daß wir uns heben von hinnen in vier und zwanzig Tagen;
Ich entbiet' es Gotelinden, der lieben Fraue mein,
Daß ich nach Chriemhilde selber Bote wolle sein."

Hin zu Bechelaren da sandte Rüdiger;
Da ward die Markgräfin vergnügt und traurig sehr,
Er entbot ihr, daß er wollte dem König werben ein Weib;
Sie gedachte minniglichen an der schönen Helke Leib.

Da die Markgräfin die Botschaft vernahm,
War es ihr leid ein Theil, das Weinen ihr ankam,
Ob sie gewinnen sollt' eine Frau so wie eh'?
So sie gedacht' an Helke, das that ihr inniglichen weh.

Von Ungern ritt in sieben Tagen Rüdiger;
Drob war der König Etzel fröhlich gar sehr.
In der Stadt zu Wien die Gewande bereitet waren,
Da mochte er seine Reise nicht länger mehr aufsparen.

Da zu Bechelaren erwartet' ihn Gotelind;
Und die junge Markgräfin, Rüdigers Kind,
Sah ihr Vater gerne und auch seine Mann,
Da ward ein liebes Harren von schönen Frauen gethan.

Eh' daß der edle Rüdiger gen Bechelaren ritt,
Aus der Stadt zu Wien, da waren ihnen die Kleid' mit
Recht vollkommenlich auf den Säumern gekommen.
Sie fuhren in der Art, daß ihnen ward wenig genommen.

Da sie zu Bechelaren kamen in die Stadt,
Seine Reisegesellen zu beherbergen hat
Der Wirth gar minniglichen, und schafft' ihnen gut Gemach da.
Gotelinde die reiche der Wirth sehr gerne kommen sah.

Also seine liebe Tochter, die junge Markgräfin, auch that,
Die durch sein Kommen viel große Freude hatt'.
Die Helden aus Hunnenland, wie gerne sie die sah!
Mit lachendem Munde die edele Jungfrau sprach da:

„Nun sei mit Gott willkommen, mein Vater und seine Mann."
Da ward ein schönes Danken mit Fleiße dort gethan
Der jungen Markgräfin von edelen Rittern gut.
Gar wohl wußte Gotlind des Herren Rüdiger Muth.

Da sie des Nachts nahe bei Rüdiger lag,
Da fragte gütlich die Markgräfin darnach,
Wohin ihn hätte gesendet der König von Hunnenland?
Er sprach: „meine Frau Gotlind, ich mach's euch gerne bekannt.

Wohl soll ich meinem Herren werben ein ander Weib,
Seit daß ist erstorben der schönen Helke Leib;
Ich will nach Chriemhilde reiten an den Rhein,
Die soll hie zu den Hunnen gewaltige Königin sein." —

„Das wollte Gott — sprach Gotlind — und möchte das geschehen,
Da wir ihr so manche Ehren hören zugestehen;
Sie ersetzt uns meine Frau noch leicht in alten Tagen,
Wohl möchten wir sie gern bei den Hunnen Krone lassen tragen."

Da sprach der Markgraf Rüdiger: „Traute mein,
Die mit mir sollen reiten von hinnen an den Rhein,
Denen sollt ihr minniglich bieten euer Gut;
Wenn Helden fahren reich, so sind sie voll hohen Muth."

ie sprach: „es ist nicht einer, (der es gerne von mir nimmt),
em ich nicht jeglich gebe, was ihm wohl geziemt,
h' daß ihr von hier scheidet und auch eure Mann."
a sprach der Markgraf: „das ist mir lieb gethan."

ei! was man reicher Zeuge von ihrer Kammer trug!
erer ward den edlen Recken zu Theile da genug
ereichet fleißiglich, vom Hals bis auf die Sporen;
ie ihm dazu gefielen, die hatt' sich Rüdiger erkoren.

n dem siebenten Morgen von Bechelaren reit't
er Wirth mit seinen Recken; Waffen und Kleid
ührten sie genug durch der Baiern Land;
ie wurden auf der Straße um Raub selten angerannt.

nnerhalb zwölf Tagen kamen sie an den Rhein;
a konnte diese Mähre nicht verborgen sein,
Man sagte es dem Könige und auch an seine Mann:
Da kommen fremde Gäste." Der Wirth zu fragen begann;

Ob jemand sie erkannte? daß man's ihm sollte sagen.
Man sah ihre Saumrosse gar schwer tragen,
Daß sie gar reich waren, das ward da wohl erkannt;
Man schaft' ihnen Herberge in der weiten Stadt zuhand.

Da die gar Unbekannten waren dar gekommen,
Da ward derselben Herren wohl wahrgenommen;
Sie wunderte, von wo fuhren die Recken an den Rhein;
Der Wirth nach Hagen hin sandte, ob sie ihm kenntlich möchten sein?

„Ich hab' sie noch nicht geseh'n, — sprach der Held Hagen —
Wenn wir sie nun erschauen, so kann ich euch wohl sagen,
Von wannen sie euch ritten hieher in diese Land',
Sie mögen sein sehr fremd', mir sind sie sogleich bekannt."

Den Gästen Herbergen waren nun genommen.
In gar reichen Kleidern war der Bote kommen
Und seine Heergesellen; zu Hofe sie da ritten,
Sie führten gute Kleider, die waren gar zierlich geschnitten.

Da sprach der schnelle Hagen: „so viel ich kann verstehen, —
Denn ich den Herren lange nicht habe gesehen, —
Fahren sie wohl dem gleich, als sei es Rüdiger,
Von Hunnischen Landen, der Degen kühn und hehr." —

„Wie soll ich das glauben — sprach der König zuhand —
Daß der von Bechelaren sei kommen in mein Land?"
Also der König Günther seine Rede sprach da,
Hagen der gar kühne den milden Markgrafen sah.

Er und seine Freunde, sie alle zu ihm gingen;
Da sah man von den Rossen fünfhundert Ritter springen,
Es wurden wohl empfangen die von Hunnen Land;
Niemals trugen Boten also herlich Gewand.

Da sprach überlaut von Troneg Herr Hagen:
„Willkommen mit Gott euch kühnen Degen wir sagen,
Euch Vogt von Bechelaren und allen euren Mannen."
Einen ehrenvollen Empfang die schnellen Hunnen gewannen.

Des Königes nächste Freunde die gingen, da man sie sah.
Ortwein von Metz zu Rüdiger sprach da:
„Wir haben in langer Zeit niemals je gesehen
Gäste also gerne, das muß ich euch wahrlich gestehen."

Ueber den Gruß sich bedankten die Recken überall;
Mit dem Heergesinde gingen sie in den Saal,
Da sie den König fanden bei manchem kühnen Mann.
Der Herr stand vom Sitze, das war durch große Höflichkeit gethan.

Wie recht züchtiglich er zu den Boten ging!
Günther und auch Gernot recht minniglich empfing
Den Gast mit seinen Mannen, als ihm das wohl zukam;
Den guten Rüdiger bei seiner Hand er nahm.

Er bracht' ihn zu dem Sitze, da er vorher selber saß;
Den Gästen hieß er schenken, — gar gerne that man das, —
Den sehr guten Meth und den besten Wein,
Den man konnte finden in dem Lande allum den Rhein.

Giselher und Gere die waren beide kommen,
Dankwart und Volker die hatten bald vernommen,
Von diesen Gästen, sie waren frohgemut;
Sie empfingen vor dem Könige die Ritter edel und gut.

Da sprach zu seinem Herren Hagen von Troneg:
„Es sollten für das dienen die Degen immerweg,
Was uns der Markgraf zu Liebe hat gethan;
Darum sollt' Lohn empfangen der schönen Gotelinde Mann."

Da sprach der König Günther: „ich kann nicht lassen das Fragen;
Wie sich befinden beide, das sollt ihr mir sagen,
Etzel und Helke aus der Hunnen Land."
Da sprach der Markgraf: „das mach' ich euch gar wohl bekannt."

Auf stand er von dem Sitze und alle seine Mann,
Er sprach zu dem Könige: „da das soll sein gethan,
Das ihr mir, Fürst, erlaubet, will ich nichts heimlich tragen,
Die Mähre, die ich bringe, soll ich euch williglich sagen."

Er sprach: „was man uns Mähre durch euch entboten hat,
Die erlaub' ich euch zu sagen, ohn' der Freunde weiterm Rath.
Ihr sollt sie mich und meine Mannen lassen hören;
Denn Ehre hie zu erwerben will ich euch nicht stören."

Da sprach der biderbe Bote: „euch entbietet an den Rhein
Getreulichen Dienst der große Vogt mein,
Dazu allen Freunden, die ihr mögt um euch sehen;
Auch ist diese Botschaft mit großen Treuen geschehen.

Euch bat der edele König zu klagen seine Noth;
Sein Volk ist ohne Freude, meine Gebieterin ist todt,
Helke, die gar reiche, meines Herren Weib;
Durch sie ist nun verwaiset gar mancher Jungfraue Leib,

Die sie erzogen hat, der edelen Fürsten Kind',
Davon die ganzen Lande in großem Jammer sind,
Die haben nun leider niemand, der sie mit Treuen mag pflegen;
Drob, wähn' ich, sich gar selten des Königes Sorgen legen." —

„Nun lohn' ihm Gott — sprach Günther — daß er den Dienst sein
So williglich anbietet mir und den Freunden mein;
Sein Gruß mir gerne hier durch euch ward bekannt;
Drum sollen ihm dienen beide, meine Mannen und die mir verwandt."

Da sprach von Burgunden der Recke Gernot:
„Die Welt mag immer bereuen der schönen Helke Tod,
Um ihre gar manche Tugend, die sie da konnte pflegen."
Die Rede bestätigte Hagen, dazu gar mancher andere Degen.

Da sprach wieder Rüdiger, der Bote edel und hehr:
„Da ihr mir es, König, erlaubt, soll ich euch sagen mehr,
Was euch mein lieber Herr hat entboten durch mich,
Da ihm seine Gedanken nach Helke stehen so recht kümmerlich.

Man sagte meinem Herren, Frau Chriemhild sei ohne Mann,
Herr Siegfrid sei erstorben; ist das nun so gethan
Und wollt ihr ihr das gönnen, so soll sie Krone tragen
Vor Etzels Recken; das hieß ihr mein Herr sagen."

Da sprach der reiche König, wohlgezogen war sein Muth:
„Sie gehorchet meinem Willen, wenn sie es gerne thut;
Den will ich euch künden in diesen dreien Tagen;
Wenn ich ihr'n Willen finde, wie sollt' ich's Etzeln versagen?"

Dieweil' man den Gästen hieß schaffen gut Gemach;
Ihnen ward da so gedienet, daß Rüdiger sprach:
Daß er hätte Freunde unter Günthers Mann;
Hagen ihm diente gerne; er hatt' ihm sonst eben so gethan.

Also blieb da Rüdiger bis an den dritten Tag.
Der König nach Freunden sandte; viel Rathes er da pflag,
Und ob es seinen Verwandten däuchte gut gethan,
Daß Chriemhild sollte nehmen den König Etzel zu einem Mann?

Sie riethen es allgemein, nur nicht Hagen.
Der begann zu Günther, dem kühnen Degen, zu sagen:
„Habt ihr guten Sinn, so seid wohl auf der Hut,
Wenn sie auch folgen wollte, daß ihr's doch nimmer thut." —

„Warum — sprach da Günther — sollt' es nicht sein gewährt?
Wenn der Königin noch Liebes wiederfährt,
Das soll ich ihr wohl gönnen, denn sie ist die Schwester mein;
Wir sollten selbst drum werben, wenn es ihr zur Ehre möcht sein."

Da sprach wieder Hagen: „nun laßt von der Rede ab;
Hätt't ihr von Etzel Kunde, als ich von ihm Kunde hab',
Soll sie ihn dann minnen, als ich euch höre gestehen,
So muß man euch allererst mit Recht in Sorgen sehen." —

„Warum? — sprach da Günther — ich kann das wohl bewahren,
Daß ich ihm so nahe nimmermehr soll fahren,
Daß ich ihn nicht fürchte und würde sie sein Weib."
Da sprach wieder Hagen: „das rath' ich nimmer, bei meinem Leib!"

Man hieß nach Gernot gehen und auch Giselhern;
Ob 's däuchte gut gethan den beiden Herrn,
Daß Chriemhild sollte nehmen den König reich und hehr?
Noch widerrieth es Hagen und auch anders niemand mehr.

Da sprach von Burgunden Giselher der Degen:
„Nun möget ihr, Freund Hagen, noch der Treue pflegen,
Vergütet ihr das Leid, das ihr durch euch ist geschehen.
Wenn ihr was wohl gefiele, daß solltet ihr lassen ergehen.

Wohl habt ihr meiner Schwester gethan so manches Leid," —
So sprach wieder Giselher, der Recke, voll Zierlichkeit —
Daß sie das thäte mit recht, daß sie euch wäre gram.
Niemand noch einer Frau Freude mehr benahm." —

„Daß ich das wohl erkenne, daß mach' ich euch kund
Und soll sie nehmen Etzel, und erlebet sie die Stund',
Sie thut uns noch viel Leid, wie sie 's auch stellet an;
Wohl wird ihr da dienend gar mancher waidlicher Mann." —

Drauf antwortete Hagen der kühne Gernot:
„Es mag also bleiben bis an ihrer beider Tod,
Daß wir nimmer kommen in des Etzel Land.
Wir soll'n ihr sein getreu, dazu die Ehre uns mahnt."

Da sprach wieder Hagen: „mir mag das niemand sagen.
Und soll die edle Chriemhild der Helke Krone tragen,
Sie thut uns wohl viel Leid, wie sie auch füget das.
Ihr sollt es lassen bleiben, das ziemte euch Recken wohl baß."

Mit Zorne sprach da Giselher, der Sohn der schönen Ute:
Wir sollen doch nicht alle thun mit verräth'rischem Muthe;
Wenn Ehre ihr geschieht, froh sollen wir dessen sein.
Was ihr auch redet, Hagen, ich dien' ihr durch die Treue mein."

Da das erhörte Hagen, da ward' er voll Unmuth.
Giselher und Gernot die stolzen Ritter gut
Und Günther der reiche zuletzt riethen das:
Wenn es wünschte Chriemhild, sie wollten's zulassen ohne Haß.

Da sprach der Fürst Gere: „ich will's der Frau sagen,
Daß sie sich den König Etzel lasse wohl behagen;
Dem gehört so mancher Recke mit Furcht als Unterthan an;
Er mag sie noch ergötzen, was sie Leides je gewann."

Da ging der schnelle Recke, da er Chriemhilden sah;
Sie empfing ihn gütlich, gar bald sprach er da:
Ihr mögt mich gerne grüßen und geben Botenbrod,
Euch will das Glück scheiden gar bald aus aller eurer Noth.

Es hat, euch zur Minne, Frau, daher gesandt
Einer der allerbesten, der je Königes Land
Gewann mit vollen Ehren, oder Krone sollte tragen;
Es werben edele Ritter; das hieß euch euer Bruder sagen."

Da sprach die Jammersreiche: „euch soll verbieten Gott,
Und allen meinen Freunden, daß sie machen keinen Spott
Aus mir armem Weibe; was sollt' ich einem Mann,
Der je herzliche Lieb' von guten Weiben gewann?"

Sie wiederredt' es sehr. Da kamen darauf her
Gernot ihr Bruder und der junge Giselher,
Sie baten sie minniglich und trösteten ihr den Muth:
Wenn sie den König nähme, das wär' ihr wahrlich gut.

Ueberwinden konnte niemand da das gar edle Weib,
Daß sie minnen wollte noch eines Mannes Leib;
Da baten sie die Degen: „nun lasset doch geschehen,
Wenn ihr anders nicht wollet, daß ihr den Boten geruht zu sehen."

„Das will ich nicht versagen — so sprach das edele Weib —
Ich sehe gar gerne des Herren Rüdiger Leib,
Um seine viele Tugend; und wär' er nicht gesandt,
Wenn's and'rer Bote wäre, dem wär' ich immer unbekannt.

Sie sprach: „ihr sollt ihn morgen heißen herkommen
Zu meiner Kammer, er soll bald haben vernommen
Vollkommen meinen Willen, den soll ich ihm selber sagen.“
Ihr ward von erst erneuet ihr gar gewaltiges Klagen.

Da begehrte auch nichts anders der edle Rüdiger,
Als daß er ersähe die Königin so hehr;
Wenn es je könnte geschehen, so weise er sich wußte,
Daß sie sich von ihm gerne überreden lassen mußte.

Des andern Morgens früh, da man die Messe sang,
Die edlen Boten kamen; es ward da großer Gedrang.
Die mit Rüdigern zu Hofe wollten gehen,
Der'n konnte man da gekleidet manchen herlichen Mann sehen.

Chriemhilden der gar Hehren traurig war zumuth';
Sie wartete auf Rüdiger, den Boten edel und gut,
Der fand sie in dem Gewande, das sie alle Tage trug;
Dabei trug ihr Gesinde reicher Kleider genug.

Sie ging ihm bis zu der Thür' entgegen
Und empfing gar gütlich des Königs Etzel Degen.
Nur selb zwölfster er zu ihr ging darin;
Man bot ihm große Dienste; es kamen höh're Boten nie hin.

Man hieß den Herren sitzen und auch seine Mann;
Die zween Markgrafen sah vor ihr stehen man,
Eckewart und Gere, die Ritter edel und gut;
Der Hausfrau wegen sah'n sie da niemand wohlgemut.

Sie sahen vor ihr sitzen manch schönes Weib.
Da ergab sich nur dem Jammer der Chriemhilde Leib,
Ihr Gewand war vor den Brüsten von herzlichen Thränen naß;
Der edele Markgraf wohl sah an Chriemhilden das.

Da sprach der hehre Bote: „gar edeles Königs Kind,
Mir und meinen Gesellen, die mit mir kommen sind,
Sollt ihr das erlauben, daß wir vor euch stehen
Und sagen euch die Mähre, warum wir hier zu sehen.“ —

„Nun sei euch erlaubet — so sprach die Königin —
Was ihr reden wollet, also steht mir mein Sinn,
Daß ich es gerne höre; ihr seid ein Bote gut.“
Die anderen da wohl hörten ihren unwilligen Muth.

Da sprach von Bechelaren der Fürst Rüdiger:
„Mit Treuen große Liebe Etzel, ein König hehr,
Hat euch entboten, Frau, her in diese Land';
Er hat nach eurer Minne viel gute Recken her gesandt.

Er entbietet euch minnigliche Liebe ohne Leid,
Zu stäter Freundschaft ist er euch bereit,
Wie er sonst that Frau Helken, die ihm am Herzen lag.
Wohl hat er nach ihrer Tugend gar oft unfröhlichen Tag."

Da sprach die Königin: „Markgraf Rüdiger,
Wär' jemand der erkannte meines Herzens Beschwer,
Der bäte mich nicht zu minnen noch einen Mann;
Wohl verlor ich einen der Besten, den eine Frau je gewann." —

„Was mag nach Leid wohl trösten — sprach der kühne Mann —
Denn freundliche Liebe? Wer die erzeigen kann,
Und sich dann einen kieset, der ihm zu Herzen kommt,
Vor herzlichem Leide nichts so gar mächtiglich frommt.

Und geruhet ihr zu minnen den edelen Herren mein,
Zwölf reicher Könige sollt ihr gewaltig sein;
Dazu giebt euch mein Herr wohl dreißig Fürsten Land,
Die alle hat bezwungen seine gar tapfere Hand.

Ihr sollt auch werden Frau über manchen werthen Mann,
Die meiner Frau Helke eh' waren unterthan
Und über manche Frau, der'n sie hatte Gewalt,
Von hoher Fürsten Stamme; — sprach der kühne Degen alsbald. —

Dazu giebt euch mein Herr, das heißet er euch sagen,
Wenn ihr geruhet Krone bei dem König zu tragen,
Die allerhöchste Gewalt, die Helke je gewann,
Die sollt ihr gewaltiglichen haben über Etzels Mann."

Da sprach die Königin: „wie möchte meinen Leib
Jemals das gelüsten, daß ich würd' eines Helden Weib?
Mir ist durch den Tod an einem so recht Leid geschehen,
Daß ich bis an mein Ende muß stets unfröhlich stehen."

Da sprachen wieder die Hunnen: „reiche Königin,
Euer Leben fließt bei Etzel so recht löblich hin,
Daß es euch immer freut, ist's, daß es euch gefällt.
Denn bei dem reichen König ist mancher zierliche Held.

Helkens Jungfrauen und eure Mägdelein,
Sollten die bei einander ein Hofgesinde sein,
Dabei möchten Recken werden hochgemut,
Laßt es euch, Frau, rathen, es kommt euch wahrlich zu gut."

Sie sprach in ihren Züchten: „nun laßt die Rede steh'n
Bis morgen früh, dann sollt ihr her geh'n,
Ich will euch antworten, wie's euch verlangen thut."
Dem mußten da folgen die Recken kühn und auch gut.

Da sie zu den Herbergen alle von dann gingen,
Da hieß die edele Frau Giselhern zu sich bringen,
Auch schickt sie nach ihrer Mutter: den beiden sagte sie das,
Daß ihr gezieme Weinen und nichts anders bas.

Da sprach ihr Bruder Giselher: „Schwester, mir ist gesagt,
Und will's auch wohl glauben, daß alles, was du geklagt,
Der König Etzel wendet, nimmst du ihn zu einem Mann;
Was auch ein anderer rathe, mich dünket es gut gethan."

„Er mag dich wohl trösten — sprach wieder Giselher —
Von dem Rhodan zu dem Rheine, von der Elb' bis an das Meer,
Ist irgend ein König so gewaltig nicht:
Du magst dich freuen sehr, da er dich zur Frau anspricht."

Sie sprach: „mein lieber Bruder, wie räthst du mir das?
Klagen und Weinen mir immer ziemen bas;
Wie sollte ich vor Recken da zu Hofe gehen?
War mein Leib je schön, das ist nicht mehr zu sehen."

Da sprach die Frau Ute ihrer lieben Tochter zu:
„Was deine Brüder rathen, liebes Kind, das thu.
Folge deinen Freunden, so mag dir wohl geschehen,
Ich hab' dich allzulange in großem Jammer gesehen."

Da bat sie Gott gar oft, zu fügen ihr die Freud',
Daß sie zu geben hätte Silber, Gold und Kleid',
Wie ehe bei ihrem Manne, da er noch war gesund.
Sie erlebte doch nimmermehr seitdem so fröhliche Stund'.

Sie gedacht in ihren Sinnen: und soll ich meinen Leib
Geben einem Heiden? ich bin ein Christen-Weib,
Drob müßt' ich in der Welt haben Schande immer;
Giebt er mir alle Reiche, ich thue es doch nimmer.

Damit ließ sie es bleiben. Die Nacht bis an den Tag
Die Frau in ihrem Bette mit vielen Gedanken lag;
Ihre gar lichten Augen die trockneten ihr nie,
Bis daß sie wieder zur Mette ging am Morgen früh.

Zu rechter Zeit der Messe die Könige waren kommen.
Sie hatten wieder ihre Schwester bei ihren Händen genommen,
Wohl riethen sie ihr zu minnen den König von Hunnenland;
Die Frau ihrer keiner ein wenig fröhlicher fand.

Da hieß man zu ihr bringen des Etzel Mannen,
Die nun mit Urlaub gerne wären von dannen,
Geworben oder geschieden, wie es da möchte sein.
Zu Hofe kam da Rüdiger; die Helden red'ten allgemein:

Daß man recht erführ' des edlen Fürsten Verlangen,
Und thät' das bei Zeit, das däucht' alle gut begangen;
Ihre Wege wären ferne wieder in ihr Land:
Man brachte Rüdigern, da man Chriemhilden fand.

Gar minniglich zu bitten der Recke da begann
Die edele Königin, sie möcht' ihnen geben an,
Was sie entbieten wollte in Etzels Land.
Er wahrlich an ihr nichts anders als Verweigern fand,

Daß sie nimmer minnen wollte mehr irgend einen Mann.
Da sprach der Markgraf: „das wäre unrecht gethan;
Wie was wollt ihr verderben einen also schönen Leib?
Ihr möget noch mit Ehren werden gutes Mannes Weib."

Nichts half es, daß sie baten, bis daß Rüdiger
Sprach heimlicherweise zu der Königin hehr,
Er wollte ihr vergüten, was ihr je geschah;
Ein Theil begann sanft zu werden ihr großes Ungemach da.

Er sprach zu der Königin: „laßt euer Weinen sein;
Ob ihr bei den Hunnen hättet niemand, denn mich allein,
Meine getreuen Freunde und auch meine Mann;
Er muß es sehr entgelten, hätte euch jemand was gethan."

Davon ward geringert wohl der Frauen Unmuth;
Sie sprach: „so schwört mir Eide, was mir auch jemand thut,
Daß ihr seid der nächste, der büßet mir meine Leid."
Da sprach der Markgraf: „dazu bin ich euch, Frau, gern bereit."

Mit allen seinen Mannen schwur ihr da Rüdiger,
Mit Treuen immer zu dienen und daß die Recken hehr
Ihr nimmer nichts versageten aus Etzels Land,
Was sie zu Ehren haben sollt'; das sichert' ihr da Rüdigers Hand.

Seit ich Freunde kann — gedachte die Getreue —
Also viel gewinnen, ich nicht die Rede mehr scheue
Der Leute, wie sie auch sei, ich jammerhaftes Weib.
Vielleicht noch wird gerochen meines lieben Mannes Leib!

Sie gedachte: da nun Etzel der Recken hat so viel,
Soll ich denen gebieten, so thu' ich, was ich will;
Er ist auch wohl so reich, daß ich zu geben habe.
Mich hat der leidige Hagen beraubet meiner Habe.

Sie sprach zu Rüdiger: „hätt' ich das vernommen,
Daß er nicht wär' ein Heide, so wär' ich gerne kommen,
Wohin er hätte Willen und nähm ihn zum Manne mir."
Da sprach der Markgraf: „die Rede sollt, Fraue, lassen ihr.

J

Er hat so viel Recken aus der Christenheit,
Daß es euch bei dem Könige niemals thut leid;
Vielleicht ihr's auch vermöget, daß er taufet seinen Leib.
Drum möget ihr gerne werden des edeln Königes Etzel Weib."

Da sprach wieder ihr Bruder: „nun gelob' es Schwester mein;
Euren Unmuth den sollt ihr nun lassen sein."
Sie baten sie also lange, bis daß ihr trauriger Leib
Gelobte vor den Helden: sie würde Etzels Weib.

Sie sprach: „ich will euch folgen, ich gar arme Königin,
Daß ich, so das nun mag sein, fahr' zu den Hunnen hin,
Wenn ich habe Freunde, die mich führen in ihr Land."
Darauf gab vor den Helden die schöne Chriemhild die Hand.

Da sprach der Markgraf: „habet ihr zween Mann,
Dazu hab' ich ihrer mehr, es wird gar wohl gethan,
Daß wir euch wohl nach Ehren bringen über Rhein.
Ihr sollt nicht länger, Frau, hie zu Burgunden sein.

Ich hab' fünfhundert Mannen und auch die Freunde mein,
Die sollen euch hier dienend und auch daheime sein,
Frau, wie ihr nur gebietet; dem gleich ich selbst euch thu',
Daß ich mich nimmer schäme, wenn ihr mich mahnet dazu.

Nun heißet euer Pferdegeräth euch machen bereit;
Des Rüdiger Rath euch nimmer wird werden leid;
Und euren Mägden, die ich mit führen wollt, es sagt,
Wohl mancher auserwählter Held uns auf der Straß' anjagt.

Sie hatten noch Geschmeide, um welches man ritt
Bei Siegfrids Zeiten, daß sie mocht' führen mit
In Ehren manche Maid, wenn sie wollte von dann.
Hei! was man schöner Sättel den schönen Frauen gewann!

So sie jemals trugen irgend nur reiche Kleid',
Der'n war'n zu ihrer Fahrt gar manche nun bereit;
Denn ihnen von dem König so viel gesaget ward.
Sie schlossen auf die Kasten und nahmen, was wohl gespart.

Sie waren gar fleißig wohl an die fünfthalb Tag';
Sie suchten aus den Laden so viel darinnen lag.
Chriemhild ihre Kammer auf zu schließen da begann,
Sie wollte machen reich alle die Rüdigers-Mann.

Sie hatte noch vom Gold aus dem Nibelungen Land,
Sie wähnt', daß bei den Hunnen es theilen sollt' ihr' Hand.
Es konnten hundert Mäuler von dannen nicht tragen.
Die Mähre hörte Hagen da von Chriemhilden sagen.

Er sprach: „da mir Frau Chriemhild nimmer wird nun hold,
So muß auch allhier bleiben des Herrn Siegfrid Gold;
Zu was sollt' ich meinen Feinden lassen so groß Gut?
Ich weiß gar wohl, was Chriemhild mit diesem Schatze thut;

Wenn sie ihn brächt von hinnen, ich will wohl glauben das,
Er würde doch vertheilet allein mir zum Haß.
Sie hat doch nicht die Rosse, die ihn sollten tragen.
Ihn will behalten Hagen, das soll man Chriemhilden sagen."

Da sie erhörte die Mähre, ward sehr von ihr geklagt;
Es ward auch den Königen allen dreien gesagt,
Sie wollten es gerne wenden. — Da das nicht geschah,
Rüdiger der edele gar fröhlichen sprach da:

„Reiche Königin, zu was beklagt ihr das Gold?
Euch ist der König Etzel mit ganzen Treuen hold,
Ersehen euch seine Augen, er giebt euch also viel,
Daß ihr's verschwendet nimmer; das ich euch, Fraue, schwören will."

Da sprach die edle Königin: „gar edeler Rüdiger,
Es gewann eines Königs Tochter nie Reichthum mehr,
Denn den mir Hagen nun hat abgenommen."
Man sah ihr'n Bruder Gernot hin zu der Kammer kommen.

Aus Gewalt des Königes den Schlüssel stieß er in die Thür,
Gold der Chriemhilde theilte man herfür,
Zu dreißigtausend Marken, oder wohl noch bas;
Er hieß es nehmen die Gäste, lieb war Herrn Günther das.

Da sprach von Bechelaren der Gotelinde Gemal:
„Ob es meine Frau Chriemhild möcht haben all' zumal,
Was je ward her geführet von Nibelungen Land,
Es sollte wenig berühren mein' oder der Königin Hand.

Nun heißet es behalten, denn ich davon nichts will;
Wohl führt' ich aus der Heimat des Meinen also viel,
Daß uns auf der Straße nichts abgeht,
Und unsere Zierde hie gar reich und herlich steht."

Davor in kurzer Zeit gefüllet zwölf Schrein'
Des allerbesten Goldes, das irgend mochte sein,
Hatten ihre Verwandte, von dannen geführt es ward,
Und Zierrath viel der Frauen, das sie sollten haben zur Fahrt.

Die Gewalt des grimmen Hagen däuchte sie zu stark.
Sie hatte des Opfergoldes noch wohl tausend Mark,
Das theilt' sie für die Seele von ihrem lieben Mann.
Es däuchte Rüdigern mit großen Treuen gethan.

Da sprach die klagende Königin: „wo sind die Freunde mein,
Die mir zu Liebe in der Fremde wollen sein?
Die sollen mit mir reisen in der Hunnen Land,
Die nehmen von meinem Schatz und kaufen Roß und auch Gewand.“

Da sprach zur Königin der Markgraf Eckewart:
„Da ich zu allererst euer Hofgesinde ward,
Da hab' ich euch mit Treuen gedienet — sprach der Degen —
Und will bis an mein Ende desselben immer bei euch pflegen.

Ich will auch mit mir führen fünfhundert meiner Mann,
Die euch zu Dienst mit rechten Treuen gehören an;
Wir sind wohl ungeschieden, es thue denn der Tod.“
Der Rede neigt' sich Chriemhild; es macht' ihr wahrhafte Noth.

Da zog man vor die Mähren; sie wollte fahr'n von dann;
Es ward gar großes Weinen von Freunden da gethan.
Ute die gar reiche und manche schöne Maid
Die bezeigten, daß ihnen wär' nach Frau Chriemhilden leid.

Hundert reicher Mägde sie von hier mit sich nahm;
Die wurden so gekleidet, als ihnen das zukam.
Da fielen ihnen die Thränen von lichten Augen nieder;
Sie erlebte viel der Freuden auch bei Könige Etzel wieder.

Da kam der Herre Giselher und auch Herr Gernot,
Mit all ihrem Hofgesind', als ihnen ihre Adelkeit gebot.
Da wollten sie begleiten ihre liebe Schwester von dann,
Sie führten ihrer Recken wohl tausend waidlicher Mann.

Da kam der schnelle Gere und auch Herr Ortwein,
Rumolt der Küchenmeister damit mußte auch sein;
Sie beschlossen die Nachtherberg bis an der Donau Gestad':
Günther ritt nicht mehr mit, als nur ein wenig vor die Stadt.

Eh' sie vom Rheine fuhren, hatten sie vorgesandt
Ihre Boten gar schnell in der Hunnen Land,
Die dem Könige sagten, daß ihm Rüdiger
Zu Weibe hätte erworben die Königin edel und hehr.

21.

Abentheuer, wie sie hin fuhr.

Die Boten lasset reiten, wir soll'n euch machen bekannt,
Wie die Königin hin fuhr durch die Land',
Oder wo von ihr schieden Giselher und Gernot;
Sie hatten ihr gedienet, als ihnen ihre Treue das gebot.

Bis an die Donau zu dem Fährmann sie da ritten;
Sie beg nnen um Urlaub die Königin zu bitten,
Denn sie wieder wollten reiten an den Rhein;
Da mochte es ohne Weinen von guten Freunden nicht sein.

Giselher der schnelle sprach zur Schwester sein:
„Wenn du jemals, Fraue, bedürfen solltest mein,
Oder dir etwas gefährde, das mache mir bekannt,
So reite ich dir zu Dienst sogleich in Etzels Land.“

Die ihre Verwandten waren, die küßte sie auf den Mund;
Gar minnigliches Scheiden sah man an der Stund'
Von Rüdigers Freunden, des Markgrafen Mann;
Da führte die Königin gar manche Maid wohlgethan,

Hundert und viere, die trugen reiche Kleid,
Von lichten reichen Zeugen; viele Schilde breit
Führte man bei der Frau nahe auf den Wegen.
Da kehrte von ihr fort gar mancher herlicher Degen.

Sie zogen bald von dannen, nieder durch Baierland;
Da sagte man die Mähre: Gäste gar unbekannt
Kämen ganz nahe. — Wo noch ein Kloster steht
Und wo der Inn mit seinem Fluß in die Donau geht,

In der Stadt zu Passau, da saß ein Bischof;
Die Herbergen wurden leer und auch des Fürsten Hof
Und sie eileten bald auf in Baierland,
Da der Bischof Pilgerin die schöne Chriemhilde fand.

Den Recken von dem Lande geschah da kein Leid,
Da sie ihr folgen sahen so manche schöne Maid;
Da kos'te man mit Augen der edelen Ritter Kind.
Gar gute Herbergen den Gästen allen gegeben sind.

Der Bischof gen Passau ritt mit seiner Nicht'.
Da das den Bürgern von der Stadt ward bericht't,
Daß Chriemhild, des Fürsten Schwesterkind, wollt' kommen,
Da ward sie wohl von den Kaufleuten aufgenommen.

Daß sie bei ihm bleiben sollt', der Bischof glaubt'.
Da sprach der Herr Eckewart: „das ist nicht erlaubt:
Wir müssen fahren nieder in Rüdigers Land,
Auf uns warten viel' Degen; denn es ist ihnen allen wohl bekannt.“

Die Mähre nun wohl erfuhr die schöne Gotelind.
Sie bereitete sich mit Fleiß und ihr gar edeles Kind;
Ihr hatte entboten Rüdiger, daß ihn das däuchte gut,
Daß sie der Königin damit tröstete den Muth,

Daß sie ihr ritte entgegen und seine Mann,
Auf zu der Ens. Da das ward gethan,
Da sah man allenthalben die Wege lebhaft stehen;
Sie begannen gegen die Gäste, beides, zureiten und gehen.

Nun war die Königin zu Everdingen kommen.
Genug aus Baierland sollten haben genommen
Den Raub auf der Straße, nach ihrer Gewohnheit,
So hätten sie den Gästen da gethan wohl leichtlich leid.

Dem ward wohl widerstanden von dem Markgrafen hehr.
Er führte an tausend Ritter und wohl noch mehr.
Da war auch kommen Gotelind, des Rüdiger Weib;
Mit ihr kamen herlich gar manches edeln Recken Leib.

Da sie über die Traune kamen, bei Ens auf das Feld,
Da sah man aufgespannt Hütten und Gezelt',
Da die Gäste sollten haben die Nachtruh.
Die Kost die kam den Gästen da von Rüdiger zu.

Die Herberge ließ die schöne Gotelind
Hinter sich bleiben; auf den Wegen kam geschwind
Mit klingenden Zäumen manch Pferd wohlgethan;
Der Empfang war gar schön; lieb war es Rüdiger gethan.

Die ihnen zu beiden Seiten kamen auf den Wegen,
Die ritten löblich, deren war gar mancher Degen,
Sie übten Ritterschaft, das sah gar manche Maid;
Es war der Königin der Ritterdienst nicht zu Leid.

Da zu den Gästen kamen die Rüdigers Mann.
Viel der Lanzensplitter in die Höhe fliegen sah man
Von der Recken Händen, mit ritterlichen Sitten;
Da ward wohl zu Preise vor den Frauen geritten.

Das ließen sie nun bleiben; es grüßte mancher Mann
Gar gütlich einander; da führten sie von dann
Die schöne Gotelinde, da sie Chriemhilden sah.
Die Frauen dienen konnten, die hatten wenig Ruhe da.

Der Vogt von Bechelaren zu seinem Weibe reit't.
Der edelen Markgräfin war das nicht leid,
Daß er so wohl gesund von dem Rheine war kommen;
Ihr war ein Theil ihres Leids mit großen Freuden benommen.

Er hieß sie auf das Gras, da sie ihn hatt' empfangen,
Absteigen mit den Frauen, die mit ihr waren gegangen;
Es ward sehr geschäftig gar mancher edle Mann,
Den Frauen ward da Dienst mit großem Fleiße gethan.

Da sah die Frau Chriemhild die Markgräfin steh'n
Mit ihrem Hofgesinde; sie ließ nicht nach ihr geh'n,
Das Pferd mit dem Zaume zu halten sie begann
Und bat, sie schnelliglich aus dem Sattel zu heben dann.

Den Bischof sah man führen seiner Schwester Kind
Und ihn und Eckewart gehen zur Gotelind';
Da sah man zur Seite treten gar manchen zu dieser Stund',
Es küßte da die Fremde der Frau Gotelinde Mund.

Da sprach gar minniglichen des Rüdiger Weib:
„Nun wohl mir, liebe Fraue, daß ich euren schönen Leib
Hab' in diesem Lande mit meinen Augen gesehen!
Mir könnte in diesen Zeiten nimmer Liebers sein geschehen.“ —

„Nun lohn' euch Gott — sprach Chriemhild — gar edele Gotelind',
Sollt' ich gesund bleiben und auch Bottelungs Kind *),
Es mag euch gereichen zu Liebe, daß ihr mich habet gesehen.“
Ihnen beiden war unbekannt, was darnach mußte geschehen.

Mit Züchten zu einander ging gar manche Maid;
Da waren ihnen die Recken mit Dienste gern' bereit.
Sie saßen nach dem Gruße nieder auf den Klee;
Sie wurden mit einander bekannt, die sich gar fremd waren eh'.

Man hieß den Frauen schenken. Es war wohl mitten am Tag';
Das edle Hofgesinde da nicht länger lag,
Sie ritten, da sie fanden manche Hütte bereit:
Da war den edelen Gästen wohl großer Dienst bereit.

Die Nacht sie hatten Ruhe, bis an den Morgen früh.
Die von Bechelaren bereiteten sich dazu,
Wie sie sollten so manchem werthen Gast geben Gemach:
Wohl hatte gehandelt Rüdiger, daß ihnen da nichts gebrach.

Die Fenster an den Mauern sah offen stehen man,
Die Burg zu Bechelaren die war aufgethan;
Da ritten darin die Gäste, die man gar gerne sah.
Denen hieß der edle Wirth schaffen gutes Gemach da.

Die Rüdigers Tochter mit ihrem Gesinde ging,
Da sie die Königin gar minniglich empfing;
Da war auch ihre Mutter, des Markgrafen Weib.
Mit Liebe ward gegrüßet gar mancher Jungfrauen Leib.

---

*) Etzel (Attila).

Sie nahmen sich bei Händen und gingen dann
In einen weiten Pallast, der war gar wohl gethan,
Da die Donau unten hin floß.
Sie saßen an der Luft und hatten Kurzweile groß.

Was sie mehr da thaten, das kann ich nicht sagen.
Daß sie so eilig wären, das hörte man da klagen
Der Chriemhilde Recken: denn es war ihnen leid.
Hei! was da guter Recken mit ihnen von Bechelaren reit't.

Gar minniglichen Dienst Rüdiger ihnen bot.
Da gab die Königin zwölf Armspangen roth
Der Gotelinden Tochter, und also gut Gewand,
Daß sie nicht bessers brachte zu Bechelaren in das Land.

Obgleich ihr war genommen das Nibelungen Gold,
Alle, die sie ersahen, die machte sie sich hold,
Noch mit dem kleinen Gute, das sie da mochte haben.
Des Wirthes Hofgesinde dem wurden da große Gaben.

Dagegen bot da Ehre die Frau Gotelind,
Den Gästen von dem Rheine, so gütlich gesinnt,
Daß man da der Fremden gar wenig fand,
Die nicht trugen ihr Gestein oder ihr herlich Gewand.

Da sie gespeiset hatten und sollten von dann,
Ward von der Hausfrau geboten an
Getreulicher Dienst des edelen Etzel Weib.
Da ward auch viel geliebkos't der schönen Dietlinde *) Leib.

Sie sprach zu der Königin: „wenn's euch gedünket gut,
So weiß ich wohl, daß es gern' mein lieber Vater thut,
Daß er mich zu euch sendet in der Hunnen Land."
Daß sie ihr getreu war, gar wohl das Chriemhilde fand.

Die Roß waren bereit und vor Bechelaren gekommen;
Da hatte die edle Königin Urlaub nun genommen
Von Rüdigers Weibe und von der Tochter sein;
Da schied sich auch mit Gruß gar manch schönes Mägdelein.

Einander sie ersahen gar selten nach den Tagen.
Aus Medilik **) auf Händen ward getragen
Gar manches Goldfaß reich, darin brachte man Wein
Den Gästen auf die Straße; sie mußten willkommen sein.

---

*) Die Tochter des Rüdiger und der Gotelinde. **) Mölk.

ı Wirth war da gesessen, Astolt war der genannt,
r wies sie die Straße in das Oestreicher Land,
gen Mutaren, die Donau nieder;
ı ward gar wohl gedient seitdem der schönen Königin wieder.

r Bischof minniglich von seiner Nichte schied;
ıß sie sich wohl befände, er oftmals wünscht' und rieth.
d daß sie Ehr' erwürbe, so Helke hatt' gethan.
i! was sie großer Ehren darauf bei den Hunnen gewann!

der Traisem brachte man die Gäste dann;
r sie sorgten fleißig die Rüdigers Mann,
s daß die Hunnen ritten über all das Land;
ı ward der Königin gar große Ehre bekannt.

ɪl der Traisem hatte der König aus Hunnenland
ne Burg gar weit, die war gar wohl bekannt,
heißen Zeizenmauer; Frau Helke saß da vorher,
d lebt' in so großer Tugend, die man fänd' nimmermehr,

thäte denn Chriemhild, die also konnte geben.
ie mochte nach ihrem Leid das Liebe wohl erleben,
aß ihr auch Ehre zugestanden des Etzels Mann,
er'n sie drauf große Fülle bei den Helden gewann.

ie Etzels Herrschaft die war so weit bekannt,
aß man zu allen Zeiten in seinem Hofe fand
ie kühnsten Recken, von denen je ward vernommen
iter Christen und Heiden; die waren zu ihm alle kommen.

ei ihm war alle Zeit, das — wähn' ich — man find't nicht mehr,
hristlicher Orden und auch der Heiden Verkehr;
n wie gethanem Leben sich jeglicher auch trug, —
as schaft des Königes Milde, — daß man ihnen allen gab genug.

22.

Abentheuer, wie sie bei den Hunnen ward empfangen.

ie war zu Zeizenmauer bis an den vierten Tag;
er Staub auf der Straße darnieder niemals lag,
ie stäubte, als wenn sie brannte allenthalben dann;
a ritten durch Oesterreich des Königes Etzel Mann.

a ward dem Könige gar wohl nun gesagt,
as seine Gedanken wandte von dem, was vor beklagt:
ie herlich Chriemhild käme durch die Land'.
er König begann zu gehen, da er die Minnigliche fand.

Von gar mancher Sprache sah man auf den Wegen
Vor Etzel dem Könige reiten wohl manchen kühnen Degen,
Von Christen und von Heiden gar manche weite Schaar,
Da sie die Frauen fanden; sie kamen herlich dar.

Von Reußen und von Griechen ritt da gar mancher Mann;
Den Pohlen und den Walachen sah geschwinde gehen man
Ihre Rosse, die gar guten, da sie mit Kräften ritten.
Es zeigte da ein jeder, was er besaß für Sitten.

Von dem Lande zu Kyben ritt da mancher Degen,
Und die wilden Petschenereu; da thaten sich viele legen
Auf Schießen mit den Bogen nach Vögeln, da sie flogen,
Mit Pfeilen von der Senne. Stracks drauf sie zu den Wenden zogen

Eine Stadt bei der Donau liegt im Oestreicher Land,
Die ist geheißen Tulna, da ward ihr bekannt
Gar manche fremde Sitte, die sie eh nie ersah;
Sie empfingen da genug, denen drauf viel Leid von ihr geschah.

Vor Etzel dem Könige ein Hofgesinde reit't,
Froh und auch gar reich, hübsch und voll Lustigkeit,
Wohl vier und zwanzig Fürsten reich und hehr,
Daß sie ihre Frau sähen, sonst begehrten sie nicht mehr.

Der Herzog Ramung aus der Walachen Land,
Mit sieben hundert Mannen kam er vor sie gerannt,
Wie fliegende Vögel sah man sie alle fahren;
Da kam der Fürst Gibeke mit manchen herlichen Schaaren.

Hornboge der schnelle wohl mit tausend Mann
Kehrte von dem Könige zu seiner Frau dann.
Gar laut ward der Schall nach des Landes Sitten;
Von der Hunnen Freunden ward auch da sehr geritten.

Da kam von Dännemark der kühne Hawart
Und Irink der gar schnelle, vor Falschheit wohl bewahrt,
Und Irnfrid von Thüringen, ein waidlicher Mann;
Sie empfingen Chriemhilden, daß sie Ehre davon gewann,

Mit zwölf hundert Mannen, die führten sie in ihrer Schaar.
Da kam der Herr Blödelein mit drei tausend dar,
Des edeln Königes Bruder aus der Hunnen Land,
Der kam gar herlich, da er die Königin fand.

Da kam der König Etzel und auch Herr Dietrich,
Mit allen seinen Gesellen, da war gar löblich
Mancher Ritter, edel, biderbe und gut.
Drob ward Frau Chriemhilden gar wohl erhöhet ihr Muth.

a sprach zur Königin der Herr Rüdiger:
Fraue, ich will empfahen hie den König hehr,
ßen ich euch heiße küssen, das soll sein gethan.
Wohl möget ihr nicht gleich grüßen alle des Etzel Mann."

a hub man von dem Rosse die Königin hehr;
tzel der gar reiche wartete da nicht mehr,
r stieg von seinem Rosse mit manchem Manne kühn,
Man sah fröhlich gegen Frau Chriemhilde gehen ihn.

veen reiche Fürsten, als uns das ist bekannt,
ei der Frau gehend, trugen reiche Gewand';
a ihr der König Etzel entgegen schön ging,
nd sie den edlen Fürsten mit Küssen gütlich empfing.

uf rückte sie ihren Kranz, ihre Farbe wohlgethan
ie leuchtete ihr aus dem Gold; da war wohl mancher Mann
er sprach, daß Frau Helke nicht schöner mochte sein.
abei so stund gar nahe des Königes Bruder Blödelein.

en hieß sie küssen Rüdiger, der Markgraf löblich,
nd auch den König Gibeke; da stund auch Herr Dietrich;
er Recken küßte zwölfe das gar edle Weib.
a empfing sie drauf mit Gruße wohl manches werthen Ritters Leib.

ls Etzel bei Chriemhilden stand, während der Zeit,
a thaten die Jungen, als noch thun die Leut',
ar manchen reichen Buhurd sah man da geritten;
as thaten Christen-Helden und auch die Heiden nach ihr'n Sitten.

Sie recht ritterlichen die Dietrichs Mannen
ie Schäfte ließen fliegen mit Splittern von dannen,
och über die Schilde, von guter Recken Hand!
on den Deutschen Gästen ward durchlöchert mancher Schildesrand.

a ward von Schäftebrechen großes Tosen vernommen;
a waren von dem Lande die Recken all' gekommen,
nd auch des Königes Gäste, gar mancher edle Mann.
a ging der reiche König mit Frau Chriemhild von dann.

ie sahen bei ihnen stehend ein gar herlich Gezelt;
on Hütten war erfüllet allum das breite Feld,
a sie sollten ruhen nach ihrer Arbeit;
on Helden ward gewiesen darunter gar manche schöne Maid,

Mit der Königin, da sie nunmehr saß
uf reichen Stuhldecken; der Markgraf das
hatte wohl geschaffet, daß man fand sehr gut
Die Herbergen der Chriemhild; drob hatte Etzel froh'n Muth.

Was da redete Etzel, das ist mir unbekannt;
In seiner Rechten lag ihre weiße Hand;
Sie saßen minniglichen, da Rüdiger der Degen
Den König wollte lassen Chriemhilden heimlich pflegen.

Da hieß man lassen bleiben den Buhurt überall.
Mit Ehren ward geendet da der große Schall,
Da gingen zu den Hütten des Etzel Mann.
Man wieß ihnen Herberge gar weit allenthalben an.

Der Tag der hatt' nun Ende; sie hatten Ruhe da,
Bis man den lichten Morgen wieder scheinen sah,
Da war zu den Rossen gekommen mancher Mann.
Hei! was man Kurzweile dem Könige zu Ehren begann!

Der König es nach Ehren die Hunnen vollenden bat.
Da ritten sie von Tulna zu Wien hin in die Stadt,
Da fanden sie gezieret wohl mancher Frauen Leib;
Sie empfingen wohl mit Ehren des reichen Königes Etzel Weib.

In gar großer Fülle war für sie bereit,
Was sie haben sollten; gar mancher Held freut'
Sich höchlich bei dem Schalle; zu herbergen man sie begann;
Des Königes Hochzeit hub sich wohl fröhlich an.

Sie mochten nicht Herberg' haben alle in der Stadt.
Die nicht Gäste waren, die Rüdiger bat,
Daß sie Herberge nähmen allum in dem Land.
Ich wähne, man zu allen Zeiten Etzel bei Chriemhilden fand.

Herr Dieterich der Herr und mancher andere Degen,
Die mußten ohne Ruh sich mit Arbeit bewegen,
Damit sie den Gästen erhöben wohl den Muth.
Rüdiger und seine Freunde die hatten Kurzweile gut.

Die Hochzeit war gefallen auf einen Pfingsttag,
Da der König Etzel bei Chriemhilden lag,
In der Stadt zu Wien. Sie, wähn' ich, so manchen Mann
Bei ihrem ersten Manne nie zu Dienste gewann.

Sie reichte Gabe dem, der sie niemals sah;
Wohl mancher darunter zu den Gästen sprach da:
„Wir wähnten, daß Frau Chriemhild nicht Gut möchte haben;
Nun wird manch Wunder hie gethan durch ihre Gaben.“

Die Hochzeit die währte wohl siebenzehen Tage.
Ich wähne, man von keinem Könige mehr sage,
Dessen Hochzeit größer wär'; das ist uns unbekannt;
Alle, die da waren, die trugen ihre neuen Gewand'.

ie, wähn' ich, in Niederland davor niemals saß
lit so manchem Recken. Dabei glaube ich das,
ar Siegfrid reich des Gutes, daß er gewann nie
o manchen edelen Recken, so sie sah steh'n vor Etzel hie.

uch gab nie ein König zu seiner eigenen Hochzeit
o manchen reichen Mantel, tief und auch weit,
och so gute Kleider, der'n sie viel mochten haben,
s sie hier um der Chriemhilde willen vergaben.

hre Freunde die hatten Einen Willen und auch die Gäste,
aß sie nichts da sparten, wär's ihnen auch das Beste,
as jemand von ihnen begehrte, dazu war'n sie bereit;
s stand da mancher Degen aus Milde bloß und ohne Kleid.

ie sie am Rheine saß — da sie gedachte an das —
ei ihrem edlen Manne — ihre Augen wurden naß;
ie hielt es wohl heimlich, daß es niemand konnte sehen,
hr war nach manchem Leide großer Ehren viel geschehen.

as jemand auch that mit Milde, das war doch wie ein Wind
egen Dieterich; was des Bottelung Kind
hm gegeben hatte, das gar bald verschwand;
uch beging da großes Wunder des milden Rüdiger Hand.

nd auch aus Ungerland der Fürst Herr Blödelein,
er hieß da leer mach'en wohl manchen Reiseschrein
on Silber und von Golde, das ward da hin gegeben.
an sah des Königes Helden so recht fröhlich leben.

erbel und Swemmel, des Königes Spielmann,
ch wähn', ihr jeglicher zur Hochzeit gewann
ohl zu tausend Marken oder wohl noch bas,
a die schöne Chriemhild bei Etzel unter der Krone saß.

n dem achtzehenden Morgen von Wien sie da ritten;
a wurden in Ritterschaft viel' Schilde zerschnitten
on Speeren, die da führten die Recken in der Hand;
o kam der König Etzel bis in das Hunnische Land.

u Huniburg, der alten, sie waren über Nacht;
a konnte niemand sagen des Volkes ganze Macht,
it wie großen Kräften sie ritten über Land.
ei! was man schöner Frauen in seiner Heimat fand!

u Misenburg, der reichen, fing man zu schiffen an;
as Wasser ward bedecket von Rossen und von Mann,
s wenn es Erde wäre, was man erst fließen sah.
ie wegemüden Frauen die hatten sanft und gut Gemach da.

Zusammen war geschlossen manches Schiff gar gut,
Daß ihnen nicht mocht' schaden die Woge noch die Flut;
Darüber war gespannt wohl manches gute Gezelt,
Als ob sie noch hätten beides, Land und auch Feld.

Da kamen auch diese Mähren in Etzels Burg an.
Da freuten sich darinnen beide, Weib und Mann,
Des Etzel Hofgesinde, dessen Sorge sonst Helken oblag;
Sie erlebten drauf bei Chriemhild gar manchen fröhlichen Tag.

Da stand auch wartend wohl manche edle Maid,
Die nach Helke's Tode hatte manches Leid.
Sieben Königs Töchter Chriemhild noch da fand,
Durch diese ward gezieret wohl all des Etzel Land.

Die Jungfrau Herrat für sie Sorge trug,
Der Helke Schwester Tochter, in der war Tugend genug,
Eines edelen Königes Kind, Gemalin des Dieterich,
Die Tochter Nentwins; drauf erfreut' großer Ehren sie sich.

Zu der Gäste Ankunft freuete sich ihr Muth,
Auch war dazu bereitet viel kräftiges Gut.
Wer könnt' euch das bescheiden, wie drauf der König saß?
Sie lebten da bei den Hunnen nie mit einer Königin baß.

Da der König von dem Gestade ritt mit seinem Weibe hehr,
Da ward dort wohl gesagt, wer eine jegliche wär'.
Die edele Chriemhilde grüßten sie desto baß;
Hei! wie gewaltiglich sie drauf an Helke's Stelle saß!

Getreulicher Dienste ward ihr viel bekannt.
Da theilte die Königin Gold und auch Gewand,
Silber und Gestein, was sie dessen über Rhein
Mit sich zu 'n Hunnen brachte, das mußte ganz vergeben sein.

Auch wurden ihr mit Dienst drauf unterthan
All' des Königs Verwandte und alle seine Mann,
Daß nie die Frau Helke so gewaltiglich gebot,
Und so sie nun mußten dienen, bis an der Chriemhilde Tod.

Da stund mit solchen Ehren der Hof und auch das Land,
Daß man da zu allen Zeiten die Kurzweil fand,
Wo nach jeglichem verlangte Herz und Muth;
Das gab des Königes Liebe und der Königin ihr Gut.

23.

Abentheuer, wie Chriemhild ihr Leid gedacht' zu rächen.

Mit gar großen Ehren, das ist gewißlich wahr,
Wohnten sie mit einander bis an das siebente Jahr.
In der Zeit gebar die Königin ein Söhnelein.
Froh konnte der König Etzel nimmer fröhlicher sein.

Sie wollte nicht ablassen, daß sie es dahin brächte,
Daß getaufet wurde nach christlichem Rechte
Des edlen Königes Kind, Ortlieb ward es genannt;
Froh ward gar große Freude über all des Etzel Land.

Was je von guter Tugend in Frau Helke lag,
Der'n befliß sich nun Frau Chriemhild darnach gar manchen Tag,
Die Sitte sie da lehrte Herrat, die schöne Maid,
Die hatte nach Frau Helke heimliches Herzenleid.

Den Fremden und den Heimischen war sie gar wohl bekannt,
Sie sprachen, daß nie Frau besäße Königes Land
Besser und milder; das glaubten sie fürwahr.
Das Lob sie trug bei den Hunnen bis an das dreizehnte Jahr.

Daß ihr niemand widerstand, hatte sie wohl erkundet nun,
Also noch Fürstenweibrr Königes Recken thun,
Und daß sie zu allen Zeiten zwölf Könige vor sich sah.
Sie gedacht' auch manches Leides, das ihr daheim sonst geschah.

Sie gedacht' auch an manche Ehre in Nibelungen Land,
Der'n sie war gewaltig und die ihr Hagens Hand
Mit Siegfrids Tode hatte ganz benommen:
Ob ihm das immer noch zu Leide möchte kommen?

„Das geschähe, wenn ich ihn bringen möchte in dieses Land.“
Ihr träumte, daß ihr ginge gar oftmals an der Hand
Giselher ihr Bruder; sie küßt' ihn zu aller Stund'
Gar oftmals im sanften Schlafe; drauf ward ihr Wehe kund.

Ich wähne, der böse Feind an Chriemhilden dies rieth,
Daß sie sich mit ihrer Freundschaft von Günthern schied,
Den sie zur Sühne küßte in Burgundenland.
Nun begann feucht zu werden von herzlichen Thränen ihr Gewand.

Es lag ihr an dem Herzen, beides, spat und fruh,
Wie man sie mit Widerstreben brachte doch dazu,
Daß sie mußte minnen einen heidenischen Mann.
Die Noth die hatte ihr Hagen und auch Günther gethan.

Der Will' in ihrem Herzen ging ihr gar selten ab,
Daß sie dacht': „ich bin so reich und besitz' so große Hab',
Daß ich meinen Feinden zufüge noch ein Leid,
Dazu wär ich wohl, in Treuen, von Tronek Hagen gerne bereit.

Nach den Getreuen jammert oftmals das Herze mein;
Die mir da Leid thaten und möcht' ich bei denen sein,
So würde wohl gerochen meines Freundes Leib,
Das ich kaum erwarte.“ Sprach des edeln Königes Weib.

In Liebe sie da hielten all' des Königes Mann,
Die Chriemhilden Recken; das war gar wohl gethan.
Die Kammer besorgte Eckewart, davon er Freunde gewann;
Der Chriemhilde Willen konnt' widerstehen kein Mann.

Sie dachte zu allen Zeiten: sie wollt' den König bitten,
Daß er ihr das gönnte mit gütlichen Sitten,
Daß man ihre Freunde brächte in der Hunnen Land.
Den argen Willen niemand in der Königin erkannt'.

Da sie eines Nachts bei dem Könige lag,
Mit Armen umfangen hatt' er sie, als er pflag,
Die edele Frau liebkos't er, sie war ihm, wie sein Leib;
Da gedacht' ihrer Feinde das gar herliche Weib.

Sie sprach zu dem Könige: „gar lieber Herre mein,
Ich wollt' euch bitten gerne, möcht' es mit Hulden sein,
Hab' ich es je verdient, daß ihr mir zeigen wollt,
Ob ihr meinen Freunden wäret minniglichen hold.“

Da sprach der reiche König, getreulich war sein Muth:
„Ich laß' es euch wohl sehen; wenn Lieb und Gut
Den Recken wiederführe, drob hätt' ich Ehre dann,
Denn ich durch Weibes Minne bessere Freunde nie gewann.“

Da sprach die Königin: „euch ist das wohl gesagt,
Ich hab' hohe Verwandte; darum wird von mir geklagt,
Daß sie zu sehen geruh'n mich hier so selten.
Ich höre, daß mich die Leute nur eine Fremde schelten.“

Da sprach der König Etzel: „gar liebe Fraue mein,
Däucht' es sie nicht zu ferne, so lüd' ich über Rhein,
Wen ihr da gerne sähet her fahren in mein Land.“
Drob freute sich die Fraue, da sie seinen Willen erkannt'.

Sie sprach: „wollt ihr mir Treue leisten, Herre mein,
So sollt ihr Boten senden zu Worms über Rhein,
So entbiet' ich meinen Freunden, was ich da habe Begehr,
So kommt uns wohl mancher Ritter, edel und gut, zu Lande her.“

r sprach: „wenn ihr 's gebietet, so lass' ich es geschehen;
Ihr könnet eure Freunde so gerne nicht ersehen,
ls ich sie gerne sähe, der edelen Ute Kind';
Mich müht das gar sehr, daß sie uns so lange fremd sind.

Wenn es dir wohl gefällt, gar liebe Fraue mein,
So wollt' ich gern senden nach den Freunden dein
Meine Fiedeler in der Burgunden Land."
Die guten Fiedeler die hieß er hohlen da zuhand.

Die eilten gar schnell, da der König saß
Bei der Königin; er sagt' ihnen beiden das:
Die sollten Boten werden in der Burgunden Land;
Da hieß er ihnen bereiten sehr herliches Gewand.

Man bereitete da Kleid' für vier und zwanzig Recken;
Auch thät ihnen der König die Botschaft entdecken,
Wie sie dar laden sollten Günthern und seine Mann.
Die Frau Chriemhild allein mit ihnen zu sprechen begann.

Da sprach der reiche König: „ich sag' euch, wie ihr thut;
Ich entbiete meinen Freunden alles was lieb und gut,
Daß sie geruhen zu reiten hernieder in meine Land';
Ich habe so liebe Gäste sehr wenig noch gekannt.

Und wenn sie meinen Willen etwa wollen thun;
Der Chriemhilde Freunde, so geschieht es nun,
Daß sie kommen in diesem Sommer zu meiner Festlichkeit;
Durch meiner Frau Verwandte wird mir viel Freudigkeit."

Da sprach der Fiedeler, der stolze Swemmelein:
„Wann soll euer Fest in diesen Landen sein?
Daß wir euren Freunden das können dorten sagen."
Da sprach der edele König: „zu den nächsten Sonnewende Tagen." —

„Wir thun, was ihr gebietet;" sprach da Werbelin.
In ihre Kammer bat sie die Königin
Heimlich zu bringen, sie sprach mit den Boten da;
Davon wohl manchem Degen drauf wenig Liebes geschah.

Sie sprach zu den Boten beiden: „nun dienet mir recht gut,
Daß ihr meinen Willen mir vollkommen thut;
Nun saget, was ich entbiete heim in unser Land;
Ich mach euch reich an Gute und geb' euch herlich Gewand.

Und wen ihr meiner Freunde immer möget ersehen,
Zu Worms bei dem Rhein, denen sollt ihr 's nicht gestehen,
Daß ihr noch immer sehet betrübet meinen Muth;
Und saget meine Dienste den Helden kühn und gut.

K

Bittet, daß sie leisten, was der König ihnen entbot,
Und mich damit scheiden von aller meiner Noth;
Die Hunnen wollen wähnen, daß ich ohne Freunde bin.
Wenn ich ein Ritter wär', ich käm' wohl zu ihnen bisweilen hin.

Und saget auch Gernot, dem edelen Bruder mein,
Daß ihm in der Welt niemand holder möchte sein;
Bittet, daß er mir bringe gar bald in dieses Land
Uns're besten Freunde, daß es uns zu Ehren sei gewandt.

So saget auch Giselhern, daß er wohl gedenke daran,
Daß ich durch seine Schuld niemals ein Leid gewann,
Drum sähen ihn bei den Hunnen gern die Augen mein,
Ich hätte ihn hier gar gerne um die große Treue sein.

Saget auch meiner Mutter, daß ich genieße viel Ehre.
Und wenn von Troneg Hagen nicht mit ihnen wäre,
Wer sie dann weisen sollte durch die Land'?
Dem sind die Wege von Kind her zu den Hunnen wohl bekannt.

Die Boten es nicht wußten, warum das möchte sein,
Daß sie von Troneg Hagen nicht bei dem Rhein
Sollten bleiben lassen; drauf ward's von ihnen beklagt.
Mit ihm ward mancher Degen zum grimmigen Tode gejagt.

Briefe und Botschaft waren ihnen nun gegeben;
Sie fuhren Gutes reich und mochten wohl schön leben.
Urlaub gab ihnen Etzel und auch sein schönes Weib;
Ihnen war von gutem Gewand wohl gezieret der Leib.

24.

Abentheuer, wie Werbel und Swemmel die Botschaft warben.

Da Etzel seine Boten zu dem Rheine sandt',
Da flogen diese Mähre eilend von Land zu Land';
Mit gar schnellen Boten bat er und auch gebot
Zu seiner Festlichkeit: es holte mancher da den Tod.

Die Boten von dannen fuhren aus der Hunnen Land
Zu den Burgunden, dort waren sie hin gesandt
Nach dreien edlen Königen und auch nach ihren Mannen,
Sie sollten kommen zu Etzel; darum sie zu eilen begannen.

Hin kamen sie geritten zu Bechelaren;
Da diente man ihnen gern; zu allen sie willig waren.
Rüdiger seinen Dienst anbot und auch Gotlind
Durch sie an den Rhein, und auch ihr beider Kind.

Sie ließen sie ohne Gabe nicht scheiden von dannen,
Daß desto besser führen die Etzels Mannen.
Uten und ihre Kinder begrüßte da Rüdiger,
Sie hatten sich so günstig keinen Markgrafen mehr.

Sie entboten auch Brunhilden Dienst' und alles Gute,
Stätige Treue mit willigem Muthe. —
Da sie die Rede vernahmen, die Boten wollten fahren;
Gott vom Himmel bat die Markgräfin sie zu bewahren.

Eh' daß die Boten kamen völlig durch Baierland,
Werbel der gar schnelle den guten Bischof fand.
Was der da seinen Freunden hin zum Rhein entbot,
Das ist mir nicht zu wissen. Nichts als sein Gold so roth

Gab er den Boten zu Minne; drauf ließ er reiten sie.
Da sprach der Bischof Pilgerin: „und sollt' ich sie sehen hie,
Mir wäre wohl zu Muth, die Schwester Söhne mein;
Denn ich mag gar selten zu ihnen kommen an den Rhein.“

Welche Wege sie fuhren zum Rheine durch die Land',
Das kann ich nicht bescheiden. Ihr Silber und ihr Gewand
Das nahm ihnen niemand; man fürcht'te ihres Herren Zorn;
Wohl war so gewaltig der König edel und wohlgebor'n.

Innerhalb zwölf Tagen kamen sie an den Rhein
Zu Worms in dem Lande, Werbel und Swemmelein.
Da sagete man die Mähre an die Könige und ihre Mann:
„Da kommen fremde Boten.“ Günther zu fragen begann;

Es sprach der Vogt vom Rheine: „wer macht uns das bekannt,
Von wannen diese Fremden ritten in unser Land?“
Das wußte niemand, bis daß sie ersah
Hagen von Troneg, zu Günthern sprach er da:

„Uns kommen neue Mähre, das will ich euch gestehen;
Des Etzel Fiedeler die hab' ich hie gesehen,
Sie hat eure Schwester gesendet an den Rhein;
Sie sollen uns um ihren Herren sehr willkommen sein.“

Sie ritten allbereits vor den Pallast hinan,
Es fuhren nie herlicher eines Fürsten Spielmann;
Des Königes Hofgesinde empfing sie da zuhand,
Man gab ihnen Herberge und hieß aufheben ihr Gewand.

Ihre Reisekleider waren wohlgethan und reich zu seh'n,
Wohl mochten sie mit Ehren darin vor den König geh'n,
Doch wollten sie nicht mehr sie da zu Hofe tragen.
Ob jemand sie wollte haben? ließen die Boten fragen.

Genug der Leute man allda fand,
Die sie wohl gerne nahmen; denen wurden sie gesandt.
Da legten an die Gäste noch weit besser Gewand,
So wie es Königes Boten zu tragen herlich stand.

Dahin ging mit Urlaub, da der König saß,
Des Etzel Hofgesinde; gerne sah man das.
Hagen züchtiglich zu den Boten sprang
Und empfing sie minniglich; drob sagten ihm die Knappen Dank.

Um die Botschaft, die sie brächten, zu fragen er begann:
Wie sich der König befände und auch seine Mann?
Da sprach der Fiedeler: „das Land stund niemals bas,
Noch so froh die Leute; nun wisset fürwahr das.“

Sie gingen zu dem Wirthe, der Pallast der war voll;
Da empfing man die Gäste, so man mit Recht soll
So gütlich grüßen, in anderer Könige Land;
Werbel viel der Recken da bei Günthern fand.

Der König züchtiglich sie zu grüßen begann:
„Seid willkommen beide, ihr Hunnen Spielmann
Und eure Heergesellen; warum hat euch hergesandt
Etzel der gar reiche zu der Burgunden Land?“

Sie neigten sich dem Könige, da sprach Werbelein:
„Dir entbietet holden Dienst der liebe Herre mein
Und Chriemhild deine Schwester daher in diese Land';
Sie haben uns euch Recken auf gute Treue her gesandt.“

Da sprach der reiche Fürst: „der Mähre der bin ich froh;
Wie befindet sich Etzel — es fragte der Degen so —
Und Chriemhild meine Schwester in der Hunnen Land?“
Da sprach der Fiedeler: „die Mähre mach' ich euch bekannt,

Daß sich noch nie befanden irgend Leute bas,
Denn sie sich befinden beide, ihr sollt wohl wissen das,
Und alle ihre Degen, ihre Verwandte und auch Mannen,
Sie freuten sich der Fahrt, da wir schieden von dannen.“ —

„Seinen Diensten, die er mir hat entboten, sag' ich Dank,
Und meiner lieben Schwester, da es also gelang,
Daß sie leben mit Freuden, der König und seine Mann;
Denn ich doch die Frage habe mit Sorgen gethan.“

Die zween jungen Könige die waren auch nun kommen,
Sie hatten diese Mähre allererst da vernommen,
Um seiner Schwester Liebe die Boten gerne sah
Giselher der junge, zu ihnen minniglich sprach er da:

„Ihr Boten sollt uns höchlich willkommen sein;
Wenn ihr doch öfter wolltet her reiten an den Rhein,
Ihr fändet hie die Freunde, die ihr gerne möchtet sehen;
Euch sollte hie zu Lande gar wenig Leides geschehen.“ —

„Wir vertrauen euch aller Ehren;“ — sprach Swemmelein —
Ich könnte euch nicht bedeuten mit den Sinnen mein,
Was euch Etzel hat entboten so recht minniglich
Und eure edele Schwester, die hoher Ehr' erfreuet sich.

In Gnade und Treue mahnt euch des Königes Weib,
Und daß ihr stäts war günstig euer Herz und euer Leib;
Und besonders dem Könige sind wir her gesandt,
Daß ihr geruhet zu reiten in des Etzel Land.

Daß wir euch drum bäten, dringend uns das gebot
Etzel, der gar reiche, euch allen er's entbot,
Ob ihr euch eurer Schwester nicht wolltet lassen sehen,
So wollt' er doch gerne wissen, was euch durch ihn geschehen,

Daß ihr also fremd gegen ihn und auch sein Land?
Wenn auch die Königin euch wäre nimmer bekannt,
So möcht' er doch verdienen, daß ihr ihn geruhtet zu sehen;
Wenn das erginge, so wäre ihm Liebe geschehen.“

Da sprach der König Günther: „weilet sieben Nacht',
So künd' ich euch die Mähre, wessen ich mich dann bedacht
Mit meinen Freunden; ihr sollt gehen die Weil'
In eure Herberg; es soll euch werden gute Ruhe zutheil.“

Da sprach wieder Werbel: „möchte doch das geschehen,
Daß wir meine Frau könnten vorher sehen,
Ute, die gar reiche, eh' wir geh'n in unser Gemach?“
Giselher der edle mit vieler Züchtigkeit sprach:

„Das soll euch niemand wenden, wenn ihr wollt vor sie geh'n,
Es wird dadurch meiner Mutter Willen gescheh'n,
Denn sie sieht euch gerne um die Schwester mein,
Frau Chriemhilden; ihr sollt ihr willkommen sein.“

Giselher sie brachte, da er die Frauen fand;
Die Boten sah sie gerne von der Hunnen Land,
Die grüßte sie minniglich, durch ihren tugendhaften Muth;
Da sagten ihr die Mähre die Boten höflich und gut.

„Wohl entbietet euch meine Frau, — so sprach Swemmelein —
Dienst und auch Treue und möchte das sein,
Daß sie euch oftmals sähe, ihr sollt glauben das,
So wär' ihr in der Welt mit keinem ihrer Freunde baß.“

Da sprach die Königin: das mag nun nicht sein;
Wie gerne ich oftmals sähe die liebe Tochter mein,
So ist leider mir zu ferne des edelen Königes Weib;
Nun sei immer selig ihr und auch Etzels Leib.

Ihr sollt mich's lassen wissen, eh' ihr kehret von hie,
Wenn ihr wieder fort wollt; ich ersah so gerne nie
Boten in langen Zeiten, denn ich euch habe gesehen."
Die Knappen ihr da gelobten, daß sie das ließen geschehen.

Zu den Herbergen fuhren die von Hunnen Land. —
Da hatte der reiche König nach seinen Freunden gesandt,
Günther der gar edele, der fragte seine Mann,
Wie ihnen die Red' gefiele? Gar mancher zu sprechen begann:

Daß er wohl möchte reiten in Etzels Land.
Das riethen ihm die Besten, die er darunter fand,
Ohne Hagen alleine; dem war es grimmig leid,
Er sprach zu dem Könige heimlich: „ihr gegen euch selber seid;

Was wir haben gethan, ist nun euch doch zu wissen;
Wir immer Sorge um Chriemhilden haben müssen,
Denn ich schlug ihr zu Tode ihr'n Mann mit meiner Hand;
Wie dürften wir jemals reiten in König Etzels Land?"

Da sprach der reiche König: „mein' Schwester ließ den Haß,
Mit minniglichem Kusse erließ sie uns das,
Was wir ihr jemals thaten; eh' sie von hinnen fuhr;
Es sei denn, daß sie, Hagen, euch feindlich wäre nur." —

„Nun laßt euch dadurch nicht trügen, was euch die Boten sagen
Von den Hunnen; wollt ihr Chriemhilden sehen — sprach da Hagen —
Ihr möget da wohl verlieren die Ehre und auch den Leib,
Es trägt gar lange Rache des edelen Königes Etzel Weib."

Da sprach zu dem Rathe der Fürst Gernot:
„Da ihr durch eure Schuld fürchtet dort den Tod,
In Hunnischen Reichen, sollten wir davon absteh'n,
(Es wäre sehr übel gethan) daß wir uns're Schwester nicht seh'n?"

Da begann zu dem Degen der Fürst Giselher zu sagen:
„Da ihr euch schuldig wisset, Freund, Herr Hagen,
So sollt ihr hie bleiben und euch gar wohl bewahren;
Und lasset, die sich's getrauen, zu meiner Schwester mit uns fahren."

Da begann zu zürnen von Troneg der Degen:
„Ich will nicht, daß ihr führet jemand auf den Wegen,
Der dürfe reiten mit euch zu Hofe bas;
Da ihr nicht wollt abstehen, will ich euch wohl erzeigen das."

Da sprach der Küchenmeister Rumold der Degen:
Der Fremden und der Heimischen mögt ihr wohl heißen zu pflegen,
Nach eurem eig'nen Willen, da gebt ihr guten Rath,
Doch wähn' ich nicht, daß Hagen euch fälschlich gerathen hat.

Sollt ihr nicht folgen Hagen, so räth es euch Rumold,
Denn ich euch in Treuen bin dienstlichen hold,
Daß ihr hier sollt bleiben durch den Willen mein,
Und lasset den König Etzel dort bei Chriemhilden sein.

Wie könnt' euch in der Welt jemalen Bessers geschehen?
Ihr mögt vor euren Feinden gar wohl bewahrt auch stehen;
Ihr sollt mit guten Kleidern zieren wohl den Leib,
Trinket Wein, den besten, und minnet herliche Weib.

Dazu giebt man euch Speise, die beste, die je gewann
In der Welt irgend ein König; sollt es nicht gehen an,
So möchtet ihr doch wohl bleiben um euer schönes Weib,
Eh' ihr so unbesonnen solltet wagen den Leib.

Drum rath' ich euch zu bleiben, reich sind eure Land',
Man mag euch bas auslösen die was ihr habt zum Pfand',
Denn da zu den Hunnen; wer weiß, wie es da steht?
Ihr sollt hier bleiben, Herr, das ist's, was Rumold räth." —

Wir wollen nicht bleiben; — so sprach da Gernot —
Seit daß uns meine Schwester so freundlich her entbot
Und Etzel der gar reiche; warum sollten's lassen wir?
Wer dahin nicht gerne will, der mag heim bleiben hier."

Drauf antwortete Hagen: „laßt euch nicht zur Unbill
Meine Rede darum sein; wie es auch sein will,
Ich rath' euch mit guten Treuen, wollt ihr euch bewahren,
So sollt ihr zu den Hunnen gar behutsam fahren.

Da ihr nicht wollt ablassen, so besendet eure Mann,
Die besten, die ihr findet, oder irgend mögt treffen an;
So wähl ich aus ihnen allen tausend Ritter gut,
So mag uns nichts anhaben der argen Chriemhilde Muth." —

Dem will ich gerne folgen;" sprach der König zuhand.
Da hieß er Boten reiten weithin in seine Land',
Da brachte man der Helden drei tausend oder mehr,
Sie wähnten nicht zu erwerben so gar gewalt'ge Beschwer.

Sie ritten fröhlich in Günthers Land;
Man hieß ihnen allen geben Roß und auch Gewand,
Die da fahren sollten von Burgund von dann;
Der König mit gutem Willen da wohl manchen Ritter gewann.

Da hieß von Tronege Hagen Dankwart den Bruder sein
Ihrer beider Recken achtzig führen an den Rhein;
Die kamen ritterlich. Harnisch und Gewand
Führten die gar schnellen in Günthers Land.

Da kam der kühne Volker, ein edler Spielmann,
Zu der Hofreise mit dreißig seiner Mann,
Die hatten solch Gewand, es möcht' ein König tragen;
Daß er zu den Hunnen wollte, das hieß er Günthern sagen.

Wer der Volker war, das will ich euch wissen lassen.
Er war ein edler Herr, es waren seine Sassen
Viel der guten Recken in Burgundenland.
Dieweil er fiedeln konnte, ward er der Spielmann genannt.

Hagen erwählte tausend, die war'n ihm wohl bekannt,
Was in starken Stürmen helfen konnt' ihre Hand,
Oder was sie je begingen, das hatt' er wohl gesehen;
Denen konnt' man anders nichts, denn Tapferkeit zugestehen.

Die Boten der Chriemhilde gar sehr das verdroß,
Denn ihre Furcht vor ihr'm Herrn die war gewaltig groß,
Sie begehrten täglich Urlaub da von dann,
Das gönnte ihnen nicht Hagen, das war aus List gethan.

Er sprach zu seinem Herren: „wir sollen uns wohl bewahren,
Daß wir sie lassen reiten, eh' daß wir selbst fahren,
Nun bald in sieben Nächten, in Etzels Land.
Trägt uns jemand argen Willen, das wird uns desto besser bekannt.

So mag auch sich Frau Chriemhild bereiten nicht dazu,
Daß uns durch ihren Rath jemand Schaden thu'.
Hat aber sie den Willen, das mag ihr zum Leid sein gethan,
Wir führen mit uns von hinnen so manchen auserwählten Mann.“

Schilde und Sättel und alles ihr Gewand,
Das sie führen wollten in Etzels Land,
Das war nun wohl für manchen kühnen Mann genommen;
Die Boten der Chriemhild hieß man nun vor Günther kommen.

Da die Boten kamen, da sprach drauf Gernot:
„Der König will dem folgen, was uns Etzel her entbot,
Wir wollen kommen gerne zu seiner Festlichkeit,
Und sehen uns're Schwester; drob ohne Zweifel seid.“

Da sprach der König Günther: „könnet ihr uns sagen,
Wann sei die Festlichkeit, oder in welchen Tagen
Wir dar kommen sollen?“ Da sprach Swemmelein:
Zu der nächsten Sonnenwende soll sie gewißlich sein.“

er König ihnen erlaubt', das war noch nicht geschehen,
enn sie wollten gerne Frau Brunhilden sehen,
aß sie vor sie sollten mit seinem Willen gehen.
em widerstand da Volker; das war ihr zu Liebe geschehen.

Wohl ist meine Frau Brunhild noch nicht so wohlgemuth,
aß ihr sie möget schauen — so sprach der Ritter gut —
arter ihr bis morgen, so läßt man euch sie sehen."
a sie wähnten sie zu schauen, da konnt' es nicht geschehen.

a hieß der reiche Fürst, er war den Boten hold,
urch seine große Milde, tragen dar sein Gold
uf den breiten Schilden, dessen mocht' er viel haben:
uch wurden von seinen Freunden gethan gar reiche Gaben.

iselher und Gernot, Gere und Ortwein,
aß sie auch mild waren, das ließen sie wohl klar sein,
lso reiche Gabe sie boten den Boten an,
aß sie's vor ihr'm Herrn sich nicht getrauten zu empfahn.

Da sprach zu dem Könige der Bote Werbelein:
Herr König, laßt eure Gabe hie zu Lande sein,
Wir mögen sie nicht fortführen, mein Herr es uns verbot,
Daß wir Gab' irgend nähmen; auch thut es uns wenig noth."

Da ward der Vogt vom Rheine davon voll Unmuth,
Daß sie verschmähen wollten so reiches Königes Gut;
Da mußten sie empfahen sein Gold und sein Gewand,
Das sie mit sich führten darauf in Etzels Land.

Sie wollten sehen Ute, eh' daß sie schieden von dann.
Giselher der junge der brachte die Spielmann
Vor seine Mutter Ute; die Frau entbot da ihr:
Es wär' ihr zu Liebe gethan, was sie an Ehren erführ'.

Da hieß die Königin ihre Borten und ihr Gold
Geben um Chriemhilde, denn der war sie hold
Und um den König Etzel an dieselben Spielmann;
Sie mochten's gerne empfahen, es war mit Treuen gethan.

Urlaub genommen hatten die Boten nun von dann,
Von Mannen und von Weiben, als ich euch sagen kann;
Sie fuhren bis in Schwaben, dahin sie Gernot hieß
Begleiten seine Helden, daß ihnen nichts Schlimmes zustieß.

Da sich die von ihnen schieden, die sie da sollten pflegen *),
Des Königs Etzel Herrschaft befriedete sie auf allen Wegen,
Es nahm ihnen niemand Roß noch ihr Gewand;
Sie eileten gar schnell in Königes Etzel Land.

*) Die Begleitung, die Gernot ihnen gab.

Wo sie Freunde nur wußten, denen machten sie kund,
Daß in gar kurzer Zeit die von Burgund
Kämen her vom Rhein' in der Hunnen Land;
Dem Bischof Pilgrin dem ward auch die Mähre bekannt.

Da sie vor Bechelaren wieder ritten die Straßen,
Man sagt' es Rüdigern — das ward da nicht gelassen —
Und auch an Frau Gotelind, des Markgrafen Weib;
Daß sie sehen sollten sie, drob ward gar fröhlich ihr Leib.

Eilen mit den Mähren sah man die Spielmann.
Etzel den König sie fanden in seiner Stadt zu Gran;
Dienste über Dienste, der'n man ihrer viel entbot,
Sagten sie dem Könige; vor Liebe ward er freudenroth.

Da die Königin die Mähre recht erkannt',
Daß ihre Brüder sollten kommen in das Land,
Da war ihr wohl zumuthe; sie lohnte die Spielmann
Mit gar großer Gabe; das war von ihr ehrlich gethan.

Sie sprach: „nun saget beide, Werbel und Swemmelein,
Welche meiner Freunde bei der Festlichkeit wollen sein,
Der Besten, die wir ladeten her in dieses Land?
Nun saget, was redete Hagen, da ihm die Mähr' ward bekannt?“ —

„Er kam zur Berathung an einem Morgen früh,
Wenig gute Sprüche redete er dazu,
Da sie die Reis' gelobten her in Hunnenland,
Sie ward vom grimmen Hagen die Todesreise genannt.

Es kommen eure Brüder, die Könige alle drei,
In herlichem Muthe; wer mehr da mit ihnen sei,
Die Mähre ich völlig nicht wissen kann:
Es gelobte mit ihnen zu reiten Volker der kühne Spielmann.“ —

„Das entbehrt' ich gar leichtlich — sprach des Königes Weib —
Daß ich nimmer hier ersähe des Volker Leib;
Hagen dem bin ich gewogen, das ist ein Held gut;
Daß wir ihn hie sehen müssen, drob steht mir hoch der Muth.“

Da ging die Königin, da sie den König sah;
Wie recht minniglich Frau Chriemhilde sprach da:
„Wie gefallen euch die Mähre, gar lieber Herre mein?
Was je mein Will' begehrte, das soll nun ganz vollendet sein.“ —

„Dein Wille der ist mir Freude; — sprach der König so —
Ich ward über meine eigenen Verwandten niemals so froh,
So oft sie mir auch sollten kommen her in mein Land;
Aus Liebe zu deinen Freunden ist Sorgen mir abgewandt.“

Is Königes Amtleute die hieß man überall
Sie Sitzen zurichten Pallast und auch Saal'
I den lieben Gästen, die ihnen da sollten kommen;
Drauf ward von ihnen dem König die große Freude benommen.

25.

Abentheuer, wie die Herren alle zu den Hunnen fuhren.

Nun lassen wir das bleiben, wie sich gebährdeten sie.
Recken voll höherem Muth die fuhren nie
So recht herlich in keines Königes Land;
Sie hatten, was sie wollten, beides, Waffen und Gewand.

Der Vogt von dem Rheine kleidete seine Mann,
Sechzig und tausend, so wie ich Kunde gewann,
nd neuntausend Knechte zu der Festlichkeit.
Die sie daheim ließen, die beweinten es nach der Zeit.

Da trug man das Geräth zu Worms auf den Hof;
s sprach da von Speier ein alter Bischof
u der schönen Ute: „unsre Freunde wollen fahren
ien der Hunnen Land; Gott müsse ihre Ehre da bewahren.“

Da sprach zu ihren Kinden die gar edle Ut':
Ihr solltet hier bleiben, Helden kühn und gut,
Mir hat getraumt heint Nacht von ängstlicher Noth,
Wie alles das Geflügel in diesem Lande wäre todt.“ —

Wer sich an Träume wendet, — sprach da Hagen —
Der weiß die rechten Mähren nicht zu sagen,
Wie es ihm zu Ehren völliglich steh';
Ich will, daß mein Herr zu Hofe mit Urlaub geh'.

Wir soll'n sehr gerne reiten in Etzels Land,
Da mag wohl dienen Königen guter Helden Hand,
Da wir da schauen müssen Chriemhildens Festlichkeit.“
Hagen rieth die Reise, jedoch gereut' es ihn nach der Zeit.

Er hätt' es widerrathen, nur einig, daß Gernot
Mit großer Ungebühr ihm entgegnete Spott.
Er mahnte ihn an Siegfrid, der Frau Chriemhilde Mann;
Er sprach: „darum stellt Hagen die Reise nach Hofe nicht an.“

Da sprach von Troneg Hagen: „aus keiner Furcht ich's nicht thu:
Wenn ihr gebietet, Helden, so sollt ihr greifen zu,
Wohl ritt ich mit euch gerne in des Etzel Land.“
Drauf ward von ihm zerhauen mancher Helm und Schildes Rand.

Die Schiff' bereitet waren; da war gar mancher Mann,
Was sie an Kleidern hatten, die trug man daran;
Sie waren niemals müßig bis zu des Abends Zeit,
Sie huben sich vom Hause darnach in Fröhlichkeit.

Die Zelte und auch die Hütten spannte man über das Gras,
Jenseit des Rheines; da geschehen war das,
Bat den König noch zu bleiben sein sehr schönes Weib,
Sie umfing noch des Nachts seinen wohlgebildeten Leib.

Posaunen und Flöten hub sich des Morgens fruh,
Daß sie fahren sollten, da griffen sie dazu.
Wem Liebes lag in Armen, der kos'te Freundes Leib;
Es schied drauf vieles mit Leid des edelen Königes Etzel Weib.

Die Kinder der schönen Ute die hatten einen Mann,
Kühn und viel getreu; da sie wollten von dann,
Da sagt' er dem König heimlich wie ihm war zumuth,
Er sprach: „drob muß ich trauern, daß ihr die Hofereise thut."

Er war geheißen Rumold und war als Held bekannt.
Er sprach: „wem wollt ihr lassen Leut' und auch das Land?
Da niemand kann abwenden euch, Recken, euern Muth.
Der Chriemhilde Mähren däuchten mir nicht gut." —

„Das Land sei dir befohlen und auch mein Kindelein
Und diene wohl den Frauen, das ist der Wille mein.
Wen du siehst weinen, dem tröste seinen Leib;
Es thut uns nimmer leid des Königes Etzel Weib."

Die Roß bereitet waren den Königen und ihr'n Mannen,
Mit minniglichem Kuß schied wohl mancher von dannen,
Dem in hohem Muthe lebete da der Leib;
Das mußten drauf beweinen gar manche herliche Weib.

Da man die schnellen Recken sah zu den Rossen geh'n,
Da erblickt man viele der Frauen traurig steh'n,
Ihr gar langes Scheiden sagte ihnen das Herz:
Wenn großer Schaden kommt, es vor empfindet wohl Schmerz.

Es erhuben sich da die schnellen Burgunden,
Da ward in dem Land ein großes Leid gefunden,
Zu beider Seit der Berge weinte Weib und Mann;
Was auch ihr Volk that, sie fuhren fröhlich von dann.

Die Nibelungen Helden mit ihnen dann kamen,
In tausend Panzerhemden, die daheim Abschied nahmen
Von mancher schönen Frau, die sie wiedersah'n nimmer mehr.
Des Siegfrid Wunden die schmerzten Chriemhilden sehr.

n fingen sie die Reise gegen den Main nun an,
f durch Ostfranken, die Günthers Mann;
hin leitete sie Hagen, dem war es wohl bekannt,
r Marschall das war Dankwart, der Held von Burgundenland.

n sie von Ostfranken gen Schwanefeld ritten,
n mochte man sie schauen in herlichen Sitten,
e Fürsten und ihre Freunde, die Helden lobesam.
dem zwölften Morgen der König zu der Donau kam.

n ritt von Troneg Hagen den andern allen zuvor,
ein trostreiches Begleiten hob ihren Muth empor.
n stieg der kühne Degen nieder auf den Sand,
ein Roß er gar bald zu einem Baume band.

as Wasser war übergeflossen und die Schiff' verborgen;
ergiug den Nibelungen da zu großen Sorgen,
ie sie kämen über; die Fluth war ihnen zu breit.
a stand zu der Erde wohl mancher Ritter voll Fröhlichkeit.

eid — so sprach da Hagen — mag dir hie wohl geschehen,
gt von dem Rheine, nun magst du selbst sehen,
as Wasser ist übergeflossen, gar stark ist ihm seine Fluth;
ohl, wähn' ich, wir hie verlieren noch heut manchen Recken gut." —

Bas wisset ihr für uns, Hagen? — sprach der König hehr —
urch eigene Tüchtigkeit; macht bange uns nicht mehr;
en Fuhrt sollt ihr uns suchen hinüber an das Land,
aß wir von hinnen bringen, beides, Roß und auch Gewand." —

Bohl ist mir — sprach Hagen — mein Leben nicht so leid,
aß ich mich wolle ertränken in diese Wogen so breit;
h' soll von meinen Händen ersterben mancher Mann
n Etzels Landen; dazu ich wohl guten Willen gewann.

leibt hie bei dem Wasser ihr Ritter stolz und gut,
h will die Fährleut' suchen selbst bei der Flut,
ie uns bringen über in Gelfrates Land."
a nahm der starke Hagen seinen guten Schildesrand.

r war gar wohl gewafnet; den Schild er nunmehr trug,
einen Helm aufgebunden, leuchtend war er genug.
a trug er über dem Panzer eine Waffe also breit,
ie zu beiden Seiten gar gewaltiglich schneid't.

a sucht' er hie und da nach dem Fährmann.
r hörte Wasser gießen, lauschen er begann
n einem schönen Brunnen thaten das weise Weib,
ie wollten sich da kühlen und badeten ihren Leib.

Hagen ward ihrer innen, er schlich ihnen heimlich nach.
Da sie es bemerkten, da war ihnen von dannen jach,
Daß sie ihm entrönnen, das wünschten sie gar sehr;
Er nahm ihnen ihr Gewand, der Held schadete ihnen nichts mehr.

Da sprach das eine Meerweib, Hadburg war sie genannt:
„Edeler Ritter Hagen, wir machen euch hie bekannt,
Wenn ihr uns, kühner Degen, unser Kleid wieder gebt,
Was ihr bei den Hunnen in dieser Hofreise erlebt.“

Sie schwebten wie die Vögel vor ihm auf der Flut;
Es däuchte ihm ihre Klugheit stark und auch gut,
Was sie ihm sagen wollten, er glaubte ihnen desto bas.
Das er da von ihnen begehrte, wohl beschied sie ihm das.

Sie sprach: „ihr möget wohl reiten hin in Etzels Land;
Drauf setz' ich euch, in Treuen, mein Haupt hie zu Pfand,
Daß Helden niemals fuhren in irgend ein Reiche bas,
Nach also großen Ehren; nun glaubet wahrlich das.“

Die Rede freute da Hagen in seinem Herzen sehr;
Drum gab er ihnen ihre Kleider und säumte sich nicht mehr.
Da sie an sich legten ihr wunderlich Gewand,
Da sagten sie ihm recht die Reise in Etzels Land.

Da sprach das and're Meerweib, die hieß Sigelind:
„Ich will dich warnen, Hagen, Aldrians Kind.
Dem Gewand zu Liebe hat dir meine Muhm' gelogen,
Und kommst du zu den Hunnen, so bist du sehr betrogen.

Traun du sollst kehren um, das ist wohl an der Zeit;
Denn ihr Helden kühn also geladen seid,
Daß ihr sterben müsset in Etzels Land.
Welche dahin reiten, die haben den Tod an der Hand.“

Da sprach wieder Hagen: „ihr trüget ohne Noth;
Wie möchte sich das wohl fügen, daß wir alle todt
Sollten da bleiben, durch jemandes Haß?“
Sie begannen ihm die Mähre zu sagen deutlicher und bas.

Da sprach wieder die eine: „es muß sich also begeben,
Daß euer keiner wird da bleiben am Leben,
Alleinig des Königs Kappelan, das ist uns wohl bekannt,
Der kommt gesund wieder heim in Günthers Land.“

Da sprach in grimmigem Muth der kühne Hagen:
„Das möcht' ich meinen Herren nicht leichtlich sagen,
Daß wir bei den Hunnen sollten verlieren Leben und Leib;
Nun zeig' uns über's Wasser, du allerweisestes Weib.“

Sie sprach: „da du von der Fahrt nicht willst abgehen,
Findest du oben bei dem Wasser eine Herberge stehen,
Darinnen ist ein Fährmann und nirgend anders mehr."
Die Mähr, um die er fragte, die glaubte da nun er.

Zu dem unmuth'gen Recken sprach die eine darnach:
„Nun wartet noch, Herr Hagen, wohl ist euch gar zu jach;
Vernehmet noch das die Mähre, wie ihr kommt über den Sand:
Dieser Mark-Herr der ist Else genannt.

Sein Bruder der ist geheißen der Degen Gelfrat,
Ein Herr in Baierland; viel Müh' es für euch hat,
Wollt ihr durch seine Mark, ihr sollt euch wohl bewahren,
Und sollt auch mit dem Fährmann gar bescheidentlich verfahren.

Der ist so grimmiges Muthes, er läßt euch nicht am Leben,
Ihr wollt denn mit guten Sinnen euch zu dem Helden begeben;
Wollt ihr, daß er euch führe, so gebet ihr ihm den Sold;
Er hütet dieser Mark und ist Gelfraten hold.

Und kommet er nicht beizeiten, so rufet über Flut,
Und sprechet, ihr heißet Amelrich, der war ein Held gut,
Der durch Feindschaft räumete diese Land',
So kommet euch der Fährmann, wenn von ihm wird der Nam' erkannt."

Der übermüth'ge Hagen da den Frauen neigte sich,
Er redte mit ihnen nicht mehr, sondern er stille schwieg;
Da ging er bei dem Wasser höher an den Sand,
Da er jenseits eine Herberge fand.

Er begann zu rufen gewaltig hin über die wilde Flut:
„Nun hohl' mich über Fährmann, — sprach der Degen gut —
So geb' ich dir zum Lohne eine Spange von Golde roth;
Wohl ist mir dieser Fahrt, das wisse, wahrlich noth."

Der Fährmann war so reich, daß zu dienen ihm nicht zukam,
Darum er Lohn gar selten von irgend jemand nahm,
Auch waren seine Knechte dazu voll hohen Muth;
Noch stand allezeit Hagen allein hie dieshalb der Fluth.

Da ruft' er mit der Kraft, daß all die Woge ertoß
Von des Helden Stärke, die war gewaltig und groß:
„Nun hohl' mich, Amelrichen, ich bin's, der Elsen Mann,
Der um starke Feindschaft von diesen Landen entrann."

Gar hoch an seinem Schwerte eine Spange er ihm bot,
Licht und schön war sie von Golde roth,
Daß er ihn überführte in Gelfrats Land;
Der übermüth'ge Fährmann nahm selbst das Ruder in die Hand.

Auch war derselbe Schiffmann gar gefährlich gesinnt;
Die Gier nach großem Gute sehr böses Ende gewinnt.
Da wollte er verdienen des Hagen Gold so roth,
Drum litt er von dem Degen mit grimmigem Schwert den Tod.

Der Fährmann fuhr mit Kraft hinüber an den Sand.
Da er, den er sich nennen hörte, dort nicht fand,
Da erzürnte er ernstlich und da er Hagen sah,
Mit grimmigem Muthe zu dem Helden sprach er da:

„Ihr mögt wohl Amelrich mit Namen nennen euch,
Dessen ich mich hie versehe, dem seid ihr ungleich;
Von Vater und von Mutter war er der Bruder mein,
Nun ihr mich habt betrogen, müßt ihr diesseits sein.“ —

„Nein, um Gott den reichen — sprach da Hagen —
Ich bin ein fremder Recke und muß um Degen Sorge tragen.
Nun nehmt hin freundlich, Herr, meinen Sold,
Daß ihr mich überführet; ich bin euch wahrlich hold.“

Da sprach wieder der Fährmann: „das mag nicht sein,
Es haben große Feinde die lieben Herren mein,
Darum ich keinen Fremden führ' in diese Land;
So lieb dir sei zu leben, so tritt gar bald aus auf den Sand.“ —

„Nun thut das nicht — sprach Hagen — traurig ist mein Muth;
Nehmt von mir hin aus Minne dieses Gold gar gut,
Und führet uns über tausend Roß und also manchen Mann.“
Da sprach der grimme Fährmann: „das wird nimmer mehr gethan.“

Er hub ein starkes Ruder, groß und auch breit,
Er schlug es auf Hagen, dem machte es viel Leid,
Daß er in dem Schiff strauchelt' auf seine Knie.
So recht grimmer Fährmann kam dem Tronegger nie.

Da wollt' er mehr erzürnen den übermüth'gen Gast,
Er schlug mit einem Ruder, das es gar zerbrast,
Hagen über das Haupt; er war ein starker Mann;
Davon der Elsen Fährmann den großen Schaden gewann.

Mit grimmigem Muthe griff Hagen allzuhand
Gar bald zu einer Scheide, da er 'ne Waffe fand,
Er schlug ihm ab das Haupt und warf es auf den Grund,
Die Mähren wurden bald den stolzen Burgunden kund.

Zu derselben Zeit, da er den Schiffmann erschlug,
Floß das Schiff zum Strom', das war ihm leid genug;
Eh' er's richtete wieder, zu ermüden er begann;
Da ruderte kräftiglich des Königes Günther Mann.

Mit gar geschwinden Zügen kehrt' es wieder um der Gast,
Bis ihm das starke Ruder in seiner Hand zerbrast;
(Er wollte zu den Recken hinauf an den Sand).
Da war da keines mehr, hei! wie schier er das band,

Mit einer Schildfessel, das war ein schmales Band;
Gegen einen Wald so kehrt' er hinab zu Land,
Am Gestade stehend traf er die Herren an;
Da ging ihm entgegen wohl mancher waidlicher Mann.

Mit Gruß ihn wohl empfingen die Ritter edel und gut.
Da sahen sie in dem Schiff rauchen das heiße Blut,
Von einer starken Wunde, die er dem Fährmann schlug;
Da ward von den Degen befraget Hagen genug.

Da der König Günther das heiße Blut ersah
Schwimmen in dem Schiffe, gar bald sprach er da:
„Nun saget mir, Herr Hagen, wo ist der Fährmann hin kommen?
Eure starke Kraft, wähn' ich, ihm das Leben hat benommen."

Da sprach er mit Lügen: „als ich das Schiff da fand
Bei einer wilden Weide, da lößt' es meine Hand;
Ich habe keinen Fährmann heut allhie gesehen,
Es ist auch niemandem Leid durch meine Schuld geschehen."

Da sprach von Burgunden der Herre Gernot:
„Heute muß ich sorgen um lieber Freunde Tod,
Da wir keine Schiffleut' leider nicht erseh'n,
Wie wir kommen über, darum muß ich trauriglichen steh'n."

Gar laut rief da Hagen: „leget nieder auf das Gras,
Ihr Knechte, das Geräth; ich denke wohl, daß
Ich bin der beste Fährmann, den man beim Rheine fand;
Wohl trau' ich euch zu bringen über in Gelfrates Land."

Damit sie desto eher kämen über die Flut,
Banden sie an die Roß'; derer Schwimmen war gut,
Denn die starke Woge keines ihnen benahm.
Einige schwammen fern, wie's durch die Müdigkeit kam.

Da trugen sie zu dem Schiffe ihr Gold und ihr Gewand',
Da von ihnen die Fahrt nicht konnt' werden abgewandt,
Hagen der war Schiffmann, drum führt' er auf den Sand
Gar manchen zierlichen Recken in das unbekannte Land.

Zum ersten bracht' er über tausend Ritter hehr,
Dazu seine Recken; dann waren ihrer noch mehr,
Neun tausend Knechte, die führt' er in das Land.
Des Tages war wohl fleißig des kühnen Troneckers Hand.

L

Da er sie wohl gesund brachte über die Fluth,
Da dachte an fremde Mähre der Degen schnell und gut,
Die ihm vorher da sagten die wilden Meerweib;
Drob hätte des Königs Kaplan beinah verloren den Leib.

Bei dem Kapelgeräth' er den Pfaffen fand,
Auf das Heiligthum er sich lehnt' mit seiner Hand;
Das mocht' er nicht genießen, da ihn Hagen ersah.
Der arme Gottespriester mußt' leiden Ungemach da.

Er schwang ihn aus dem Schiff' und war sehr schnell dazu.
Da riefen ihrer genug: „halt, Herr, laßt ihn in Ruh'!"
Giselber der junge zu zürnen drum begann;
Er wollt' es doch nicht lassen, er hätt' ihm bald ein Leid gethan.

Da sprach von Burgunden der Herre Gernot:
„Was hilft euch nun, Hagen, des Kapelanes Tod?
Es sollt' ihm werden leid, thät ein anderer das;
Um welcherlei Schuld wurdet ihr dem Priester voll Haß?"

Der Pfaffe schwamm mit Kraft, er wollt' erhalten sein Leben,
Wenn ihm nur jemand hülfe; das wollte doch nicht zugeben
Der starke Hagen, gar zornig war sein Muth,
Er stieß ihn zu dem Grunde, das däuchte niemand gut.

Da der arme Pfaffe keine Hülfe ersah,
Kehrte er wieder über, er litt Ungemach da;
Da er nicht schwimmen konnte, half ihn die Gottes Hand,
Daß er kam wohl gesund hin wieder aus an das Land.

Da stand der arme Priester und schüttelte sein Gewand;
Dabei sah wohl Hagen, daß nicht wär' abgewandt
Die Mähre, die ihm sagten die wilden Meerweib;
Er dachte: diese Degen, die müssen verlieren den Leib.

Da sie das Schiff entluden und trugen von dannen,
Was sie darauf hatten, der dreier Könige Mannen,
Schlug Hagen es zu Stücken und warf es in die Flut;
Drob waren sehr verwundert die Recken kühn und gut.

„Warum that't ihr das, Herr Bruder? — so sprach da Dankwart
Wie soll'n wir kommen über, so wir die Rückfahrt
Reiten von den Hunnen zu Lande an den Rhein?"
(Später erst sagt' ihm Hagen, daß es könnte nimmer sein). —

Da sprach der Held von Tronek: „ich thu' es in dem Wahn,
Wenn wir auf dieser Reise haben einen zaghaften Mann,
Der uns entrinnen wolle aus zaghafter Noth,
Der muß an diesen Wogen leiden schmählichen Tod." —

Sie führten mit sich einen aus Burgundenland,
Der war ein tapferer Held und war Volker genannt,
Er redete zierlich und war voll Muth;
Was je beging Hagen, das däuchte den Fideler gut.

Ihre Roß bereitet waren, ihre Säumer wohl geladen;
Sie hatten auf der Fahrt noch keinen großen Schaden
Genommen, der sie bemühte, denn nur des Königes Kaplan,
Der mußt' auf seinen Füßen zum Rheine gehen von dann.

26.

Abentheuer, wie Dankwart Gelfraten erschlug.

Da sie nun waren all' gekommen auf den Sand,
Der König begann zu fragen: „wer soll uns durch die Land'
Die rechten Wege weisen, daß wir nicht irre fahren?"
Da sprach der starke Volker: „das soll ich allein wohl bewahren."—

Nun seid auf eurer Hut — sprach Hagen — Ritter und Knecht',
Man soll Freunden folgen, wohl dünket es mich recht;
Gar ungeheure Mähre mach' ich euch bekannt:
Wir kommen nimmer mehr wieder in der Burgunden Land.

Das sagten mir zwei Meerweib heute Morgen fruh,
Daß wir nicht kommen wieder; nun rath' ich, was man thu',
Daß ihr euch waffnet, Helden, ihr sollt euch wohl bewahren,
Wir haben hie starke Feinde, daß wir recht wehrhaft fahren.

Ich wähnt' auf Lügen zu finden die weisen Meerweib;
Sie sprachen: daß gesund von uns keines Leib
Nimmer zu Lande käme, der Kapellan allein,
Drum sollte er heute gern von mir ertränket sein."

Da flogen diese Mähre von Schaar bis zu Schaar;
Drob wurden schnelle Helden vor Leide blas fürwahr,
Da sie begannen zu sorgen um den harten Tod,
Auf dieser Hofereise; das macht' ihnen große Noth. —

Da zu Möringen waren sie übergekommen,
Wo dem Elsen Fährmann das Leben war benommen.
Da sprach wieder Hagen: „da ich nun Feinde gewann
Allhier auf der Straße, greifen sie uns sicherlich an.

Ich erschlug denselben Fährmann heute Morgen fruh,
Sie wissen nun die Mähre; drum greifet baldig zu,
Wenn Gelfrat und Else heute hie besteh'n
Unser Heergesinde, daß es ihnen mag schädlich ergeh'n.

L 2

Ich kenne sie so kühn, es wird von ihnen nicht gelassen;
Die Roß die sollt ihr desto sanfter gehen lassen,
Daß da niemand wähne, wir fliehen auf den Wegen." —
„Dem Rathe will ich folgen." — So sprach Giselher der Degen.

„Wer soll das Gesinde hin weisen über Land?"
Sie sprachen: „das thu' Volker, dem sind hier wohl bekannt
Steige und Straßen, der kühne Spielmann."
Eh' daß man's noch ganz begehrte, kam er wohl gewaffnet an.

Der schnelle Fideler den Helm sich aufband,
In herlicher Farbe war sein Kriegsgewand;
Er band auf zu seinem Speere ein Zeichen, das war roth.
Drauf kam er mit den Königen in eine gewaltige Noth.

Da war der Tod des Fährmann zu Gelfrat nun gekommen
Mit gewissen Mähren; da hatt' es auch vernommen
Else der gar starke, es war ihnen beiden leid;
Sie sandten nach ihren Helden, die waren gar bald bereit.

Ich will's euch hören lassen: in gar kurzen Zeiten
Sah man, denen Schaden war gethan, zu ihnen reiten,
In starkem Kampfgeschwader eine ungefüge Schaar;
Es kamen Gelfraten wohl sieben hundert zu Hülfe dar;

Da sie ihren grimmen Feinden begannen zu reiten nach.
Wohl leiteten sie ihre Herren, denen war etwas zu jach
Nach den kühnen Gästen; sie wollten enden ihr'n Zorn;
Drob wurden der Herren Freunde davon drauf mehr' verlor'n.

Da hatte von Tronek Hagen wohl gefüget das.
Wie mochte seine Freunde ein Held behüten bas?
Die Nachhut besorgte er und seine Mann
Und Dankwart sein Bruder; das ward gar williglich gethan.

Ihnen war der Tag verronnen, er dauerte nicht mehr;
Er fürcht'te für seine Freunde Leid und Beschwer;
Sie ritten unter Schilden durch der Baiern Land;
Darnach in kurzer Weile die Helden wurden angerannt.

Zu beiden Seiten der Straße und hinten rasch nach
Hörten sie Hufe klappen; den Leuten war sehr jach.
Da sprach Dankwart der kühne: „man will uns greifen an,
Nun bindet auf die Helme, das ist tapferlich gethan."

Sie hielten an ihre Fahrt, als es mußte sein,
Sie sahen in der Finst're der lichten Schilde Schein;
Da wollte Hagen sie länger nicht vertragen:
„Wer jagt uns auf der Straße?" das mußte Gelfrat ihm da sagen;

Es sprach der Markgraf aus der Baiern Land:
„Wir suchen uns're Feinde und sind her nach gerannt;
Ich weiß nicht, wer mir heute meinen Fährmann erschlug,
Der war ein tapf'rer Held, das ist mir leid genug."

Da sprach von Tronek Hagen: „und war der Fährmann dein?
Der wollte uns nicht führen, es ist meine Schuld allein,
Da schlug ich den Recken, das ist wahr, es rieth mir die Noth;
Ich hätte von seiner Hand beinah genommen den grimmigen Tod.

Ich bot ihm zum Lohne Gold und auch Gewand,
Daß er uns überführte, Held, her in dein Land,
Da zürnte er so sehr, daß er mich hart schlug
Mit einem starken Ruder; drob ward ich grimmig genug.

Da kam ich zu dem Schwerdte, und wehrt' ihm seinen Zorn,
Mit einer starken Wunde, da war der Held verlór'n;
Ich stehe euch zur Sühne, wie es euch dünket gut."
Da ging es an ein Streiten, sie waren voll kühnen Muth.

„Ich wußte wohl — sprach Gelfrat — da hier vorbeireit't
Günther und sein Gesinde, daß uns thäte Leid
Hagen von Tronek; das soll er nicht genießen:
Für des Fährmanns Ende muß der Held als Bürge büßen."

Sie neigeten über die Schilde zum Stiche nun die Speer',
Gelfrat und Hagen; sie hatten gen einander Begehr.
Else und Dankwart gar herlich ritten;
Sie versuchten, wer sie waren; da ward mit Grimme gestritten.

Wie mochten sich versuchen jemals Helden bas?
Von einem starken Stoße hinter das Roß saß
Hagen der gar kühne von Gelfrats Hand,
Ihm brach der Bugriem; da ward ihm Streiten bekannt.

Von ihrem Heergesinde auch Krachen gab
Der Speer' Brechen; Hagen sich erhohlt', da er herab
Gekommen, nieder auf das Gras, von dem Stich;
Er, wähn' ich, erzürnte mächtig gegen Gelfraten sich.

Wer ihnen die Rosse hielt, das ist mir unbekannt.
Sie waren zu der Erde gekommen auf den Sand,
Hagen und auch Gelfrat einander liefen sich an;
Es halfen ihre Gesellen, daß ihnen ward Streiten kund gethan.

Gar bitterlichen Hagen da zu Gelfraten sprang;
Der edele Markgraf vom Schild' ihm abschwang
Mit Hieb' ein großes Stück; das Feuer stob von dann;
Da wär' gar nahe gestorben des Königes Günther Mann.

Da heftig Dankwart zu rufen er begann:
„Hülfe, lieber Bruder, mich hat gegriffen an
Ein Held mit seinen Händen, der lässet mich nicht leben.“
Da sprach Dankwart der kühne: „dem will ich Scheidung geben!“

Der Held da sprang drauf näher und schlug ihm einen Schlag,
Mit einer scharfen Waffe, davon er todt lag.
Else wollte gerne rächen da den Mann;
Er und sein Gesinde, sie schieden mit Schaden von dann.

Ihm war erschlagen der Bruder, selber ward er wund;
Wohl achtzig seiner Degen, die blieben da zur Stund'
Durch den grimmen Tod. Der Herr mußte von dannen
Flüchtiglich sich wenden von den Günthers Mannen.

Da die von Baierland wichen aus dem Wege,
Da hörte man nachhallen die furchtbaren Schläge,
Da jagten die von Tronek ihren Feinden nach,
Sie konnten sie nicht erreichen, denn ihnen war allen zu jach.

Da sprach bei ihrer Flucht Dankwart der kühne Degen:
„Wir sollen wieder wenden bald um auf diesen Wegen,
Und lassen wir sie reiten, sie sind von Blute naß,
Eilen wir zu den Freunden; ich rathe euch wahrlich das.“

Da sie hin wieder kamen, da der Schade war geschehen,
Da sprach von Tronek Hagen: „Helden, ihr sollt besehen,
Was uns hie gebricht, oder wen wir haben verlor'n
Hie in diesem Streite, durch des Gelfrates Zorn.“

Sie hatten verloren viere, um die war klein ihr Klagen,
Die waren wohl vergolten; dagegen war'n erschlagen
Der'n von Baierlande wohl hundert oder bas.
Davon waren den von Tronek ihre Schilde trübe und Blutes na[ß].

Etwas schien aus den Wolken des hellen Mondes Licht;
Da sprach wieder Hagen: „man soll sagen nicht
Meinen lieben Herren, was von uns ist geschehen,
Laßt sie bis an den Morgen ohne Sorgen bestehen.“

Da sie nun ihnen nachkamen, die dort stritten eh',
Da that dem Heergesinde die Müde gewaltig weh'.
„Wie lange sollen wir reiten?“ von manchem gefraget ward.
„Wir mögen nicht hie bleiben; — sprach der kühne Dankwart —

Ihr müsset alle reiten, bis es wird Tag.“
Volker der gar schnelle, der des Gesindes pflag,
Bat den Marschall zu fragen: „wo sollen wir heut Nacht sein,
Da rasten unsere Rosse und auch die lieben Herren mein?“

Da sprach der kühne Dankwart: „ich kann es euch nicht sagen,
Wir mögen nicht ruhen, eh' es beginnt zu tagen;
So wir sie dann finden, da legen wir uns auf das Gras."
Da sie die Mähr' vernahmen, gar leid war einigen das.

Sie blieben unverrathen vom heißen Blute roth,
Bis daß die helle Sonne ihr lichtes Scheinen bot
Dem Morgen über Berge, da es der König ersah,
Daß sie gestritten hatten; der Held gar zorniglich sprach da:

Wie nun, Freund, Herr Hagen, ihr, wähn' ich, verschmähet das,
Daß ich da bei euch wäre, da euch die Ringe naß
So wurden von dem Blute: durch wen ist's gescheh'n?"
Er sprach: „das that Else, der wollt' uns Nächten besteh'n.

Um seines Fährmann's willen wurden wir angerannt,
Da schlug Gelfraten meines Bruders Hand,
Drauf entrann uns Else, dazu zwang ihn die Noth;
Ihrer Hundert und uns viere blieben da im Streite todt."

Wir können euch nicht bescheiden, wo sich gelagert der Hauf'.
Alle Landleute die erfuhren es darauf,
Daß zu Hofe führen der edelen Ute Kind'.
Da zu Passau sie darauf gar wohl empfangen sind.

Der edelen Könige Oheim, dem Bischof Pilgerin,
Dem ward gar wohl zu muthe, da zu ihm hin
Mit so viel Recken seine Neffen kamen in's Land;
Daß er ihnen willig wäre, ward wohl von ihnen erkannt.

Sie wurden wohl empfangen von Freunden auf den Wegen.
Da zu Passau man nicht konnt' sie gehörig pflegen,
Mußten sie über's Wasser, da sie fanden Feld,
Da wurden aufgespannt Hütten und reiche Gezelt.

Sie mußten da bleiben einen ganzen Tag,
Und auch eine volle Nacht; wie schön man ihrer pflag!
Darnach sie mußten reiten in Rüdigers Land;
Dem wurden auch die Mähren darnach gar bald bekannt.

Da die Wegemüden Ruhe da nahmen,
Und sie dem Lande nun näher kamen,
Da fanden sie auf der Mark einen schlafenden Mann,
Dem von Tronek Hagen eine starke Waffe abgewann.

Wohl war geheißen Eckewart derselbe Ritter gut;
Er gewann darum gar traurigen Muth,
Daß er verlor die Waffe durch der Helden Fahrt;
Des Rüdiger Mark die fanden sie übel bewahrt.

„O weh mir dieser Schande! — sprach da Eckewart —
Wohl reuet mich gar sehr der Burgunden Fahrt;
Seit ich verlor Siegfriden, war meine Freude vergangen:
O weh, Herr Rüdiger, was hab' ich gegen dich begangen!"

Da hörte gar wohl Hagen des edelen Recken Noth;
Er gab ihm wieder seine Waffe und sechs Spangen roth:
„Die behalt' dir, Held, zu Minne, denn du mein Freund bist;
Du bist ein kühner Degen, wie einer auf der Mark nur ist." —

„Gott lohn' euch eure Spangen — sprach da Eckewart —
Doch reuet mich gar sehr zu den Hunnen eure Fahrt:
Ihr schluget Siegfriden, man trägt euch hier Haß,
Daß ihr euch wohl behütet, mit Treuen rathe ich euch das." —

„Nun muß uns Gott behüten — sprach Hagen entgegen —
Wohl haben nicht mehr Sorge diese Degen,
Als um die Herberge, die König' und ihre Recken,
Wo wir in diesem Lande noch heint Nachtruhe entdecken.

Die Roß sind uns verdorben auf den fernen Wegen
Und die Speise zerronnen — sprach Hagen der Degen —
Wir finden sie nirgend feil; uns wär' um einen Wirth Noth,
Der uns heint gäbe durch seine Tugend sein Brod."

Da sprach wieder Eckewart: „ich zeig' euch einen Wirth,
Daß euch in sein Haus niemand so wohl empfangen wird
In irgend einem Lande, als euch hie mag geschehen,
Wenn ihr gar schnellen Degen wolltet Rüdigern sehen.

Der sitzet an der Straße und ist der beste Wirth,
Dem ihr je kamt zu Hause: sein Herze Tugend gebiert,
So wie der süße Maie aus Gras die Blumen thut;
Und soll er Helden dienen, so ist er fröhlich zumuth."

Da sprach der König Günther: „wollt ihr mein Bote sein,
Ob uns wolle behalten, um den Willen mein,
Mein lieber Freund Rüdiger, meine Freunde und meine Mann;
Drum will ich ihm immer dienen, so ich zum allerbesten kann." —

„Der Bote bin ich gerne;" sprach da Eckewart.
Mit gar gutem Willen hub er sich auf die Fahrt,
Und sagte Rüdigern, als er hatte vernommen;
Ihm war in langen Zeiten nicht so liebe Mähr' gekommen.

Man sah zu Bechelaren eilen einen Degen;
Selbst erkannt' ihn Rüdiger; er sprach: „auf diesen Wegen
Dort her gehet Eckewart, ein Chriemhilden Mann."
Er wähnte, daß die Feinde ihm hätten etwas gethan.

Da ging er vor die Pforte, da er den Boten fand:
Das Schwerdt er abgürtete und legt' es von der Hand.
Er sprach zu dem Degen: „was habet ihr vernommen,
Daß ihr also sehr eilet, hat uns jemand etwas genommen?" —

„Uns hat geschadet niemand, — sprach Eckewart zuhand —
Mich haben drei Könige her zu euch gesandt,
Günther von Burgunden, Giselher und Gernot,
Der Recken jeglicher euch seine Dienste her entbot.

Dasselbe thut euch Herr Hagen und auch Volker der Herr,
Mit Treuen fleißiglich; noch sage ich euch mehr,
Daß euch des Königes Marschall Dankwart das entbot:
Daß den guten Degen wäre eurer Herberge Noth."

Mit lachendem Munde sprach da Rüdiger:
„Nun wohl mir dieser Mähre, daß die Könige hehr
Meine Herberg begehren, die wird ihnen versaget nicht,
Kommen sie in mein Haus, mit Dienst bin ich ihnen verpflicht't." —

„Euch hat des Königs Marschall heißen lassen wissen,
Wen ihr zur Herberg noch heut' werd't haben müssen:
Sechzig schnelle Recken und tausend Ritter gut,
Und neun tausend Knechte." Da ward er fröhlich zumuth'.

„Nun wohl mir dieser Mähre — sprach da Rüdiger —
Daß mir kommen zu Hause die Recken edel und hehr,
Denen ich noch selten meinen Dienst bot an;
Nun reitet ihnen entgegen, beide, meine Freunde und Mann."

Vom Eilen zu den Rossen hub sich da große Noth
Von Rittern und von Knechten; der Wirth da gebot
Seinen Amtleuten; sie machten's desto bas.
Noch wußte es nicht Frau Gotelind, die in ihrer Kammer saß.

Da ging der Markgraf, wo er die Frauen fand,
Sein Weib und seine Tochter; da sagt' er ihnen zuhand
Die gar liebe Mähre, die er hatte vernommen,
Daß ihnen ihrer Frau Brüder zum Hause sollten kommen.

„Gar liebe Traute — sprach da Rüdiger —
Ihr sollt gar wohl empfangen die Könige edel und hehr,
So sie mit ihr'm Gesinde vor euch zu Hofe geh'n all';
Ihr sollt auch schön begrüßen Hagen, des Günther Vasall.

Mit ihnen kommt auch einer, der heißet Dankwart,
Der and're heißet Volker, in Züchtigkeit wohl bewahrt;
Die sechse sollt' ihr küssen; ihr und die Tochter mein,
Und sollt auch bei den Degen in Züchten gütlich sein."

Das gelobten da die Frauen und waren's gern bereit;
Sie suchten aus den Kisten mancherhand' Kleid,
Darinnen sie entgegen den Recken wollten gehen,
Da ward gar großes Wunder von schönen Weiben gesehen.

Gefälschte Frauen-Farbe gar wenig man da fand;
Sie trugen auf ihrem Haupt von Golde lichte Band',
Das waren reiche Kränze, auf daß ihr schönes Haar
Verderbten nicht die Winde; das ist ganz sicherlich wahr.

27.

Abentheuer, wie der Markgraf die Könige mit ihren Recken in sein Haus empfing und wie er für sie sorgte.

In solchem Eifer soll'n wir lassen die Frauen.
Hier war gar großes Eilen über Feld zu schauen
Von Rüdigers Freunden, da man die Gäste fand;
Sie wurden wohl empfangen in des Markgrafen Land.

Da sie der Markgraf zu ihm kommen sah,
Rüdiger der schnelle, wie fröhlich sprach er da!
„Seid willkommen, ihr Herren, und auch eure Mann mir
In meinem Lande, gar gerne seh' ich euch hier.“

Da dankten ihm die Recken mit Treuen ohne Haß;
Daß er ihnen willig wär', gar wohl bezeigt' er das.
Besonders grüßt' er Hagen, den hatt' er schon sonst gekannt,
Gleich that er auch Volkern dem Held von Burgundenland.

Er empfing auch Dankwarten; da sprach der kühne Degen:
„Da ihr uns wollt herbergen, wer soll uns dann pflegen
Unser Hofgesinde, das wir mit haben gebracht?“.
Da sprach der Markgraf: „ihr sollt haben gute Nacht,

Und alles euer Gesinde, was ihr in das Land
Habt mit euch geführt, Ross', Silber und Gewand,
Dem schaffe ich solche Hut, daß nichts davon wird verloren,
Daß euch zu Schaden gereiche nur einen halben Sporen.

Spannet auf, ihr Knechte, die Hütten auf das Feld,
Was ihr hier verlieret, dessen geb' ich euch Entgelt;
Und ziehet ab die Zäume, die Ross' die lasset geh'n.“
Das war von einem Wirth davor ihnen selten gescheh'n.

Drob freuten sich die Gäste; als da geschaft war das,
Ritten die Herrn von dannen, sich legten in das Gras
Ueberall die Knechte; sie hatten Gemächlichkeit da.
Ich wähn', ihnen auf der Fahrt niemals so sanft geschah.

Nun war die Markgräfin mit ihrer Tochter gar schön
Begangen vor das Thor; da sah man bei ihr steh'n
Die minniglichen Frauen und manche schöne Maid,
Die trugen viele Spangen und auch gar herliche Kleid.

Das edele Gestein fern leucht'te von ihnen dann
Aus ihren lichten Gewanden, sie waren wohlgethan.
Da kamen auch die Gäste und stiegen ab zuhand;
Hei! was man großer Zucht an den Burgunden fand!

Sechs und dreißig Maiden und manchem andern Weib,
Denen war nach Wunsch schön und minniglich der Leib,
Die gingen ihnen entgegen und wollten sie empfah'n,
Da ward ein schönes Grüßen von den edeln Frauen gethan.

Die junge Markgräfin küßte die Könige drei;
Also that ihre Mutter; da stand auch Hagen bei,
Den hieß ihr Vater zu küssen, da blickte sie ihn an,
Er däuchte sie so grämlich, daß sie's gern hätte nicht gethan.

Doch mußte sie da leisten, was ihr der Wirth gebot;
Gemischt ward ihre Farbe, bleich und roth;
Sie küßte auch Dankwarten, darnach den Spielmann.
Um seines Leibes Kraft bot man das Grüßen ihm an.

Die junge Markgräfin nahm da bei der Hand
Giselhern den Recken von Burgundenland;
Also that ihre Mutter Günthern, dem kühnen Mann.
Gernoten führte Rüdiger mit sich minniglich von dann.

In der schönen Burg stand ein weiter Saal;
Ritter und auch Frauen setzten sich überall.
Da hieß man bald schenken den Gästen guten Wein;
Es möchten wohl nimmer Helden gütlicher behandelt sein.

Mit lieben Augen Blicken ward viel gesehen an
Die Rüdigers Tochter, die war so wohlgethan;
Wohl minnte sie in dem Herzen gar mancher Ritter gut;
Das konnt' auch sie verdienen, sie war schön und voll hohen Muth.

Sie gedachten, was sie wollten, das möchte doch nicht geschehen.
Hin und her wieder ward da viel gesehen
An Mägden und an Frauen, denn ihrer saßen da genug;
Der edle Fideler dem Wirthe holden Willen trug.

Nach Gewohnheit schieden sie sich da so;
Ritter und Frauen gingen jeder anders wo.
Da richtete man die Tische in dem Saale weit,
Den gar lieben Gästen diente man drauf mit Willigkeit. 670

Um der Gäste Liebe ging zu Tische hin
Allein die Markgräfin; ihre Tochter ließ sie drinn
Bleiben bei den Kindern, da sie mit recht blieb.
Daß sie nicht sie ersahen, das war den Gästen nicht lieb.

Da sie mit Freuden hatten gegessen überall,
Da wieß man die Schönen wieder in den Saal;
Es wurden da nicht gespart Sprüche voll Fröhlichkeit,
Der'n redte viel da Volker, ein Degen kühn und voll Lustigkeit.

Da sprach öffentlich der theure Spielmann:
„Gar reicher Markgraf, Gott hat an euch gethan 1
Gar gnädiglich, daß er euch hat gegeben
Ein Weib so recht schön, dazu ein wonnigliches Leben.“ —

„Wenn ich ein Fürst wäre — sprach wieder der Spielmann —
Und sollte ich tragen Krone, zum Weibe erbäthe ich dann
Eure schöne Tochter; mein Sinn das wünschen thut; 1
Sie ist minniglich anzusehen, dazu edel und auch gut.“

Da sprach der Markgraf: „wie möchte das sein,
Das jemals König begehrte mein liebes Töchterlein?
Wir sind beide Fremde, ich und auch mein Weib
Und haben nichts zu geben; was hilft dann ihr schöner Leib?“ — 2

„Ihr sollt die Rede lassen — der Herr Gernot da sprach —
Sollt' ich eine Traute haben meinem Willen nach,
Auch ohne Gut zum Weibe, wär' ich ihrer froh.“
Dem antwortete Hagen wohl recht minniglich also:

„Nun soll mein Herr Giselher doch nehmen ein Weib, 2
Es hat so hohe Verwandte der Markgräfin Leib,
Daß wir ihr dienten gerne, ich und auch seine Mann,
Sollt' sie unter der Krone da bei den Burgunden langen an.“

Die Rede Rüdigern von ihnen däuchte gut
Und auch die Markgräfin, wohl freute sich ihr Muth. 3
Drauf trugen an die Helden, daß sie zu Weibe nahm
Giselher der edele; denn es ihnen beiden wohl zukam.

Was sich soll fügen, wer mag dem widersteh'n?
Man bat die Jungfrau, hin zu Hof zu geh'n.
Da schwur man ihm zu geben die wonnigliche Magd. 3
Die Minnigliche zu nehmen, ward von ihm zugesagt.

Lan bestimmte der Jungfrau Burgen und auch Land;
das sicherte da mit Eiden des reichen Königes Hand
nd auch der Herr Gernot; so wurde gethan das.
rauf sprach der Markgraf: „da ich Land nie besaß,

So soll ich euch in Treuen sonst immer sei'n hold;
ch gebe mit meiner Tochter Silber und Gold,
Das zwei hundert Rosse nur mögen forttragen."
ie Rede mußte den Degen beidenthalb wohl behagen.

Lan hieß in einen Kreis, nach Gewohnheit,
teh'n die Minniglichen: in seinem Gemüth entzweit
tellt sich ihr gegenüber manch schneller Jüngling hin,
ie dachten, wie noch die Jungen oft thun, in ihrem Sinn.

a man begann zu fragen die minnigliche Maid,
b sie den Recken wollte? war es ein Theil ihr leid,
nd dachte doch zu nehmen den waidlichen Mann;
ie schämte sich der Frage, wie manche Maid hat gethan.

hr raunte ihr Vater Rüd'ger zu, daß sie spräche: ja,
nd ihn sehr gerne nähme; gar bald war allda
Lit seinen weißen Händen, der sie da umschloß,
iselher der junge; wenig sie ihn doch genoß.

a sprach der Markgraf: „ihr Könige reich und adlich,
Denn ihr nun wieder umkehrt, wie das ist gewöhnlich,
eim zu euren Landen, so geb' ich euch die Magd,
aß ihr sie mit euch führet." Das ward ihm zugesagt.

on dem Schall, den man hörte, mußten sie absteh'n;
Lan hieß die Jungfrauen zu ihren Kammern geh'n
nd auch die Gäste schlafen und ruh'n bis an den Tag.
a bereit'te man die Speise; der Wirth ihrer minniglich pflag.

a sie gespeiset waren, wollten sie von dann fahren
en der Hunnen Lande: „das heiß ich wohl bewahren —
prach der gar edele Wirth — ihr sollt noch bleiben hie,
enn solche liebe Gäste gewann ich fast noch nie."

rauf antwort'te Dankwart: „wohl mag es nicht sein,
So nähmet ihr die Speise, das Brod und auch den Wein,
as für so manchen Mann wäre hie bereit?"
a das der Wirth hörte, war's ihm unmäßig leid.

s sprach der Markgraf: „die Rede ist ohne Noth:
i vierzehen Nächten Wein und auch Brod
eb' ich euch völliglich, mit denen, die ihr habt hie;
hr müsset hier bleiben, ich erlasse es euch nie."

Sie mußten da bleiben, wie sehr sie sich auch gewehrt,
Bis an den vierten Morgen; da ward auch ihnen gewährt
Von des Wirthes Milde, das man sprach weit und breit;
Er gab seinen Gästen, beides, Waffen und auch Kleid.

Es mochte währen nicht länger, sie mußten von dannen fahren,
Rüdiger der konnte gar weniges ersparen
Durch seine Milde; was jemand zu nehmen begehrt',
Das versagt er niemand; es ward ihnen alles wohl gewährt.

Ihr edles Heergesinde brachte vor das Thor
Gesattelt viele Rosse; da warteten ihrer davor
Viele gute Recken, die trugen Schild' an der Hand;
Denn sie reiten wollten nieder in der Hunnen Land.

Der Wirth da seine Gabe bot überall,
Eh' daß die edelen Gäste kämen vor den Saal;
Er konnte mildiglich mit großen Ehren leben,
Seine schöne Tochter die hatte er Giselhern gegeben.

Da gab er Günthern, dem Helden löblich,
Das wohl trug mit Ehren der edl' und reiche König,
Wie er nie Gabe empfing, ein Waffengewand;
Da neigte der hehre Fürst sich vor des milden Rüdiger Hand.

Da gab er Gernoten eine Waffe gut genug,
Die er darauf in Stürmen gar herlich trug;
Die Gab' ihm gar wohl gönnte des Markgrafen Weib,
Dadurch der gute Rüdiger mußte verlieren drauf den Leib.

Da bot Hagen ihre Gabe auch die Markgräfin
Mit minniglicher Bitte; da sie der König nahm hin,
Daß er auch ohn' ihre Steuer zu der Festlichkeit
Nicht fahren sollte. Der Held bewilligt' es ohn' Streit.

„Von allem was ich je sah — sprach da Hagen —
Begehrt' ich nichts mehr von hinnen mit mir zu tragen,
Nichts als jenen Schild, der dort hanget an der Wand;
Den wollt' ich gerne führen mit mir in der Hunnen Land.“

Da die Markgräfin der Bitte Kunde gewann,
Da mahnte sie ihr Leiden, zu weinen sie begann;
Da gedachte sie an des gar theuren Nudung Tod,
Den hatte erschlagen Witige; dazu zwang sie jämmerliche Noth.

Sie sprach zu dem Degen: „den Schild will ich euch geben;
Das wollte Gott vom Himmel, daß er noch sollte leben,
Der ihn da trug in Händen; er lag im Sturme todt;
Den muß ich immer beweinen, das macht mir armem Weibe Noth.

ie edle Markgräfin von ihrem Sessel kam,
Mit ihrer weißen Hand sie den Schild abnahm;
ie Frau trug ihn zu Hagen, er nahm ihn in die Hand;
ie Gabe war mit Ehren an den Recken gewandt.

in Wulst von lichtem Purpur über seiner Farbe lag;
inen besseren Schild beleuchtete niemals der Tag,
on edelem Gesteine: wer ihn hätte begehrt
u kaufen, durch seine Kostbarkeit war er wohl tausend Mark werth.

en Schild hieß da Hagen vor ihm tragen fort:
a kam sein Bruder Dankwart hin zu Hofe auch dort,
em gab gar reiche Kleider des Markgrafen Kind,
ie bei den Hunnen gar herlich von ihm getragen sind.

lles, das an Gabe von ihnen ward genommen,
n die Hände von keinem von ihnen wär' etwas gekommen,
ur einig dem Wirth zu Liebe, der's ihnen so schön erbot;
achher wurden sie ihm so feind, daß sie ihn mußten schlagen todt.

elker der gar schnelle mit seiner Fideln dann
rat züchtiglich zu Frau Gotelinden heran,
r fidelte süße Töne und sang ihr seine Lied':
amit nahm er Urlaub, da er von Bechelaren schied.

hr hieß die Markgräfin dar eine Lade tragen,
on freundlicher Gabe möget ihr nun hören sagen.
araus nahm sie sechs Spangen und spannt' sie ihm an die Hand:
Die sollt ihr führen, Volker, von mir in der Hunnen Land;

nd sollt um meinetwillen sie da zu Hofe tragen,
Wenn ihr wieder kehret, daß man mir möge sagen,
Wie ihr mir habt gedienet da bei der Festlichkeit."
Was sie vom Recken begehrte, gewährte er ihr nach der Zeit.

a sprach der Wirth zu den Gästen: „ihr sollt desto sanfter fahren,
ch will euch selbst leiten und heißen wohl bewahren,
aß euch auf der Straße niemand möge schaden."
a wurden seine Säumer gar bald wohl beladen.

er Wirth ward wohl bereit mit funfhundert Mann,
u Rossen und in Kleidern, die führt' er mit von dann
n fröhlichem Muthe zu der Festlichkeit.
on denen kam nach Bechelaren keiner mehr nach der Zeit.

Mit minniglichem Kusse der Wirth von dannen schied;
lso that auch Giselher, wie ihm die Liebe rieth.
Mit umschlossenen Armen kos'ten sie schöne Weib,
Das mußte drauf beweinen gar mancher Jungfrauen Leib.

Da sah man allenthalben die Fenster offen stehen.
Der Wirth mit seinen Gästen zu den Rossen wollte gehen:
Ich wähn', ihr Herz ihnen sagte das kräftigliche Leid.
Da weinte manche Frau und manche herliche Maid.

Nach ihren lieben Freunden Kummer hatten schwer,
Die sie zu Bechelaren ersahen nimmer mehr.
Da ritten sie mit Freuden nieder über den Sand,
Hinab bei der Donau, bis in das Hunnische Land.

Da sprach zu den Burgunden der Ritter unverzagt,
Rüdiger der edele: „wohl soll werden angesagt
Etzeln diese Mähre, daß wir zu den Hunnen kommen,
Und auch meiner Frauen; sie haben so Liebes nie vernommen."

Hinab durch Oesterreich gar mancher Bote jagt:
Den Leuten allenthalben ward das wohl gesagt,
Daß die Herren kämen von Worms über den Rhein;
Des Etzel Hofgesinde konnte Lieberes nicht sein.

Die Boten fortstrichen da mit diesen Mähren,
Daß die Nibelungen bei den Hunnen wären:
„Du sollst sie wohl empfangen, Chriemhild, Fraue mein,
Dir kommen in großen Ehren her die stolzen Brüder dein."

Da die Königin vernahm diese Mähre,
Begann ihr entweichen ein Theil ihrer Schwere;
Von ihr'm Vaterlande kam ihr gar mancher Mann;
Davon der König Etzel vielfachen Jammer drauf gewann.

Sie gedachte heimlich: noch möchte es werden Rath;
Dem der mich meiner Freuden also beraubet hat,
Es soll ihm Leid geschehen, zu dieser Festlichkeit,
Wenn ich es fügen kann, dazu bin ich mit gutem Willen bereit.

Ich soll es also schaffen, daß meine Rach' ergeht
Auf dieser Festlichkeit, wie's darnach auch steht,
An seinem argen Leibe, der mir hat benommen
So viel meiner Wonne: dafür soll ich Vergeltung nun bekommen.

28.
Abentheuer, wie die Nibelungen zu Etzels Burg kamen und wie sie da empfangen wurden.

Als die Nibelungen kamen in das Land,
Da erfuhr es von Berne Meister Hildebrand;
Er sagt' es seinem Herren, es war ihm grimmig leid.
Er bat ihn, wohl zu empfahen die Ritter kühn und voll Fröhlichkeit.

Es hieß der starke Wolfart bringen ihnen die Pferd:
Drauf ritt mit Dietrich gar mancher Recke stark und werth —
Da sie empfangen sie wollten — zu ihnen auf das Feld;
Dort hatten sie aufgebunden gar manch herliches Gezelt.

Da sie von Troneg Hagen ganz ferne kommen sah,
Zu seinen Herren züchtiglich sprach er da:
„Nun sollt ihr, schnelle Degen, von dem Sitze aufsteh'n,
Und ihnen, die euch hie wollen empfangen, hin entgegen geh'n.

Dort kommt ein Heergesinde, das ist mir wohl bekannt,
Es sind gar schnelle Degen von der Amelungen Land,
Die führet der von Berne, sie sind voll hohen Muth;
Ihr sollt's ihnen wohl erbieten, das rath' ich;" sprach der Degen gut.

Da stiegen von den Rossen, das war gar sehr recht,
Nieder mit Dietrichen mancher Ritter und Knecht,
Sie gingen zu den Gästen, da man die Helden fand,
Sie grüßten minniglichen die von Burgundenland.

Da sie der Herr Dieterich zu ihm kommen sah,
Beides, Liebes und Leides, ihm darin geschah;
Er wußte wohl die Mähre, ihre Reise er beklagt',
Er wähnt', es wüßte Rüdiger und hätt' es ihnen gesagt.

„Seid willkommen, Herr Günther, Gernot und Giselher,
Hagen und Dankwart, so sei auch Volker,
Und alle eure Degen. Ist euch das nicht bekannt?
Chriemhild noch sehr beweinet den Held aus Nibelungen Land." —

„Sie mag wohl lange weinen — sprach da Hagen —
Er liegt vor manchen Jahren zu Tode erschlagen;
Den König von den Hunnen, den sie hat genommen,
Den soll sie nun minnen; Siegfrid wird so bald nicht wieder kommen."

„Den Tod des kühnen Recken lassen wir nun stehen;
Soll leben meine Frau Chriemhild, es mag noch Schaden geschehen; —
So redete von Berne der Herre Dieterich —
Trost der Nibelungen, davor nun behüte du dich." —

„Wie soll ich mich behüten — sprach der König hehr —
Etzel uns Boten sandte, — was soll ich fragen mehr? —
Daß wir zu ihm kommen her in seine Land';
Auch hat uns uns're Schwester aller Treuen gemahnt." —

„So will ich euch wohl rathen — sprach da Herr Hagen —
Nun bittet, euch die Mähre beß'r zu sagen,
Den Herren Dietrich und seine guten Helden,
Daß sie euch mögen der Frau Chriemhilde Willen melden." —

M

Da verfügten die drei Könige zum Alleinsprechen sich,
Günther so wie Gernot und auch Herr Dieterich.
„Nun sage uns, von Berne ein Ritter edel und mild, 693
Was dir sei zu wissen vom Willen der Frau Chriemhild.“

Da sprach der Vogt von Berne: „was soll ich euch mehr sagen?
An allen Morgen frühe weinen und klagen
Hör' ich gar jämmerlich des Etzel Weib
Dem reichen Gott vom Himmel des starken Siegfrid Leib.“ — 4

„Was wir vernommen haben, das ist zu wenden nicht mehr —
Sprach da der kühne Mann, Volker der Fiedeler —
Wir soll'n zu Hofe reiten und sollen das besehen,
Was uns gar schnellen Degen möge bei den Hunnen geschehen.“

Die kühnen Burgunden hin zu Hofe ritten:
Sie kamen recht herlich, nach ihres Landes Sitten.
Da wunderte sich bei den Hunnen wohl mancher kühne Mann,
Ueber von Troneg Herrn Hagen, wie der wäre gethan.

Durch der Sage Kunde wußt' man von ihm genug,
Daß er von Niederlanden Herrn Siegfrid erschlug,
Den stärksten aller Recken, der Frau Chriemhilde Mann;
Drob ward ein großes Fragen bei Hofe nach Hagen gethan.

Der Held war wohl gewachsen, das ist gewißlich wahr,
Groß war er in der Brust, gemischet war sein Haar
Mit einer greisen Farbe, die Bein' ihm waren lang,
Und furchtbar sein Gesicht, er hatt' einen herlichen Gang.

Da hieß man beherbergen manchen kühnen Mann;
Das Gesinde von dem Rheine das ward gesondert dann,
Das rieth die Königin, die ihnen argen Willen trug;
Da man drauf die Knechte in der Herberg' erschlug.

Dankwart, Hagens Bruder, der war Marschall;
Der König ihm sein Gesinde gar fleißiglich befahl,
Daß er sie vollkommen mit Speise sollte pflegen;
Das that da williglichen mit Treuen der gar kühne Degen.

Chriemhild, die Königin, mit ihrem Gesinde ging,
Da sie die Nibelungen mit falschem Gruß empfing;
Sie küßte Giselhern und nahm ihn bei der Hand.
Da das ersah Hagen, den Helm er fester sich band.

„Nach so gethanem Gruße — sprach da Hagen —
Mögen schnelle Degen wohl Vorsicht tragen;
Man begrüßet allein die Fürsten und nicht ihre Mann;
Wir haben nicht gute Reise zu dieser Festlichkeit gethan.“

ie sprach: „seid willkommen dem, der euch siehet gern;
Durch eure eig'ne Freundschaft ist mein Gruß euch fern:
Nun sagt, was ihr mir bringet von Worms über den Rhein?
Darum ihr mir so besonders solltet willkommen sein.“ —

Hätt' ich gewußt die Mähre — sprach Hagen entgegen —
Daß euch Gabe bringen sollten Degen,
ch wäre wohl so reich, hätt' ich mich besser bedacht,
Daß ich euch meine Gabe her zu den Hunnen hätt' gebracht.“ —

Jetzt sollt ihr mir der Mähre noch mehr verkünden:
en Schatz der Nibelungen, wo ist der nun zu finden?
er war ja doch mein eigen, das ist euch wohl bekannt;
en solltet ihr mir haben geführet her in des Etzel Land.“ —

In Treuen, mein' Frau Chriemhild, das ist gar mancher Tag,
aß der Nibelungen Schatz in meiner Pflege nicht lag,
en hießen meine Herren senken in den Rhein,
a muß er wahrlich bis zum jüngsten Tage sein.“

a sprach die Königin: „ich hab' es auch wohl gedacht;
on ihm ist mir gar wenig noch her zu Lande gebracht,
Wiewohl er war mein eigen und in meiner Hut auch lag;
ach ihm und seinem Herren hab' ich gar manchen leidigen Tag.“ —

Das ist verlorene Arbeit — sprach wieder Hagen —
Wie möcht' ich euch was bringen? ich habe viel zu tragen
m Panzer und am Schilde, an meinem Helme licht,
m Schwerdt in meiner Hand; darum bring' ich ihn nicht.“ —

Wohl rede ich's nicht darum, daß ich mehr Gold wollt' begehren,
ch hab' so viel zu geben, daß ich eure Gabe mag entbehren;
nes Mords und zweener Raube, die mir sind genommen,
er'n möchte ich, gar Arme, noch zu lieber Vergeltung kommen.“

ie Frau hieß da verkünden den Recken überall,
aß niemand tragen sollte eine Waffe in den Saal.
Ihr Helden sollt mir sie reichen, ich soll sie lassen aufheben.“ —
In Treuen — sprach da Hagen — das wird nimmer zugegeben.

ohl begehr' ich nicht die Ehre, Fürstenfraue mild,
aß ihr zur Herberge trüget meinen Schild
d and're meine Waffen, ihr seid eine Königin;
as lehrte mich mein Vater, ich will sie selbst bewahr'n immerhin.“ —

weh' mir des Leides — sprach da Chriemhild —
arum will mein Bruder und Hagen seinen Schild
n sich nicht tragen lassen? sie sind gewarnet worden;
d wüßt' ich, wer es that, ich rieth' ihn zu ermorden.“

M 2

Drauf antwortete im Zorn' der Herr Dietrich gleich:
„Ich bin's, der hat gewarnt die Fürsten edel und reich
Und Hagen den gar starken, der Burgunden Sassen;
Nun zu, du Teufelin! du sollst mir's nicht zu Gute kommen lassen."

Drob schämte sich gar sehr des edelen Königes Weib;
Sie fürchtete bitterlich des Dietrich starken Leib;
Sie ging von ihm hinweg, daß sie nichts mehr sprach da,
Nur daß sie mit bösen Blicken über Achsel ihre Feind' ansah.

Bei den Händen nahmen da zween Degen sich,
Der eine war Hagen, der andere Dieterich;
Da sprach züchtiglich der Recke voll Zierlichkeit:
„Euer Kommen zu den Hunnen das thut mir gewaltig leid,

Seit daß die Königin so ihren Willen bekannt."
Da sprach von Troneg Hagen: „das wird noch all's abgewandt."
So redeten mit einander die zween kühnen Mann,
Das sah der König Etzel, darum er zu fragen begann:

„Die Mähr ich wüßte gerne — sprach der reiche König —
Wer jener Recke wäre, den dort Herr Dietrich
So freundlich empfähet; er trägt gar hohen Muth;
Wer auch sein Vater wär', er mag wohl sein ein Recke gut."

Drauf antwortete dem König ein Chriemhilden Mann *):
„Er ist geboren von Troneg, sein Vater hieß Aldrian.
Er ist ein grimm'ger Mann, wie zierlich gebärdet er sich;
Ich lass' euch das wohl schauen, daß nicht gelogen habe ich." —

„Wie soll ich das erkennen', daß er so grimmig ist? —
(Damals noch wußt' er nicht so manche arge List,
Die drauf die Königin gegen ihre Freunde genommen,
Daß sie mit dem Leben nicht einen ließ von dannen kommen.) —

Wohl kannt ich Aldrianen, denn er war mein Dienst-Mann;
Lob und große Ehre er hie bei mir gewann,
Ich machte ihn zum Ritter und gab ihm meinen Sold,
Helke, die Getreue, war ihm inniglichen hold.

Darum ich wohl bekannt nun auch Hagen sind';
Es wurden meine Geiseln zwei waidliche Kind,
Er und von Spanien Walther, die wuchsen hie zum Mann;
Hagen sandt' ich wieder, Walther mit Hildegunden entrann."

---

*) Einer von den Rittern, die Chriemhilde mitbrachte.

Mähre, die waren eh'dem geschehen;
Troneg den hatte er recht ersehen,
Jugend gar starken Dienst erbot;
m im Alter manche lieben Freunde todt.

29.

ie Hagen und Volker vor dem Saal der Chriemhilde saßen.

zween Recken löblich,
und auch Herr Dieterich;
sel der Günthers Mann
sellen, den er gar bald da gewann.

bei Giselheren stehen,
ühnen, den bat er mit ihm zu gehen;
erkannte seinen grimmigen Muth,
ingen ein Ritter kühn und gut.

Herren auf dem Hofe stehen,
n sah man von dannen gehen
fern, vor einen Pallast weit,
eide fürchteten niemands Neid.

dem Hause, gen einen Saal weit und lang,
emhilden, nieder auf eine Bank;
von ihrem Leibe ihr herlich Gewand,
n, die hätten sie gerne erkannt.

wilden, wurden sie gegaffet an,
elden von manchem Hunnen-Mann;
ein Fenster des Etzel Weib,
er betrübet der schönen Chriemhilde Leib.

r Leid, zu weinen sie begann:
Wunder die Etzels Mann:
bet so schnell ihren hohen Muth?
at mir Hagen, ihr Helden kühn und gut."

e hehr, wie ist das geschehen?
kurzem so frohgemuth gesehen;
', durch den es ist gescheh'n,
hen, es soll ihm an sein Leben geh'n." —

mer dienen, wer rächte mein Leid,
ehrte, dazu wär' ich ihm bereit;
u Füßen — so sprach des Königes Weib —
en, das er verliere Leben und Leib."

Da gürteten sich zuhand wohl sechzig kühne Mann,
Der Frau zu Liebe, sie wollten von dann
Und wollten schlagen Hagen, den gar kühnen Mann
Und auch den Fiedeler; mit gemeinsamem Rath ward's gethan.

Als die Königin ihre Schaar so klein nur sah,
In einem grimm'gen Muthe sie zu den Helden sprach da:
„Wozu ihr habt Verlangen, davon sollt ihr abgehen,
Wohl dürftet ihr so geringe nimmer Hagen bestehen.

Wie stark und wie kühn der von Troneg auch sei,
Noch ist bei weitem kühner, der ihm da sitzet bei,
Volker der Fiedeler: der ist ein üb'ler Mann;
Wohl sollt ihr die Degen nicht so leicht greifen an."

Da sie das erhörten, da gürteten sich ihrer mehr,
Dreihundert schneller Recken, die Königin hehr
War darum sehr besorgt, daß sie rächte ihr Leid;
Davon ward drauf den Degen gar große Mühe bereit.

Als sie nun wohl gewaffnet ihr Heergesinde sah,
Zu den schnellen Degen die Königin sprach da:
„Nun wartet eine Weile, ihr sollt noch stille steh'n,
Wohl will ich unter Krone mit euch zu meinen Feinden geh'n.

Und höret die Schmach, die mir hat gethan an
Hagen von Troneg, der Günthers Mann,
Ich weiß ihn so übermüthig, daß er's nicht läugnet mir,
So ist es mir auch gleich, was ihm darum geschieht allhier."

Da sah der Fiedeler, ein gar kühner Degen,
Die ed'le Königin von einer Stieg' sich bewegen
Nieder von dem Hause; als er das ersah,
Der gar weise Recke zu seinem Heergesellen sprach da:

„Nun schauet, Freund, Herr Hagen, wie sie dort her schreitet,
Die uns in Untreuen in ihr Land verleitet;
Ich ersah mit einer Königin nie so manchen Mann,
Die Schwerdt in Händen trügen, so streitfertig kommen an.

Wisset ihr, Freund, Herr Hagen, daß sie euch tragen Haß,
So rath' ich euch mit Treuen, ihr hütet desto bas
Euren Leib und eure Ehre, wohl dünket es mich gut;
So ichs kann inne werden, tragen sie bösen Muth.

Und sind auch ein'ge in der Brust so stark und weit,
Wer sich selbst will behüten, der thue das bei Zeit;
Ich wähne, daß sie den Panzer an ihrem Leibe tragen,
Was sie damit meinen, das kann ich niemandem sagen."

Da sprach in zornigem Muth Hagen der kühne Mann:
„Ich weiß wohl, daß es alles ist auf mich gethan,
Daß sie die lichten Waffen tragen in der Hand;
Vor denen möcht' ich reiten noch in der Burgunden Land.

Nun saget mir, Freund Volker, wollt ihr mir beisteh'n,
Wenn mit mir wollen Streit der Chriemhilde Mannen begeh'n?
Das lasset ihr mich hören, so lieb als ich euch sei;
Ich steh' euch immer fort mit Treuen dienstlich bei."

Da sprach der Spielmann: „ich helf' euch sicherlich,
Ob auch uns hie entgegen säh' geh'n den König ich
Mit allen seinen Recken; so lang' ich leben muß,
So entweich' ich euch aus Furcht zum Helfen nimmer einen Fuß." —

„Nun lohn' euch Gott vom Himmel, viel edler Volker!
Wenn sie mit mir streiten, wessen bedürft' ich nun mehr?
Seit ihr mir helfen wollt, als ich habe vernommen,
So mögen diese Degen nun alle bewaffnet kommen."

Der Spielmann sprach darauf: „laßt uns vom Sitz' aufstehen,
Sie ist eine Königin; wir lass'n sie vorübergehen
Und bieten ihr die Ehre, sie ist ein edel Weib;
Damit wird auch erhoben in Adel unser beider Leib." —

„Nein, mir zu Liebe — sprach wieder Hagen —
Es möchten diese Degen leicht den Wahn tragen,
Daß ich's aus Furcht thäte und wollte von hinnen gehen;
Ich will um ihrer keinen nimmer von dem Sitz' aufstehen.

Wohl ziemt es uns beiden, fürwahr, zu lassen das;
Wie sollt' ich den ehren, der mir heget Haß?
Das thu' ich nimmer, so lang ich hab' Leben und Leib;
Traun, nicht acht' ich, daß mich hasset des König Etzel Weib."

Der übermüth'ge Hagen legt' über seine Bein'
Eine gar lichte Waffe, aus deren Knopf gab Schein
Ein weit leuchtender Jaspis, grüner als ein Gras;
Wohl erkannt' es Chriemhild, daß sie sonst Siegfrid besaß.

Da sie das Schwerdt erkannte, das macht' ihr große Noth;
Sein Gefäß das war gülden, der Scheide Borten roth.
Es mahnte sie an ihr Leid, zu weinen sie begann;
Ich wähn', es hatte Hagen sie zu reizen gethan.

Volker der gar kühne zog näher zu der Bank
Einen Fiedelbogen, stark, groß und auch lang,
Gleich einem scharfen Schwerdte, gar licht und breit;
Da saßen ohne Furcht die zween Degen mit Tapferkeit.

Nun däuchten sich so hehr die kühnen Mann zween,
Daß sie nicht wollten von dem Sitz aufstehen,
Aus keiner Furcht. Da ging bis zu ihren Füßen
Die edle Königin und bot ihnen feindliches Grüßen.

Sie sprach: „nun sagt mir, Hagen, wer hat nach euch gesandt?
Daß ihr durftet reiten her in diese Land',
Zu also starken Leiden, so ich einst von euch erlitt;
Hättet ihr rechte Sinne, ihr wäret nicht gekommen mit.“ —

„Nach mir — sprach da Hagen — niemand sandt',
Man ladete drei Degen her zu dem Land',
Deren Vasall ich bin, sie heißen meine Herrn;
Bei keiner Hofereise war ich jemals von ihnen fern.“

Sie sprach: „nun saget mir mehr, warum thatet ihr das,
Daß ihr es habt verdienet, daß ich euch trage Haß?
Ihr schluget Siegfriden, meinen lieben Mann,
Darum ich bis an mein Ende nimmer genug weinen kann.“ —

„Was soll der Recke mehr — sprach er — ihrer ist genug;
Ich bin's nun einmal, Hagen, der Siegfrid erschlug,
Den Helden aus Niederlanden; gar sehr er es entgalt,
Daß die Frau Chriemhild die schöne Brunhilde schalt.

Es ist nicht zu läugnen, reiche Königin,
Was böser Schaden geschah, daran Schuld allein ich bin;
Nun räch' es, wer da wolle, es sei Weib oder Mann,
Ich will nimmer lügen, ich hab' euch Leides viel gethan.“

Sie sprach: „nun hört, ihr Recken, wie er mir gesteht
Alle meine Leiden; wie's ihm darum ergeht,
Das ist mir gleichgültig, ihr Etzels Mann.“
Die Hunnischen Degen sahen fest einander an.

Wenn einer den Streit da hübe, so wäre da geschehen,
Daß man den zwein Gesellen Ehre müßt' zugestehen;
Denn sie in Stürmen hatten sich oftmals so gezeigt.
Wessen sich jene vermaßen, das ward aus Furcht nicht erreicht.

Da sprach einer der Recken: „was sehet ihr mich an?
Das ich eh' gelobte, wird nicht von mir gethan,
Um niemandes Gabe verliere ich meinen Leib;
Wohl will uns verleiten des Königes Etzel Weib.“

Da sprach dazu ein and'rer: „das ist auch der Wille mein;
Wer mir gäbe Thürme von Golde roth und fein,
Diesen Fiedeler den wollt' ich nicht bestehen,
Um seine bösen Blicke, die ich an ihm hab' gesehen.

ıch kenne ich Hagen von seinen jungen Tagen,
rum mag man von dem Recken leichtlich mir sagen;
ı zwei und zwanzig Stürmen hab' ich ihn eh' gesehen,
a gar mancher Frauen von ihm ist Herzeleid geschehen.

und der von Spanien *) die traten manchen Steig,
a sie hier bei Etzel hieben manchen Streich,
ı Ehren dem edlen Könige, das ist von ihm viel geschehen;
arum muß man Hagen die Ehre mit Recht zugestehen.

enn noch war der Recke seiner Jahre ein Kind,
aß da jung waren, die nun Greise sind;
un ist er gekommen zu Verstand und ist ein grimmiger Mann;
ıch trägt er Balmung **), davor niemand bestehen kann."

amit war geschieden, daß niemand begann Streit;
a geschah der Königin gar herzliches Leid;
ie Helden kehrten von dann, wohl fürchteten sie den Tod
on dem Fiedeler, das macht' ihnen sicherlich viel Noth.

a sprach der kühne Volker: „wir haben das wohl geschaut,
aß wir hier Feinde finden, als es uns vorher ward vertraut;
ir sollen zu den Königen hin zu Hofe gehen,
o darf uns're Herren mit Streit niemand bestehen.

ie oft man aus Furcht manches Ding verläßt,
o doch Freund bei Freunde so freundlich steht fest!
ıd hat er gute Sinne, daß er's weislich thut,
o sind kluge Sinne für manches Mannes Schaden gut." —

Nun will ich euch folgen;" sprach Hagen dagegen.
ie gingen, da sie trafen die kühnen Degen
n großem Empfange noch auf dem Hofe an;
olker der gar kühne laut zu rufen begann.

r sprach zu seinen Herren: „wie lange wollt ihr stehn,
aß ihr euch lasset drängen? ihr sollt zu Hofe geh'n,
nd höret von dem Könige, wie ihm sei zu muth."
a sah man sich gesellen die Helden kühn und gut.

er Fürst da von Berne der nahm an die Hand
ünthern den gar reichen von Burgunden Land,
rnfrid Gernoten, den gar kühnen Mann;
Man sah Giselher zu Hof' mit seinem Schwäher geh'n von dann.

---

*) Walther, s. V. 7047. **) Das Schwerdt Siegfrids.

Wie jemand sich gesellte und auch zu Hofe ging hie,
Volker und Hagen die schieden sich doch nie,
Allein in einem Kampfe, bis an ihr's Endes Zeit;
Das mußten drauf edle Frauen beweinen in Traurigkeit.

Mit den Königen zu Hofe geh'n sah man dann
Ihr edles Hofgesinde, wohl tausend kühner Mann,
Darüber sechzig Recken, die waren mit ihnen gekommen:
Die hatte aus seinem Lande der kühne Hagen genommen.

Hawart und auch Irink, die auserwählten zween,
Die sah man geselliglich bei den Königen gehen;
Dankwart und Wolfhart die kühnen Recken;
Man konnte große Tüchtigkeit in ihr'm Uebermuth entdecken.

Da der Vogt vom Rheine in den Pallast ging,
Etzel der gar reiche ihn sogleich empfing,
Er sprang von seinem Sitze, als er ihn kommen sah;
Ein so recht schöner Gruß von Königen nie mehr geschah.

„Seid willkommen, Herr Günther und auch Herr Gernot,
Und euer Bruder Giselher, denen ich meine Dienst' erbot
In Treuen fleißiglich gen Worms über den Rhein,
Und alle eure Degen sollen mir willkommen sein.

Auch euch, ihr zween Degen, will ich groß willkommen sagen,
Volkern dem gar kühnen und auch Herrn Hagen,
Von mir und meiner Frau, daß ihr kommt in dies Land;
Sie hat in großen Treuen gar oft mich um euch gemahnt."

Da sprach von Troneg Hagen: „das haben wir wohl vernommen;
Wär' ich mit meinem Herren zu den Hunnen nicht gekommen,
So wär' ich Euch zu Ehren geritten in das Land."
Da nahm der gar edele Wirth die lieben Gäste bei der Hand.

Er brachte sie zum Sitze, da er eben selber saß;
Da schenkte man den Gästen, mit Fleiße that man das;
In weiten Goldes Schaalen, Meth, Moras*) und auch Wein,
Und bat die edelen Gäste gar sehr willkommen zu sein.

Da sprach der König der Hunnen: „ich will es euch gestehen,
Mir konnt' in dieser Welt Liebers nicht geschehen,
Denn durch euch, Recken, daß ihr uns her seid kommen,
Davon ist meiner Frau gar großes Trauern benommen.

---

*) Ein mit Wein zusammengesetztes Getränk, wahrscheinlich aus Obstsäften.

Mich nimmt es sehr wunder, was ich euch habe gethan,
Bei so manchem gar edelen Gast, den ich gewann,
Daß ihr nie zu kommen geruhtet her in meine Land';
Daß ich euch nun gesehen hab', das ist zu Freude mir gewandt."

Drauf antwortete Rüdiger, ein Ritter voll hohen Muth:
„Ihr möget sie sehen gerne, ihre Treu die ist gut,
Der'n meiner Frau Verwandte so schön können pflegen.
Sie bringen euch in's Haus gar manchen waidlichen Degen."

Am Sonnenwende-Abend, wie wir haben vernommen,
War'n sie zu Etzels Burg ins Haus des Königs gekommen;
Ein Wirth nie seine Gäste so minniglich empfing:
Darnach er zu den Tischen mit ihnen gar fröhlich ging.

Ein Wirth bei seinen Gästen nie schöner hat gesessen.
Man gab ihnen in Fülle zu trinken und zu essen,
Und alles das sie begehrten, das ward ihnen gebracht;
Man hatte von den Degen gar großes Wunder gemacht.

Etzel der reiche hatt' an den Bau gewandt
Seinen köstlichen Fleiß; gar große Arbeit man fand,
Pallast und Thürme, Gemächer ohne Zahl
In einer weiten Burg, und einen herlichen Saal.

Den hatte er heißen bauen lang, hoch und auch weit,
Da so sehr viele Recken ihn besuchten zu aller Zeit;
Ohn' and'res sein Gesinde, zwölf Könige reich und hehr,
Und viel' der werthen Recken hatt' er zu allen Zeiten mehr,

Denn Könige, wie ich vernommen habe, je gewannen;
Er lebte in hoher Wonne mit Freunden und mit Mannen.
Schallen und Drängen hatte der Fürst gut
Von manchem schnellen Degen; drum stund ihm hoch der Muth.

30.
Abentheuer, wie die Könige mit ihren Recken schlafen gingen und wie ihnen da geschah.

Es nahete ihnen die Nacht, da Ende hatte der Tag;
Den wegemüden Degen ihre Sorge nun anbrach.
Die Herren sollten jetzt zu Bette gehen und ruh'n;
Hagen berieth es da und ließ es kund ihnen thun.

Günther sprach zum Wirthe: „Gott laß euch mit Freuden leben,
Wir wollen fahren schlafen, ihr sollt uns Urlaub geben;
Wenn ihr uns das gebietet, so kommen wir morgen früh."
Er schied sich von seinen Gästen gar sehr minniglichen hie.

Drängen allenthalben die Gäste man nun sah.
Volker der gar kühne zu den Hunnen sprach da:
„Wie dürfet ihr den Recken auf die Füße gehen?
Wollt ihr's sogleich nicht lassen, es wird euch Leid geschehen,

So schlag ich etlichen so schweren Geigenschlag,
Hat er ihm jemand treu, daß der's beweinen mag.
Nun weichet uns, ihr Recken, wohl dünket es mich gut;
Es heißen alle Degen, doch ist ihnen nicht gleich zumuth.“

Als der Fiedeler so zorniglich sprach da,
Hagen der gar kühne über Achsel sah,
Er sagte: „euch räth recht der kühne Spielmann,
Ihr Degen der Chriemhild, ihr sollt zu den Herbergen von dann.

Das ihr da habt in Willen, ich wähn', es niemand thu,
Wollt ihr es beginnen, so kommt uns morgen fruh,
Und laßt uns Wegemüden heut' haben Gemächlichkeit;
Wohl wähn' ich, Helden sind dazu stäts gerne bereit.“

Da brachte man die Gäste in einen weiten Saal,
Darinnen sie drauf nahmen den tödtlichen Fall;
Da fanden sie aufgerichtet gar manche Betten breit,
Ihnen rieth die Königin das allergrößeste Leid.

Wohl manch zierlichen Teppich von Arras man hier sah,
Von gar lichten Stoffen, auch manches Bettdach war da
Von arabischer Seide, wie sie zum besten konnt' sein,
Auch lag auf ihren Enden von Golde herlicher Schein.

Der Decklaken von Hermlin gar manche man ersah,
Und auch von schwarzem Zobel, darunter sie Ruhe da
Des Nachts sollten haben, bis an den lichten Tag;
Ein König mit seinen Freunden so herlich niemals lag.

„O weh der Nachtherberge! — sprach Giselher das Kind —
Und o weh meiner Freunde, die mit mir kommen sind!
Wie wohl es meine Schwester mir so gütig erbot,
Ich fürchte doch, daß wir müssen durch ihre Schuld liegen todt.“ —

„Nun lasset eure Sorgen — sprach Hagen der Degen —
Ich will der Schildwacht noch heut Nacht selber pflegen;
Ich behüte euch wohl mit Treuen, bis daß uns kommt der Tag,
Das wisset, schnelle Degen; so bleib' uns gesund, wer da mag.“

Da neigten sich ihm alle und sagten ihm drob Dank.
Sie gingen zu den Betten, die Weile war nicht lang,
Daß sich entkleidet hatten die fremden Mann;
Hagen der gar starke, der Held, sich zu waffnen begann.

Da sprach der Fiedeler Volker, der kühne Degen:
„Verschmäht ihr's nicht, Hagen, so will ich mit euch pflegen
Der Schildwacht heut Nacht, bis morgen es tagt."
Der Held gar minniglich seinen Dank an Volkern sagt'.

„Nun lohn' euch Gott vom Himmel, gar edler Volker!
In allen meinen Sorgen begehrt' ich niemands mehr,
Denn nur euch alleine, sobald ich hätte Noth;
Ich will es wohl verdienen, mir wehr' es denn der Tod."

Da gürteten sie sich beide in ihr lichtes Gewand,
Es nahm ihrer jedweder den Schild an seine Hand,
Und gingen aus dem Hause vor die Thür stehen;
Da behüteten sie die Degen, das war mit Treuen geschehen.

Volker der gar schnelle, an des Saales Wand
Seinen Schild, den guten, den lehnt' er von der Hand,
Da ging er hin wieder, die Fiedel er nahm,
Und diente seinen Freunden, als es den Degen zukam.

Unter die Thür des Hauses saß er auf den Stein,
Kühnerer Fiedeler von der Sonne möcht nie beschienen sein;
Da ihm der Saiten Tönen so süßiglich erklang,
Die stolzen Fremden sagten ihm dafür großen Dank.

Da klangen seine Saiten, daß all' das Haus ertoß;
Seine Kraft und sein Geschick, die beiden waren groß;
Sanfter und süßer zu fiedeln er begann;
Da schläfert' er ein in dem Bette gar manchen sorgenden Mann.

Da sie wohl entschlafen waren und er das fand,
Da nahm der biderbe Degen den Schild wieder an die Hand,
Er ging aus dem Hause vor die Thür stehen dann
Und hütete seine Freunde vor der Chriemhilde Mann.

Nach dem ersten Schlafe, ich weiß nicht, ob es eh' geschah,
Volker der gar kühne einen Helm scheinen sah
Fern aus der Finsterniß; die Chriemhilden Mann
Die wollten an den Gästen Schaden gern haben gethan.

Eh' Chriemhilde diese Recken hatte fortgesandt,
Sie sprach: „wenn ihr's also findet, daß ihr da schlaget niemand,
Um Gott so seid gemahnt, als den einen Degen,
Den ungetreuen Hagen; an die andern sollt ihr nicht Hand legen."

Da sprach der Fiedeler: „nun sehet, Herr Hagen,
Wohl geziemt mir's, diese Mähre nicht heimlich zu tragen:
Traun, ich sehe mit Waffen dorther Leute gehen,
Wie ich kann inne werden, ich wähn', sie wollen uns bestehen." —

„Nun schweiget — sprach da Hagen — laßt uns das näher sie;
Eh' sie unser werden inne, so wird mancher Helmschmuck hie
Verrücket mit den Schwertern von unser zweier Hand;
Sie werden heut ihren Frauen wieder übel hin gesandt.“

Einer der Hunnen Recken gar bald das ersah,
Daß die Thüre war behütet; sehr schnell sprach er da:
„Das wir da hatten in Willen, wohl mag es nicht ergehen;
Ich sehe den Fiedeler auf der Schildwacht stehen.

Der trägt auf seinem Haupte einen Helm voll Glanz,
Lauter und hart, fest und auch ganz;
Auch glüh'n die Panzer-Ringe, so wie das Feuer thut,
Bei ihm steht auch Hagen, drum sind die Gäste behütet gut.“

Sogleich sie wieder kehrten. Als Volker das ersah,
Zu seinem Heergesellen er zorniglich sprach da:
„Nun laßt mich zu den Recken von dem Haus von dann,
Ich will fragen um die Mähre der Frau Chriemhilde Mann.“ —

„Nein, um meine Liebe — sprach da Hagen —
Kommt ihr von dem Hause, mit Schwerten jagen
Euch leicht die schnellen Degen in solche Noth,
Daß ich euch müßte helfen, wär's all meiner Freunde Tod.

So wir dann beide kommen in den Streit,
Ihrer zween oder viere, in einer kurzen Zeit,
Die sprängen zu dem Hause und thäten uns Leiden schwer
Da an den Schlafenden, die wir genug könnten klagen nimmermehr.“

Da sprach wieder Volker: „so laßt doch das geschehen,
Daß wir ihnen bringen inne, daß wir sie haben gesehen,
Daß es nicht läugnen können der Chriemhilde Mann,
Daß sie gar mordlich gerne hätten an uns gethan.“

Da rief der Fiedeler den Hunnen stark nach:
„Wie geht ihr so gewaffnet? wozu ist euch so jach?
Wollt ihr auf Mord reiten, ihr Chriemhilden Mann?
Dazu biet' ich mich zur Hülfe und meinen Heergesellen an.“

Darauf antwortete niemand; zornig ward sein Muth;
„Pfi, ihr zaghaften Bösen! — sprach der Degen gut —
Wolltet ihr schlafend uns ermordet haben hie?
Das ist so guten Degen gethan worden bisher wohl nie.“

Da ward der Königin alles das gesagt,
Daß ihre Boten nichts erwarben, es ward von ihr sehr beklagt;
Da fügte sie's drauf anders, gar grimmig war ihr Muth;
Das mußten drauf entgelten die Degen kühn und auch gut.

31.

Abentheuer, wie die Herren zur Kirche gingen.

„Mir wird so kühl der Panzer — sprach da Volker —
Ich wähn', die Nacht uns wolle nun nicht währen mehr.
Ich merk' es an der Luft, es wird gar bald Tag.“
Da weckten sie gar manchen, der noch schlafend lag.

Da erschien der lichte Morgen den Gästen in dem Saal;
Hagen begann zu fragen die Recken überall:
Ob sie zu dem Münster zur Messe wollten von dann?
Nach christlichen Sitten man viel zu läuten begann.

Sie sangen ungleich, das mochte da klar sein,
Christen und Heiden die zogen nicht überein.
Da wollten zu der Kirche Günthers Mannen gehen;
Sie thaten von den Betten alle zugleich aufstehen.

Es kleideten sich die Recken in also gut Gewand,
Das nie mehr Helden in eines Königes Land
Bessere Kleider brachten; das war Hagen leid,
Er sprach: „wohl solltet ihr, Degen, hie tragen Kleider zum Streit.

Traun es sind euch doch genug die Mähren wohl bekannt;
Nun traget für die Rosen die Waffen in der Hand,
Für Kränze schön gesteinet die Helme licht und gut,
Seit wir so wohl erkennen der argen Chriemhilde Muth.

Wir müssen heute streiten, das will ich euch sagen,
Ihr sollt für seidene Hemden die lichten Panzer tragen
Und für die tiefen Mäntel die Schilde fest und weit,
Ob jemand mit euch zürne, daß ihr bewahret seid.

Meine gar liebe Herren, dazu Freunde und Mannen,
Ihr sollt gar williglich zu der Kirche von dannen,
Und klaget Gott dem reichen Sorge und eure Noth,
Und wisset sicherlichen, daß uns nahet der Tod.

Ihr sollt auch nicht vergessen, was durch euch ist gescheh'n
Und sollt gar flehentlich allda vor Gott steh'n;
Drum will ich euch warnen, ihr Recken gut und hehr,
Es wolle denn Gott vom Himmel, ihr höret sonst Messe nimmer mehr.“

So sah man zu dem Münster die Fürsten und Mannen geh'n,
Auf den heiligen Kirchhof; da hieß sie stille steh'n
Hagen der gar kühne, daß sich keiner vom andern schied',
Er sprach: „wohl weiß noch niemand, was von den Hunnen uns geschieht.

Leget, meine Freunde, die Schilde an den Fuß
Und danket, wenn euch jemand bietet schwachen Gruß,
Mit tiefen Todeswunden, das ist, was Hagen räth,
Daß ihr so werdet gefunden, daß es euch löblich steht."

Volker und Hagen die zween gingen von dann
Vor den weiten Münster, das ward darum gethan,
Da sie das wollten wissen, daß des Königes Weib
Mit ihnen sich müßte drängen; wohl war gar grimmig ihr Leib.

Da kam der Wirth des Landes und auch sein schönes Weib,
Mit gar reichem Gewande gezieret war ihr Leib,
Der schnellen Recken genug sah man da mit ihr fahren;
Da sah man hohes Stäuben von der Königin Schaaren.

Als der König Etzel also gewappnet sah
Die Recken von dem Rheine, gar bald sprach er da:
„Wie sehe ich meine Freunde unter Helmen geh'n?
Mir ist leid, auf meine Treue, ist ihnen durch jemand was gescheh'n.

Ich soll's ihnen gern büßen, so wie sie's dünket gut,
Hat jemand ihnen beschwerет das Herz und auch den Muth,
Sie sollen es werden wohl inne, daß es mir ist gar leid;
Was sie mir gebieten, dazu bin ich ihnen ganz bereit."

Da sprach von Troneg Hagen: „uns ist durch niemand was gescheh'n,
Es ist Sitte meiner Herren, daß sie gewaffnet geh'n
Zu allen Festlichkeiten bei vollen dreien Tagen;
Was man uns hie thäte, wir sollten's euch billig sagen."

Gar wohl erhörte Chriemhild, was Hagen sprach da;
Wie recht feindlich sie ihm unter die Augen sah!
Sie wollte doch nicht verrathen die Sitte von ihr'm Land,
Wie lange sie die daheim mit Freuden hätte gekannt.

Wie grimmig und auch wie stark sie ihnen feind wäre,
Hätte jemand gesaget Etzeln die rechte Mähre,
Er hätt' es abgewendet, daß nicht's da wäre geschehen;
Sie ließen's durch ihr'n Uebermuth, daß sie's ihm wollten nicht gestehen.

Da sah man die Königin mit großer Menge hingeh'n,
Es wollten diese zween jedoch zurück nicht steh'n,
Dreier Tritte breit; das war den Hunnen leid;
Wohl mußten sie sich drängen mit den Helden voll Tapferkeit.

Des Etzel Kämmereren däuchte das nicht gut;
Wohl hätten sie den Recken erzürnet da den Muth,
Nur durften sie es nicht vor dem Könige hehr;
Da war gar großes Drängen und doch nichts anders mehr.

Da man nun Gott gedienet und als sie wollten von dannen,
Da kamen zu den Rossen gar manche Hunnen Mannen,
Auch war gar manche schöne Maid bei Chriemhilden mit,
Eine Zahl von siebentausend Degen bei der Königin ritt.

Chriemhild mit ihren Frauen in die Fenster saß,
Zu Etzel dem reichen Könige, gar lieb war ihm das;
Sie wollten schauen reiten die Helden mit zierlichen Sitten:
Hei! was fremde Degen vor ihr auf dem Hofe ritten!

Nun war auch ihnen der Marschall mit den Rossen gekommen,
Dankwart der gar schnelle, er hatte zu sich genommen
Seines Herren Hofgesinde von Burgundenland;
Die Roß man wohl gesattelt den kühnen Nibelungen fand.

Da sie zu den Rossen kamen, die Könige und ihre Mann,
Volker der gar kühne zu rathen da begann,
Sie sollten Kampfspiel halten nach ihres Landes Sitten;
Es ward von den Degen drauf gar herlich geritten.

Auf den gar weiten Hof kam da mancher Mann;
Etzel und Chriemhild es sahen alles an;
Die beiden wurden groß, das Kampfspiel und das Schallen,
Von Christen und von Heiden; nur Lust fand man bei allen.

Auf das Stechen kamen alsbald geritten
Die Dietrichs Recken, in hochfährtigen Sitten;
Nach Kurzweil mit den Gästen sie sich umsah'n;
Hätte man's ihn gegönnt, sie hätten's gerne gethan.

Hei! wie manch guter Degen ihnen da nachjagt'.
Dem Herren Dieterich dem ward es gesagt:
Mit Günthers Mannen das Spiel er ihnen verbot,
Er fürcht'te um seine Degen; es ging zur sicherlicher Noth.

Da die von Bern geschieden waren von dannen,
Da kamen von Bechelaren die Rüdigers Mannen,
Fünfhundert unter Schilden, geritten vor den Saal;
Lieb wär' dem Markgrafen, sie hätten's vermieden diesmal.

Da ritt er weißlich zu ihnen durch die Schaar,
Und sagte seinen Degen: sie würden es gewahr,
Daß in Unmuth wären die Günthers Mann;
Wenn sie das Stechen ließen, das wäre ihm lieb gethan.

Da sich die von ihnen schieden, als uns das ist gesagt,
Da kamen die von Thüringen, die Helden unverzagt,
Und die von Dännemark, wohl tausend kühner Mann.
Von Stichen sah man fliegen viel' der Splitter von dann.

N.

Hawart und auch Irnfrid geselliglich ritten;
Drob waren die vom Rheine in hochfährtigen Sitten,
Sie boten manchen Kampf denen von Thüringenland;
Drob ward von Stichen durchlöchert manch herlicher Schildesrand.

Da kam auch zu dem Schalle der Herre Blödelein,
Mit tausend seiner Recken, die ließen da sichtbar sein,
Wie sie reiten konnten; sich hub groß Ungemach da.
Chriemhild es gar gerne auf Leid der Burgunden absah.

Sie gedacht' in ihrem Sinne, wie es hernach geschehen:
Geschähe jemand von ihnen Leid, so möcht' ich mich versehen,
Daß es begonnen würde; an den Feinden mein
Würde ich wohl gerochen; drob wollte ich gar ohne Angst sein.

Schrutan und Gibich auf den Kampfplatz ritten,
Hornbog und Ramung, nach Hunnischen Sitten;
Sie eilten gegen die Helden aus Burgunden-Land,
Die Schäfte flogen hoch mit Kräften vor des Saales Wand.

Was jemand auch that, es erhob sich nichts als Schall;
Man hörte vom Stoßen der Schilde Pallast und Saal
Gar laut ertosen durch Günthers Mann;
Dies Lob da sein Gesinde mit großen Ehren gewann.

Da war ihre Kurzweil so groß und auch so lang',
Daß durch die Satteldecken der Schweiß da floß ganz blank
Von den gar guten Rossen,. die die Helden ritten;
Sie suchten's an den Hunnen in viel hochfährtigen Sitten.

Da sprach der Fiedeler Volker der kühne Mann:
„Ich wähn', uns diese Recken dürfen nicht greifen an;
Ich hört' wohl sagen Mähre, daß sie uns trügen Haß,
Nun könnt' es sich in der Welt fürwahr nimmer fügen baß." —

„Zu den Herbergen führen — sprach der König hehr —
Soll man nun die Rosse, und reiten alsdann mehr
Gegen den Abend, so dessen wird Zeit;
Vielleicht die Königin dann Lob den Fremden beut."

Da sahen sie einen reiten so zierlichen hie,
Daß es all' der Hunnen keiner that nie;
Wohl mocht' er in den Fenstern haben seines Herzens Traut;
Er fuhr so wohl gekleidet, gleich eines gar werthen Ritters Braut.

Da sprach wieder Volker: „wie möcht' ich davon absteh'n?
Jenen Traut der Frauen muß ich bestrafet seh'n;
Es könnte niemand wenden, es geht ihm an Leben und Leib;
Traun, nicht acht' ich, ob drob zürne des Königes Etzel Weib." —

Nein, um meine Liebe — sprach der König alsbald —
's schelten uns die Leute, wenn wir ihnen thun Gewalt.
aßt ihr's erheben die Hunnen, das füget sich noch baß."
a noch der König Etzel bei der Königin saß.

Ich will das Kampfspiel mehren — sprach Hagen dagegen —
aßt die Frauen schauen und auch die Degen,
ie wir können reiten, das ist gut gethan,
Man giebt doch kein Lob an des Königes Günther Mann." —

Ich mag — sprach da Volker — meine Begier nicht stillen."
um Kampfe ritt er wieder; mit vollkommenem Willen
Stach er dem reichen Heiden das Speer durch seinen Leib;
as sah man drauf beweinen, beide, Jungfrauen und Weib.

a rückte hurtiglich Hagen nach ihm an,
Mit sechzig seiner Degen zu reiten er begann
ach dem Fiedeler, da der Kampf geschehen:
tzel und Chriemhild konnten es genau ersehen.

a wollten auch die Könige ihren Spielmann und Sassen
ei den starken Feinden nicht ohne Hülfe lassen;
a ward von tausend Helden gar künstlich geritten,
ie thaten, das sie wollten, in gar hochfährtigen Sitten.

a der reiche Hunne zu Tode war erschlagen,
Man hörte seine Verwandte weinen und auch klagen;
a fragt' all' das Gesinde: „wer hat das gethan?" —
Das hat der starke Spielmann;" sprachen da, die das sah'n.

ach Schwerdten und nach Schilden riefen da zuhand
es Markgrafen Verwandte von der Hunnen Land;
a wollten sie zu Tode erschlagen den Spielmann;
er Wirth aus einem Fenster gar sehr zu eilen begann.

a hub sich von den Leuten allenthalben Schall;
ie Günthers-Recken sprangen ab überall,
ie Roß zurücke stießen die Könige und all' ihre Mann;
a kam der König Etzel, der Herr es zu scheiden begann.

inen der Hunnen Mannen, den er da bei sich fand,
ine gar starke Waffe brach er ihm aus der Hand,
a schlug er sie alle zurück; denn ihm war viel Zorn:
Wie hätte ich meinen Dienst an diesen Helden nun verlor'n!

Wenn ihr nun diesen Spielmann hättet darum erschlagen,
ch hieß euch alle hängen, das will ich euch sagen;
ls er den Hunnen stach, gar wohl sein Reiten ich sah,
Daß es ohn' seinen Willen durch ein Straucheln geschah.

N 2

Friede meinen Gästen, ihr dürfet ihnen nichts thun."
Da ward er ihr Geleite. — Die Roſſ' die zog man nun
Zu den Herbergen; ſie hatten manche Knecht',
Die ihnen zu Dienſt waren mit allem Fleiße gerecht.

Der Wirth mit ſeinen Freunden ging in den Pallaſt;
Es durfte kein Zorn da mehr werden gefaßt.
Da richtete man die Tiſche, das Waſſer man ihnen trug,
Doch hatten die vom Rheine ſtarker Feinde da genug.

Wie Leid es Etzeln wäre, gewaffnet manche Schaar
Sah man nach Fürſten dringen, und wohl befliſſen gar,
Da ſie zu den Tiſchen gingen, den Gäſten aus Haß.
Ihren Freund ſie rächen wollten, wenn ſie möchten fügen das.

„Daß ihr gewaffnet lieber eſſet, denn bloß, —
Sprach der Wirth des Landes — die Unſitte iſt zu groß;
Wer aber meinen Gäſten hie thut irgend ein Leid,
Es geht ihm an ſein Haupt; ihr Hunnen, gewiß deß ſeid."

Eh' die Herren ſaßen, dauerte es gar lang';
Die Sorge um Chriemhilde ſie gar zu ſehr zwang;
Sie ſprach: „Herr Dietrich, deinen Rath ſuch' ich nach,
Deine Hülf' und Gnade; es ſteht gar ängſtlich meine Sach'."

Da ſprach für ſeinen Herren Hildebrand ſo tapferlich:
„Wer ſchlägt die Nibelungen, der thut es ohne mich,
Um keines Schatzes willen, es mag ihm werden leid;
Sie ſind noch unbezwungen, die Degen voll Tapferkeit."

Sie ſprach: „wohl hat mir Hagen alſo viel gethan;
Er mordete Siegfriden, meinen lieben Mann,
Der ihn aus den andern ſchiede, dem wär' mein Gold bereit;
Entgölt' es anders jemand, das wär' mir inniglich leid."

Da ſprach Meiſter Hildebrand: „wie könnte das geſchehen,
Daß man ihn bei ihnen erſchlüg'? ihr müßt es wohl einſehen;
Wenn man den Helden beſtünd', ſich hübe leicht eine Noth,
Daß Arme und auch Reiche darum müßten liegen todt."

Da ſprach in ſeiner Ehrbarkeit dazu Herr Dieterich:
„Die Bitte laſſet bleiben, es haben gegen mich,
Reiche Königin, deine Verwandte kein Unrecht gethan,
Daß ich gegen die edeln Degen einen Streit hier ſollt' anfah'n.

Die Bitte dich wenig ehret, gar edles Fürſten-Weib,
Daß du deinen Verwandten räthſt an Leben und Leib;
Sie kommen dir auf Gnade her in dieſes Land.
Siegfrid iſt ungerochen von des Dieterich Hand."

sie in dem Berner den Willen nicht fand,
gelobte sie alsbald in Blödeleins Hand
ie weite Mark, die Nudung sonst besaß.
auf da schlug ihn Dankwart, daß er die Gabe ganz vergaß.

e sprach: „du sollst mir helfen, Herr Blödelein;
hl sind in diesem Hause die großen Feinde mein,
e Siegfrid erschlugen, meinen lieben Mann;
r mir das hilft rächen, dem bin ich immer unterthan.“

auf antwort'te ihr Blödel, da er bei ihr saß:
ohl darf ich deinen Verwandten tragen keinen Haß,
nn sie mein Bruder bei sich siehet gern;
nn ich sie bestünde, des Königs Verzeih'n wär' mir fern.“ —

ein, Herr Blödel, ich bin dir immer hold,
hl geb' ich dir dafür mein Silber und mein Gold,
eine schöne Frau, des Nudung Weib;
magst du gerne herzen ihren gar minniglichen Leib.

s Land zu den Burgen will ich dir alles geben,
nn machst du, edler Ritter, mit Freuden immer leben,
winnest du die Marke, da Nudung inne saß;
s ich dir gelobe heute, mit Treuen leist' ich dir das.“

den Lohn vernahm der Herr Blödelin,
daß durch ihre Schönheit die Frau wohl taugte für ihn,
hnt' er mit Streit zu verdienen das minnigliche Weib;
rum mußten Recken da mit ihm verlieren den Leib.

eht wieder in den Saal — er zu der Königin sprach —
man es werde inne, ich erheb' einen Lärm darnach:
muß wohl büßen Hagen, was er euch hat gethan;
antwort' euch gebunden des Königes Günther Mann.“ —

un waffnet euch — sprach Blödel — alle meine Mannen,
hl sollen wir zu den Feinden in ihre Herberg von dannen,
s will mir nicht erlassen des Königs Etzel Weib,
rum sollen wir Degen alle wagen den Leib.“

die Königin Blödelin ließ, daß er anfing
en Streit um ihretwillen, zu Tische sie da ging
t Etzel dem Könige und mit ihm seine Mann;
e hatte grimmigen Rath gegen die Gäste gethan.

e sie zu Tische ging, das will ich euch sagen:
an sah da reiche Könige Krone vor ihr tragen,
r manchen hohen Fürsten und manchen werthen Degen,
e sah man große Züchtigkeit vor der Königin hegen.

Der Wirth befahl den Gästen die Sitze überall,
Den Höchsten und den Besten bei sich in dem Saal, 771
Den Christen und den Heiden ihre Speis' er unterschied:
Man gab genug den beiden, als es der weise König berieth.

Ihre and'ren Heergesellen in den Herbergen aßen,
Denen waren Truchsässe zu Dienste gelassen,
Die mit Speise fleißig sie wohl da pflegen sollten.
Ihre Bewirthung und ihre Freude ward drauf mit Jammer vergolte[n].

Da die Fürsten sich gesetzet hatten überall,
Und nun begannen zu essen, da ward in den Saal
Zu den Fürsten des Etzel Kind gebracht,
Das drauf dem reichen König gar starken Jammer macht'.

Dar gingen zu der Stunde vier von des Etzel Mann,
Sie trugen Ortlieb den jungen König, auch dann
Zu der Fürsten Tische, da auch Hagen saß;
Drauf mußt' das Kind ersterben durch seinen mordlichen Haß.

Als der reiche König seinen Sohn ersah,
Zu seiner Frau Verwandten er gütlich sprach da:
„Nun seht ihr, dies ist mein ein'ger Sohn, Freunde mein,
Und auch eurer Schwester; der mag euch noch viel zu Dienste sein.

Erwächst er nach seinem Stamm, so wird er ein kühner Mann,
Reich und auch gar edel, stark und wohlgethan:
Leb' ich noch eine Weile, und geb' ihm dreißig Land,
So mag euch dann wohl dienen des jungen Ortlieb Hand.

Darum ich bitte gerne, euch lieben Freunde mein,
Wenn ihr zum Lande wieder reitet fort an den Rhein,
So sollt ihr mit euch führen eurer Schwester Kind,
Und sollt auch meinem Sohn sei'n gnädiglich gesinnt.

Und ziehet ihn zu Ehren, bis daß er werd' ein Mann:
Hat euch was in dem Lande gethan irgend jemand dann,
Das hilft er euch rächen, ich verbürg's mit meinem Leib."
Die Rede hört' auch Chriemhild des edeln König Etzel Weib.

„Ihm sollten wohl vertrauen diese Degen,
Erwüchs er zu einem Manne? — sprach Hagen dagegen —
Doch ist der junge König so schwächlich anzusehen,
Man soll mich sehen selten zu Hofe nach Ortlieb gehen."

Der König Hagen anblickte, die Rede war ihm leid,
Doch nicht dagegen redete der Fürst voll Höflichkeit,
Es betrübte ihm sein Herz und beschwerte ihm den Muth;
Da war des Hagen Wille nicht zur Kurzweile gut.

Es that den Fürsten allen mitsammt dem Könige leid,
Was Hagen von seinem Kinde hatte gesprochen heut;
Daß sie's vertragen sollten, das war ihnen Ungemach,
Sie wußten nicht die Mähre, was geschah von dem Recken darnach.

Genug die es hörten, und die ihm trugen Haß,
Ihn hätten gerne bekämpft; auch hätte der König das,
Dürft' er's nach seinen Ehren, so wär er kommen in Noth.
Drauf that ihm Hagen mehr, er schlug ihn vor seinen Augen todt.

32.

Abentheuer, wie Blödel mit Dankwart in der Herberge stritt.

Bereitet waren nun die Recken des Blödelin.
Mit tausend Panzerhemden huben sie sich dahin,
Da Dankwart mit den Knechten an den Tischen saß.
Da hub sich unter Degen Mord und neidlicher Haß.

Als der Herr Blödel vor die Tische ging,
Dankwart der Marschall ihn gütlich empfing:
„Willkommen hier im Hause, mein Herr Blödelein;
Was eure Reise meine, drob wundern sich die Sinne mein.“ —

„Traun, du darfst mich nicht grüßen — sprach da Blödelein,
Denn dieses Kommen, das meine, das soll dein Ende sein,
Um Hagen deinen Bruder, der Siegfrid erschlug;
Das entgiltst du bei den Hunnen und andere Degen genug.“ —

„Nein, Herr Blödel, — so sprach da Dankwart —
So möchte uns bald reuen diese Hofefahrt.
Ich war ein gar kleiner Knecht, da Siegfrid verlor den Leib,
Traun, nicht weiß ich, was von mir will des Königes Etzel Weib.“ —

„Wohl weiß ich dir der Mähre nicht mehr zu sagen,
Es thaten deine Verwandte, Günther und Hagen;
Nun wehret euch, ihr Fremden, ihr könnt nicht bleiben leben,
Ihr müsset mit dem Tode ein Pfand der Chriemhilde geben.“ —

„So wollt ihr nicht ablassen — sprach da Dankwart —
So reuet mich mein Flehen, das wäre besser gespart.“
Der schnell' und kühne Degen von dem Tische sprang,
Er zog eine scharfe Waffe, die war groß und auch lang.

Da schlug er Blödeleinen einen geschwinden Schwerdtes Schlag,
Daß ihm das Haupt mit dem Helm gar schier vor den Füßen lag:
„Das sei dein' Morgengabe — sprach Dankwart der Held —
Zu der Nidungs Braut, die du zu Freuden hast bestellt.

Sie mag sich morgen vermählen einem andern Mann;
Will er den Brautlohn, ich thu' ihm Gleiches an."
Ein gar getreuer Hunne ihm das gesaget hatt',
Daß zu so großem Leid die Königin gab Rath.

Da sahen Blödelins Mannen, daß ihr Herr lag erschlagen,
Da wollten sie von den Gästen nicht länger das ertragen,
Mit aufgehob'nen Schwerdtern sprangen sie vor die Knechte,
In einem grimmigen Muthe; das drauf wohl manchen gereuen möchte.

Gar laute rief der Marschall das Gesinde alles an:
„Ihr seht wohl, edele Knechte, wie es mit uns gethan;
Nun wehret euch gar Armen, so wie euch zwinget Noth,
Daß ihr mit Tapferkeit ohne Schande lieget todt."

Die Schwerdter nicht hatten, die griffen nach der Bank,
Sie huben aus den Füßen wohl manchen Schemel lang,
Der Burgunden Knechte nichts wollten von ihnen ertragen;
Da wurden von schweren Stühlen durch Helme viel Beulen geschlagen.

Wie grimmig sich da wehrte der fremde junge Hauf'!
Sie trieben aus dem Hause die Gewaffneten drauf;
Doch blieben ihrer todt darinnen fünfhundert oder bas;
Da ward das Hofgesinde vom Blute roth und auch naß.

Diese starken Mähre wurden darauf gesagt
Den Etzels Recken: von ihnen ward sehr geklagt,
Daß erschlagen wäre der Herr und seine Mann;
Das hatte des Hagen Bruder mit den Knechten gethan.

Eh' man's bei Hofe erfuhr, gürteten durch ihren Haß
Der Hunnen sich zwei tausend, oder wohl noch bas;
Sie gingen zu den Knechten, das mußt' sich so begeben,
Und ließen vom Gesinde nicht einen mehr beim Leben.

Die Ungetreuen brachten vor das Haus ein großes Heer;
Die tapfern Knechte die standen wohl zur Wehr;
Was half ihr kühnes Fechten? Sie mußten liegen todt.
Darnach in kurzen Stunden sich hub furchtbare Noth.

Hier mögt ihr hören Wunder, von Unerhörtem sagen:
Neun tausend Knechte die lagen todt erschlagen,
Darüber zwölf Ritter der Dankwarts Mann;
Man sah ihn ganz alleine bei seinen Feinden steh'n dann.

Der Schall der war geschwichtigt, das Tosen war erlegen;
Da blickte über Achsel Dankwart, der kühne Degen;
Er sprach: „o weh, der Freunde, die ich fallen geseh'n!
Nun muß ich ganz allein hie bei meinen Feinden steh'n."

ie Schwerdter heftig fielen allein auf seinen Leib;
as mußte drauf beweinen gar manches Helden Weib;
en Schild den rückt er höher, den Schildriem nieder baß:
a macht' er viele Panzer mit fließendem Blute naß.

O weh mir dieses Leides — sprach Aldrians Kind —
un weichet, Hunnen Recken, und laßt mich an den Wind,
aß die Luft erkühle mich sturmmüden Mann."
a drang er wider ihr'n Willen im Streit gegen die Thüre an.

er Held in großem Zorne aus dem Hause sprang;
ie manches neue Schwerdt auf seinem Leib' erklang!
ie nicht gesehen hatten, welch' Wunder that seine Hand,
ie sprangen da entgegen dem von Burgunden Land.

Nun wollte Gott — sprach Dankwart — möcht' ich den Boten finden,
er meinem Bruder Hagen könnte verkünden,
aß ich vor diesen Recken steh' in solcher Noth;
r hülfe mir von hinnen, oder er läge bei mir todt."

a sprachen die Hunnen Recken: „der Bote mußt du sein,
o wir dich tragen todt vor den Bruder dein,
o ersieht sein erstes Leid der Günthers Mann;
u hast dem König Etzel so großen Schaden hie gethan." —

r sprach: „nun laßt das Dräuen und steht bei Seite baß;
ohl mach' ich eurer etlich noch die Ringe naß.
un wehr' mir's, wer da wolle, ich will zu Hofe fort
nd will selber meine Herren lassen wissen diesen Mord."

r drang so tapferlich auf des Etzel Mann,
aß sie ihn mit den Schwerdtern nicht durften greifen an;
a schossen sie so viel Pfeile in seinen Schildesrand,
aß er ihn durch die Schwere mußte lassen von der Hand.

ie wähnten ihn zu bezwingen, da er nicht Schild mehr trug;
ei! was er tiefe Wunden durch lichte Helme schlug!
rob mußte vor ihm straucheln gar mancher kühne Mann;
arum gar großes Lob der kühne Dankwart gewann.

u beiden seinen Seiten sprangen sie ihm zu;
ohl kamen ihrer etlich in dem Streite zu fruh;
r ging vor seinen Feinden, so wie ein Eberschwein
u Walde thut vor Hunden; wie möchte er kühner sein?

Seine Fahrt ward oft erneuet von heißem Blute naß;
Wohl konnte ein einiger Recke im Streit sein nimmer baß
Mit also viel der Feinde, denn von ihm ist gescheh'n;
Man sah des Hagen Bruder zu Hofe herlich geh'n.

Truchsässen und Schenken die hörten Schwerdtes Klang;
Gar mancher da das Trinken von der Hand schwang
Und einige die Speise, die man zu Hofe trug;
Da kamen ihm vor der Stiege der starken Feinde genug.

„Wie nun, ihr guten Knechte? — sprach der müde Degen —
Wohl solltet ihr die Gäste gar gütlich pflegen
Und solltet nun den Herren die edle Speise tragen,
Und ließet mich die Mähre zu Hofe meinen Herren sagen."

Welcher durch seinen Muth ihm vor die Stiege sprang,
Derer etliche schlug er so schweren Schwerdtes Schwang,
Daß sie durch die Furcht bei Seite mußten von dann;
Wohl hatt' sein starker Muth gar manchem ein Ende gethan.

Also der kühne Dankwart unter die Thüre trat,
Des Etzel Hofgesinde er bei Seit' zu weichen bat;
Mit Blute war beronnen alles sein Gewand;
Eine gar starke Waffe die trug er bloß in seiner Hand.

Es war recht in der Zeit, da Dankwart kam vor die Thür,
Als man Ortlieben *) herum trug da und hier,
Von Tische zu Tische, den Fürsten wohl geboren;
Durch diese starke Mähre ward das Kindelein verloren.

33.
Abentheuer, wie Dankwart seine Mähre zu Hofe seinen Herren brachte.

Gar laute rief da Dankwart vor dem Saal:
„Ihr sitzet, Bruder Hagen, zu lange allzumal;
Euch und Gott vom Himmel klage ich uns're Noth:
Ritter und Knechte sind in der Herberge todt."

Er rief ihm hin entgegen: „wer hat das gethan?" —
„Das that der Herr Blödel und andere seiner Mann:
Auch hat er's nicht genossen, die Mähre will ich euch sagen;
Ich habe mit meinen Händen ihm sein Haupt abgeschlagen." —

„Das ist ein kleiner Schade — sprach Hagen dagegen —
Wo man solche Mähre saget von Degen,
Daß er von Recken Händen verlieret seinen Leib,
Ihn sollen desto geringer beklagen trefliche Weib.

---

*) Der Sohn Etzels und der Chriemhild.

Nun saget mir, lieber Bruder, wie seid ihr so roth?
Ich wähne, ihr von Wunden leidet große Noth;
Ist jemand in dem Lande, der's euch hat gethan,
Ihm helfe der böse Teufel, es geht gen sein Leben an." —

„Ihr seht mich wohl gesund, mein Gewand ist Blutes naß,
Von andrer Mannen Wunden ist mir geschehen das,
Der'n ich also manchen heute hab' erschlagen;
Wenn ich's beschwören sollt', ich könnt' es nimmer anders sagen."

Er sprach: „Bruder Dankwart, so hütet uns die Thür,
Und lasset der Hunnen keinen kommen nicht hinfür;
Ich will reden mit den Recken, als uns dazu zwingt Noth,
Unser Hofgesinde liegt von ihnen unverdienet todt." —

„Soll ich sei'n Kämmerer — so sprach der kühne Mann —
Also reichen Königen ich wohl dienen kann,
So pflege ich der Stiegen nach den Ehren mein."
Den Chriemhilden Degen konnte leidvoller nicht sein.

„Mich nimmt das großes Wunder — sprach da Hagen —
Was nur hinnen die Hunnen Degen sich heimlich sagen;
Sie, wähn' ich, deß, der an der Thür dort steht, leicht entbehren,
Der auch hat den Burgunden gesaget die Hofemähren.

Ich hab' gehört gar lange von Chriemhilden sagen,
Daß sie ihr Herzenleid wollt' nicht ungerochen tragen:
Nun trinken wir auf Minne und vergelten des Königs Wein;
Der junge Vogt der Hunnen der muß hie der erste sein."

Da schlug das Kind Ortlieben Hagen der Held gut,
Daß ihm an dem Schwerdt auf die Hand floß das Blut,
Und daß der Königin das Haupt sprang in den Schoß;
Da hub sich unter den Degen ein Mord gar grimmig und groß.

Auch schlug er dem Hofmeister einen gar geschwinden Schlag,
Mit beiden seinen Händen, der des Kindes pflag,
Daß ihm das Haupt schier flog vor dem Tisch' hinab.
Es war ein jämmerlicher Lohn, den er dem Hofmeister gab.

Er sah vor Etzels Tische einen Spielmann;
Hagen in seinem Zorne dahin zu gehen begann,
Er schlug ihm über der Fiedel ab die rechte Hand:
„Das habe für die Botschaft in der Burgunden Land." —

„O weh mir meiner Hand! — sprach Werbel der Spielmann —
Herr Hagen von Troneg, was hab' ich euch gethan?
Ich kam auf große Treue in eurer Herren Land;
Wie kling' ich nun die Töne, seit ich verloren hab' die Hand?"

Hagen achtete gering, fiedelt' er auch nimmermehr;
Da übte sich in dem Hause der Mordgrimme sehr
An den Etzels Recken, der'n er so manchen schlug;
Er bracht' ihrer in dem Saale zu dem Tode genug.

Volker sein Geselle von dem Tische sprang,
Sein Fiedelbogen ihm laut an seiner Hand erklang,
Da fiedelte ungefüge der Könige Spielmann;
Hei! was er ihm zu Feinden der kühnen Hunnen gewann!

Da sprangen von den Tischen die drei Könige hehr;
Sie wollten's gerne scheiden, eh' des Schadens würde mehr.
Sie konnten's mit ihren Sinnen da nicht vollbringen,
Da Volker und auch Hagen so sehr zu wüthen anfingen.

Da der Vogt vom Rheine sah unabwendbar den Streit,
Da schlug der Fürst selbst gar manche Wunde weit
Durch die lichten Panzer den argen Feinden sein;
Er war ein Held mit der Hand, das ließ er wohl sichtlich sein.

Da kam auch zu dem Streite der starke Gernot,
Wohl streckt' er den Hunnen gar manchen Helden todt,
Mit dem scharfen Schwerdte, das gab ihm Rüdiger,
Den Etzels Recken that er gar gewalt'ge Beschwer.

Der junge Sohn der Frau Ute zu dem Streite sprang,
Seine Waffe herlich durch die Helm' erklang
Den Etzels Recken aus der Hunnen Land;
Da that gar großes Wunder des kühnen Giselher Hand.

Wie tapfer sie alle waren, die Kön'ge und ihre Degen,
Doch sah man Giselheren den starken Feinden entgegen
Zu aller vorderst stehn; er war ein Held gar gut;
Er streckt' da mit den Wunden gar manchen nieder in das Blut.

Die Etzel's Mannen sich auch gar heftig wehrten.
Da sah man die Gäste mit den lichten Schwerdten
Immer hauend gehen durch des Königes Saal;
Da hörte man allenthalben vom Streite gewaltigen Schall.

Da wollten die draußen bei den Freunden sein drinn;
Sie nahmen an der Stiege sehr kleinen Gewinn;
Da wollten die darinnen gar gerne vor die Thür,
Da ließ doch der Pförtner ihrer keinen nicht dafür.

Da hub sich in der Pforte gar groß der Gedrang,
Und auch von den Schwerdten auf Helmen lauter Klang.
Drob kam der kühne Dankwart in gar starke Noth.
Dafür sorgte drauf sein Bruder, als ihm seine Treue gebot.

Gar laut rief Hagen da Volker dem Kecken:
„Seht ihr dort, Geselle, vor Hunnischen Recken
Meinen Bruder stehen unter starken Schlägen?
Freund, helft mir dem Bruder, eh' wir verlieren den Degen." —

„Das thu ich sicherlichen;" sprach der Spielmann.
Er nun fiedelnd durch den Pallast zu geh'n begann,
Ein scharfes Schwerdt ihm oft in seiner Hand erklang:
Die Recken von dem Rheine sagten ihm drob großen Dank.

Volker der gar kühne zu Dankwarten sprach:
„Ihr habt erlitten heute manch großes Ungemach,
Mich bat euer Bruder um Hülfe zu euch zu gehen;
Wollt ihr nun sein daraußen, so will ich innerhalben stehen."

Dankwart der gar schnelle stund außerhalb der Thür;
Da wehrt' er ihnen die Stiege, wieviel ihrer kamen dafür.
Drob hörte man Waffen hallen an der Helden Hand,
So thät auch innerhalben Volker von Burgundenland.

Der kühne Fiedeler rief hin über die Menge:
„Mein Freund, Herr Hagen, das Haus ist beschlossen enge,
Wohl ist also verschränket die Etzels Thür
Von zweier Recken Händen, die gehn wohl tausend Riegeln für."

Da der starke Hagen die Thür' so sah in Hut,
Den Schild warf er zurücke, der Degen kühn und gut,
Nun erst begann er zu rächen seiner Freunde Leid;
Seinen Zorn mußte entgelten mancher Ritter voll Zierlichkeit.

Als der Vogt von Berne das Wunder recht ersah,
Daß der grimme Hagen so manchen Helm brach da,
Der König der Amelungen sprang auf eine Bank,
Er sprach: „hie schenket Hagen den aller bösesten Trank."

Der Wirth trug große Sorge, sein Weib hatt' auch genug;
Wie viel man lieber Freunde vor seinen Augen erschlug!
Der Feind ihm selber kaum das Leben da noch ließ;
Er saß gar ängstlich dort; was half's ihm, daß er König hieß?

Chriemhild die Fraue rief Dietrichen an:
„Nun hilf mir von dem Sitze, Ritter, und von dann,
Um aller Fürsten Tugend, du, aus Amelungen Land!
Erreichet mich dort Hagen, ich hab' den Tod an der Hand." —

Wie soll ich euch wohl helfen — sprach da Dieterich —
Gar edele Königin? wohl sorg' ich selbst um mich;
Es sind so sehr erzürnet die Günthers-Mann,
Daß ich in diesen Stunden niemand wohl befrieden kann." —

„Nein, mein Herre Dieterich, gar edler Ritter gut,
Lass' heut' erscheinen deinen tugendlichen Muth,
Daß du mir hilfst von hinnen, oder ich bleibe todt:
Nun hilf mir und dem Könige aus dieser ängstlichen Noth.“ —

„Ich will's versuchen, ob mir euch Hülfe glückt;
Denn ich in langen Zeiten nicht habe erblickt
Also bitterlich erzürnet so manchen Ritter gut.“
Wohl sah er durch die Helme von Schwerdten fließen das Blut.

Mit Kraft begann zu rufen der Degen Ruhmes voll,
Daß seine Stimme laut wie ein Wiesenthorn erscholl,
Und daß der Pallast weit von seiner Kraft ertoß;
Die Stärke Dieterichs war gar unmäßig groß.

Da erhörte Günther rufen diesen Mann,
In dem starken Sturm; zu lauschen er begann;
Er sprach: „Dietrichs Stimme ist in mein Ohr gekommen,
Ich wähn', ihm unsere Degen haben etwas hie benommen.

Ich sehe ihn auf dem Tische, er winket mit der Hand;
Ihr Freunde und ihr Verwandte von Burgundenland,
Höret auf mit dem Streite, laßt hören und sehen,
Was hie dem kühnen Degen von uns zu Schaden sei geschehen.“

Da der König Günther bat und auch gebot,
Hielten sie ein mit den Schwerdten in des Sturmes Noth;
Er übte Gewalt gar groß, daß da niemand schlug,
Wohl fragt' er den von Bern um die Mähre bald genug;

Er sprach: „sehr edler Dietrich, was ist euch hie gethan
Von meinen Verwandten? Gern biete ich euch an
Sühne und Buße, dazu bin ich euch bereit.
Was euch jemand thäte, das wäre mir inniglich leid.“

Da sprach der Herr Dietrich: „mir ist noch nichts gescheh'n,
Wodurch ich irgend Schaden von euch möchte seh'n,
Nur laßt mich von dem Streite mit dem Gesinde mein,
Das will ich um euch Degen immer verdienend sein.“ —

„Wie flehet ihr so sehr! — sprach da Wolfhart —
Wohl von dem Fiedeler die Thür nicht so versperrt ward,
Wir schließen sie auf so weit, daß wir gehen von dann.“ —
„Nun schweig — so sprach Herr Dietrich — du hast den Teufel gethan.“

Da sprach der König Günther: „erlauben ich euch's will,
Führet aus dem Hause wenig oder viel,
Ohne meine Feinde, die sollen immer bleiben stehen,
Mir ist durch sie bei den Hunnen gar großes Leid geschehen.“

Der Herr da von Berne unter einen Arm schloß
Die edele Königin, deren Angst die war groß,
Da führte er anderseits Etzeln mit sich von dannen;
Auch gingen mit ihm hinweg sechshundert seiner kühnen Mannen.

Da sprach der Markgraf, Herr Rüdiger, edel und hehr:
„Soll noch aus dem Hause jemand kommen mehr,
Die euch doch dienen gerne, so lasset's uns hören,
So soll man stäten Frieden guten Freunden nimmer stören."

Drauf antwortete Giselher seinem Schwäher zuhand:
„Friede und Sühne machen wir euch bekannt,
Da ihr seid in Treuen stät, ihr und eure Mannen;
Ihr sollt ungeängstigt mit euren Freunden geh'n von dannen."

Da Rüdiger der Herre räumte den Saal,
Fünf hundert oder mehr folgten ihm hinab zumal.
Die Stiegen von dem Hause, das waren seine Mann,
Von denen der König Günther großen Schaden drauf gewann.

Da sah ein Hunnen Recke mit dem Berner
Etzel den König gehen, das wollt' benutzen er;
Dem gab der Fiedeler einen schweren Schlag,
Daß ihm vor Etzels Füßen das Haupt gleich nieder lag.

Da der Wirth des Landes kam aus dem Haus von dann,
Da kehrt' er sich hin wieder und sah Volkern an:
„O weh mir dieser Gäste! das ist 'ne grimme Noth,
Daß alle meine Freunde soll'n bleiben vor ihnen todt!

O weh' der Festlichkeit! — sprach der hehre König —
Da ficht einer innen, der nennet Volker sich,
So wie ein wilder Eber und ist ein Spielmann;
Ich dank' es meinem Heile, daß ich dem Teufel entrann.

Seine Lieder lauten übel, seine Züge die sind roth,
Wohl fällen seine Töne gar manchen Helden todt;
Ich weiß nicht, was an uns rügt derselbe Spielmann,
Denn ich noch keinen Gast so leidenvoll gewann."

Zur Herberge gingen die Recken also hehr,
Der Herre da von Berne und auch Rüdiger;
Sie wollten mit dem Streite nichts haben zu thun,
Und geboten auch ihren Degen, daß sie mit Frieden sollten ruh'n.

Und hätten die Burgunden verseh'n sich solcher Schwere,
Daß die ihnen von den beiden künftighin wäre,
Sie wären von dem Hause nicht so sanft gekommen,
Sie hätten eine Strafe an den gar Kühnen eh' genommen.

Sie hatten, die sie wollten, gelassen aus dem Saal,
Da hub sich innerhalben ein gewaltiger Schall;
Die Gäste sehr rochen, das ihnen vorher geschah.
Volker der gar kühne, hei! was er lichter Helme brach da!

Sich kehrte gen den Schall der hehre König Günther:
„Hört ihr die Töne, Hagen, die dort Herr Volker
Mit den Hunnen fiedelt, wer zu der Thür nur trat?
Es ist ein rother Anstrich, den er am Fidelbogen hat.“ —

„Mich reuet ohne Maßen — sprach Hagen dagegen —
Daß ich mich jemals schied von diesem Degen;
Ich war sein Geselle und auch er der mein',
Und kehr'n wir jemals wieder, soll'n wir's noch immer mit Treuen sein.

Nun schaue, König Günther, Volker der ist dir hold,
Er dienet williglich für dein Silber und dein Gold;
Sein Fidelbogen ihm schneidet durch den gar harten Stahl,
Er bricht von den Helmen die leuchtenden Zierden allzumal.

Man ersah nie einen Fiedler so herlich stehn,
Als man den Degen Volker heute hat geseh'n;
Denn seine Lieder hallen durch Helm und Schildes-Rand,
Wohl soll er reiten gute Roß und tragen herlich Gewand.“

So viel es der Hunnen Recken in dem Hause hatte gegeben,
Deren war nun keiner darinnen mehr am Leben;
Der Schall war nun geschwichtet, da niemand bot mehr Streit;
Die Schwerdter von Händen legten die kühnen Degen voll Tapferkeit.

34.

Abentheuer, wie die Burgunden die Todten warfen aus dem Saal.

Die Herr'n voll Müdigkeit setzten sich allzumal;
Volker und Hagen die gingen vor den Saal,
Sich lehnten über die Schilde die übermüth'gen Mann;
Es ward gar spöttlich Reden von ihnen beiden da gethan.

Da sprach von Burgunden Giselhèr der Degen:
„Wohl mögt ihr, lieben Freunde, zur Ruh' euch noch nicht legen,
Ihr sollt die todten Leute aus dem Hause tragen;
Wir werden noch angegriffen, ich will's euch wahrlich sagen.

Sie sollen unter den Füßen hier nicht länger liegen.
Eh' daß uns die Hunnen mit Sturme besiegen,
Da hauen wir noch viel Wunden, was mir gar sanfte thut;
Dazu hab' ich — sprach Giselher — einen gar stätigen Muth.“ —

„O wohl mir solches Herren, — sprach Hagen dagegen —
Der Rath geziemet niemand, als einem solchen Degen,
So wie wir heute meinen jungen Herr'n geseh'n,
Drob möget ihr Burgunden alle fröhlich stehn."

Da folgten sie dem Kinde und trugen vor die Thür
Wohl siebentausend Todten, die warfen sie dafür,
Vor des Saales Stiege, da fielen sie hinab,
Drauf sich von ihren Verwandten ein großes Klagen begab.

Es waren ihrer etlich' nur so mäßig wund,
Daß wenn man sie sanfte pflegte, sie wurden noch gesund,
Die von dem hohen Falle mußten liegen todt;
Drob klagten da ihre Freunde, dazu zwang sie jammerhafte Noth.

Da sprach der Fiedeler, ein Recke unverzagt:
„Nun schau' ich davon die Wahrheit, als man mir hat gesagt,
Die Hunnen sind gar böse, sie klagen wie die Weib;
Nun sollten sie besorgen der schwer Verwundeten Leib."

Da wähnte ein Markgraf, er meinte die Rede gut;
Er sah einen seiner Verwandten gefallen in das Blut,
Er umschloß ihn mit den Armen und wollt' ihn tragen von dann,
Den schoß über ihm zu tode der gar kühne Spielmann.

Da die andern das sahen, hub sich die Flucht von dann;
Sie begannen alle zu fluchen demselben Spielmann.
Drauf hub er von den Füßen einen Speer gar hart,
Der von einem Hunnen zu ihm herauf geschossen ward,

Den schoß er kräftiglich durch die Burg von dann,
Ueber das Volk gar ferne; die Etzel's Mann
Hatten nur Sicherheit weit ferner von dem Saal;
Seine gar gewaltige Kraft die Leute fürchteten überall.

Da stunden vor dem Hause wohl manche tausend Mannen.
Volker und auch Hagen zu reden da begannen
Mit der Hunnen König, nach ihrem Willen und Muth.
Drob kamen drauf in Sorgen die Helden kühn und gut.

„Es ziemte sich — so sprach Hagen — wohl zu des Volkes Ehr',
Daß der Herre föchte zu allervorderst mehr,
Also der König Günther und Gernot hier thut;
Die hauen durch die Helme, daß an den Schwerdten fließt das Blut."

Etzel war so kühn, er faßte seinen Schild:
„Nun fahrt behutsamlich; — sprach seine Frau Chriemhild —
Und bietet den Recken Gold auf Schildesrand;
Denn erreichet euch dort Hagen, ihr habt den Tod an der Hand."

Der König der war so kühn, er wollt' nicht lassen den Streit,
Wozu so reiche Fürsten selten mehr sind bereit;
Man mußte ihn bei dem Schildriem' halten an.
Hagen der gar grimme ihn wieder zu höhnen begann:

„Es war eine nahe Sippschaft — sprach da der Degen Hagen —
Die Etzel und Siegfrid zusammen haben getragen:
Er minnete Chriemhilden, eh' sie je ersah dich;
Gar böser König Etzel, warum verräthst du mich?"

Diese Rede hörte wohl des Königes Weib;
Drob ward gar unmuthig der Chriemhilde Leib,
Daß er sie durfte schelten vor Etzels Mann,
Darum sie wieder stark gegen die Gäste zu treiben begann.

Sie sprach: „der von Troneg Hagen mir erschlüge
Und mir sein Haupt als Gabe vor mich trüge,
Dem füllt ich voll rothes Gold des Etzel Schildesrand,
Auch gäb' ich ihm zu Lohne viel gute Burgen und auch Land." —

„Ich weiß nicht, was sie zaudern; — sprach der Spielmann da —
Niemalen Helden so zaglich steh'n ich sah,
Da man hörte bieten so recht reichen Sold;
Sie sollten gern verdienen die Burgen und auch das rothe Gold."

Etzel der so reiche hatte Jammer und Noth,
Er klagte bitterlich um der Freunde und Mannen Tod;
Da standen von manchem Lande viel Recken unerfreut,
Die weinten mit dem Könige um sein kräftiges Leid.

Drob der kühne Volker zu spotten begann:
„Ich sehe hier sehr weinen gar manchen hehren Mann,
Sie helfen ihrem Herrn gar übel in seiner starken Noth;
Wohl essen sie mit Schanden nun gar lange hier sein Brod."

Da gedachten sich die Besten: er hat gesagt die Wahrheit;
Doch war es da niemand so herziglichen leid,
Als dem Herrn Iring, dem Helden aus Dänenland,
Daß man in kurzen Zeiten in der Wahrheit wohl es fand.

35.

Abentheuer, wie Hagen Iring erschlug.

Da rief von Dännemark der Markgraf Iring:
„Es ist nun lange Zeit, daß ich auf Ehr' ausging
Und ist in Volkes Stürmen des Besten viel gescheh'n:
Nun bringet mir meine Waffen, wohl will ich Hagen besteh'n." —

„Das will ich widerrathen; — sprach da Hagen —
Sonst gewinnen eure Verwandte noch mehr zu klagen.
Springen euer zween oder drei zu mir herein,
Ist's, daß sie meiner warten, ihr Scheiden soll ihnen schädlich sein.“ —

„Darum ich es nicht lasse — sprach wieder Iring —
Ich habe schon sonst versuchet gleich besorgliche Ding';
Wohl will ich mit dem Schwerdte alleine dich besteh'n,
Wär' auch von dir im Streit' mehr als je durch andere gescheh'n.“

Da ward gewaffnet Iring nach ritterlicher Sitt';
Also ward auch von Thüringen der Landgraf Irnfrid,
Und Hawart der gar starke, wohl mit tausend Mann;
Was Iring begönne, sie wollten's alle sehen an.

Da sah der Fiedeler eine große Schaar,
Die da mit Iringen gewaffnet kamen dar,
Sie trugen aufgebunden wohl manchen Helm sehr gut;
Drob ward dem kühnen Volker ein Theil gar zornig zumuth.

‚Seht ihr, Freund, Herr Hagen, dort Iringen geh'n,
Der euch hie mit dem Schwerdte allein gelobt' zu besteh'n;
Wie ziemet Helden Lüge? ich will das schelten sehr;
Es gehn mit ihm gewaffnet wohl tausend Recken oder mehr.“ —

‚Nun sagt nicht, daß ich lüge — so sprach Hawarts Mann —
Ich will es leisten gerne, was ich gelobte an,
Durch keinerlei Furcht will ich davon abgeh'n;
Wie gräulich nun sei Hagen, ich will ihn alleine besteh'n.“

Freunde und Mannen fußfällig Iring bat,
Daß sie ihm alleine erlaubten gegen den Recken die That.
Das ließen sie ungerne, denn ihnen war wohl bekannt
Der übermüth'ge Hagen aus der Burgunden Land.

Doch bat er sie so lange, daß es drauf geschah;
Da das Heergesinde seinen Willen ersah,
Daß er warb nach Ehren, da ließen sie ihn geh'n.
Da ward ein grimmiges Streiten von ihnen beiden geseh'n.

Iring der gar starke hoch erhob den Speer,
Den Schild er vor sich zuckte, der Degen theuer und hehr,
Da lief er auf zu Hagen heftig vor den Saal;
Da hub sich von den Degen ein gar gewaltiger Schall.

Da schossen sie die Speere mit Kräften von der Hand
Durch die gar festen Schilde auf ihr lichtes Gewand,
Daß die Speer-Stangen sich hoch drehten von dann;
Da griffen zu den Schwerdten die zween grimm und kühnen Mann.

Des starken Hagen Kraft war wohl unmäßig groß;
Auch schlug auf ihn Iring, daß all' die Burg ertoß;
Pallast und Thürme erhallten von ihren Schlägen;
Es konnte nicht vollenden da seinen Willen der Degen.

Iring ließ da Hagen unverwundet stehen,
Zu dem Fiedeler begann er zu gehen,
Er wähnt', er möcht' ihn zwingen mit seinen starken Schlägen;
Sich konnte wohl beschirmen Volker der zierliche Degen.

Da schlug der Fiedeler, daß über Schildes Rand
Sich dreheten die Spangen von Volkers Hand;
Den ließ er da nun bleiben, er war ein übler Mann,
Er lief den König Günther da von Burgund drauf an.

Da war ihrer jeder zum Streite stark genug;
Wie Günther und Iring auch auf einander schlug,
Es brachte doch nicht aus Wunden das fließende Blut;
Das verhüteten ihre Waffen, die waren fest und auch gut.

Günthern er ließ bleiben, Gernoten lief er an;
Das Feuer aus dem Panzer zu hauen er begann;
Da hätte von Burgunden der starke Gernot
Den kühnen Iring beinah gesendet in den Tod.

Da sprang er von dem Fürsten, schnell war er genug;
Der Burgunden viere der Held gar schnell erschlug,
Des edlen Hofgesindes von Worms über dem Rhein;
Da konnte Giselheren zorniger nimmer sein.

„Gott weiß, Herr Iring — sprach Giselher das Kind —
Ihr müsset mir die vergelten, die todt vor euch sind
Erlegen hier so eben.“ Da lief er ihn an,
Er schlug den Dännemarker, daß er zu straucheln begann.

Er schoß vor seinen Händen nieder in das Blut,
Daß sie alle wähnten, daß der Held gut
Im Streite nimmermehr noch schlüge einen Schlag.
Iring doch ohne Wunden hie vor Herrn Giselher lag.

Von des Schwerdtes Klang und von des Helmes Krach
Waren seine Sinne ihm worden also schwach,
Daß sich der kühne Degen seines Lebens nicht besann;
Das hatte mit seinen Kräften der starke Giselher gethan.

Da ihm begann zu entweichen von dem Haupt der Klang,
Der den Helden von dem großen Schlage durchdrang,
Dachte er: ich bin noch lebend, mein Leib ist nirgend wund,
Nun ist mir allererst die Kraft des Herrn Giselher worden kund.

Da hört' er zu beiden Seiten seine Feinde stehen;
Hätten sie's gewußt, ihm wäre mehr geschehen.
Auch hatte er Giselhern da bei sich vernommen;
Er dachte, wie er sollte mit dem Leben von dann kommen.

Als wenn er unsinnig wär', er aus dem Blute sprang.
Seiner Schnellheit der mocht' er sagen Dank;
Da lief er aus dem Hause, wo er wieder Hagen fand
Und schlug ihm geschwinde Schläge mit seiner tapfern Hand.

Da gedacht' auch Hagen: du sollst der meine sein,
Dich rett' denn der böse Teufel, es kostet das Leben dein.
Doch verwundte Iring Hagen durch seinen Helmhut;
Das that der Held mit Wasechen *), das war 'ne Waffe also gut.

Da der grimme Hagen die Wund' an sich empfand,
Da schwankte ihm gewaltig das Schwerdt in seiner Hand.
Allda mußt' ihm entweichen der Hawarts Mann
Hinunter von der Stiege; Hagen zu folgen ihm begann.

Iring über das Haupt den Schild gar schnell sich schwang.
Und wär' dieselbe Stiege dreier Stiegen lang,
Doch ließ ihn Hagen nicht, ohn' zu schlagen einen Schlag;
Hei! wie manch rother Funke auf seinem Helme da lag!

Wieder zu den Seinen kam Iring wohl gesund;
Da wurden diese Mähre Chriemhilden bald auch kund,
Was er dem von Tronek mit Streite hätte gethan;
Das ihm die Königin drauf hoch zu danken begann:

„Nun lohne dir Gott, Iring, du Held so kühn und gut,
Du hast mir wohl getröstet das Herz und auch den Muth;
Nun seh' ich Hagen geröthet vom Blute sein Gewand."
Chriemhild nahm ihm selber den Schild vor Liebe von der Hand.

„Ihr mögt ihm mäßig danken — sprach da Hagen —
Wohl ist noch gar sehr klein davon zu sagen;
Wollt' er's noch mal versuchen, wär' er ein kühner Mann,
Die Wunde frommt euch klein, die ich von ihm gewann.

Daß ihr von meiner Wunde den Panzer sehet roth,
Das hat mich erst gereizet auf manches Mannes Tod,
Ich bin nun erst erzürnet auf euch und manchen Mann;
Mir hat der Degen Iring noch kleinen Schaden gethan."

---

*) Name eines Schwerdts.

Da stand gegen den Wind Iring von Dänenland,
Er kühlte sich unter'm Panzer, den Helm er ab sich band.
Da sprachen all' die Leute: seine Kraft die wäre gut.
Drob hatte der Markgraf mit Recht einen hohen Muth.

Wieder sprach da Iring: „meine Freunde, wisset das,
Daß ihr mich waffnet baldig, ich will's versuchen bas,
Ob ich noch möge bezwingen den übermüth'gen Mann."
Sein Schild der war zerhauen, einen bessern er gar bald gewann.

Gar bald ward der Recke wieder gewaffnet bas
Und einen gar starken Speer den nahm er in seinem Haß,
Daß er damit Hagen wollte noch besteh'n;
Drob ward ihm feindlich genug der mordgrimme Mann geseh'n.

Ihn mochte nicht erwarten Hagen der kühne Degen,
Da lief er ihm entgegen mit Stichen und mit Schlägen,
Bis an das End' der Stiege, sein Zürnen das war groß,
Iring seiner Stärke gar wenig da genoß.

Sie schlugen durch die Schilde, daß es zu leuchten begann
Von feuerrothen Funken; der Hawarts Mann
Ward von Hagens Schwerdte gar kräftiglich verwundt,
Durch Schild und auch durch Panzer, so daß er nimmer ward gesund.

Da der Degen Iring seine Wunde empfand,
Den Schild er besser deckte über die Helmband',
Des Schadens ihm däuchte genug, den er da gewann;
Drauf that ihm aber noch mehr der gar übermüth'ge Mann.

Hagen vor seinen Füßen einen Speer liegend fand,
Damit schoß er Iringen, den Held von Dänenland,
Daß ihm von dem Haupte die Stange ragte von dann;
Ihm hatte der Recke Hagen das grimme Ende gethan.

Iring mußt' entweichen zu den'n von Dänenland;
Eh' daß man da dem Degen den Helm abband,
Den Speer man brach vom Haupte; da nahte ihm der Tod;
Drob weinten seine Freunde, das that ihnen wahrlich Noth.

Da kam die Königin auch bei ihm an,
Den starken Iring zu beklagen sie begann,
Sie beweinte seine Wunden, es war ihr grimmig leid;
Da sprach vor seinen Freunden der Recke kühn und voll Zierlichkeit:

„Laßt euer Klagen bleiben, gar herliches Weib;
Was hilft mir euer Weinen? wohl muß ich meinen Leib
Verlieren von den Wunden, die empfangen hab' ich;
Der Tod will nicht länger euch und Etzeln lassen dienen mich."

Er sprach zu den von Thüringen und den von Dänenland:
„Die Gabe soll empfangen von euch keines Hand
Von der Königin, ihr lichtes Gold so roth;
Denn greift ihr Hagen an, so müßt ihr kiesen den Tod.“

Seine Farbe war erblichen, des Todes Zeichen nun trug
Iring der gar kühne; das war ihnen leid genug;
Genesen nicht mehr konnte der Hawarts Mann;
Da fing sich nun ein Streiten von seinen Freunden an.

Irenfrid und Hawart die sprangen vor das Gemach
Wohl mit tausend Helden; gar ungefügen Krach
Hörte man allenthalben, viel kräftiglich und groß.
Hei! was man starker Speere auf zu den Burgunden schoß!

Irenfrid der Herr lief an den Spielmann,
Droß er großen Schaden von seiner Hand gewann;
Der kühne Fiedeler den Landgrafen schlug
Durch einen festen Helm; wohl war er grimmig genug.

Da schlug der Landgraf den kühnen Spielmann,
Daß ihm mußten fliegen die Panzers Spangen von dann,
Und daß sich beschüttet' der Harnisch feuerroth.
Doch fiel der Landgraf vor dem Fiedeler todt.

Hawart und Hagen zusammen waren gekommen;
Er möchte Wunder schauen, der's hätte wahrgenommen;
Die Schwerdt gewaltig fielen den Recken an der Hand,
Hawart mußte ersterben vor dem aus Burgunden Land.

Da die Dänen und die Thüringer ihre Herr'n sahen tod,
Da hub sich vor dem Hause eine gewaltige Noth,
Eh' sie die Thür gewannen mit tapferlicher Hand;
Es ward da zerhauen gar mancher Helm und Schildesrand.

„Weichet — sprach da Volker — laßt sie herein kommen,
Es ist doch unvollendet, was thöricht vorgenommen;
Sie müssen hier innen sterben in gar kurzer Zeit,
Sie verdienen mit dem Tode, was ihnen die Königin beut.“

Da die Uebermüth'gen in den Saal kamen wieder,
Da ward gar manchem das Haupt geneigt hernieder,
Daß er mußte sterben von den grimmen Schlägen;
Wohl stritt der kühne Gernot, so that auch Giselher der Degen.

Tausend und viere die kamen in das Haus;
Da sah man von den Schwerdten ertönen blinkenden Saus;
Sie wurden von den Gästen alle sogleich erschlagen.
Man mochte großes Wunder von den Burgunden sagen.

Darnach ward eine Stille, daß der Lärm verscholl;
Das Blut da allenthalben durch die Löcher quoll,
Und zu den Riegelsteinen von den todten Leibern rann;
Das hatten die vom Rheine mit starker Kraft gethan.

Da saßen um zu ruhen, die kamen in das Land,
Die Waffen mit den Schilden sie legten von der Hand,
Da stand noch vor dem Thurme der kühne Spielmann,
Er wart'te, ob jemand wollte sie greifen mit Streite an.

Der König klagte sehr, also that auch sein Weib;
Mägde und Frauen die quälten auch den Leib;
Ich wähne, daß der Tod auf sie es hatte geschworen,
Drum wurden noch viel der Degen vor den Gästen verloren.

36.

Abentheuer, wie die drei Könige mit Etzel und mit ihrer Schwester um die Sühne redeten.

„Nun bindet ab die Helme, — sprach da Hagen —
Wohl lassen wir den Hunnen so viel zu klagen,
Daß sie der Festlichkeit vergessen nimmermehr;
Was hilft es nun Chriemhilden, daß sie uns vom Rheine rief daher?"

Da entwaffnete dort das Haupt gar mancher Ritter gut:
Sie setzten sich auf die Wunden, die vor ihnen in das Blut
Waren in dem Streite durch den Tod gekommen.
Es wurden des Etzel Gäste gar übel wahrgenommen.

Noch vor dem Abend schafte der König das,
Und auch die Königin, daß es versuchten bas
Die Hunnischen Recken; derer sah man vor ihm steh'n
Noch wohl zwanzig tausend; die mußten da zum Streite geh'n.

Sich hub ein harter Sturm hier außen und auch darinn';
Dankwart, Hagen's Bruder, durch tapferlichen Sinn,
Sprang vor seinen Herren zu den Feinden aus der Thür;
Sie versah'n sich seines Todes, er kam wohl gesund dafür.

Der harte Streit da währte, bis ihn die Nacht benahm:
Da wehrten sich die Gäste, als ihnen wohl zukam,
Gegen Etzels Degen den sommerlangen Tag.
Hei! wie noch mancher Held vor ihnen wund da lag.

Zu einer Sonnenwende geschah der große Mord,
Daß die Frau Chriemhild ihr Herzenleid rächt' dort
An ihren nächsten Freunden und so an manchem Mann,
Davon der König Etzel Freude nimmermehr gewann.

Auf also große Schlacht sie hatte nicht gedacht,
Sie hätt', nach ihrem Sinn', es gern' dazu gebracht,
Daß nur Hagen alleine der Tod da wäre gescheh'n;
Da schuf es der böse Teufel, daß es über sie alle mußt' ergeh'n.

Wohl war der Tag verronnen, da gab ihnen Sorge Noth;
Sie gedachten, daß ihnen besser wär' ein kurzer Tod,
Als lange sich da zu quälen durch ungeheures Leid;
Einen Frieden da begehrten die stolzen Ritter voll Tapferkeit.

Sie baten, daß man brächt' den König zu ihnen dar;
Die blutfarb'nen Recken im Harnisch schön und klar
Traten aus dem Hause, die drei Könige hehr;
Sie wußten nicht, wem sie sollten klagen ihre gewalt'ge Beschwer.

Etzel und Chriemhild die kamen beide dar;
Das Land das war ihr eigen, drum mehrt' sich ihre Schaar.
Er sprach zu den Königen: „nun sagt, was wollt ihr mir?
Ihr wähnet Fried' zu gewinnen; das erreichet schwerlich ihr,

Auf also großen Schaden, als ihr mir habt gegeben:
Ihr sollt es nicht genießen, so lang' ich hab' mein Leben.
Mein Kind, das ihr erschluget und viel der Freunde mein,
Friede und auch Sühne soll euch ganz versaget sein."

Drauf antwort'te Günther: „es zwang uns starke Noth;
Alles mein Hofgesinde lag von den Deinen todt
In der Herberge; wie hätte ich das verschuld't?
Ich kam zu dir auf Treue und wähnte, daß du mir trügest Huld."

Da sprach von Burgunden Giselher das Kind:
„Ihr Etzels Recken, die noch hie lebend sind,
Was wisset ihr mir Degen, was had' ich euch gethan?
Denn ich gar minniglich kam geritten in diesem Lande an."

Sie sprachen: „deiner Güte ist all' die Burg voll
Mit Jammer, wie auch das Land; gern' gönnten wir dir wol,
Daß du nie kommen wärest von Worms über Rhein;
Dies Land ist ganz verwaiset von dir und den Freunden dein."

Da sprach in zornigem Muth Günther der kühne Degen:
„Wollt ihr dies starke Hassen in einer Sühne legen
Mit uns elenden Recken, das ist für uns beide gut;
Es ist ganz ohne Schuld, was uns der König Etzel thut."

Da sprach der Wirth zu den Gästen: „mein und euer Leid
Die sind gar ungleich; die große Arbeit,
Der Schaden zu der Schande, die ich hier hab' genommen,
Drum soll euer keiner mit dem Leben von hinnen kommen."

Da sprach zu dem Könige Gernot mit hohem Muth:
„So soll euch Gott gebieten, daß ihr so freundlich thut;
Weichet von dem Hause und laßt zu euch uns dann
Hinunter an das Freie; das ist von euch ehrlich gethan.

Was uns geschehen könne, das lasset kurz ergeh'n; 848
Ihr habt so viel Gesunde, die dürfen uns besteh'n,
Daß sie uns Sturmesmüden den Tod wohl geben;
Wie lange sollen wir Recken in dieser Arbeit leben?“

Die Etzels Recken hätten es bald lassen geschehen,
Daß sie aus dem Hause sie wollten lassen gehen; 9
Da das erhörte Chriemhild, da war's ihr grimmig leid,
Darum ward von den Elenden der Friede entfernet weit.

„Nein, ihr Hunnen Recken, wozu ihr habt den Muth, —
Ich rath' in rechten Treuen — daß ihr das niemals thut,
Daß ihr die Mordrecken nicht lasset vor den Saal; 9
Sonst müssen eure Freunde leiden den tödtlichen Fall.

Wenn ihrer niemand lebte, als der Frau Ute Kind,
Sie, meine edeln Brüder, und kommen sie an den Wind,
Erkühlten ihn'n die Panzer, so wär't ihr alle verlor'n;
Es wurden kühn're Degen zur Welt niemals gebor'n.“ 50

Da sprach der junge Giselher: „viel liebe Schwester mein,
Wie mochte ich das erwarten, da du mich über Rhein
So minniglich geladet her in diese Land,
Daß mir so großer Kummer sollte werden hie bekannt!

Ich war dir immer treu und Leid that ich dir nie;
In solcherlei Vertrauen ritt ich zu Hofe hie,
Daß du mir hold wärest, gar edeles Schwesterlein;
Begeh' an uns Gnade, da es nicht anders nun kann sein.“ —

„Ich mag euch nicht genaden, Ungnade ich gewann,
Mir hat von Troneg Hagen so großes Leid gethan, 1
Daheim und hie zu Lande schlug er mir mein Kind,
Das müssen sehr entgelten, die mit euch da her kommen sind.

Wollt aber ihr mir zu Geisel meinen Feind geben,
So will ich's nicht versagen, ich will euch lassen leben,
Denn ihr seid meine Brüder und meiner Mutter Kind; 1
So red' ich um eine Sühne mit diesen Recken, die hie sind.“ —

„Nun wolle Gott nicht vom Himmel — so sprach da Gernot —
Wenn unserer tausend wären, wir lägen alle todt
Von der Sippe deiner Verwandten, eh' wir dir einen Mann
Gäben hier zu Geisel; es wird nimmermehr gethan.“ — 2

Wir müssen doch mal sterben — sprach da Giselher —
ns scheidet niemand von ritterlicher Wehr;
er gerne mit uns fechte, wir sind noch immer hie;
enn keinen meiner Freunde verließ ich, in Treuen, nie.“

a begann der kühne Dankwart vor den Degen zu sagen:
Wohl steht noch nicht alleine mein Bruder Hagen;
ie hier den Frieden versprechen, es wird von ihnen geklagt;
as sollt ihr wohl inne werden, das sei euch wahrlich gesagt.“

a sprach die Königin: „ihr Helden voll Tapferkeit,
un geht der Stiege näher und rächet unser Leid,
as will ich immer vergüten, als ich mit Recht soll;
en Uebermuth des Hagen belohne ich ihm wol.

pringet zu dem Hause, ihr Recken, überall,
o heiß' ich an vier Enden zünden an den Saal,
o wird wohl gerochen alle unser Leid.“
ie Etzels Degen die würden dazu gar bald bereit.

ie noch hier außen stunden, die trieben sie hinein,
Mit Schlägen und mit Schüssen; drum ward gar groß ihr Schrei'n;
och wollten sich nicht scheiden die Fürsten und ihre Sassen,
ie mochten durch ihre Treuen von einander nie lassen.

en Saal den hieß anzünden des Etzel Weib.
a quälte man den Recken mit Feuer ihren Leib;
as Haus von einem Winde mit Kraft gar hoch entbrann;
ch wähn', noch nie ein Volk mehr großer Angst gewann.

enug riefen darin: „o weh' dieser Noth!
ir möchten weit gerner sein im Sturme todt.
as müsse Gott erbarmen, wie verlieren wir den Leib!
un rächet ungefüge ihr'n Zorn an uns des Königes Weib.“

hrer einer sprach darinn: „wir müssen liegen todt,
or Rauche und auch vor Hitze; daß ist 'ne grimme Noth;
Mir thut vor starker Hitze der Durst so mächtig weh,
aß, wähn' ich, mir mein Leben schier in diesen Sorgen vergeh'.“

a sprach von Troneg Hagen: „ihr edeln Ritter gut,
en der Durst nun zwinget, der trinke hie das Blut;
as ist in solchem Nöthen noch besser, als der Wein.
um Trinken und zur Speise kann nichts anders nunmehr sein.“

a ging der Recken einer, da er einen Todten fand,
r kniet' ihm zu der Wunde, den Helm er ab sich band,
a begann er zu trinken das fließende Blut;
Wie ungewohnt er des war, es däuchte ihn mächtig gut.

„Nun lohn' euch Gott, Herr Hagen — sprach der müde Mann —
Daß ich durch euren Rath so guten Trunk gethan;
Mir ist geschenket selten irgend ein beſſ'rer Wein,
Leb' ich noch eine Weile, ich soll es euch dienend sein."

Da die andern das hörten, daß es ihm däuchte gut,
Da war'n ihrer noch viel mehr, die tranken auch das Blut;
Davon kam wieder zu Kräften der guten Recken Leib,
Das entgalt an lieben Freunden drauf gar manch schönes Weib.

Das Feuer fiel gewaltig zu ihnen in den Saal:
Da leiteten sie mit Schilden von sich ab den Fall.
Der Rauch und auch die Hitze sie zu beschweren anfing;
Wohl wähn' ich, daß es Helden nie jammervoller erging.

Da sprach von Troneg Hagen: „steht zu des Saales Wand,
Laßt nicht die Brände fallen auf eure Helmband,
Und tretet sie mit Füßen tiefer in das Blut;
Es ist ein übles Bewirthen, das uns die Königin hie thut."

In so gethanen Leiden ihnen die Nacht verrann;
Noch stunden vor dem Hause die zween kühnen Mann,
Volker und Hagen gelehnt über Schildesrand;
Sie hüteten das Hofgesinde aus der Burgunden Land.

Daß der Saal gewölbet war, das half den Gästen sehr,
Davon behielten das Leben ihrer weit mehr,
Nur daß sie an den Fenstern vom Feuer litten Noth:
Da wehrten sich die Degen, als ihnen ihre Kraft das gebot.

Da sprach der Fiedeler: „geh'n wir nun in den Saal,
So werden es die Hunnen wähnen überall,
Wir sind in der Noth erstorben, die an uns ist gescheh'n;
Sie sehen doch sich entgegen noch unserer etliche geh'n."

Da sprach von Burgunden Giselher das Kind:
„Ich wähn', es tagen wolle, sich hebt ein kühler Wind;
Nun lasse uns Gott vom Himmel noch liebere Zeit erleben!
Uns hat meine Schwester Chriemhild ein arges Fest gegeben."

Da sprach wieder einer: „ich merke nun den Tag;
Seit daß es uns besser werden nie mehr mag,
So bereitet euch, ihr Recken, zum Streite, das ist uns Noth,
(Wir kommen doch nimmer von hinnen,) daß wir mit Ehren liegen todt."

Der Wirth der wollte wähnen, die Gäste wären todt,
Und auch die Königin, von des Feuers Noth;
Da lebten doch noch darinnen sechs hundert kühner Mann,
Daß nie irgend ein König beſſ're Recken mehr gewann.

er Unglücklichen Hüter hatten wohl ersehen,
aß noch die Gäste lebten, wie viel ihnen war geschehen
u Schaden und zu Leid', den Königen und ihr'n Mannen da;
hrer noch genug wohl gesund darinnen steh'n man sah.

Man sagte Chriemhilden, es wären viel lebend darin.
Das könnte nimmer sein — sprach da die Königin —
aß ihrer einer lebte von des Feuers Noth;
ch will das vertrauen, daß sie alle verbrannt sind todt."

och blieben am Leben gerne die Fürsten und ihre Mann,
enn ihnen jemand hätte Gnade da gethan;
ie konnten sie nicht finden bei denen von Hunnenland;
a rächten sie ihr Sterben mit gar williglicher Hand.

ehr früh gen den Morgen ein Grüßen man ihnen bot
Mit starkem Angriffe; drob kamen Helden in Noth;
a ward zu ihnen geschossen gar mancher scharfer Speer;
och fanden sie darin zur Wehr die Recken also hehr.

em Etzel Hofgesinde erwecket war der Muth,
ie wollten gern verdienen der Chriemhilde Gut,
azu sie wollten leisten, das ihnen der König gebot;
rob kamen aber die Degen in viel ängstliche Noth.

om Verheißen und auch von Gabe man möchte Wunder sagen.
ar ließ sie Gold, das rothe, in den Schilden tragen,
ie gab es, wer es begehrte und der es wollt' empfah'n;
ohl ward nie größer Besolden mehr gegen Feinde gethan.

ine große Kraft der Recken gewaffnet ging herfür;
a sprach der Fiedeler: „wir sind noch immer hier;
ch ersah zum Tode nie Recken gerner kommen,
ie das Gold des Königes uns zur Gefahr genommen."

a riefen ihrer genug: „näher, ihr Helden, bas,
aß wir da sollen enden und thun bei Zeiten das;
ier bleibt niemand, als der doch sterben soll."
a sah man bald ihre Schilde stecken von Speerschüssen voll.

ohl zwölf hundert Mann (was mag ich sagen mehr?)
ersuchten es hin und wieder gar sehr;
a kühlten an den Feinden die Gäste wohl ihr'n Muth;
s mochte niemand scheiden; drob sah man fließen das Blut,

on todttiefen Wunden, der'n wurden viel' geschlagen.
a hörte man genug nach ihren Freunden klagen;
ie Biderben sturben alle dem Könige reich und hehr,
rob hatten holde Freunde nach ihnen Jammer und Beschwer.

37.

Abentheuer, wie Rüdiger erschlagen ward.

Es hatten die Fremden an dem Morgen gut gethan,
Der Gemahl der Gotelinde kam zu Hofe an,
Da sah er beider Seits die ungefüge Beschwer,
Drob weinte inniglich der getreue Rüdiger.

„O weh mir! — sprach der Recke — daß ich Leben gewann, 864
Daß diesem starken Jammer niemand widerstehen kann;
Wie gern ich's befrieden wollt', vom König 's nie geschieht,
Denn er der Seinen Leiden je mehr und mehr ersieht."

Da sandte an Dietrichen der gute Rüdiger:
Ob sie's noch könnten wenden an den Königen hehr?
Da entbot ihm der von Berne: „wer möcht' es sich anmaßen?
Es will der König Etzel niemanden scheiden lassen."

Da sah ein Hunnen Recke Rüdigern steh'n,
Mit weinenden Augen, und viel war's schon gescheh'n.
Der sprach zur Königin: „nun, wie er steht, seht an,
Der doch die meiste Gewalt bei euch und Etzel gewann!

Und dem es alles dienet, Leut' und auch die Land';
Wie ist so viel der Burgen und der Erbe an ihn gewandt!
Der'n er von dem Könige so viel erhalten hat;
Noch keinen löblichen Schlag in diesen Stürmen er that.

Mich dünkt, er sorget wenig, wie es hier ergeht,
Da er nun in Fülle nach seinem Willen steht;
Man preißt ihn, er sei kühner, denn jemand möge sein,
Davon in diesen Sorgen gab er nur böslichen Schein."

Mit traurigem Gemüth der viel getreue Mann,
Den er das reden hörte, blickte der Held da an;
Er dachte: du sollst es büßen, du sagst, ich sei verzaget,
Du hast hier deine Mähre zu Hofe zu laute gesaget.

Die Faust begann er zu ballen, da lief er ihn an,
Er schlug so kräftiglichen den Hunnischen Mann,
Daß er ihm vor den Füßen lag alsbald todt.
Da war wieder gemehret des Königes Etzel Noth.

„Hinweg, zaghafter Böser! — sprach da Rüdiger —
Ich habe doch genug Leid und Beschwer;
Daß ich hier nicht fechte, wozu verweis't du mir das?
Wohl zeigte ich den Gästen gewaltigen Haß.

nd alles, das ich möchte, das thät' ich ihnen entgegen,
lleinig, daß ich hab' hier her geführt die Degen;
ohl war ich ihr Geleite in meines Herren Land;
rum soll mit ihnen nicht streiten meine unglückliche Hand."

a sprach zum Markgrafen Etzel der König hehr:
Wie habt ihr uns geholfen, edeler Rüdiger!
enn wir so viel der Todten hie zu Lande sehen,
ir bedurften ihrer nicht mehr; es ist übel durch euch geschehen."

a sprach der edele Ritter: „wohl beschwert' er mir den Muth
nd hat mir bescholten Ehre und auch mein Gut,
essen ich von deinen Handen habe so viel genommen;
as ist dem Lügener zum Theil sehr schlecht bekommen."

hriemhild saß bei Etzel, die hatt' es auch gesehen,
as von des Recken Zorne dem Hunnen war geschehen;
ie klagt' es gar gewaltig, ihre Augen wurden naß,
ie sprach zu Rüdigern: „wie haben wir verdienet das,

aß ihr mir und dem König mehrt unser Leiden sehr?
un habt ihr uns doch, Rüdiger, gesagt bis hieher,
hr wollet durch uns wagen die Ehre und auch das Leben;
ch hörte viel' der Recken den Preis euch mächtig geben.

ch mahn' euch der Gnaden, die ihr mir habt geschworen,
a ihr mir zu Etzeln rieter, Ritter auserkoren,
aß ihr mir wolltet dienen bis an unser eines Tod;
s ward mir armem Weibe nie so gewaltige Noth." —

Das ist ohne Lügen, ich schwur euch, edel Weib,
ch wollte durch euch wagen die Ehre und auch den Leib;
aß ich die Seele verliere, das habe ich nicht geschworen;
ohl bracht' ich her zu Lande euere Brüder hochgeboren."

ie sprach: „gedenke, Rüdiger, der großen Treuen dein,
er Stäte und auch der Eide, daß du den Schaden mein
mmer wolltest rächen und alle meine Leid;
ran mahn' ich dich heute, Degen kühn und voll Tapferkeit."

tzel der reiche König zu flehen auch begann;
a boten sie sich beide zu Füßen vor dem Mann.
en guten Markgrafen trauern man da sah,
er viel getreue Recke sehr jammervoll sprach da:

O wehe Gott mir Armen, daß ich das mußt erleben!
ller meiner Ehren muß ich mich nun begeben,
ller Treuen und Zucht, die Gott mir je gebot;
weh! Gott vom Himmel, daß mir's wendet nicht der Tod!

Welches ich nun lasse und das and're fang an,
So hab' ich böslich und auch arglich gethan;
Lass' aber ich sie beide, alles Volk veracht't mich tief;
O möcht' mich unterweisen, der mich in's Leben rief."

Da baten sie ihn dringend, der König und sein Weib.
Drob mußten drauf viel Degen verlieren den Leib
Vor Rüdigers Händen; da auch der Held erstarb;
Ihr möget es bald hören, daß er viel Jammer erwarb.

Er wußt', daß ungefüges Leid und Schaden sein Gewinn;
Er hätte dem Könige und auch der Königin
Gar gerne widersprochen; gar sehr befürcht'te er das,
Sobald er einen erschlüg, daß ihm die Welt trüge Haß.

Da sprach der Markgraf Rüdiger, der gar kühne Mann:
„Herr König, nun nehmt hin wieder all was ich von euch gewann,
Das Land mit den Burgen, das soll nicht bleiben mir;
Ich will auf meinen Füßen in das Elend von hier.

Ohn' alles Gut so räum' ich euch die Land',
Mein Weib und meine Tochter nehm' ich an meine Hand,
Eh' daß ich ohne Treue bleiben müßte todt;
Ich hätte genommen böslich euer Gold also roth."

Da sprach der König Etzel: „wer hülfe dann wohl mir?
Das Land mit den Burgen das geb' ich alles dir,
Daß du mich rächest, Rüdiger, an den Feinden mein;
Du sollst ein gewaltiger König neben mir sein." —

„Wie soll ich's anfangen — sprach da wieder Rüdiger —
Heim zu meinem Hause ladete ich sie her,
Trinken und Speise ich ihnen mit Treuen bot
Und gab ihnen meine Gabe; soll ich sie dazu schlagen todt?

Die Leute wähnen leichtlich, daß ich sei verzagt:
Keinen meiner Dienste hab' ich ihnen abgesagt,
Sollt' ich nun mit ihnen streiten, das wäre mißgethan,
So reute mich die Freundschaft, die ich mit ihnen gewann.

Giselher dem Degen gab ich die Tochter mein;
Sie konnte in dieser Welt nicht bas vermählet sein,
Auf Zucht und auch auf Ehre, auf Treue und auch auf Gut,
Ich ersah nie so jungen König mit so recht tugendlichem Muth."

Da sprach wieder Chriemhild: „sehr edler Rüdiger,
Nun laß dich erbarmen unser beider Beschwer,
Mein' und auch des Königes, gedenke wohl daran,
Daß nie irgend ein Wirth so leide Gäste mehr gewann."

a sprach der Markgraf wider das edele Weib:
Es muß noch heute vergelten Rüdigers Leib,
as ihr und auch mein Herre mir Liebes habt gethan,
arum muß ich sterben, es mag nicht länger steh'n an.

h weiß wohl, daß noch heute meine Burgen und meine Land
ich ledig müssen werden durch ihrer eines Hand;
h befehl' euch auf Gnade mein Weib und mein Kind
id auch die viel Elenden, die da zu Bechelaren sind." —

Nun lohn' dir Gott, Rüdiger! — sprach der König also;
und die Königin, sie wurden beide froh —
is sollen deine Freunde gar wohl befohlen sein;
ich getraue ich meinem Heile, du behältst wohl das Leben dein."

a setzt' er auf das Spiel die Seele und auch den Leib;
a begann zu weinen des Etzel Weib.
sprach: „ich will leisten, was ich gelobte dir;
weh! meiner Freunde, die ich leider muß bestehen hier!"

an sah ihn von dem Könige in starkem Kummer geh'n;
a fand er seiner Recken einen Theil dort nahe steh'n,
sprach: „ihr sollt euch waffnen, alle meine Mann,
ie kühnen Burgunden muß ich nun leider greifen an."

ie ließen bald hin springen, da man ihr' Waffen fand;
mochte der Helm sein, oder des Schildes Rand,
on ihrem Gesinde ward's ihnen dar getragen;
ie hörten leidige Mähre, die stolzen Fremden, sagen.

ewaffnet ward da Rüdiger mit fünfhundert Mann;
arüber zwölf Recken zu Hülf' er auch gewann;
ie wollten Preis erwerben in des Sturmes Noth:
ie wußten nicht der Mähre, daß ihnen so nahe der Tod.

a sah man unter'm Helm Rüdigern gehen voran;
trugen Schwerdt die scharfen des Markgrafen Mann,
d dazu vor ihr'n Händen die Schilde licht und breit;
as sah der Fideler; es war ihm gar unmäßig leid.

ich sah der junge Giselher seinen Schwäher geh'n
it aufgebund'nem Helme; wie mocht' er da versteh'n,
as er damit meinte, wenn nicht alles Gut'?
rob ward der edele König von Herzen fröhlich zumuth.

Nun wohl mir solcher Freunde, — sprach Giselher der Degen —
ie mir hab'n gewonnen her auf diesen Wegen!
ir sollen meines Weibes gar wohl genießen hier;
ir ist lieb, auf meine Treue, daß ich mich versprach mit ihr." —

P

„Ich weiß nicht, weß ihr euch tröstet? Wo habt ihr je gesehen —
Sprach da der Spielmann — zur Sühne so manchen Recken geben
Mit aufgebund'nen Helmen, die trügen Schwerdt in Hand?
An uns will verdienen Rüd'ger seine Burgen und seine Land."

Eh' daß der Fideler die Rede vollendet da,
Den guten Markgrafen man vor dem Hause sah:
Seinen Schild, den guten, den setzt' er vor den Fuß:
Da mußt' er seinen Freunden versagen dienstwill'gen Gruß.

Der edle Markgraf der rief in den Saal:
„Ihr kühnen Nibelungen, nun wehrt euch überall;
Ihr solltet mein genießen, — ihr entgeltet leider mein,
Eh'dem waren wir befreundet, nun muß ich euer Feind sein."

Da erschraken dieser Mähre die nothhaften Mann;
Ihnen war der Trost entfallen, den sie da wähnten zu empfah'n,
Da mit ihnen wollt' streiten, dem sie so hold waren;
Sie hatten doch von Feinden gar große Arbeit erfahren.

„Nun wolle nicht Gott vom Himmel — sprach Günther der Degen —
Daß ihr solltet der Gnade handeln entgegen
Und der gar großen Treue, der'n wir uns zu euch versahn;
Ich will euch das vertrauen, das es wird nimmer von euch gethan."—

„Ich mag es nun nicht lassen; — sprach da der kühne Mann —
Ich muß mit euch streiten, denn ich gelobt' es an;
Nun wehrt euch, kühne Degen, so lieb euch sei der Leib,
Es wollt' mir's nicht erlassen des Königes Etzel Weib." —

„Ihr befehdet uns zu späte; — sprach da der König hehr —
Nun muß euch Gott vergelten, viel edler Rüdiger,
Die Treue und die Minne, die uns durch euch gescheh'n,
Wolltet ihr nur das Ende uns minniglicher lassen seh'n.

Wir solltens immer danken, daß ihr uns habt gegeben
(Ich und meine Freunde, wenn ihr uns ließet leben,)
Die herlichen Gaben, da ihr und eure Mann
Uns führtet freundlich zu diesen Festen von dann." —

„Wie wohl ich euch das gönnte — sprach Rüdiger der Degen —
Daß ich euch meine Gabe noch ofte sollt' darlegen,
Vollkommen, williglich, als ich das hatte Wahn!
Dann würde mir darum nimmer ein Schelten gethan." —

„Lasset ab, edler Rüdiger; — so sprach da Gernot —
Denn es noch irgend ein Wirth Gästen nie entbot
So recht minniglich, als uns durch euch gescheh'n;
Das sollt ihr wohl genießen, wenn wir beim Leben besteh'n." —

Das wollte Gott, — sprach Rüdiger — viel edler Gernot,
aß ihr am Rheine wäret und ich hie wäre todt,
ewahrend ein'ge Ehre, seit ich euch soll bestehen.
s ist noch nie gegen Degen von Freunden Böfers geschehen." —

Nun lohn' euch Gott, Herr Rüdiger — sprach wieder Gernot —
er so reichen Gabe; mich reuet euer Tod!
oll an euch verderben so tugendlicher Muth?
h trage hie eure Waffe, die ihr mir gabet, Held gut,

ie ist mir nie gewichen in aller dieser Noth,
nter ihrer Schärfe liegt mancher Ritter todt;
ie ist lauter und städe, herlich und auch gut;
h wähn', so reiche Gabe ein Recke nimmer mehr thut.

nd wollt ihr nicht ablassen, ihr wollet uns besteh'n,
chlagt ihr mir einen der Freunde, die hier noch inne zu seh'n,
it eurem eignen Schwerdte ertödt' ich euch den Leib;
och reuet ihr mich, Rüdiger, und euer herliches Weib." —

Das wollte Gott, Herr Gernot, und möchte das ergeh'n,
aß aller euer Wille wäre hie gescheh'n
nd daß gerettet wäre eurer Freunde Leib:
ich sollten wohl vertrauen, beide, meine Tochter und mein Weib."

rauf antworter' ihm Giselher, der schönen Ute Kind:
Wie thut ihr so, Herr Rüdiger? die mit mir kommen sind,
ie sind euch all' gewogen; ihr handelt übel hie;
ure schöne Tochter wollt ihr verwittwen allzu früh.

enn ihr und eure Recken mit Streit mich wollt bestehen,
ir zu unfreundlich würdet ihr euch lassen sehen,
a ich euch wohl vertraue für ander alle Mann,
arum ich zu einem Weibe eure Tochter mir gewann!" —

edenket eurer Treue, König gar edel und hehr,
ndet euch Gott von hinnen, — so sprach Rüdiger —
sset die Jungfraue nicht entgelten mein;
i aller Fürsten Tugend, geruhet ihr genädig zu sein." —

as thät ich wohl mit Recht; — sprach Giselher das Kind. —
eine hohe Verwandte, die noch hie innen sind,
ll'n die vor euch ersterben, so muß geschieden sein
e gar städe Freundschaft zu dir und auch der Tochter dein." —

un muß uns Gott genaden;" sprach da der kühne Mann.
huben sie die Schilde, als ob sie wollten von dann,
h mit den Gästen in dem Saal Streit zu wagen.
rief gar laut von der Stiege hinab zu ihnen Herr Hagen:

P 2

„Bleibet eine Weile, gar edler Rüdiger, —
Also sprach da Hagen — wir wollen reden mehr,
Ich und meine Herren, als uns dazu zwingt Noth;
Was mag wohl frommen Etzel unser elender Tod?

Ich steh' in großer Sorgen, mein Fürst gar edel und mild;
Mir gab die Markgräfin diesen reichen Schild,
Den haben mir die Hunnen zerhauen an der Hand;
Ich führt ihn minniglichen daher in Etzels Land.

Wollte das Gott vom Himmel, — sprach weiter Hagen —
Daß ich hätte so guten Schild allhie zu tragen,
So, wie du ihn hast an der Hand, gar edler Rüdiger,
So bedürft' ich in den Stürmen gar keines Panzers mehr.“ —

„Gar gerne ich dir diente mit meinem Schild,
Dürft' ich dir ihn anbieten hier vor Chriemhild!
Doch, nimm ihn hin, Held Hagen, und trag' ihn an der Hand;
Hei! solltest du ihn führen heim in der Burgunden Land!“

Da er sich so williglich ihm den Schild zu geben erbot,
Da wurden genug Augen von heißen Thränen roth.
Es war die letzte Gabe, die für immer nunmehr
Anbot irgend einem Degen von Bechelaren Rüdiger.

Wie grimm auch Hagen wäre und wie hart zumuth,
Doch erbarmte ihn die Gabe, die der Held gut
Seinen letzten Stunden so nahe hatte gethan;
Gar mancher edler Ritter mit ihm zu trauren begann.

„Nun lohn' euch Gott vom Himmel, viel edler Rüdiger!
Es wird euer gleich nimmer irgend einer mehr,
Der unglücklichen Recken so mildiglich gäbe;
Gott soll das fügen, daß eure Tugend immer lebe.

O weh mir dieser Mähre! — sprach weiter Hagen; —
Wir hätten and'rer Beschwer so viel zu tragen:
Das sei Gott geklagt, soll'n wir mit Freunden haben Streit!“
Da sprach der Markgraf: „es ist mir inniglichen leid.“ —

„Nun lohn' ich euch die Gabe — sprach Hagen der Degen —
Daß ich mich alles Uebels will enthalten euch entgegen,
Daß nimmer euch berühret im Streit hie meine Hand,
Wenn ihr sie all' erschlüget, die von Burgunden=Land.“

Drob neigt' der gute Rüd'ger sich ihm mit Adlichkeit;
Die Leute weinten alle, daß dieses starke Leid
Niemand da scheiden konnte, das war 'ne große Noth.
Ein Vater aller Tugend lag in Rüdigern todt.

a sprach auch aus dem Hause Volker der Spielmann:
Da mein Geselle Hagen Frieden euch bot an,
en sollt ihr also stät auch haben von meiner Hand:
as habt ihr wohl verdienet, da wir gekommen in's Land.

ar edler Markgraf, mein Bote sollt werden ihr;
iese rothen Spangen gab die Markgräfin mir,
aß ich sie tragen sollte hie bei der Festlichkeit;
as habe ich geleistet; deß ihr mein Zeuge seid." —

Das wollte Gott vom Himmel, — sprach da Rüdiger —
aß euch die Markgräfin noch sollte geben mehr!
ie Mähre sage ich gerne der Trauten mein,
sehe ich sie gesund; drob sollt ihr ohne Zweifel sein."

s er ihm das gelobte, den Schild hub Rüdiger,
ein Muth ihm tobte auf, er zögerte da nicht mehr,
lief auf zu den Gästen, einem Recken wohl gleich,
anchen gar geschwinden Schlag schlug der Markgraf reich.

ie zween, Volker und Hagen, standen von den Wegen;
enn es ihm eh' gelobten die schnellen Degen.
och traf er solche Kühnen bei dem Thurme an,
aß Rüdiger den Streit mit großen Sorgen begann.

urch morddurst'gen Willen ließen sie ihn dahin,
ünther und Gernot, sie hatten Helden=Sinn;
iselher trat zurücke, fürwahr, es war ihm leid,
hoft' noch fortzuleben, darum er Rüdigern meid't.

a sprangen zu den Feinden des Markgrafen Mann,
ie traten ihrem Herren viel tapferlich hintan,
ie gar scharfen Waffen sie trugen in der Hand:
rob barsten da viel Helme und manch herlicher Schildesrand.

a schlugen die sehr Müden auch manchen g schwinden Schlag
en von Bechelaren, der fest und tief brach
urch die lichten Panzer hindurch bis auf das Blut,
ie thaten in dem Sturme viel Werke herlich und gut.

as edle Heergesinde war kommen ganz darin;
olker und auch Hagen die sprangen baldig hin,
ie gaben Frieden niemand, als dem einen Mann;
on ihr'r beider Händen das Blut durch Helme nieder rann.

ar recht grimmiglich viel Schwerdter darin erklangen;
iel der Schildes Spangen von den Schlägen sprangen,
a fiel ihr Schildgesteine zerhauen in das Blut;
ie fochten also grimmig, als man es nimmermehr thut.

Der Vogt von Bechelaren ging zurück und hinan,
Also der mit Tapferkeit im Sturme werben kann,
Dem that des Tages Rüdiger mit Streite wohl sich gleich,
Daß er ein Recke wäre, gar kühn und auch gar lobesreich.

Hie stunden diese zween, Günther und Gernot,
Sie schlugen in dem Streite gar manchen Helden todt;
Giselher und Dankwart die beid' es gering' nahmen,
Doch manche noch durch sie zu ihrem Ende kamen.

Sehr wohl erzeigte Rüdiger, daß er war stark genug,
Kühn und auch wohl gewaffnet; hei, was er Helden schlug!
Das sah ein Burgunde, da zwang ihn Zornes Noth;
Davon begann zu nahen des guten Rüdiger Tod.

Es war der starke Gernot, den Held den ruft' er an,
Er sprach zum Markgrafen: „ihr wollt mir meiner Mann
Keinen genesen lassen, viel edler Rüdiger;
Das bemüht mich ohne Maaß; ich kann's nicht ansehen mehr.

Nun mag euch eure Gabe wohl zu Schaden kommen,
Seit ihr meiner Freunde mir habt so viel benommen;
Nun wendet euch herum gar wunderkühner Mann,
Eure Gabe die wird verdient, so ich zum allerhöchsten kann."

Eh' daß der Markgraf den Weg zu ihm gewonnen,
Mußten lichte Panzer vom Blute werden beronnen;
Da sprangen zu einander die Ehr' begehrenden Mann,
Ihrer jedweder sich zu schirmen vor starken Wunden begann.

Ihre Schwerdt so scharf waren, daß nichts ihnen stand entgegen
Da schlug Gernoten Rüdiger der Degen
Durch felsharten Helm, daß nieder floß das Blut;
Das vergalt ihm wohl mit Kraft der Ritter kühn und gut.

Die Rüdigers Gabe in Händen er hob hoch genug;
Wie wund er war zum Tode, einen Schlag er ihm schlug
Durch seinen guten Schild auf die Helmspangen dann;
Davon ersterben mußte der schönen Gotelinde Mann.

Wohl ward nie böser gelohnet so reicher Gabe mehr;
Da fielen beide erschlagen, Gernot und Rüdiger,
Gleich in dem Sturme, von ihrer eig'nen Hand;
Allererst erzürnete Hagen, da er den großen Schaden fand.

Da sprach der Held von Troneg: „es ist uns übel kommen,
Wir haben an ihnen beiden so starken Schaden genommen,
Den nimmer überwinden ihre Leut' und auch ihr Land;
Die Rüdigers Degen die müssen nun werden unser Pfand."

Da wollte ihrer keiner dem andern nichts vertragen
Gar mancher ohne Wunden darnieder ward geschlagen,
Der wohl genesen wäre, über ihm ward solch Gedrang,
Wie gesund er anders wäre, in dem Blute er doch ertrank.

O weh, meines Bruders, der todt gestreckt allhie:
Es ward mir leid're Mähre in allen Zeiten nie!
Mein Schwäher Rüdiger der muß mich reuen sehr;
Der Schade ist für uns beide und die gar große Beschwer."

Da Giselher der Herr sah seinen Bruder todt,
Des Markgrafen Mannen die mußten leiden Noth;
Der Tod der suchte sehr, da sein Gesinde stand,
Der'n von Bechelaren man keinen mehr lebend fand.

Günther und Hagen und auch Herr Giselher,
Die guten Degen Dankwart und Volker der Herr,
Die gingen, da sie fanden liegen die zween Mann;
Da ward dort von den Helden mit Jammer Weinens viel gethan.

Der Tod uns sehr beraubet; — sprach Giselher das Kind —
Nun lasset euer Weinen und geh'n wir an den Wind,
Daß uns Sturmmüden die Panzer Kühle gewönnen;
Ich wähn', uns Gott nicht länger nun das Leben wolle gönnen."

Sitzen und sich anlehnen sah man da manchen Degen:
Sie waren wieder müßig, seit waren tod gelegen
Die Rüdigers Helden; vergangen war das Getöse,
So lange ward die Stille, daß drob die Königin ward böse.

O weh mir dieser Schwere! — so sprach des Königes Weib —
Sie sprechen allzulange; uns'rer Feinde Leib
Mag nun wohl frei bleiben vor Rüdigers Hand;
Er will sie wieder bringen heim in der Burgunden-Land.

Was hilft nun, König Etzel, daß wir, was er wollte,
Mit ihm getheilet haben? der uns da rächen sollte,
Der Held, hat schlecht gethan, der will der Sühne pflegen."
Drauf antwortete ihr Volker, der gar zierliche Degen:

„Traun, es ziehmt nicht, übel zu reden, eines Königes Weib;
Und dürfte ich Lügen schelten ein also edles Weib,
So habt ihr Rüdigern gar böslich angelogen:
Er und seine Degen sind an der Sühne ganz betrogen.

Er that so williglich, was ihm der König gebot,
Daß er und sein Gesinde ist hie erlegen todt.
Nun seht allum euch, Chriemhild, wer euer Gebot bestellt?
Euch hat bis zu dem Ende gedienet Rüdiger der Held.

Wollt ihr es nicht glauben, man soll 's euch lassen sehen."
Zu ihrem Herzeleide war das alldort geschehen.
Man trug den Held zerhauen, da ihn der König ersah;
Den Etzels Degen so rechtes Leiden noch nie geschah!

Da sie den Markgrafen sahen todt hertragen,
Es könnte ein Schreiber nicht berichten noch je sagen
Die große Traurigkeit die Weib und auch Mann,
Von ihr's Herzens Beschwer allda zu zeigen begann.

Da ward des Etzel Jammer so stark und also groß,
Als eines Löwen Stimme dem reichen König ertoß
Sein Herzeleides Wehe; also that auch sein Weib;
Sie beklagten ungemessen des guten Rüdiger Leib.

38.

Dietrichs Recken erschlagen.

Da hörte man allenthalben Jammer also groß,
Daß Thürme und Pallast von dem Wehruf ertoß;
Da hörte es auch von Berne ein Dietrichs Mann;
Um diese starke Mähre er bald zu eilen begann.

Da sprach er zu dem Fürsten: „hört, mein Herr Dietrich,
Was ich bisher erlebt, so recht heftiglich
Erhört' ich Klage nie mehr, als ich nun habe vernommen;
Ich wähn', der König Etzel ist selber zu Schaden gekommen.

Wie möchten sie anders alle haben solche Noth?
Der König oder Chriemhild, ihrer einer ist todt
Vor den kühnen Gästen durch ihren Haß gelegen;
Es weinet ungemessen gar manch auserwählter Degen."

Da sprach der Held von Berne: „meine gar lieben Mann,
Nun eilet nicht zu sehr, was hie haben gethan
Die fremden Recken, das rieth ihnen große Noth;
Laßt sie dessen genießen, daß ich ihnen meinen Frieden bot."

Da sprach der kühne Wolfhart: „ich will dahin geh'n
Und will der Mähre fragen, was alldort ist gescheh'n,
Und will's euch sagen dann, gar lieber Herre mein,
Als ich es dort befinde, was die Rede möge sein."

Da sprach der Herre Dietrich: „wo man Zornes sich versieht,
Wenn ungefüge Frage alsdann da geschieht,
Das betrübet Recken gar leichtlich dann ihren Muth;
Traun, ich will nicht, Wolfhart, daß ihr die Frage ihnen thut."

Da hieß er Helfrichen bald gehn von dannen
Und bat ihn, das zu erforschen an Etzels Mannen,
Oder an den Gästen selber, was wäre da geschehen.
Da hatte er nie von Leuten so großen Jammer mehr gesehen.

Der Bote fragte bald: „was ist hier begangen?"
Drauf antwortet' ihm einer: „es ist gänzlich vergangen,
Was wir an Freuden hatten in der Hunnen Land;
Hier liegt erschlagen Rüdiger von der Burgunden Hand;

Und keiner blieb am Leben, der mit ihm darin gekommen."
Da hatte Helfrich nie Traurigeres vernommen;
Wohl sagt' er seine Mähre nie also recht ungern.
Der Bote da hin wieder ging weinend zu seinem Herrn.

„Was habt ihr uns gefunden? — sprach da Herr Dietrich —
Warum weinet ihr so sehr, Degen Helferich?"
Da sprach der edle Recke: „ich mag wohl heftig klagen:
Den guten Rüdiger haben die Burgunden erschlagen."

Da sprach der Held von Berne: „das möge nicht wollen Gott!
Das wär' eine starke Rach und auch des Teufels Spott;
Womit hätte Rüdiger an ihnen das verschuld't?
Traun, mir ist das wohl kundig, daß er den Burgunden trug Huld."

Da sprach der kühne Wolfhart: „und wär's von ihnen gescheh'n,
So sollt' es ihnen allen an das Leben geh'n;
Wenn wir's ihnen vertrügen, davon hätten wir Schand';
Wohl hat uns viel gedienet des guten Rüdiger Hand."

Der Vogt von Amelung es besser zu erfragen bat;
Gar sehr schmerzlich er in ein Fenster trat.
Da hieß er Hildebranden zu den Gästen geh'n,
Daß er von ihnen fände, was da wäre gescheh'n.

Der sturmkühne Recke, Meister Hildebrand,
Weder Schild noch Waffen trug er an der Hand,
Er wollte ganz friedlich zu den Gästen von dann;
Von seiner Schwester Kinde ward ihm ein Schelten gethan.

Es sprach der grimme Wolfhart: „wollt ihr dar so bloß geh'n,
So mögt ihr ohne Unglimpf nimmer wohl besteh'n,
So müsset ihr lästerlich nehmen die Wiederkehr';
Kommt ihr gewaffnet dar, bewahret ihr euch wohl ehr."

Da gürt'te sich der Alte nach des Jungen Wort;
Eh' es bemerkte Hildebrand, da waren gewappnet dort
Alle Dietrichs Recken und trugen Schwerdt' in der Hand;
Dem Helden war es leid, gar gerne hätt' ers abgewandt.

Er fragt', wohin sie wollten? — „Wir woll'n mit euch von dann,
Damit von Troneg Hagen desto böser kann
Gen euch mit Spotte sprechen, als er sonst gut mag pflegen."
Als er die Rede erhörte, da gestattete 's ihnen der Degen.

Da sah der kühne Volker gewaffnet kommen an
Die Recken da von Berne, die Dietrichs Mann,
Begürtet mit den Schwerdtern, ihre Schild' vor der Hand;
Er sagt' es seinen Herren aus der Burgunden Land.

Es sprach der Fideler: „ich seh' dort kommen an
So recht feindlichen die Dietrichs Mann,
Gewaffnet unter Helmen: sie wollen uns besteh'n;
Ich wähn', es nun zum Uebel uns Elenden wolle geh'n."

In derselben Zeit kam auch Hildebrand;
Da setzt er vor die Füße seinen Schildesrand,
Er begann zu fragen die Günthers Mann:
„O weh! ihr guten Recken, was hatt' euch Rüdiger gethan?

Mich hat mein Herre Dietrich her zu euch gesandt:
Ob erschlagen hätte eurer eines Hand
Den edlen Markgrafen, als uns ward der Bescheid?
Wir könnten nicht überwinden das so gewaltige Leid."

Da sprach der grimme Hagen: „die Mähr' ist ungelogen:
Wiewohl ich euch es gönnte, hätt' euch der Bote betrogen,
Nur Rüdiger zu Liebe, daß lebte noch sein Leib,
Denn immer mögen weinen beide, Mann und auch die Weib."

Da sie das recht erhörten, daß er wäre todt,
Da klagten ihn die Recken, ihre Treu ihnen das gebot;
Den Dietrichs Mannen denen sah man Thränen geh'n
Ueber Bärte und über das Kinn; ihnen war viel Leid gescheh'n.

Herr Sigestav da sprach, ein Herzog aus Berne:
„Alle Gemächlichkeit ist uns für immer nun ferne,
Die uns je fügte Rüdiger nach unsern leid'gen Tagen;
Freude der Unglücklichen liegt von euch, Recken, hie erschlagen."

Da sprach von Amelungen der Degen Wolfwein:
„Und ob ich heute sähe todt den Vater mein,
Mir würde nimmer leider, denn jetzt um seinen Leib:
O weh! wer soll nun trösten des guten Markgrafen Weib?"

Da sprach in Zornes Muthe der kühne Wolfhart:
„Wer weiset nun die Recken so manche Heerfahrt,
Als durch den Markgrafen gar oftmals ist gescheh'n?
O weh, viel edler Rüdiger, daß ich deinen Tod mußte seh'n!"

Wolfbrant so wie Helfrich und auch Helmnot,
Mit allen ihren Freunden beweinten seinen Tod;
Vor Seufzen mochte fragen nicht mehr Hildebrand;
Er sprach: „nun thut, ihr Degen, darnach mein Herre hat gesandt:

Gebet uns Rüdigern, den Todten, aus dem Saal;
Durch den gar mit Jammer liegt uns're Freud' allzumal,
Und laßt uns an ihm verdienen, daß er je hat gethan
An uns viel große Treue, und auch an manchem fremden Mann.

Wir sind auch so fremde, als Rüdiger der Degen;
Warum laßt ihr uns harren? laßt ihn uns von den Wegen
Tragen, daß wir nach Tode lohnen noch dem Mann;
Wir hätten es billiger wohl bei seinem Leben gethan."

Da sprach der König Günther: „nie ward ein Dienst so gut,
Als den ein Freund Freunde nach dem Tode thut;
Das heiß' ich stäte Treue, wer die kann begeh'n.
Ihr lohnet ihm mit Recht, denn von ihm ist euch Liebes gescheh'n." —

„Wie lange soll'n wir flehen, — sprach Wolfhart der Degen —
Seit unser Trost, der beste, von euch ist todt erlegen,
Und wir ihn leider nun mögen nicht mehr haben;
Laßt ihn uns tragen von hier, daß wir den Recken begraben."

Drauf antwortete Volker: „niemand bringt ihn euch her;
Nehmt ihn in dem Hause, da der Degen hehr
Liegt mit den tiefen Wunden gefallen in das Blut,
So ist es ein vollkommener Dienst, den ihr hie Rüdigern thut."

Da sprach der kühne Wolfhart: „laßt sein, Herr Spielmann,
Ihr dürfet uns nicht reitzen, ihr habt uns Leid angethan;
Dürft' ich vor meinem Herren, wohl kämt ihr droh in Noth;
Doch müssen wir es lassen, denn er uns Streit mit euch verbot."

Da sprach der Fideler: „der Furcht ist gar zu viel,
Was man ihm verbietet, der's alles lassen will,
Das kann ich nimmer heißen rechten Helden Muth."
Die Rede däuchte Hagen von seinem Heergesellen gut.

„Wollt ihr den Spott nicht lassen, — sprach wieder Wolfhart —
Ich verstimm' euch leicht die Saiten, wenn ihr die Rückfahrt
Reitet gen den Rhein, daß ihr's wohl möget sagen;
Euren Uebermuth mag ich länger nicht ertragen."

Da sprach der Fideler: „wenn ihr den Saiten mein
Verirret gute Töne, dann eures Helmes Schein,
Der mag gar trübe werden von der meinen Hand,
Wie ich auch möge reiten in der Burgunden Land."

Da wollt' er zu ihm springen, jedoch daß es nicht ging
Durch Hildebrand seinen Ohm, der ihn fest zu sich fing:
„Ich wähn', du wollest wüthen, durch deinen dummen Zorn;
Meines Herren Huld die hätten wir immer fort verlor'n." —

„Laßt ab den Leuen, Meister, er ist so grimmig zumuth;
Kommt aber er mir zu Handen — sprach Volker der Held gut —
Hätt' er die ganze Welt mit seiner Hand erschlagen,
Ich schlag' ihn, daß er ein Widerwort nimmermehr darf sagen."

Drob ward gar hart erzürnet aller der Berner Muth;
Den Schild den zuckte Wolfhart, ein Degen schnell und gut,
So wie ein wilder Leue lief er vor ihnen an;
Ihm ward ein jaches Folgen von seinen Freunden gethan.

Wie weite Sprünge er machte vor des Saales Wand,
Doch ereilt' ihn vor der Stiege der alte Hildebrand,
Er wollte ihn vor sich lassen nicht kommen in den Streit;
Sie fanden, zu dem was sie suchten, die Fremden all' bereit.

Da sprang zu Hagen der Meister Hildebrand,
Die Schwerdt' man hört' erklingen in ihrer beider Hand,
Sie waren hart erzürnet, gar wohl man dieses find't,
Von ihrer beider Waffen ging ein feuerrother Wind.

Sie wurden da geschieden in des Streites Noth;
Dies thaten die von Bern, als ihnen ihre Kraft gebot.
Zuhand da wandte Hildebrand von Hagen sich bald von dann;
Da lief der starke Wolfhart den kühnen Volker an.

Er schlug den Fideler auf den Helmring,
Daß des Schwerdtes Schneide bis auf die Spangen gieng;
Das vergalt ihm wohl mit Kraft der kühne Spielmann,
Da schlug er Wolfharten, daß er zu straucheln begann.

Feuer aus den Ringen das hieben sie genug;
Haß ihrer jeglich dem andern heftig trug.
Da schied sie von Berne der Degen Wolfwein;
Wäre er nicht ein Held, es könnte nimmermehr sein.

Günther der gar kühne mit williger Hand
Empfing die theuren Helden von Amelungen Land';
Giselher der starke manch lichtes Helmkleinod
Macht' er allda gar naß und von ihrem Blute roth.

Dankwart, Hagens Bruder, war ein grimm'ger Mann;
Was er da vor hatte in dem Streite gethan
Des Etzel kühnen Recken, das war gar ein Wind;
Allererst focht nunmehr tobend des kühnen Aldrian Kind.

Herbart und Wichart, Helfrich und auch Ritschart,
Die hatten in manchen Stürmen gar selten sich gespart;
Das konnten nunmehr wohl die Günthers Mannen seh'n.
Da sah man Wolfbranden im Sturme herlich geh'n.

Da focht, als ob er wüthig, der alte Hildebrand;
Gar mancher kühne Recke vor Wolfharts Hand
Mit Tode mußte fallen von Schwerdten in das Blut.
So rächten Rüdigern die Recken kühn und auch gut.

Sigestap von Berne, wie ihm rieth Tapferkeit,
Hei! was er in dem Sturme der harten Helm' zerschneid't
Dort seinen starken Freunden, des Dietrich Schwester Kind;
Man in dem großen Sturme kaum einen Bessern find't.

Volker der gar starke, als er das ersah,
Daß Sigestap der Kühne den blutigen Bach da
Hieb aus harten Panzern, das wurde dem Degen Zorn,
Da sprang er ihm entgegen, da hatte Sigestap verlor'n

Von dem Fideler gar bald allda das Leben;
Er begann ihm von seiner Kunst da allsolchen Theil zu geben,
Daß er von seinem Schwerdte mußte liegen todt;
Das roch der alte Hildebrand, als ihm seine Kraft das gebot.

„O weh, viel lieber Herre — sprach Meister Hildebrand —
Der hier liegt erstorben von Volkers Hand!
Nun soll auch der Fideler länger nicht bleiben gesund.“
Der Zorn des Hildebrand ward in seinem ganzen Grimme kund.

Da schlug er auf Volker, daß ihm die Helmband
Stoben allenthalben zu des Saales Wand,
Vom Helm und auch vom Schilde, dem kühnen Spielmann:
Davon der Fideler nun sein Ende da gewann.

Da drangen zu dem Streite die Dietrichs Mannen;
Sie schlugen, daß die Ringe gar hoch flogen von dannen,
Und daß man der Schwerdter Spitzen sah im Gewölbe stecken;
Aus Helmen den heiß fließenden Bach hieben die Recken.

Da sah von Troneg Herr Hagen seinen Volker todt,
Das war bei der Festlichkeit die allermeiste Noth,
Die er da hatte gewonnen an Freund und an Mann.
O weh, wie grimmig Hagen den Held da zu rächen begann!

„Nun soll dessen nicht genießen der alte Hildebrand;
Mein Gehülfe liegt erschlagen hie von des Helden Hand,
Der beste Heergesell', den je ein Mann gewann.“
Den Schild den rückt' er höher, da ging er hauend von dann.

Helfrich der gar starke den kühnen Dankwart erschlug;
Günther und Giselher denen war es leid genug,
Da sie ihn sahen fallen in der starken Noth.
Er hatt' mit seinen Händen wohl vergolten seinen Tod.

Wie viel von manchen Landen gesammlet waren alldar,
Viel Fürsten kräftiglich gegen ihre kleine Schaar,
Wären die Christenleute wider sie nicht gewesen,
Sie wären mit ihrer Kraft vor allen Heiden wohl genesen.

Die Weile ging auch Wolfhart, beides, zu und von dannen,
Da immer niederhauend des Günther Mannen;
Zur Wahlstatt war gekehrt zum drittenmal er wieder;
Wohl fiel von seinen Händen mancher Recke da hernieder.

Da rief der starke Giselher Wolfharten an:
„O weh! daß ich so grimmigen Feind je gewann!
Edler, kühner Ritter, nun wendet euch zu mir."
Sie kamen zu einander darauf mit tapf'rer Begier.

Wolfhart gen Giselher kehrete in den Streit;
Da schlug ihrer jedweder wohl manche Wunden weit.
So recht kräftiglichen er zu dem Könige drang,
Daß ihm das Blut von den Füßen wohl über sein Haupt fortsprang.

Der schönen Ute Kind mit geschwinden grimmen Schlägen
Trat er gar bitterlich dem kühnen Recken entgegen.
Wie stark auch Wolfhart wär', er konnt' nicht bleiben leben;
Es hat einen König so jung und kühn wohl niemals gegeben.

Da schlug er Wolfharten durch einen Panzer gut,
Daß ihm von der Wunde gar sehr floß das Blut;
Er verwundete zu dem Tode des Dietrich Mann.
Es konnte nur sein ein Recke, der hier den Sieg gewann.

Sobald der kühne Wolfhart seine Wunde empfand,
Den Schild den ließ er fallen, höher in der Hand
Aufhub er 'ne starke Waffe, die war scharf genug;
Durch Helm und durch Panzer der Held auch Giselhern schlug.

So einer von dem andern den grimmen Tod gewann.
Es lebte auch nun mehr keiner von Dietrichs Mann,
Als Hildebrand alleine; da er Wolfharten fallen sah,
Ihm, wähn' ich, vor seinem Tode so recht Leid nie geschah.

Auch waren Günthers Degen gar gefallen,
Nur sie zween, er und Hagen, einig von allen,
Sie standen in dem Blute bis an die Kniee tief;
Hildebrand gar schnell hin über seinen Neffen lief.

Er umschloß ihn mit den Armen und wollt' ihn tragen fort
Mit ihm aus dem Hause; er mußte ihn lassen dort,
Er war ein Theil zu schwer; wieder in das Blut
Entfiel er seinen Händen. Da blickte auf der Degen gut,

Und sprach, der Todwunde: „viel lieber Oheim mein,
Ihr möget in diesen Zeiten mir nicht zum Frommen sein;
Nun hütet euch vor Hagen, traun, so dünkt es mich gut;
Er trägt in seinem Herzen einen grimmigen Muth.

Und wenn mich meine Freunde nach Tode wollen beklagen,
Den Nächsten und den Besten den sollt ihr von mir sagen,
Daß sie nach mir nicht weinen, denn das ist ohne Noth;
Von eines Königes Händen liege ich hie herlich todt.

Ich hab' auch so vergolten hier inn' Leben und Leib,
Daß es wohl mögen beweinen der guten Ritter Weib.
Wenn euch drum jemand fraget, so möget ihr baldig sagen:
Von meiner Hand allein liegen wohl hundert Mann erschlagen."

Da gedachte auch Hagen an den Spielmann,
Dem der alte Hildebrand sein Leben abgewann;
Da sprach er zu dem Degen: „ihr vergeltet meine Beschwer,
Ihr habt uns hier inne entrissen gar manchen Recken hehr."

Er schlug auf Hildebranden, daß man wohl vernahm
Balmungs Sausen, den Siegfriden nahm
Hagen der gar kühne, da er den Recken erschlug.
Da widerstand ihm Hildebrand, der gar wenig von ihm vertrug.

Des Wolfhart Oheim schlug mit einer Waffe breit
Auf den Held von Troneg, die alles leicht zerschneid't;
Doch konnte er nicht verwunden den Günthers-Mann;
Da schlug ihn wieder Hagen durch einen Panzer wohlgethan.

Als nun Meister Hildebrand seine Wunde empfand,
Da fürchtete er mehr Schaden von des Hagen Hand;
Den Schild warf über den Rücken der Dietrichs-Mann,
Mit der starken Wunde der Held gar kaum von dannen entrann.

Darinnen war niemand lebend, wie ich euch zeigte an,
Als nur die zween alleine, Günther und auch sein Mann.
Mit Blute ging beronnen der alte Hildebrand,
Er brachte leid'ge Mähre, da er seinen Herren fand.

Da sah er trauriglichen sitzen hie den Mann;
Leides noch weit mehr der Fürst da gewann,
Als er Hildebranden ersah vom Blute roth;
Da fragt' er ihn der Mähre, als ihm die Sorge das gebot:

„Nun sagt mir, Meister Hildebrand, wie seid ihr so naß
Worden von dem Blute? oder wer that euch das?
Ihr mit den Gästen im Hause habt gestritten, wähn' ich;
Ich verbot es euch so sehr; da wär' es vermieden billig.“ —

„Wie übel diese Mähren mir auch steh'n zu sagen —
Sprach er — diese Wunden die schlug mir Hagen,
Da ich aus dem Haus wollte wenden von dann;
Gar kaum ich mit dem Leben demselben Teufel entrann!“

Da sprach der Berner: „gar recht ist euch geschehen,
Da ihr mich Freundschaft den Recken hörtet zugestehen;
Daß ihr den Frieden brachet, den ich ihnen hatt' gegeben;
Hätt' ich drob nicht immer Schand', ihr solltet verlieren das Leben.“ —

„Nun zürnet nicht so sehr, mein Herre Dietrich;
An mir und meinen Freunden ist der Schad' fürchterlich.
Wir wollten Rüdigern getragen haben von dann,
Das wollten uns nicht vergönnen des Königes Günther Mann.“ —

„O weh mir dieser Leiden! — ist Rüdiger doch todt?
Das muß mir sein ein Jammer vor aller meiner Noth;
Gotelind' die edele ist meiner Base Kind;
Ach! weh der armen Waisen, die da zu Bechelaren sind!“

An Reu' und auch an Leid mahnt' ihn da sein Tod;
Er begann stark zu weinen; dazu zwang den Helden die Noth:
„O weh! getreuer Hülfe, die mir ist erlegen!
Wohl überwinde ich nimmer des Königes Etzel Degen.“

Er sprach zu Hildebranden: „möchtet ihr mir doch sagen,
Wer der Degen wäre, der ihn da hat erschlagen?“
Er sprach: „das that mit Kräften der starke Gernot;
Vor Rüdigers Händen mußte auch der Degen liegen todt.“

Er sprach: „Meister Hildebrand, nun saget meiner Schaar,
Daß sie sich baldig waff'ne, wohl will ich geh'n dar,
Und heißet mir her bringen mein lichtes Kampfgewand;
Ich will selber fragen die Helden aus Burgunden-Land.“

Da sprach Meister Hildebrand: „wer soll zu euch geh'n?
Was ihr habt der Lebenden, die seht ihr vor euch steh'n,
Das bin ich ganz alleine, die andern die sind todt“
Da erschrak er dieser Mähre, die gab dem Recken große Noth;

Denn er Leid so großes in der Welt nie gewann.
Er sprach: „und sind erstorben alle meine Mann,
So hat mein Gott vergessen, ein reicher König war ich:
Nun mag ich wohl heißen der viel arme Dieterich.

;ie konnt' es je sich fügen — sprach weiter Dietrich —
aß sie alle sind erstorben, die Helden so löblich,
on den Streitesmüden, die doch hatten Noth?
;äre nicht mein Unglücke, ihnen wäre fremd noch der Tod!

a es durch mein Unheil sich also mußt' begeben,
o sagt mir, ist der Recken noch jemand am Leben?"
a sprach Meister Hildebrand: „weiß Gott, niemand mehr,
enn nur Hagen alleine und Günther der König hehr." —

) weh, viel lieber Wolfhart, soll ich dich haben verloren,
o mag mich bald reuen, daß ich je ward geboren;
igestab und Wolfwin und auch Wolfbrand,
;er soll mir dann nun helfen in der Amelunge Land?

elfrich der viel kühne, und ist mir der erschlagen,
erbart und Wichart, wie soll ich die genug klagen?
as ist an meinen Freuden mir der letzte Tag;
weh! daß vor Leide niemand ersterben nicht mag!"

39.

Günther und Hagen erschlagen.

ia suchte der Herr Dieterich selber sein Gewand;
hm half, daß er sich wappnet, Meister Hildebrand;
ia klagete also sehr der kräftige Mann,
'aß ihm das Haus ertosen von seiner Stimme begann.

'er Held gewann da wieder 'nen rechten Mannes Muth;
n Grimme ward gewappnet da der Degen gut.
inen gar festen Schild den nahm er an die Hand,
;ie gingen bald von dannen, er und Meister Hildebrand.

ia sprach von Troneg Hagen: „ich sehe dort hergeh'n
)en Herren Dieterich, der will uns besteh'n,
łach seinem starken Leide, das ihm ist hie geschehen.
Ran soll das heut kiesen, wem man des Besten mög' zugestehen."

Traun, dünket sich von Berne der Herre Dieterich
;ie so stark des Leibes und auch so grimmig sich,
nd will er's an uns rächen, das ihm ist gescheh'n, —
lso redte Hagen — ich darf ihn recht wohl besteh'n."

Diese Rede erhörte Dietrich und Hildebrand;
r kam, da er die Recken beide stehend fand,
ußen vor dem Hause lehnten an den Saal sie sich;
Seinen Schild den guten den setzte nieder Dieterich.

Q

In leidvollen Sorgen sprach da Herr Dietrich.
„Wie konntet ihr so handeln, Günther, reicher König?
Was ist euch durch mich, elenden Recken, geschehen.
Alles meines Trostes muß ich beraubet stehen!

Euch däuchte noch nicht genug an der viel großen Noth,
Daß ihr uns Rüdigern, den Recken, schluget todt;
Nun habt ihr mir geraubet alle meine Mann:
Traun, ich hätt' euch, ihr Degen, solches Leiden nicht gethan.

Gedenket an euch selber und an euer Leid,
An eurer Freunde Tod, und auch an die Arbeit,
Ob es euch, guten Degen, nicht beschwert etwas den Muth?
O weh! wie recht unsanft mir der Tod des Rüdiger thut!

Es geschah'n in dieser Welt nie Manne mehr Leiden je;
Ihr gedachtet sehr übel an mein und an euer Weh;
Was ich an Freude hatt', die liegt von euch erschlagen;
Wohl kann ich nimmer mehr meine Freunde genug beklagen.“ —

„Traun, wir sind nicht so schuldig — sprach Hagen dagegen —
Es kamen her zu Hause die euren Degen,
Mit Fleiße wohl gewaffnet, mit ihr'r breiten Schaar;
Mich dünket, wie die Mähre euch nicht recht gesaget war.“ —

„Was sollte ich anders glauben? mir sagt' es Hildebrand:
Da meine Recken heischten von Amelungen Land,
Daß ihr ihnen Rüdigern gäbet aus dem Saal,
Da botet ihr nichts denn Spotten den guten Recken allzumal.“

Da sprach der König vom Rheine: „sie sprachen sie wollten tragen
Rüdigern von hinnen; den hieß ich ihnen versagen,
Etzeln nur zum Leide und nicht für deine Mann;
Bis daß darauf Wolfhart darum zu schelten begann.“

Da sprach der Held von Berne: „es muß nun also sein;
Günther, edeler König, durch den Adel dein,
So vergilt mir die Leiden, die mir sind gescheh'n,
Und sühn' es, kühner Ritter, so will ich von der Rach' absteh'n.

Ergieb dich mir zum Geisel, du und auch dein Mann,
So will ich euch behüten, so ich allerbeste kann,
Daß euch hie bei den Hunnen niemand was thut;
Ihr sollt mich nicht anders finden, als nur getreu und gut.“ —

„Das wolle nicht Gott vom Himmel — sprach Hagen dagegen —
Daß sich dir ergeben zween Degen,
Die noch so wehrhaft gewappnet vor dir stehen;
Daß hieß 'ne große Schande und wär auch übel geschehen.“ —

Wieder sprach Dietrich: „ihr sollt es nicht versagen;
Wohl habt ihr beide mir, Günther und auch Hagen,
Also sehr beschweret das Herz und auch den Muth,
Wollt ihr mir's vergelten, daß ihr's gar billig thut.

Ich geb' euch drob meine Treu, auch verspricht's euch mein' Hand,
Daß ich mit euch reite heim in euer Land;
Ich geleite euch nach Ehren, oder ich liege todt.
Ich will um euch vergessen der Meinen herzliche Noth." —

„Nun verlanget es nicht mehr; — sprach wieder Hagen —
Von uns geziemte die Mähre nicht wohl zu sagen,
Daß sich euch ergeben also kühner Mann zween;
Nun sieht man bei euch niemand, als nur Hildebrand stehen."

Drauf antwort'te Hildebrand: „euch möchte geziemen gut,
Der Friede meines Herrn, daß ihr ihn zu nehmen geruht;
Es kommt noch an die Stunde, vielleicht in kurzer Zeit,
Daß ihr ihn gerne nähmet und ihn euch dann niemand beut." —

„Wohl nähm' ich eh' die Sühne — sprach Hagen dagegen —
Ehe ich so lästerlichen vor einem Degen
Entrönne, Meister Hildebrand, als hie von euch gescheh'n;
Ich wähnte, daß ihr könntet besser gegen Feinde steh'n."

Drauf antwort'te Hildebrand: „wozu verweis't ihr mir das?
Nun, wer war's, der auf einem Schilde vor dem Wasichen Steine saß,
Da ihm von Spanien Walter so viel der Freund' erschlug?
Auch habt ihr noch zu zeihen an euch selber genug."

Da sprach der Fürst Dietrich: „wie ziemt das Helden Leib,
Daß sie sollen schelten, wie die alten Weib?
Ich verbiet' euch, Hildebrand, daß ihr nicht sprechet mehr;
Mich elenden Recken zwinget gewalt'ge Beschwer.

Laßt hören, Freund Hagen, — sprach da Dietrich —
Was ihr beide redetet, ihr Recken so löblich,
Da ihr mich gewaffnet zu euch sahet geh'n;
Ihr sprachet, daß ihr allein mit Streite wolltet mich besteh'n." —

„Wohl läugnet euch das niemand — sprach Hagen der Degen —
Ich will es hier versuchen mit Stichen und mit Schlägen,
Es sei denn, daß mir zerbreche das Nibelungen Schwerdt;
Mir ist Zorn, daß man uns beide hie zu Geiseln hat begehrt."

Da Dietrich erhörte des grimmigen Hagen Muth,
Den Schild gar bald er zückte, der schnelle Degen gut;
Gar baldig gen ihm Hagen von der Stiege sprang!
Nibelungen Schwerdt das gute gar laut auf Dietrichen erklang.

Q 2

Da wußte wohl Herr Dietrich, daß der kühne Mann
Gar grimmes Muthes wär'; zu schirmen sich begann
Der Vogt da von Berne vor ängstlichen Schlägen;
Wohl erkannte er Hagen; er war ein auserwählter Degen.

Auch fürcht'te er Balmung, eine Waffe stark genug;
Unterweilen Dietrich mit Listen wieder schlug:
Bis daß er Hagen mit Streite doch bezwang.
Er schlug ihm eine Wunde, die war tief und auch lang.

Da dacht der Herre Dietrich: du bist gerathen in Noth;
Ich hätte wenig Ehre, sollt'st du vor mir liegen todt;
Ich will es so versuchen, ob ich erzwingen kann
Dich mir zu einem Geisel. Das ward sorgfältig gethan.

Den Schild den ließ er fallen, sein' Stärke die war groß,
Mit beiden seinen Armen er Hagen da umschloß;
Da ward von ihm bezwungen der gar kühne Mann;
Günther der gar edele darum zu trauren begann.

Hagen den band da Dietrich und führt' ihn, da er fand
Die edele Chriemhilde und gab ihr in die Hand
Den kühnesten Recken, der jemals Schwerdt trug;
Nach ihr'm gar starken Leide da ward ihr Liebes genug.

Vor Freuden neigte sich dem Recken des Etzel Weib:
„Immer sei dir selig dein Herz und auch dein Leib;
Du hast mich wohl getröstet nach aller meiner Noth;
Ich soll es immer dienen, es wende mir denn der Tod."

Da sprach der Herre Dietrich: „ihr sollt ihn lassen leben,
Viel edele Königin, es mag sich wohl noch begeben,
Daß euch sein Dienst vergütet, was euch durch ihn gescheh'n;
Er soll das nicht entgelten, daß ihr ihn gebunden sehet steh'n."

Da ließ sie Hagen führen in ein schlecht Gemach,
Darin ihn niemand sah und da er beschlossen lag.
Günther der edle König zu rufen da begann:
„Wohin kam der Held von Bern? er hat mir Leides gethan!"

Da ging ihm hin entgegen der Herre Dieterich;
Des Günther Tapferkeit die war so gar löblich,
Er harrte da nicht mehr, er lief vor den Saal heraus.
Von ihrer beider Schwerdten hub sich gewaltiger Saus.

Wie viel der Herre Dietrich lange war gelobt,
König Günther doch zu sehr zürnete und tobt',
Denn er nach starkem Leide sein Herzens Feind war;
Es ist ein Wunder, daß Dietrich blieb am Leben alldar.

Tapferkeit und die Stärke beider waren groß,
Daß Pallast und auch Thürme von den Schlägen ertoß,
Da sie mit Schwerdten hieben auf die Helme gut;
Es hatt' der König Günther einen herlichen Muth.

Drauf zwang ihn der von Berne, wie Hagen ehe geschah.
Das Blut man durch den Panzer dem Helden fließen sah
Von einem scharfen Schwerdte, das trug Herr Dietrich;
Sich hatt' gewehrt Herr Günther nach größer Müde gar löblich.

Der Herr der ward gebunden von Dieterichs Hand,
Wie Könige niemals sollten leiden solche Band.
Er dacht', wenn er sie ließe ungebunden gehen,
Daß in dem Lande niemand ließen am Leben die zween.

Herr Dietrich von Berne der nahm ihn bei der Hand,
Da bracht' er ihn gebunden, da er Chriemhilden fand;
Da ward mit seinem Leid ihrer Sorge viel benommen;
Sie sprach: „König Günther, seid mir gar sehr willkommen.“

Er sprach: „ich sollt' mich neigen, sehr edle Schwester mein,
Wenn euer Grüßen möchte gnädiglichen sein;
Ich weiß, euch, Königin, ist so zornig zumuth',
Daß ihr mir und Hagen sehr schmähliches Grüßen thut.“

Da sprach der Held von Berne: „gar edeles Königs Weib,
Es wurde niemals Geisel so guter Ritter Leib,
Als ich euch, Fraue hehr, an ihnen konnte schenken;
Nun sollt' ihr bei dem Elenden an meine Freundschaft denken.“

Sie sprach: sie thät' es gerne. Da ging der kühne Mann
Mit weinenden Augen von ihnen bald von dann.
Drauf rächte sich grimmiglich des Etzel Weib,
Den auserwählten Degen nahm sie beiden Leben und Leib.

Sie ließ zu ihr'm Ungemach getrennt liegen sie,
Daß ihrer keiner drauf den andern ersah nie.
Wie's auch gelobet hatte das gar edele Weib,
Doch dacht' sie: ich räche heut meines viel lieben Mannes Leib.

Da ging die Königin, da sie Hagen sah;
So recht erboßet sie zu dem Recken sprach da:
„Wollet ihr mir geben wieder, das ihr mir habt genommen,
So möget ihr mit dem Leben wieder zu den Burgunden kommen.“

Da sprach der grimme Hagen: „die Rede ist ganz verloren,
Gar edele Königin, wohl hab' ich das beschworen,
Daß ich den Schatz nicht zeige, dieweile daß einer lebe
Von meinen edlen Herren, und ihn niemandem gäbe.“

Er wußte wohl die Mähre, sie ließe ihn nicht am Leben;
Wie mocht' es eine Untreu jemalen stärker geben?
Er fürcht'te, so sie hätte ihm sein Leben genommen,
Daß sie dann ihren Bruder ließe heim zu Lande kommen.

Es dacht' das ed'le Weib: ich will ein Ende geben.
Da hieß sie ihrem Bruder nehmen sein Leben;
Man schlug ihm ab das Haupt, bei den Haaren sie es trug
Vor den Held von Troneg; da wurde ihm Leiden genug.

Als nun der Unmuthsvolle seines Herren Haupt ersah,
Gegen Chriemhilden der Recke sprach da:
„Du hast es zu 'nem Ende nach deinem Will'n gebracht,
Und ist auch recht nun ergangen, als ich mir hatte gedacht.

Nun ist von Burgunden der edle König todt,
Giselher und Volker, Dankwart und Gernot;
Den Schatz weiß nun niemand, denn Gott und ich allein,
Der soll dir, du Teufelin, immer wohl verborgen sein."

Sie sprach: „so habt ihr üble Vergeltung mir gewährt,
So will ich doch behalten des Siegfrid sein Schwerdt,
Das trug mein holder Freund, da ihr ihm nahmt Leben und Leib,
Mordlich mit Untreuen." Sprach da das jammerhafte Weib.

Sie zog es aus der Scheide, das konnte er nicht hindern;
Da dachte sie dem Recken das Leben wohl zu mindern,
Sie hub's mit ihren Händen, sein Haupt sie ihm abschlug:
Das sah der König Etzel, es machte ihm Leid genug.

„Wehe! — sprach der Fürste — wie ist nun todt gelegen
Von eines Weibes Händen der allerbeste Degen,
Der je kam zu Stürmen, oder jemals Schild trug;
Wie feind ich ihm auch war, es ist mir doch leid genug."

Da sprach Meister Hildebrand: „traun, sie dessen nicht genießt,
Daß sie ihn tödten durft', was mir auch draus entsprießt;
Wenn er auch selbst mich brachte in ängstliche Noth,
So will ich dennoch rächen des gar kühnen Recken Tod."

Hildebrand mit Zorne zu Chriemhilden sprang,
Das Schwerdt auf die Königin er gar grimmiglich schwang;
Wohl macht' ihr die Sorg' vor dem Degen Weh' allhie;
Was mochte es ihr helfen, daß sie so gar ängstlichen schrie!

Da war überall gelegen dort der Todten Leib;
Zu Stücken lag zerhauen da das edle Weib.
Etzel und Dietrich zu weinen begannen,
Sie klageten jammervoll alle ihre Freunde und Mannen.

Die gar größten Herren war'n da erlegen todt;
Die Leute hatten alle Jammer und auch Noth.
Mit Leide war geendet des Königes Festlichkeit,
Als je die Liebe Leiden an dem Ende gerne beut.

Ich kann euch nicht bescheiden, was nachher da geschah,
Als daß Christen und Heiden weinen man da sah,
Weiber und auch Knechte und manche schöne Maid,
Die hatten nach ihren Freunden das allergrößte Leid.

Ich sage euch nun nicht mehr von der großen Noth;
Die da erschlagen waren, die lasset liegen todt,
Und wie darnach der Hunne sein Volk berieth;
Hie hat die Mähr' ein Ende: das ist der Nibelungen Lied.

Zeitfracht Medien GmbH
Ferdinand-Jühlke-Straße 7
99095 Erfurt, Deutschland
produktsicherheit@kolibri360.de